Friedl Benedikt

WARTE IM SCHNEE VOR DEINER TÜR

Tagebücher und Notizen
für Elias Canetti

Herausgegeben von
Fanny Esterházy und
Ernst Strouhal

Paul Zsolnay Verlag

Übersetzung der englischen Passagen:
Fanny Esterházy

Mit freundlicher Unterstützung der Kulturabteilung
der Stadt Wien, Literatur und Wissenschaft, und des
Zukunftsfonds der Republik Österreich.

1. Auflage 2025
ISBN 978-3-552-07529-0
© 2025 Paul Zsolnay Verlag Ges. m. b. H., Wien
Prinz-Eugen-Straße 30 | 1040 Wien | info@zsolnay.at
Satz: Nadine Clemens, München
Umschlag: Anzinger und Rasp, München
Umschlagfoto: Friedl Benedikt, 1951 (Privatsammlung, Wien)
Druck und Bindung: GGP Media GmbH, Pößneck
Printed in Germany

MIX
Papier | Fördert
gute Waldnutzung
FSC® C014496

VORBEMERKUNG

Friedl Benedikt, die unter dem Pseudonym Anna Sebastian in den 1940er Jahren drei Romane veröffentlicht hat, führte viele Jahre lang literarische Tagebücher, die sich in Elias Canettis Nachlass erhalten haben. Für Canetti sind die Tagebücher noch vor ihren Romanen das Beste, was sie geschrieben hat. »Du bist ein geborener Erzähler, und eigentlich sollst Du täglich etwas für Dich erzählen«, schreibt er an sie.

Friedl Benedikt, 1916 in Wien geboren, stammte aus einer großbürgerlichen jüdischen Familie. Mit zwanzig Jahren lernte sie Elias Canetti kennen und erkor ihn sich zum Lehrer, eine Aufgabe, die Canetti zunächst zögernd, dann aber sehr gewissenhaft übernahm. Aus dem Lehrer-Schülerin-Verhältnis wurde bald auch eine Liebesbeziehung, die sich in England, wohin sie beide emigrierten, fortsetzte. Canetti blieb trotz schwieriger Zeiten bis zu ihrem Tod ihr engster Vertrauter wie ihr strengster Kritiker.

Die erhaltenen Notizbücher stammen aus England, wo sie 1939 nach ihrer Flucht vor den Nazis bei Verwandten ihrer Mutter in London, Oxford und Tichborne (Hampshire) unterkommt, aus Schweden, ab 1947 ihr zweites Exilland, und von ihren Reisen durch Europa in der Nachkriegszeit. Das letzte Heft enthält Notizen aus dem American Hospital in Paris, wo sie im 37. Lebensjahr stirbt.

In ihren Aufzeichnungen berichtet sie über Begegnungen, sie skizziert Buchideen, manchmal fügt sie auch kurze Erzäh-

Neujahrstelegramm von Friedl Benedikt an Elias Canetti, 2.1.1952
(Sammlung Johanna Canetti, Zürich)

lungen ein. Benedikt erzählt vor allem von den Menschen, die sie trifft – in flüchtigen Gesprächen auf der Straße und in den Pubs von London während des Zweiten Weltkrieges, in Schweden und auf ihren Reisen durch Frankreich und Österreich.

Benedikt begann mit dem Schreiben der Tagebücher im Auftrag Canettis, als Bestandteil seines »Unterrichts« als ihr Lehrer. Manchmal wird Canetti direkt angesprochen, als »Ilja« oder »Sternchen« und in einer Widmung als »Thor von Yabasta«. Die Texte sind tägliche Fingerübungen, selbständige literarische Skizzen, die zwar zunächst für eine Person als Erstleser gedacht waren, danach aber für die Öffentlichkeit bestimmt sind: Einige Ausschnitte hat Friedl Benedikt unter ihrem Autorennamen Anna Sebastian in einer Londoner Literaturzeitschrift publiziert.

Wo es uns zum Verständnis notwendig erschien, haben wir einzelnen Abschnitten kurze einleitende Erklärungen vorangestellt und in einem Kommentarteil Angaben zu den erwähnten

6

Personen und den Orten gemacht. In der ersten Phase ihres Exils in England schreibt Benedikt noch auf Deutsch und gibt nur auf Englisch geführte Gespräche in der Originalsprache wieder – hier haben wir uns dafür entschieden, die Texte zweisprachig zu belassen. Später wird Englisch mehr und mehr zur Hauptsprache, in Benedikts Alltag ebenso wie in ihrem Schreiben. Diese Teile wurden zwecks Einheitlichkeit des Gesamttextes ins Deutsche übersetzt. In den im Original auf Deutsch verfassten Teilen wurden Orthografie und Satzzeichen sanft korrigiert und falsche Namensschreibungen richtiggestellt.

Der Buchtitel »Warte im Schnee vor Deiner Tür« entstammt einem Neujahrsgruß 1952 an Canetti, er ist aber nicht wörtlich zu nehmen. Er wurde per Telegramm versendet – der Adressat befand sich in London, die Autorin in Kopenhagen.

Fanny Esterházy, Ernst Strouhal

1939
SOMMER IN
TICHBORNE

*Nach ihrer Ankunft in England Anfang 1939 lebt die 22-jährige
Friedl Benedikt zunächst in London im Haus ihrer Tante Heddie,
der Frau des Ägyptologen Alan Gardiner; den Sommer vor dem
Kriegsausbruch verbringt sie mit ihnen in Tichborne, einer klei-
nen Gemeinde nahe Winchester in der Grafschaft Hampshire im
Süden Englands, wo die Gardiners ein weitläufiges Landhaus ge-
mietet haben. Elias Canetti (»Ilja«) ist ebenfalls seit Beginn des
Jahres 1939 in England.*

Tichborne, Sommer 1939

Ilja, aus mir ist nun fast ein Schloßfräulein geworden, aus meinem Fenster blicke ich auf grüne, geschorene Rasen und einen
Teich, da schwimmen Enten und Schwäne, und Felder und Wiesen – so weit kann man gar nicht sehen. Das gehört alles der
Familie Tichborne, das ist ein uraltes Geschlecht, aber augenblicklich ohne Geld, und so bewohnen Gardiners das Haus, das
recht häßlich ist, das alte wurde nämlich zur Zeit der napoleo-
nischen Kriege niedergerissen, und das jetzige besteht nur aus
Gängen mit unzählbaren Türen, und Heddie hat auf jede Türe
den Namen des Bewohners geklebt. Nur in das Speisezimmer
wagt man kaum in hellen Kleidern zu kommen, denn an der

Wand hängen die Ahnen der Familie. Nachts hat jedes Bild ein eigenes Lämpchen, und es scheint einem, als ob man nur in schweren schwarzen Trauerkleidern diesen Raum betreten dürfte. Auch eine eigene Kapelle hat das Haus, am Sonntag kommt ein Pfarrer und predigt hier. Unten sitzen die Bauern und Bewohner von Tichborne und oben auf der Balustrade die Familie. Und dann gibt es Möbel, die mit hellblauer Seide überzogen sind, sehr gebrechlich, und rote Plüschteppiche und Fenster mit farbigem Glasmuster, und überall stehen Diener, so als ob sie bitten würden, man soll doch etwas von ihnen verlangen. Die Zimmer sind groß und voll Blumen und mit sehr hohen Fenstern, aber so, wie aus allen Zeiten mühsam zusammengesetzt, und auch die Luft ist so, wie wenn sie schon hundertfach veratmet wäre. Es gibt eine eigene Bibliothek für die Familiengeschichte mit dicken Bänden und gelblichem Papier.

Soweit ich bisher gesehen habe, wird hier hauptsächlich viel und gut gegessen, Tennis und Croquet gespielt und nach dem Nachtmahl auf Oscar Wildes Art gesprochen, geblödelt, gespielt. Es sind jetzt nur fünf Gäste hier, übers Weekend kommen mehr. Cerny ist hier, heute vormittag habe ich einen langen Spaziergang mit ihm gemacht. Zu einer Kirche aus dem 11. Jahrhundert sind wir gekommen, da sind die Tichbornes zum Teil begraben, die Grabsteine sehen aus wie blinde Spiegel, ganz dünn und gelb, man kann nichts mehr darauf erkennen, und die Bänke sind jede einzelne von Holzzäunen umgeben, so sitzen die Betenden in einem richtigen Stall. Außer Cerny ist Olaf hier, ein alter Freund Heddies, der den ganzen Sommer hierbleiben wird, Kinderbücher schreibt und täglich nach Winchester in die Bibliothek fährt. Er ist sehr schmal und hat müde Augen, macht ewig Witze und lächelt mit falschen Zähnen. Ferner ist Odette hier, eine arme Freundin Heddies,

die ihre grauen Haare mit einer schwarzen Masche zusammen-
bindet, geschminkt ist und ganz dünn und verwickelt französische Worte in ihr Englisch streut und ständig von Heddie beschäftigt wird. Und dann Mr. und Mrs. Swan. Beide spitz und
grauhaarig, Mrs. Swan starrt verloren in die Luft, man glaubt,
sie hört nie, was gesprochen wird, aber dann antwortet sie ganz
erstaunlich auf Fragen, die man an ihren starren Blick stellt.
Mr. Swan spielt Klavier, verabscheut moderne Musik, spielt
Schach mit John Simon, hat einen Automaten erfunden, der
verschiedene Antworten gibt, wenn man Geld einwirft, singt
in einem Chor, studiert die hiesige Familiengeschichte, schlägt
Alan in Tennis, was er aber wirklich ist, konnte ich bisher nicht
entdecken. Unter allen diesen Leuten benehme ich (mich)
möglichst damenhaft und zurückhaltend und versuche sie näher kennenzulernen. Das ist schwer genug, weil sie immer nur
wenige Tage hierbleiben, dann kommen Neue. Ich bin auch erst
seit gestern hier und war sogar 1 ½ Tage in London. In Anbe-
tracht Deiner Ratschläge über Raffinement habe ich Dich nicht
angerufen, obwohl ich sehr, sehr gerne gehört hätte, wie es mit
Dir steht, wie Georg sich benommen hat, was weiter mit Dir
geschehen wird. Ach Sternchen, wie ich hier etwas erreichen
soll, sehe ich nicht, es müßte das Glück vom Himmel springen,
um zu helfen. In London habe ich Margaret gesehen, sie war
sehr lieb, kommt aber gar nicht hierher, »I detest this life«, sagte sie. Ich werde ihr in den nächsten Tagen schreiben, ausführ-
lich über Dich, und sie bitten, Dich anzurufen. Sie hat auch ein
Häuschen am Land, aber viel Arbeit jetzt – vielleicht kann sie
Dich aber eine Zeitlang dort einladen – darüber werde ich aber
natürlich kein Wort schreiben. Sie hat auch Kafka gelesen, und
er ist einer ihrer liebsten Schriftsteller.

Morgen kommen Rolf und seine Frau, heute Paul Stobart,

ach Ilja, nur eine Woche hier muß den Gardiners mehr kosten, als Du in einem halben Jahr ausgeben würdest – daran aber darf man hier überhaupt nicht denken. Wahrscheinlich erstickst Du in dem schwarzen London.

Geliebtes, liebes Sternchen, vielleicht wird hier noch alles anders, und es muß schließlich gehen, nach einem Tag kann man eigentlich noch gar nicht urteilen, derweil ist alles sehr fremd noch für mich. Aber zwei große Nachttöpfe habe ich in meinem Zimmer – sie sind mein Trost.

Heute ist meine Tante weggefahren, und das ganze Haus mit fünfzehn Zimmern steht ausschließlich nur zu meiner Verfügung. Ich wandere daher lässig die Treppen hinauf und besichtige die Räume eingehendst und mit Muße. Die Fußböden sind mit hellgrauem Linoleum bespannt, auf denen weiße Möbel herumvegetieren. Außerdem sind die Zimmer leer, so leer, daß man sich zum Beispiel auf den Fußboden setzen und laut schreien kann: »Der Tee dreier Wochen befindet sich unverdaut in meinem Magen, der deshalb überfüllt ist! Ich wagte es nicht, die Wasserspülung am Closett zu ziehen, weil sie einen unfeinen Lärm macht, noch unfeiner aber ist es, sie nicht zu ziehen, und deshalb diese quälenden Folgen!« Niemand antwortet. Daher begebe ich mich zum Stiegenaufsatz, und der Tee dreier Wochen rinnt die Treppen hinunter, plätschert über das wohlgepflegte Linoleum. Ach, es ist eine wahre Freude. So ein Geschäftchen beschwingt einen mehr, als Worte es ausdrücken können. Hierauf tänzle ich in die Bibliothek meiner Tante. Sie enthält Bücher jeder Art: allermodernste Surrealisten, altmodische Liebesgedichte, psychologische und politische Abhandlungen, Bücher über Kindererziehung und Bücher »Auf der Suche nach Gott« und Kochbücher, Reisebeschreibungen, Lehrbücher, pornographische Schriften, »Wie halte ich mein Haus rein?«. An allen diesen Büchern nippt meine Tante wie ein Schmetterling an Blüten. Das Genippte bietet sie ihren Gästen, je nach Profession, wie einen Leckerbissen an, und die Gäste beißen alle an, und meine Tante entflieht, wieder wie ein Schmetterling, den auf solche Weise entfachten Leidenschaften. Meine Tante hat auch ein Arbeitszimmer, in welchem die »Konstruktion« steht. Die »Konstruktion« ist aus Glas und heilig. Vor ihr sitzt meine Tante und arbeitet. Die »Konstruktion« regt meine Tante zu witzigen, pointenreichen Geschichtchen an, denn sie stammt von einem Künstler. Noch dazu von einem russischen Künstler. Dabei muß natürlich jedem Dummkopf etwas einfallen. Das Schlafzimmer meiner Tante besteht aus einem Bett und eingebauten Schränken. Das Bett ist für ihren Freund bestimmt, einen schwächlichen Fleischsack, aber faszinierend. Das Bett füllt den Raum vollkommen aus. Und so schlendere ich in das Speisezimmer. Im Speisezimmer steht der polierte Tisch, auf den man achtgeben muß, als wäre er ein zartes Kind. Heiße Schüsseln zum Beispiel darf man nicht daraufstellen. Fast hätte sich meine Tante des Tisches wegen zu einer Diät, aus Brot und Käse bestehend, entschlossen, weil damit heiße Schüsseln vermieden werden. Gott sei Dank ist sie zu gierig, um so eine Diät durchzuführen. Aber warum darf man die heißen Schüsseln nicht auf den Boden stellen, nachdem man sich bedient hat? Weil das Linoleum einen Fleck bekommen könnte. Warum ißt meine Tante nicht einfach in der Küche, wo es einen herrlichen ungehobelten Holztisch gibt? Weil sie dazu zu fein ist. – Ich wende mich zur Hall. Die Hall ist mit einigen weißen Möbeln und »Kunstwerken« an den Wänden geschmückt. Dementsprechend sieht sie wie ein Schwimmbassin mit einigen Barken und merkwürdigen Fischen aus. Ich laufe hinauf in das Badezimmer. Das Badezimmer, in dem ich mich niemals länger als zehn Minuten aufhalten durfte, weil es erstens ungesund und zweitens eine Schweinerei ist, während ich es liebe, stundenlang in der Badewanne zu plätschern und meinen Träumen daselbst nachzuhängen! Ich drehe alle Wasserhähne auf, kalt und warm, ich drehe auch den Wasserhahn des kleinen Lavoirs auf. Das kleine Lavoir ist ausschließlich fürs Gesicht- und Händewaschen bestimmt. Als ich mir einmal den Hals wusch, bekam ich ein süßliches:»LIEBE Friedl!« zu hören. Aber dieses kleine Lavoir füllt sich jetzt rasch. Das Wasser steigt und steigt und steigt und steigt, die Badewanne läuft bereits über, vom kleinen Lavoir strömt das Wasser herunter. Ich öffne die Badezimmertüre weit, damit es sich gut verbreiten kann. Und nach einer Stunde watet man schon bis zu den Knien im Wasser, Bett und Bücher sind naß und für ewige Zeiten unbrauchbar, die Konstruktion schwimmt im Wasser herum, und auf die polierte Fläche des geliebten Tisches tropft es vom Plafond herunter. Bald wird nicht bloß der zweite, sondern auch der erste Stock schmählich ersaufen.

Im Schlafzimmer kann man bereits schwimmen. Vom Fenster zum eingebauten Kasten und über dem Bett schwimme ich fröhlich herum. Manchmal tauche ich zum Bett herunter, reiße eine Decke heraus, die ich mir als Segel auf dem Rücken befestige. Das Spitzennachthemd meiner Tante gleitet auf dem Wasser, so daß man fast hoffen kann, sie sei längst ersoffen und das Nachthemd ihr spärlicher Überrest. Das Wasser trägt mich die Treppe hinunter in die Hall. Die kalten weißen Möbel kann ich nur mühsam mit den Fußspitzen berühren. So schwimme ich treppauf-treppab, in allen fünfzehn Zimmern herum, bis ich zuletzt durch das Schlafzimmerfenster in den Garten fließe. Und da fängt mich mein Geliebter auf und drückt mich, triefendes und atemloses Geschöpf, fest an sich. Und wäre meine Tante nicht zurückgekommen – wir säßen noch heute auf dem polierten Tisch und zerkratzten ihn mit unseren Schuhen, und das Wasser rieselt leise in dem faulenden Gemäuer.

Es sind inzwischen Rolf und Marabel gekommen – Rolf zum allgemeinen Entsetzen in kurzen Hosen, aber sehr sonnig, und sein Weib läuft im Dirndl mit einem grauhaarigen, schönen Madonnengesicht, aber einem fast unerträglich scharfen, bösen Blick anmutig durch die Wiesen. Außerdem sind Mrs. Hurst und ihr fischender Gemahl hier eingetroffen. Mrs. Hurst ist so dick, wie Du es Dir in Deinen ausschweifendsten Träumen nicht gewünscht hast, so dick, daß alles neben ihr armselig und unterernährt aussieht. Ihr Lachen übertönt alles, und ihr Gesicht leuchtet rot wie der Mond. Ihren Mann, der außer fischen Bücher schreibt, beherrscht sie wachsam, und sie hat viel Interesse für Psychologie. Paul Stobart und Pat Gibbens sind zu meiner Gesellschaft da. Pat Gibbens ist ein bleicher, etwas glatzköpfiger Jüngling, der an der Börse arbeitet, Mr. Chamberlain verehrt, weil er es an seiner Stelle genauso gemacht hätte, Tennis, Ping-Pong, Gesellschaftsspiele in Unmengen kennt und mich auf unenglische Weise anstarrt aus wasserblauen Augen. Stobart leidet ständig unter irgend etwas Steifem, ist gutmütig und freundlich und bemüht sich, die Anwesenden sämtlich für seine idiotische Zeitschrift zu gewinnen, zu meiner Beruhigung völlig erfolglos. Auch einen Beau haben wir, einen dunkeläugigen Dr. Evans, ein kühn geschnittenes Gesicht mit zarten Händen und Füßen, er schläft im Zimmer neben mir und sieht dem einen Diener zum Verwechseln ähnlich. Inzwischen habe ich herausbekommen, daß Mr. Swan Barrister ist im King's Counsel, daher studiert er den berühmten Tichborne-Fall (ein falscher Erbe wollte nämlich den Besitz übernehmen) genau in den Familienannalen. Mrs. Swans Blick ist auf den Tod ihres einzigen Töchterchens zurückzuführen, das kommt mir zu Gute, weil sie mich ständig bemuttert und für London eingeladen hat. Diese Bettler haben nicht einmal ein Landhaus.

Cerny ist gestern abgefahren. Er schlief Tür an Tür – zwischen seinem und meinem Zimmer gab es eine Verbindungstüre. Am letzten Abend machte er mir durch die geschlossene Türe einen Heiratsantrag. Er sagte:»The longer I know you, the more I admire you.« Darauf sagte ich sehr englisch:»That's very nice of you.« Er sagte alles hinter seiner Türe, aber bestimmt wurde er trotzdem rot:»I wish, I would stay here, now that you have come.« Darauf sagte ich nichts, und nach einer Weile erklärte er, daß sein ganzes Leben eine Tragödie sei, er ein Opfer der Wissenschaft, daß er immer gemeint habe, er könne nicht heiraten, weil er dann zu wenig Zeit für seine Arbeit haben würde, und er schloß:»But now, I would like to marry.« Ich sagte darauf, daß er doch das Fräulein Selma heiraten soll. Da sagte er nach langer Überlegung:»No, I wish you would marry me.« Das Ganze war unbeschreiblich komisch, nie hätte er sich getraut, es mir ins Gesicht zu sagen, hinter der Türe fühlte er sich offenbar sicherer. Als er mich dann im Speisezimmer sah, sprang er auf, so daß sein Sessel umfiel und Heddie und Alan mich erstaunt und schon bereit zu Küssen und Gratulationen empfingen. Alan ist übrigens sehr nett mit mir, aber gar nicht zudringlich, sondern wirklich freundlich.

Ach Ilja, es ereignet sich hier so viel durcheinander, daß man unmöglich alles schreiben kann, und heute war zum Beispiel Grandpa hier, und ich müßte Seiten darüber schreiben, wie jeder auf seine Art, aber auch jeder, versucht hat, ihm zu schmeicheln, von ihm eingeladen zu werden, wie Heddie ganz ergeben plötzlich war und Alan sogar sein Tennis unterbrochen hat und wie zum Beispiel abends über Leute gesprochen wird, die jeder unbändig zu lieben vorgibt, wie über Bücher gesprochen wird, die ganz offensichtlich keiner kennt, und wie ich mich benehme, als ob ich in meinem ganzen Leben nur Rosen gesehen hätte, und wie dankbar mir alle sind und wie ich – ich glaube bloß deshalb – verwöhnt werde. Ich habe aber den Eingang zu einem enormen Privatbesitz mit Wäldern entdeckt, und dort gehe ich wie Alice im Wunderland ganz alleine auf den feuchten, kühlen Wegen und knacke Haselnüsse, und vielleicht hundert junge Fasane hinter mir, quietschend und erschrocken.

September 1939

Hier war gestern ein großes Feuer. Das Pub und ein winziges Häuschen sind abgebrannt. Das Feuer hat ganz hoch geleuchtet und war nicht zu löschen, weil die Häuser Strohdächer haben. Das ganze Dorf ist auf der Hauptstraße gestanden, die Jungen sind auf dem Geländer gesessen und haben gejohlt, und die Mädchen sind in ihren Sonntagskleidern Arm in Arm mit den Burschen ums Haus gezogen und in den Wiesen gelegen. Die Mütter haben ihre Säuglinge gebracht, und später ist Father Lion gekommen und hat gesagt: »Well, we won't have any beer for some time.« Unter allen diesen Leuten ist die kleine bucklige Frau auf einem Sessel in der Wiese gesessen, völlig fassungslos, und ihr verrückter Mann, mit dem sie die Hütte bewohnt hat, hat strahlend und lachend ins Feuer geschaut, wie die Kinder, wollte aber immer sein Bett herausholen, das längst verbrannt war. Von ihrer Einrichtung hat sie nur Bildchen und Deckerln und merkwürdigerweise einen Papierkorb gerettet,

17

und dazu hat sie gesagt: »It's good, that I've saved the furniture«, und die Dorfleute haben gutmütig gelacht. Je dunkler es geworden ist, desto mehr Leute sind gekommen, die Wiesen waren voll von verschlungenen Paaren, und das Dach hat geglüht wie die Sonne. Mr. Allan, der reichste Farmer, hat Cider ausgeschenkt, um 9 Uhr waren alle betrunken, am meisten die Feuerwehrleute, die schöne Uniformen tragen und nach denen die Mädchen ganz toll waren, weil sie von Winchester gekommen sind und nicht zum Dorf gehören.

Die letzte Woche habe ich auf der Farm von Mr. Allan ernten geholfen, und das war sehr schön. Man wird ganz betrunken von der Sonne und der Arbeit und dem Korn, und die Farmer sind besondere Menschen, schwer und still, und sie haben dicke Frauen mit roten Wangen.

Wie die Ernte fertig war, hat mich Mr. Allan in seinem Auto zu allen seinen Verwandten und Freunden in Winchester, Basingstoke und den Dörfern der Umgebung gebracht. Überall waren sie fast froh über den Krieg, haben Erinnerungen aus dem letzten erzählt, überall sind wir in ein Pub gegangen, und Mr. Allan wollte zuletzt die Nacht in Winchester durchtanzen. Er ist dünn und groß, hat ein Gesicht wie eine blutrote Banane und natürlich falsche Zähne. Zu seiner alten Mutter sind wir gefahren, die sehr reich und fürchterlich geizig ist, 600 acres hat dieses Weib, ist 88 Jahre alt, arbeitet in seinem Garten und hat Allans Schwester zu einer vertrockneten Zitrone ausgequetscht, ihr das Heiraten verboten und wird ihr sicherlich nichts vermachen.

1942
BEGEGNUNGEN IN
HAMPSTEAD

1942 wohnt Friedl im Londoner Stadtteil Hampstead, nahe dem Park Hampstead Heath, im Haus ihrer Cousine Margaret Gardiner. Sie beginnt, regelmäßig Aufzeichnungen über Gespräche und Begegnungen zu führen und diese abzutippen. Ihr Notizbuch »Für Ilja« (= Elias Canetti) mit Eintragungen von Mai bis September 1942 versieht sie mit dem ironischen Titel »Das armselige Werk einer vernarrten und faulen Schülerin«. Im selben Jahr übersetzt sie ihren ersten, noch auf Deutsch verfassten Roman »Let Thy Moon Arise« ins Englische.

Hampstead, 4./5. Mai 1942

Am Abend kamen Ima und ihr Freund Cliff. Ima ist 21 Jahre alt und hat ein rundes Gesicht mit grünlichen Augen und sehr frischen, schönen Farben. Sie bekommt ein Kind. Sie ist nicht verheiratet, Cliff hat eine deutsche Emigrantin geheiratet, damit sie Australierin wird. Es war auch Millicent hier. Sie ist mir schon vor langer Zeit aufgefallen, weil sie der Ruth ähnlich sieht, und sie ist ihr auch ähnlich. Sie ist kindlich wie die Ruth und hat auch ein wenig von der Konzentriertheit und der ständigen Verletztheit der Ruth, nur ist sie tapferer und hat während der Raids in den Sheltern Diskussionen geführt und Literatur unterrichtet. Steiner kennt sie schon seit vielen Jahren – immer wenn er zu den Priors ging, begegnete sie ihm auf der Treppe. Er wollte sie immer ansprechen, aber er traute es sich nicht. Jetzt aber kam sie ihm wie ein Bote von den Priors vor, und er ist überzeugt, daß die Kae doch wegfahren wird.

Aber Millicent erinnert mich nicht nur an die Ruth, sondern an ein Mädchen, Gerda Streicher, die bei uns im Haus wohnte, Musik studierte und bei der wir Klavierstunden nahmen. Das war ein sonderbares und, für mich, unbeschreiblich schönes Geschöpf, mit langen blonden Zöpfen, Zöpfen, die ihr bis zu den Knien reichten, und herrlichen blauen Augen. Abends, wenn wir alle drei im Bett lagen, kam sie ins Schlafzimmer und erzählte Geschichten, unendlich lange, spannende Geschichten, jeden Abend nur ein Stückchen davon und am nächsten Tag weiter, und ich weiß, daß ich mich immer vor dem Ende fürchtete. Ich weiß, daß sie Tagebücher führte und daß ich einmal hineinsah, obwohl ich es für die größte, die schrecklichste Gemeinheit hielt, und, weiß Gott, die Strafe ließ nicht auf sich warten. Denn nicht ein einziges Mal fand ich meinen Namen, sondern immer nur »Franz, Franz, Franz«, das war ihr Geliebter, und »Wittgenstein«, das war ihr Lehrer. Die Mutti war eifersüchtig auf sie, denn vor meinem Vater pflegte sie ihre langen Haare aufzulösen und zu bürsten, und sie spielte vierhändig mit ihm, sie hatte ein Gesicht wie eine Madonna. So ging sie weg, und es war ein großer Schmerz für mich, ich weinte viele Nächte lang. Später aber, als ich viel älter war, hab ich sie wiedergesehen. Da hatte sie ihre Haare abgeschnitten und geheiratet, nicht ihren Franz, sondern nur jemanden, der ihm sehr ähnlich sah. Sie hatte ein Kind und die Musik aufgegeben und war nicht mehr so stolz und merkwürdig wie vor vielen Jahren.

Gestern abend war auch Desmond hier und ein Professor

Carrol, den er mitbrachte, aber weitaus am interessantesten war ein ferry-pilot, Robert Corrie. Er rief vor einigen Tagen an und wollte mit Wilfrid sprechen. Dann sagte er, meine Stimme gefiele ihm, und wir hatten ein langes, lustiges Telephongespräch. Und gestern rief er wieder an und sagte, er sei in London, nur für eine Nacht, und könnte er bei uns übernachten. Ich war etwas erstaunt, obwohl unlängst drei Kinder anläuteten und sagten: »Lady, dürfen wir Ihre Toilette benützen, auf der Heide ist so eine lange Warteschlange, und wir müssen so dringend« – und da sagte er, ich solle ihn im Pub treffen. Und dann sagte er: »Sie werden mich leicht erkennen, ich habe nur einen Arm.«

Das Pub war schon geschlossen, so kam er direkt zu uns. Er ist ein ausnehmend schöner Mensch, und er kam in das volle Zimmer – Desmond, Carrol, Ima, Cliff, Rosalie und Steiner waren da. Er war verlegen, aggressiv und bitter, von vornherein schien er entschlossen, unter keinen Umständen sich auch nur die kleinste Beleidigung gefallen zu lassen, koste es, was es wolle. Und alle Männer im Zimmer wurden sofort eifersüchtig, Carrol und Steiner gingen fast gleich weg. Desmond aber saß an dem Tisch, die Hand in den Kopf gestützt und fast verzweifelt. Ich weiß nicht genau, was es war – im Grunde vielleicht ein sonderbares und gänzlich ungerechtfertigtes Minderwertigkeitsgefühl, das die Intellektuellen vor den Handelnden haben und auch umgekehrt. Augenblicklich, so schien es mir, verstanden sich Rosalie und Corrie, obwohl sie nicht ein Wort miteinander sprachen, aber sie leben beide hauptsächlich durch ihre Körper, und er verstand sie, wie sie breit und sinnlich dasaß.

Er fing sofort an, über die Zeit zu sprechen (es war fast elf, als er kam), wie verwirrend die Zeit wäre, fliegt man nach Amerika, dann gewinnt man einen ganzen Tag, im Flugzeug wird eine

Tafel aufgehängt: Morgen ist auch Dienstag. Wenn man aber zurückfährt, verliert man einen Tag, man springt von Dienstag zu Donnerstag. Und dann verlangte er eine Nagelfeile. Es ist schwer für ihn, sich die Nägel zu feilen, denn sein Arm ist oberhalb des Ellbogens amputiert, er muß die Nagelfeile in der Achselhöhle festhalten. Ich bin fest davon überzeugt, daß er das ausschließlich tat, um allen zu zeigen, daß es ihm nichts ausmacht, daß er »couldn't care less«, und er verlangte die Nagelfeile besonders von Rosalie. Dann stellte es sich heraus, daß er in Wien war und die beste Freundin der Susi, die Putzi Gross, gut kennt, und er ist ein Prahler, er war gerade beim Anschluß in Wien und erzählte Gschichten, wie er auf den Kobenzl fuhr und über die Nazis laut schimpfte, und Desmond wurde immer mutloser. Später gingen alle schlafen, und er half mir die Tassen wegräumen, und wir hatten ein langes Gespräch.

In Hollywood war er das double für Filmstars, wenn sie fliegen, aber dabei brach einmal der Flügel des Flugzeugs ab, und er hatte beide Beine, beide Arme gebrochen, die Stirne aufgerissen und lag neun Monate lang im Gipsverband. Damals verlor er seinen Arm (er sprach darüber, als wäre es nichts). Dann brach der chinesisch-japanische Krieg aus, und er ging freiwillig als Fighter nach China und von dort in jeden Krieg. Denn in Hollywood lebte er vier Jahre lang mit einer Schauspielerin, die er sehr liebte, und dann starb sie. So ging er von China nach Abessinien, nach Spanien, von Spanien nach Österreich, in die Tschechoslowakei, nach Polen, nach Frankreich, und jetzt ist er wieder hier. Denn »my private devil is fascism, I shall never submit to ›you must‹.«

»Und fürchten Sie sich nicht?«

»Wovor?«

»Vor dem Tod, daß Sie abgeschossen werden.«

»Nein, nur vor Schmerzen. Vor dem Tod fürchte ich mich nur bei anderen.«

Mir aber schien es, daß er am Grab seiner Geliebten wie Kränze die vielen Toten hinlegt, die er in den Kriegen gesehen hat, daß er ihr dadurch verbunden bleibt, weil er unter den Toten zu Hause ist, und seine eigene, glaube ich, gewaltige Gier nach Leben und Luft und Freiheit damit rechtfertigt, daß er von allen Seiten von ihrem Tod umgeben ist, von ihr. Denn ich glaube ihm, wenn er sagt, daß er sie wirklich geliebt hat, wenn er sagt, daß er niemals wieder jemanden anderen lieben *will*. Und weshalb ist er als ferry-pilot nicht zufrieden? Er will unbedingt wieder Fighter werden, aber ich bin ganz sicher, daß es nicht eine Art Selbstmord ist, sondern genau das Gegenteil, Leben, Leben und Leben.

Und einmal war er in Antwerpen, da war ein großes Bergwerksunglück, und er flog »in aid of the miners' wives and children«. Er kannte keinen Menschen dort, und nachts, als er schon im Bett lag, kam plötzlich eine Frau zu ihm. Er sah sie nicht und hat sie nie gesehen, aber »es war eine schöne, wilde Nacht – und finden Sie das nicht schön?«

Da sagte ich Gute Nacht.

Ich muß oft lachen, wenn ich nachts im Bett liege und an das volle Haus denke. Ganz unten schläft Wilfrid und wünscht, daß ich zu ihm komme, und im nächsten Stock Desmond, der den Kopf traurig hin- und herschüttelt und sagt: ›What a waste of a night, what a waste!‹ Und oben liegt immer unser zufälliger Gast, ihm gegenüber Rosalies und mein Schlafzimmer, und ich denke, er muß wach in seinem Bett liegen und denken, in eins der beiden Zimmer möchte er gar zu gerne kommen, und von ganz unten höre ich fast Wilfrids mißtrauisches Lauschen nach oben, nach Schritten, nach jedem Geräusch, doch Desmond hat schon längst darauf vergessen und ist in ein Buch vertieft, und unser zufälliger Gast schläft schon, von Rosalies üppigen Bildern gehetzt.

Wilfrid ist gestern zurückgekommen, und ich hätte vor Zorn und Ärger heulen können. Es gibt keinen Menschen, von dem ich mich ständig so gekränkt und beleidigt fühle wie von ihm. Und selbst gestern, als er kam und ich ihn nicht einmal begrüßte, sondern er dann schüchtern und ängstlich ins Zimmer kam, hatte ich das gleiche Gefühl. Es ist im Grunde, daß ich spüre, was immer ich *sage*, es interessiert ihn überhaupt nicht, es ist ihm völlig gleichgültig, was ich tue, und er fragt nur aus Höflichkeit danach. Es ist ihm egal, was ich schreibe, gleichgültig, ob ich eine Stelle suche, einzig und allein will er mich beherrschen, und zwar nicht einmal geistig, sondern nur als Frau. Das erbittert mich so sehr, und mir sind Gespräche (die meistens ganz konventionell sind) mit ihm so verhaßt, daß ich ihn ohrfeigen möchte, aber meistens geh ich aus dem Zimmer. Er sagte, ich solle mit ihm nachtmahlen, aber ich lehnte es ab.

Statt dessen traf ich den Fuchs, dem ich sagte, daß ich an seiner Anthologie nicht mitarbeiten würde, weil ich sie für schlecht und unkünstlerisch hielte, und darauf sagte er, ich sei das, was »wir« »schlechte Intellektuelle« nennen. Der Kuckuck soll ihn holen.

6. Mai 1942

Ich hab zwölf Seiten an die Eltern geschrieben und vier an Dich, Ilja, und bin ausgepumpt. Ich war beim Hirschtritt, und nachher ging ich zu Bühlers. Dort war das Haus voll von Menschen, und es freute mich, daß die Besitzerin dieses flats, Margaret Hope, sich ebenso benimmt wie unsere Margaret, wenn sie zu uns kommt. Derselbe Neid, dieselbe Gereiztheit, und es gibt eine Art, die Dinge zu mustern, als ob man sie in der Hand hielte, erst einmal gründlich abwäscht und abstaubt, und dann sagt man befriedigt: Jetzt gehörst du wieder mir. Zette wurde hysterisch, und dann stellte es sich heraus, daß in der Küche das Rohr gebrochen war und das Wasser herausfloß, und dann kam Daniels und fing an, in der Sintflut Tee zu kochen, und Zette stand da und hielt sich die Seiten vor Lachen, erzählte René, daß der Mechaniker gebombt worden war, was nicht stimmt, und auf einem Sessel saß steif wie eine wohlerzogene Puppe die ganze Zeit ein Mädchen, die Augen keusch niedergeschlagen, als könne sie eine derartige Unordnung und ein solches Durcheinander nicht nur nicht sehen, sondern überhaupt nicht fassen, und sie drückte ihre Handtasche fest an ihren eingefallenen Busen und sagte nicht ein einziges Wort. Dann kam René und half Margaret Hope, die zwar praktisch aussieht, aber erstens eben einen Zug versäumt hatte und sich zweitens schrecklich über Zette ärgerte, weil sie NICHTS tat, um das Wasser abzudrehen, und offenbar nicht einmal wußte, wo man es abdrehte, aber sie selbst wußte es auch nicht und wurde nur naß. Und dann kam ein WAAF, die Schwester von Daniels, und sagte, indem sie ihrem Bruder auf die Schulter klopfte: »Did you ever see me behave other than ladylike?« Und jemand hatte die großartige Idee, Grammophon zu spielen. Indessen floß das Wasser schon in die Halle, und Zette lag am Bett und lachte noch immer, und Margaret Hope sagte: »You ought to work in a factory!« Und Zette stand auf, sperrte sich im Badezimmer ein und badete, und René ging auf die Suche nach dem gebombten Mechaniker, und das WAAF saß auf der Couch und sagte: »I love it in the forces.« Und Daniels verschlang Dutzende von Bäckereien, und ich ging, denn inzwischen war noch jemand gekommen und ich hatte genug.

7. Mai 1942

Abends kam Desmond, und ich war so glücklich, daß ich ihm Rosalie wie ein Geschenk geben wollte, und ich sagte:

»Rosalie, do tell a love-story.«

Und Rosalie fing an, ihre Liebesgeschichten auszukramen – sie erzählte sie, und mit jedem Wort schien sie ein Kleidungsstück abzunehmen, mit jedem neuen Mann, von dem sie sprach, zeigte sie sich mehr, ihren Rücken, ihre Brust, ihre Schultern, Hüften und Schenkel, so daß sie zuletzt ganz nackt war. Desmond aber war in einer nicht angenehmen Lage, denn da er um mich, seit er mich kennt, wirbt, schämte er sich, weil er plötzlich Rosalie mochte, und er konnte sie vor mir auch nicht einfach nehmen und küssen. So sagte er, daß er alle Hoffnung, was mich betrifft, schon längst verloren habe, und Rosalie ärgerte sich plötzlich und sagte, ob er denn niemanden kenne, der mich verführen könnte – sie ärgerte sich wirklich, denn sie fühlte undeutlich, daß alles meine Schuld war, daß sie ihm schon halb und halb gehörte. Mir aber ekelte plötzlich, und kaum ging ich aus dem Zimmer, fürchtete sich Rosalie, denn sie fürchtet sich auch vor mir, und lief mir nach.

Spät nachts klopfte Desmond an meine Zimmertür, aber ich antwortete nicht. Er öffnete die Türe, aber ich stellte mich schlafend, und er sagte: »Friedl, please let me come in.« Ich antwortete nicht, aber ich begriff, daß er in meinem Bett mit der Margaret geschlafen hatte, und ich antwortete überhaupt nicht, und er schloß die Türe leise.

Stephen Murray kommt oft her, und in vielem ist er ähnlich wie der Fuchs, und ich glaube, es ist eine Eigenschaft, die er gemeinsam mit vielen Kommunisten hat. Denn neben ihrer Trockenheit, neben ihrer Engheit haben sie eine vernachlässigte und rührende Sehnsucht nach dem Irrationellen, nach allem, was sich nicht ihrer strengen harten Disziplin unterordnen und einreihen läßt, und während der Fuchs bei Lyons sitzt und bei Wiener Walzern von einem »Arbeiterkulturgemeinschaftszentrum«, so schön wie Lyons, träumt – so hat Stephen eine Liebe für Frauen wie Rosalie, die mit Politik so gar nichts zu tun hat, die im Grunde sehr bürgerlich ist und einen Mann heiraten will, der »möglichst potent« (aus der »Hochzeit«) ist. Aber das ist die Schande in dem Leben dieser Menschen, etwas Verstecktes und vor allem nichts Wichtiges, und eben das ist es, was mich immer wieder abstößt, daß sie nämlich mit den Träumen, so verworren, so unbegreiflich sie auch sein mögen, daß sie ihre Wichtigkeit nicht begreifen, und daß man für einen Schilling nicht immer zwölf Pennies bekommt, verstehen sie nicht. Da ist noch Geoffrey, doch den kenn ich kaum, aber er ist still und, ich glaube, voll gesättigt, er hat ein hübsches Gesicht, doch seine Augen sind völlig bleich, als hätten sie niemals die Sonne gesehen. Aber für ihn, glaube ich, ist die Partei wie eine Straße, die man seit langen Jahren, seit seiner Kindheit kennt und die man liebt, mit allen ihren Häusern und den wechselnden Parteien darinnen, und sicher und unwiderlegbar weiß er, daß diese Straße eines Tages weit wie die Champs-Élysées werden wird – am Tag der Arbeiterrevolution. Alle diese Menschen haben etwas tief Beruhigendes, denn sie wurzeln irgendwo, sie haben ihren festen Wohnsitz, wohin sie auch ziehen, wohin sie auch gehen, man kommt zu ihnen, und da liegen dieselben Deckchen, stehen dieselben Bilder wie vor vielen Jahren, sie sprechen die gleiche Sprache und erröten bei den gleichen Worten, so wie immer.

9. Mai 1942

Im Garten nebenan sitzen die chinesischen Kinder, Christina und Plato. Christina hat lange, pechschwarze Zöpfe, sie ist erst dreizehn Jahre alt und von so großer Anmut, wie ich es noch niemals gesehen habe. Sie steht auf und hebt beide Arme, sie beugt den Kopf zurück, so daß ihre dicken Zöpfe fast den Boden berühren, und sie steht so leicht auf der Erde, daß man meint, es sind bloß ihre Zöpfe, die sie tragen, und nicht ihre langen, hohen Beine. Auch Plato hat diese erstaunliche Grazie, aber bei ihm ist es mehr Gassenjungenfröhlichkeit. Ich habe das Mädchen nie lachen gesehen, aber der Junge wirft den Kopf zurück, und seine chinesischen Augen zusammengezogen, lacht er laut und kann nicht mehr aufhören. Auch Chien hat diese Leichtigkeit in seinen Bewegungen, und er hat sie auch in Worten. Es ist mir ganz besonders aufgefallen, wie ich ihn zusammen mit den Russen gesehen habe. Denn die Russen waren schwer und ungeschickt, und daneben war Chien leicht wie ein Federball, und sie haben ihn auch so angefaßt, als wäre er ein Wunder aus Porzellan, und sie bewundern ihn wie Kinder. Nicht bloß deshalb, sondern weil sie auch wissen, wie viel mehr er gebildet ist, und sie respektieren und lieben ihn. »Chien, you are my brother«, sagte Sascha und küßte ihn, der dasitzt wie ein feines, ein wenig hinterhältiges Mädchen, das sich die Verehrung ihrer groben, aber gutherzigen Anbeter ängstlich gefallen läßt. Ich weiß nicht, ob mich Dostojewski ein für alle Male verdorben

28

hat und ich Russen nur durch seine Augen sehen kann, aber tatsächlich schienen sie mir alle bekannt: Sascha war Rogoschin und Volodja einer der Besessenen usw. Eines lernt man hier in England, was man bei uns nie lernt – das heißt, ein Gefühl für die Weite der Welt, und gleichzeitig macht es die Welt enger. Denn wenn Chinesen und Russen und Inder – nein, das ist eine Dummheit, aber es ist wahr, daß diese Länder plötzlich erreichbar scheinen, nicht unerreichbar weit und nicht unbegreiflich fremd.

Ich wünschte, ich könnte den Wilfrid für Dich erfinden, so daß Du ihn kennst. Es ist ein Mensch, der sich an Dostojewski gebildet hat, und vielleicht stimmt es, er hat etwas von Ivan aus den Karamasows. Ich glaube, er ist wirklicher Leidenschaften fähig. Er kommt in ein Zimmer, und er riecht die Luft, ich glaube, daß er die Atmosphäre in einem Raum erfaßt und richtig deutet. Er ist maßlos empfindlich, und wichtig, zum Beispiel, ist es, wie er lacht. Er fängt an zu lachen, richtig und herzlich, aber mitten drinnen unterbricht er sich und schaut sich mißtrauisch und zuckend um, ob es auch niemand lächerlich findet, und dann lacht er weiter, aber es ist nicht mehr echt, sondern eine Grimasse. Verstehst Du, er hat etwas von einem verprügelten, aber noch nicht besiegten Hund, ein Hund, der nicht mehr zubeißt, sondern nur noch schnappt, er glaubt nicht mehr, sondern hat nur noch einen Schimmer von Hoffnung übrig und sehr viel Bitterkeit über ein zerstörtes Leben. Aber daneben eben ist die Hoffnung, daß ein neues, ein glückliches Leben, vor allem ein erfolgreiches Leben noch möglich ist, denn er ist maßlos ehrgeizig, und vielleicht ist es bloß sein Ehrgeiz, der ihn am Leben hält. Denn er ist ein Mensch, der durch Erfahrung gelernt hat, ich glaube, er hat vieles von den Menschen begriffen und vor allem die Bitterkeit der Dinge, und je bitterer die Dinge geworden sind, desto ehrgeiziger wurde er. Aber so wie er lacht, so ist er, er beginnt mit einem vollen Impuls, mitten drinnen aber sieht er sich selber als eine lächerliche Figur, und er lacht weiter, bloß weil er begonnen hat zu lachen.

Ich kenne keinen Menschen, der so sehr zwiespältig ist, der sich ständig beider Reaktionen bewußt ist und sie nicht bloß bei sich, sondern auch bei anderen dadurch hervorruft. Ich habe immerwährend das Gefühl bei ihm, daß er sich nicht wundern würde, wenn ich ihm ein Glas ins Gesicht würfe, aber ebensowenig würde er sich wundern, wenn ich eines Nachts zu ihm käme.

13. Mai 1942

Ich esse fast täglich in dem kleinen italienischen Restaurant, und ich esse schrecklich gerne dort. Nicht bloß, weil es erstaunlich billig ist, sondern weil es voll von Leben und Radio und Pülchern und Intellektuellen ist. Im Anfang saß noch die alte Großmutter dort mit ihren Enkelkindern am Schoß und am Boden, und alle haben die gleichen blitzenden, übermütigen, braunen Augen. Sie sprach ein schlechtes Englisch, und dabei sprach sie schrecklich gerne, und sie war ganz so, wie man die alten Frauen in Italien vor den niedrigen, schmutzigen Häusern sitzen sieht mit vielen Kindern, die aus dem Haus und in das Haus laufen und lieber im Staub der weißen Straßen als im Meer baden. Die ganze Familie ist dunkel, und jetzt ist sie ganz schwarz, denn die Großmutter ist ganz plötzlich gestorben von heute auf morgen, und jetzt tragen sie alle Trauer. Am Nachmittag legt sich die eine Frau schlafen (ihr gehört der kleine Junge Roger), und gegen drei steht sie plötzlich in der Türe, die zur Küche führt, die dunklen Haare verwirrt und die Kleider noch nicht gerade gestrichen und Roger, frisch gewaschen und vor Neugierde fast berstend, am Arm. »Give me a cup of tea«, sagt sie zu ihrem Mann, der jung und immer lustig ist, der in der ganzen Welt herumgefahren ist. Er sagt, daß die Italiener im Süden schmutzig sind, im Norden sind sie anders, er kommt aus dem Norden.

»And do you know the Lido? Oh, there is nothing like it! Two big blondes at every corner!«

»Can you ever be serious?« sagt ein Autobuschauffeur.

»That is very serious.«

Und dann kommt seine Schwester oder Schwägerin. Das ist eine rassige Person, die auf seine Frau eifersüchtig ist, denn sie hat bloß ein Mädchen und Roger ist der Liebling. Auch ist ihr Mann nicht so hübsch und lustig, viel ernster, und sie mag das Radio nicht. Aber sie ist immer freundlich, viel freundlicher als die andere, denn die ist launisch, und abends ist sie müde und unfreundlich.

»Have you ever been in Belgium?« fragt ihr Mann, und ich sage nein.

»In Belgium the women are fair, with a pink skin and they all look like cows and after a year or two of love they get so-o-o.« Und er breitet die Arme aus, damit ich seh, wie dick sie werden durch die Liebe. Er war Obsthändler in Italien, er war in Amerika und Afrika, und nach dem Krieg will er nach Australien. Auch sagt er, daß er im Spanischen Bürgerkrieg gekämpft hat auf Seite der Republikaner, aber, sagt er: »Who knows, Mussolini might still be a great man.« Ich sage, nein, bestimmt nicht. Und er sagt: »Who cares, but the Italians are a great nation, and their music is the best in the world and they had the greatest sculptors.« Und dann ist da noch ein blondes, mageres Mädchen, auch sie gehört zur Familie, aber was sie ist und wessen Frau sie ist, hab ich noch nicht entdeckt. Jetzt, da sie schwarze Kleider trägt, ist sie besonders mager, und sie ist auch nicht blond, sondern eigentlich farblos und sieht so aus, als könnte sie in jedem Haus in jeder Straße zu Hause sein, und vielleicht weiß ich darum nicht, zu wem sie gehört, weil sie zu niemandem gehört und dieser schwarzen, lebendigen Familie so sehr und so wenig zugehört wie irgendeinem Ort auf der Welt.

Immer ist das kleine Café voll von Menschen, und besonders die rassige Person mit einem kleinen Schnurrbärtchen bedient gut und zeigt ihre weißen Zähne und ihre Grübchen, und Roger kriecht am Boden herum und kriegt Pennies geschenkt, und viele Gäste kennen einander und sprechen über die Tische miteinander, und dazwischen ist das laute Radio, und das kleine Mädchen kommt mit offenen Haaren aus der Küche gelaufen und läßt sich von seinem Vater oder Onkel auf den Schoß nehmen, und obwohl erst eine Woche vergangen ist, seit die Großmutter gestorben ist, lachen sie wieder, als hätte sich nichts geändert.

18. Mai 1942

Ich hab noch nicht darüber geschrieben, wie ich in Boxmoor war, mit Wilfrid und John. Es war dort ein großer Garten und ein schönes Haus mit vielen Fenstern in Grau. Das Ehepaar, sie heißen Martin und der Mann ist ein Architekt, haben eine Katze, ebenfalls grau, damit sie zu den Ben-Nicholsons paßt, die im ganzen Haus herumstehen und hängen. Außerdem gab es dort »Konstruktionen«, von dem Russen Gabo fabriziert, Margaret hat auch eine oder zwei, offenbar gehören sie in einen Ben-Nicholson-Haushalt. Die Bälle, mit denen wir Croquet gespielt haben, waren grau und rot, typische Ben-Nicholsons, und die Teller, aus denen wir aßen, auch. Ben spielte lange und kindlich fasziniert mit seinen Bällen. Kathleen Raine war da, mit großen, harten blauen Augen und nicht mehr jung genug, ganz mager und kalt. Wir saßen in der Sonne, und es war sehr heiß. Der Garten ist schön, mit großen, alten Bäumen, aber über allem war eine ganz unbeschreibliche Ödigkeit und Langweile, kein Gespräch kam zu Stande, wir saßen da, in der Hitze, aber es war nicht die schöne, volle Ruhe, die über Menschen kommt, wenn es sehr warm ist, sondern eine ausgedörrte, zerflatterte Stille und Unruhe. Ich habe gedacht: Hier sitzt Ben Nicholson, ein berühmter Maler, und Kathleen Raine, die eine gute Lyrikerin sein soll, und Wilfrid Roberts, M. P., und dieser Architekt Martin, der gut und modern sein soll, und niemand weiß, was er sagen soll. Sie haben sich das ganze Haus mit hellgrauen, beruhigenden, formvollendeten Bildern vollgehängt, und anstatt sich bei diesen Bildern auszuruhen, wenn sie lustig und aufgeregt und lebendig waren, haben die Bilder sie überwältigt, und sie können nur noch in Hellgrau denken. Denn Hellgrau ist nur schön, wenn etwas dahinter verborgen ist, wenn es wie ein Nebel über den Bergen oder dem Meer liegt, oder wie die Dämmerung, bevor die Nacht kommt, eine graue, durchsichtige Luft, hinter der der tiefe, sternenbedeckte Himmel liegt. Aber Hellgrau an sich, das ist schmutziges Geschirr und schmutzige Wäsche und Staub auf den Fußböden und Kasten und die Sorge für morgen, und die Hühner müssen mit ihrem hellgrauen Brei gefüttert werden. Und so waren diese Menschen an einem strahlenden Sonntag, voll von diesen Dingen, von Dingen für den Tag und für morgen, und die Engländer verstehen keine Feste zu machen und sind zu wohlerzogen, um neue Menschen mit all der Spannung und Erwartung und dem Staunen zu begrüßen, die wir gewohnt sind. Wenn sie es auch haben – und ich kann mir kaum vorstellen, daß sie es nicht haben –, so verstecken sie es, und man kommt, trifft fünf oder auch ein Dutzend neue Menschen, und man setzt sich hin, trinkt seinen Tee, als hätte man schon seit Jahr und Tag hier gejausnet, und niemand fragt, woher man kommt oder was man tut.

Martin saß neben mir, und ich versuchte mit ihm über seine Arbeit zu sprechen, aber selbst das, wovon sein Leben erfüllt ist, interessierte ihn nicht. Dann kam seine Frau, sie war ein Jahr lang in Spanien gewesen, und das war alles. Kathleen Raine machte sich einen Kranz aus Gänseblümchen, der ihr vor zehn Jahren gestanden hätte, John machte ihr den Hof, denn sie ist ›wichtig‹, und Wilfrid sprach mit Nicholson, und so sehr ich mich bemühte hinzuhören, ich konnte nicht ein Wort verstehen. Ich habe an Deine Gesellschaften in Wien gedacht, wo alle aufgeregt und entzündet waren, wo immer etwas geschehen ist, wo jeder versuchte etwas beizutragen. Aber hier war ein hellgrauer Ben-Nicholson-Sumpf, in dem wir alle erstickten, und der einzige, der dabei am Leben blieb, war Nicholson, der, beweglich wie eine Marionette, in die Küche ging und das hellgraue Geschirr abwusch.

19. Mai 1942

Philip Henderson war bei uns, er ist Millicents Mann, sie hat ihn für den Klingender aufgegeben.

Er ist ein verträumter Mensch mit trüben blauen Augen, und er stottert. Wir sprachen über die Engländer, und seine ganze Unzufriedenheit kam dabei zum Vorschein. Ich glaube, wenn man einen ganz unerträglichen schweren Kummer hat, so sucht man Dinge, für die man nichts kann und die auch wirklich nicht in Ordnung sind, und man beklagt sich über das schlechte Wetter und meint einen Brief, der nicht gekommen ist. Ich glaube, er ist traurig, weil Millicent ihn verlassen hat, und er ist unzufrieden in seinem fire-service, er ist überhaupt ein trauriger und nicht genügend kräftiger Mensch. Er sagt, daß er die Burschen bei der Feuerwehr nicht ertragen kann. Sie sprechen die ganze Zeit über nichts anderes als über das Klosett, und wenn sie essen, trommeln sie erst mit Messern und Gabeln auf den Tisch, und dann vergleichen sie die Speisen mit den schrecklichsten und schweinischsten Dingen und bewerfen einander damit. Den ganzen Tag spielt das Radio, und sie schreien sich diese Schweinereien über den Tisch zu, und wenn sie fertig sind, freuen sie sich schon auf das Klo. Darum kommt ihm jede andere Lebensform besser vor, und Wien kam ihm besser vor als Paris, weil er Paris schon kennt. Plötzlich sagte er:

»Ich finde, Millicent sieht nicht besonders gut aus. Was meinen Sie?«

»Ich hatte den Eindruck, es geht ihr gut.«

»Nein, ich nicht. Sehen Sie, früher hatte sie lange Haare. Sie ließ sie für mich wachsen, weil sie wußte, daß es mir gefiel, aber jetzt hat sie sie kurz geschnitten.«

»Wie schade.«

»Es gibt ihr ein Gefühl der Unabhängigkeit. Sie ist ein dickköpfiges Mädchen. Und Sie glauben also, daß es ihr gut geht?«

Was sollte man sagen? Es geht ihr gut, und sie ist glücklich mit diesem Klingender. Glücklicherweise kam John, und er hatte ein Buch von Philip gelesen und sagte, wie gut es war, und Philip freute sich darüber. Später kam Wilfrid, und ich machte noch einmal Kaffee, und Wilfrid hatte einen Plan zur Rettung der Menschheit und seiner fünf Farmen, und wir sprachen darüber, und ich glaube, Henderson, als er um eins endlich wegging, fühlte sich erfrischt und froher, und er kommt am Freitag und wird uns Gemüse pflanzen. Ich mag ihn, und ich möchte, daß Du ihn kennenlernst, er ist ein feiner, sensitiver Mensch.

Wilfrid hat zwei Blicke, einen bösen, ängstlichen, mißtrauischen, mit dem mustert er neue Menschen, und einen zweiten, offenen, großen, der sagt, so bist du, ich kenn dich, ich habe viel gegen dich einzuwenden, und ich gebe mich keiner Täuschung hin, aber trotzdem mag ich dich.

23. Mai 1942

Der Wilfrid hat seine Bücher schon eingepackt, und in ein paar Tagen wird er ganz weggehen. Es ist wieder einer meiner ›failures‹, von welcher Seite auch immer ich es betrachte. Es ist mir nicht gelungen, obwohl ich mich bemüht habe, eine menschliche Beziehung, irgend etwas von Wert zwischen mir und ihm zu schaffen – weiß Gott, wessen Schuld es ist. Ich habe immer gedacht, alles kann besser und würdiger werden, wenn irgendeine schöne, eine menschliche Beziehung zwischen uns möglich ist, dann wäre alles nicht so beleidigend, und vielleicht könntest auch Du es eher vergeben. Aber ich habe es nicht zuwege gebracht, vielleicht weil er zu herrschsüchtig, ich zu eitel bin und im Grunde wahrscheinlich weil keiner bereit war und weil es bei keinem möglich war, diese Beziehung voll zu nehmen. Auch bei einer Freundschaft, glaube ich, muß wenigstens einer in den anderen ›verliebt‹ sein. Vielleicht habe ich versagt, auch ihm gegenüber, und war nicht freundlich und gut genug und habe nicht begriffen, daß er wahrscheinlich wirklich sehr unglücklich war, wie er gekommen ist. Aber von Anfang an habe ich mich von ihm beleidigt gefühlt, und von Anfang an habe ich gewußt, daß das, warum er gekommen ist, unmöglich war. Denn er ist am Neujahrstag hierher gekommen und hat gehofft, daß er ein neues, unbeschwerteres und junges Leben hier führen wird – für ihn war ich sehr jung, und er hatte sein Leben so satt. Er wollte mit offenen Armen aufgenommen werden, er wollte einen Ort haben, wo er ruhig sein kann, aber er kann nirgends Ruhe haben, er ist zu rastlos und gehetzt und entsetzlich leicht gelangweilt. Vielleicht hätte ich ihm mehr helfen können, aber für ihn heißt Ruhe nicht, sitzen und sprechen und Musik hören, sondern – ich erinnere mich, daß er einmal gesagt hat: »Can't I make you as miserable as I am myself?«

Das war ihm ernst. Er wollte, daß ich mit ihm lebe, und er hat gewußt, daß mein Leben dabei ruiniert wäre, aber dann hätte er seine Ruhe mit mir gehabt.

Gott sei Dank, er ist weg, er ist weg, er ist weg!

28. Mai 1942

Ich frag mich oft, wozu schreib ich? Und ich frag mich, oder Du fragst mich, wenn ich mit Menschen spreche und so viel von ihnen weiß: Wozu? Haben Erfahrungen, welcher Art auch immer, irgendeinen Wert in sich selbst? Ich will gut schreiben, ich will für Dich ein Leben schaffen, das Dir Deine Arbeit ohne Sorge ermöglicht, aber was sonst will ich? Was will ich für andere Menschen?

Philip Henderson ist sehr einsam. Er wohnt in einem schönen alten Haus mit herrlichen Bäumen vor den großen Fenstern. Sein Zimmer ist groß mit nicht sehr vielen Büchern, mit nicht sehr vielen Möbeln – es ist ein Zimmer zum Auf-und-ab-Gehen. Man kann aus den Fenstern schauen, die Regentropfen fließen von den grünen Blättern der Bäume. Unten ist die Straße stumm, nur an der Wand hängt als einziges Bild ein Portrait Millicents, das ihre Frische und Lebendigkeit unterschlägt und aus ihr eine alte, harte Frau macht.

Philip, denke ich mir, geht in seinem Zimmer in Kreisen herum, ich denke, daß er sich ausdenkt, was er Klingender antun möchte. In seinem Zimmer spürt man die ganze öde, langweilige, brennende Verzweiflung, in der er lebt, mit Grammophonplatten, die ihm seinen Schmerz, wie ein Spiegel, der uns verschönt durch eine besondere Verzerrung, durch ein besonderes Licht, entgegentönen, mit einem Telephon, unten, in der kleinen Nische mit einem Fenster, von wo man an schönen Tagen ganz London und Kent übersieht, und einem schmalen Bett hinter einem Vorhang, der nie ganz zugezogen ist. Und der kleine Spalt, durch den man auf sein Bett sieht, ist eine Art Geißelung und eine Art Hoffnung, so, als wäre es noch immer möglich, daß das Bild an der Wand wieder lebt und atmet und seine Kälte und Härte verliert, so daß der Vorhang zugezogen werden muß, und eine solche Schande, wenn er, an seinem Schreibtisch sitzend, sich umdreht und seine leeren Sandalen mit den ledernen Spangen am Boden verdreht liegen sieht.

Er hatte einen guten Tee vorbereitet mit Schalen, die er und Millicent aus Frankreich mitgebracht haben. Wir sprachen über Kommunismus und Literatur (eins von den Dingen, über die ich mir jetzt ständig den Kopf zerbreche, vor allem, weil ich nicht genau weiß – warum bin ich so dagegen, warum halte ich es für so falsch?). Dann sagte er: »Would you like to see the ballet?« Und ich sagte – ja. Und dann sagte er, er wollte ursprünglich mit Millicent gehen, aber er hätte ihr geschrieben, daß es nicht möglich wäre, und könnte ich gehen. Ich sagte, ich wüßte nicht genau, ob ich Zeit hätte. Da sagte er: »For God's sake, don't say, you can't go.«

So ging ich mit ihm ins Theater, und es war herrlich, ich bin ganz begeistert davon, ich war so lange nicht im Theater. Es war ein Ballett, und zuerst spielten sie etwas von Purcell nach einem Gedicht von Marlowe: Como, und es ist fünf Jahre her, seitdem ich ein Ballett gesehen habe. Robert Helpmann ist der erste Tänzer, und weiß Gott, er ist schön wie ein Märchenprinz und von einer Eleganz und Grazie, wie ich es noch nie in einem Mann gesehen habe. Ich habe zum ersten Mal begriffen, wie die Bewegung aus der Musik geboren werden kann – er war wie eine Erscheinung, die die Musik erschafft und erzaubert, selbständig und doch ganz in ihrem Banne, und das letzte Stück war Hamlet mit Musik von Tschaikowsky. Da trug er enge schwarze Trikothosen und einen Rock aus Samt mit einer breiten Schärpe. Sein Hals und sein Gesicht waren weiß wie Schnee, und er hat pechschwarze Augen und Locken. Der Totengräber spielte mit einem Totenkopf, und er versuchte ihn zu fangen, sein Gesicht verzerrte sich, das Licht auf der Bühne wurde grünlich und seine Bewegungen und sein Tanz feuriger und hinreißend, so daß die Leute atemlos dasaßen, und als der Vorhang fiel, war es mäuschenstill. Dann kam Beifall, wie ich ihn in England noch niemals gehört habe, und der Vorhang ging in die Höhe, und da stand er, sein Gesicht tiefernst und weiß, und er verbeugte sich, mit dem Kopf nach oben gewandt und die Hände geöffnet, als fiele der Beifall vom Himmel (während es oben wahrscheinlich schmutzige Kulissen und Drähte und weiß der Teufel was noch gibt, nur keinen Himmel) und er wollte ihn auffangen, doch als der Vorhang das dritte Mal in die Höhe ging, schien er sich gefaßt zu haben und doch zu erkennen, daß der Himmel nicht auf ihn herunterklatschte, sondern das Publikum zu ihm hinauf, und er legte seine weiße Hand auf seine schwarze Brust und verbeugte sich tief.

Im Eingang hatten wir Joan Lawson getroffen, sie ist die Freundin von Edith Youngs Sohn Michael, und Philip hatte zehn Jahre lang mit ihr, Edith Young, gelebt. Sie ist vierzehn Jahre älter als er, und ich habe ihre »Lectures« gehört. Wir tranken Kaffee im Café Royal, und er erzählte mir alles von ihr.

29. Mai 1942

Es gibt eine Art, die Menschen anzusehen und, so machen es die meisten, sie zu akzeptieren, ihre Fehler gehören zu ihnen wie ihre guten Eigenschaften, und jede Kritik ist verpönt. Es ist genau entgegengesetzt zu Deiner Art. Es ist die weitaus bequemere Art nach jeder Richtung hin. Es ist gleichzeitig unmenschlich.

Der Desmond hat alle seine Tagebücher und Briefe hierher gebracht.

Seit der Zettegeschichte mag mich die Rosalie nicht mehr. Du hast ganz recht gehabt, ich habe mich taktlos und gemein aufgeführt, und natürlich kann sie es nicht verzeihen, ich bin ihre eigene, personifizierte Gemeinheit. Je mehr man von Menschen weiß, desto schwieriger ist es, mit ihnen auszukommen, denn jeder Mensch, oder vielleicht jeder bessere Mensch, will immer als sein eigenes Ideal von den andern Menschen gesehen werden, und hat man einmal zu viel von sich gesagt, so ist man mißtrauisch und fürchtet den anderen. Wahrscheinlich hat der Wilfrid mich von dem Augenblick, da er mir so viel von sich erzählt hat, nicht mehr mögen, hauptsächlich deshalb, weil er mich doch nicht gekriegt hat, und ich Trottel habe mir eingebildet, daß es der Anfang von etwas Besserem zwischen mir und ihm ist.

Anthony Broadbridge war letzten Samstag hier, und ich muß sagen, er ist ungefähr das widerlichste Individuum, das mir in meinem Leben je untergekommen ist. Millicent und Francis kamen, und Anthony mit seinem weißen, mit Wimmerln übersäten Gesicht zuckte schockiert zusammen, als er Francis sah, unordentlich und mit seinem Buschen von schwarzen Haaren, die ihm über die Brillen hängen. Anthony trug hellgraue Schnürlsamthosen und eine gelbliche Jacke mit einem großen Taschentuch in der Brusttasche, und so gingen wir Tee trinken. Er hat kreideweiße, schöne Hände und verbrachte die Zeit hauptsächlich damit, sie zu bewundern, anzusehen, herumzuspielen, er rieb sie an seinen Schnürlsamthosen, knipste Stäubchen von diesen Hosen, und er sagt nicht ›bedsittingroom‹, sondern ›bedsitter‹, er hat, was man, glaub ich, eine aristokratische Aussprache nennt, und Millicent wurde immer verärgerter und fast wütend, als er sagte, er sei ein C. O. Ich auch. Francis sagte überhaupt nichts, sondern verschlang unzählige Sandwiches und setzte seine ›Ach-man-muß-auch-an-den-schlechtesten-Menschen-etwas-Gutes-finden-Miene‹ auf. Als alles aufgegessen war, verabschiedeten sie sich, und als ich zurückkam, sagte Anthony: »What charming people.«

Und ich sagte: »Warum haben Sie den Kriegsdienst verweigert?«

Und er sagte: »Ach, meine Liebe, in England gibt es Leute, die diesen schrecklichen Krieg führen und ihre eigenen Taschen füllen, und warum –«, er besah seine Hände aufmerksam, »warum sollte ich für sie sterben?«

Und ich sagte: »Waren Sie Mitglied der kommunistischen Partei?«

»Nein. Ich habe zwar ein-, zweimal daran gedacht. Aber selbstverständlich ist deren Sichtweise viel zu eng für mich. Ich kann sie, wenn ich so sagen darf, nicht mit meinen philosophischen Ansichten vereinbaren, und außerdem« – er blickte ins Weite –, »gibt es eine Tradition, die wir jedenfalls viel vorbehaltloser bewundern können und die, da stimmen Sie mir bestimmt zu, viel erstrebenswerter ist – die aristokratische Tradition.«

Ich sagte: »Auf die pfeif ich.«

Er lächelte und sagte: »Meine Hände sind irgendwie klebrig geworden – kann ich sie rasch waschen?«

Und dann wusch er seine Hände, und ich habe noch nie jemanden mit solcher Andacht Hände waschen gesehen – offenbar sind diese weißen, blutlosen Finger für ihn ein Beweis seiner Zugehörigkeit zur Aristokratie.

Und ich sagte: »Es tut mir sehr leid, aber ich muß jetzt arbeiten.«

Und er sagte: »Oh! Entschuldigen Sie sich nicht. Ich setze mich in den Garten, und später können wir eine Kleinigkeit essen.«

»Aber ich werde ziemlich lange beschäftigt sein.«

»Das macht nichts, ich kann mich so lange meinem Buch widmen.«

Er setzte sich in den Garten, und ich las oben, und zuletzt dachte ich, am besten ist es, wenn ich mit ihm ins Kino geh, so werde ich ihn los. Wir gingen ins Kino, und ich bekam Kopfweh, und Anthony zog aus seiner Tasche Riechsalz und hielt es mir unter die Nase. Dann schnüffelte er selber daran und sagte: »Oh, wie erfrischend!«

Nach dem Kino sagte ich: »Also auf Wiedersehen.«

Aber es stellte sich heraus, daß er seinen Mantel und sein

Buch bei uns vergessen hatte, und so mußte er wieder zurückkommen. Auf dem Heimweg sagte er plötzlich:

»Wissen Sie, ich bin ein rechter Tunichtgut.«

Ich sagte: »Ihr ganzes Leben kommt mir recht nichtsnutzig vor.«

»Ach, meine Liebe, versuchen Sie nicht, das zu ändern. Das haben schon viele versucht, und es führt zu nichts – ich bin einfach ein Vagabund.«

Und später: »Die Poesie ist eine meiner Leidenschaften.«

Und ich dachte, er hat eine soziale Ambition und eine poetische, und er schnüffelt ständig mit der Nase, als sei die Luft nicht gut genug für ihn.

Als wir nach Hause kamen, sagte er: »Sind Sie nicht hungrig?«

»Nein, nicht sehr.«

»Aber, meine Liebe, Sie sollten etwas essen.«

»Wir haben nichts«, sagte ich und lief aufs Klo.

Indessen hatte der aristokratische Anthony drei Lammkoteletts gefunden und sagte: »Oh, darf ich sie braten? Kochen gehört zu meinen Hobbys.«

Und so kochte ich ein Nachtmahl, selber fast so kochend wie die Töpfe, und Anthony wusch sich noch einmal die Hände, und nach dem Nachtmahl wurde es plötzlich klar, was er wollte. Denn er war »rather in a fix«. Er hatte gedacht, er würde übers week-end wegfahren, und war dann doch nicht weggegangen, aber seine Hausfrau hatte andere Leute eingeladen, so daß sein Zimmer besetzt war. Aber ich wurde wütend, ich sagte, wir hätten keine Betten, und außerdem wäre ich todmüde und wollte schlafen gehen. Und er sagte: »Eine Couch reicht mir völlig.«

Und ich sagte: »Wir mögen so was nicht, und die Besitzerin des Hauses kommt heute und wäre wütend.«

»Wie eigenartig.«

»Ich finde das überhaupt nicht eigenartig«, sagte ich und öffnete die Tür.

Und es war kohlrabenschwarz draußen, und der noble Anthony wanderte davon, aber auf halbem Weg besann er sich auf seine poetische Bestimmung, verwandelte sich in den ›vagabundierenden Dichter‹ und verbrachte die Nacht auf einer Polizeistation und rief mich am nächsten Morgen an und sagte: »Man bekommt dort ein exzellentes Frühstück.«

1. Juni 1942

Kathleen war unlängst hier, ich habe fast eine Stunde lang mit ihr gesprochen. Wir sprachen über sie – sie war in der Schweiz in einer Lungenheilanstalt gewesen und hatte dort mit Silone gelebt. Ihr Gesicht ist nicht ›fein‹, wie ich zuerst dachte, sondern wie gehämmert, mit breiten Flächen, einem kleinen Mund und eng beisammen liegenden Augen. Sie ist lebendig, aber trotzdem, wenn man mit ihr spricht, hat man das Gefühl einer bodenlosen Leere, auf der ihre Lebhaftigkeit gedieh wie eine Krankheit, wie die Wimmerln auf ihren weißen, blassen Wangen – kleine, entzündete Farbflecken. Kathleen hat sich auf die Politik und das Geschäft geworfen, ihre Liebe (oder Lieben, weiß Gott, was allen vorausgegangen ist) war ein Mißerfolg, und nun ist sie »violently successful«, wie Wilfrid sagt, und betritt einen Raum, als sagte sie: »Ihr geht mich nichts an, ihr könnt mir nichts anhaben, aber ich kann euch benützen.« Sie lebt mit Roland Penrose, aber sie kann ihn nicht lieben, denn das, was man als Leere, als diese weiße, verkalkte Fläche fühlt, ist wie die ungeformte Masse erstorbener Leidenschaften und

44

vergiftet ihren Körper, so daß der Arzt sagt, in zwei Jahren wird sie sterben.

Bei unserer Gesellschaft wurde ihr plötzlich schlecht, und sie lief hinunter in Wilfrids Zimmer und erbrach. Das Klosett war näher, und schließlich wohnt sie nur fünf Minuten entfernt. Aber sie lief hinunter in sein Zimmer, und er leerte die Töpfe aus und legte sie in sein Bett, er schlief auf seinem campbed vor ihrer Türe. Ich weiß nicht, warum ich es aufschreibe, ich habe es Dir schon erzählt. Aber zwischen ihnen sind alle Schranken gefallen, zwischen ihnen gibt es nur noch einen gewaltigen Ekel, und das ist ihre letzte und schamloseste Intimität. Es kann daraus – daß er ihren Dreck ausleert – nichts Gutes entstehen, es kann nichts Neues und Hoffnungsvolles daraus erwachsen, Wilfrid muß es nur zu gut wissen. Und trotzdem tut er es, trotzdem hält er an ihr fest, obwohl er nur zu gut weiß, daß *das* das Letzte ist. Denn ihm ist nicht mehr an ihr gelegen. Ihm ist an der ›Leidenschaft‹ an sich gelegen, an diesem einen, überwältigenden, verrückten Zustand, der seinem zwiespältigen und nervösen Leben einmal eine Richtung gegeben hat. Am Ende einer Liebe, einer Leidenschaft weint man wahrscheinlich nicht so verzweifelt um den Geliebten oder die Geliebte als um die Kräfte, die diese Leidenschaft in einem bewegt, als um die erhobene und exaltierte Luft, in der man gelebt hat, in der jeder Tag zu einem Sieg oder zu einer Niederlage wird. Es ist eine Zeit, in der alle Kräfte aufs äußerste gespannt sind, in der es keine Langweile gibt, weil alles seine Bedeutung hat, und nun ist all das unwiederbringlich verloren, während der Mann oder die Frau noch da sind, und man betrachtet sie oder ihn mit kalten, verzerrten Blicken, und man wünscht, eher sollten sie gestorben sein als die Liebe, die ein Leben spannt, so daß man wie ein Seiltänzer die Tage durchtanzt, zwischen Himmel und Hölle.

Ich kann mir vorstellen, daß die meisten Liebesmorde darum begangen wurden, nicht, weil man betrogen wurde, sondern weil man um sein Gefühl betrogen wurde, und vielleicht ist der Tod des einmal geliebten Menschen ein letztes Mittel, um dieses Gefühl am Leben zu erhalten, und vielleicht wünscht Wilfrid ganz zuletzt, daß Kathleen wirklich sterben soll, so wie es die Ärzte voraussagen, vielleicht hat er auch den Tod seiner Frau herbeigewünscht.

3. Juni 1942

Edgar Duchin – das sky hat er abgelegt – und Betty sind ein komisches Paar. Sie ist dünn und zart wie ein Stengel, und wann immer man sie zusammen sieht, streiten sie. »Edgar dear«, sagt Betty, und er sagt: »What is the matter, Betty dear.« Über irgend etwas ist Betty ständig erbittert, aber selbst wenn sie wütend ist, spürt man doch ihre Hilflosigkeit ihm gegenüber. Er schaut sie niemals an, wenn sie zu ihm spricht, und schon das alleine macht es leicht für ihn und schwer für sie.

Seitdem ich sie kenne, sind sie beide ›arbeitslos‹. Er ist ständig auf der Suche nach einem ›job‹ und, ich glaube, aus purstem Mitgefühl mit ›dear Edgar‹ oder ›Edgar dear‹ hat Betty ihre Arbeit, sie ist Kindergärtnerin, aufgegeben, so daß sie jetzt gemeinsam über die Ungerechtigkeiten der Behörden klagen können. Er ist ein Rechtsanwalt, »but of course I would like to do my bit«, sagt er und reibt seine großen Hände. Doch die Folgen dieser Arbeitslosigkeit waren fatal, denn Betty erwartete plötzlich ein Kind. Nun leben sie schon zwei Jahre lang zusammen, aber Edgar dear kann sich nicht entschließen, Betty zu heiraten. Der Grund, sagt er, ist sein Vater, von dem er Geld erben soll und der ihm eine christliche Frau nicht verzeihen würde. Betty, natürlich, wollte das Kind, aber Edgar zwang sie dazu, es sich nehmen zu lassen. Knapp nachher kam Betty zu uns – und es waren eine ganze Menge anderer Leute da –, aber Betty, offenbar sehr verzweifelt, machte jedermann klar, was eben geschehen war, und Edgar saß daneben, grinste über das ganze Gesicht und sagte:

»Betty! Betty dear!!«

»Das ist kein Grund, sich zu schämen, Edgar dear. Das hast du selbst gesagt.«

Als alle alles wußten, wurde Betty plötzlich sehr liebenswürdig.

»Findet ihr nicht«, sagte Edgar, »daß Betty reizend aussieht mit der neuen Frisur? Komm, Betty, dreh dich um und zeig dich. Ist sie nicht reizend?«

Betty drehte sich um und sagte, plötzlich wieder wütend, zu mir: »Wissen Sie, was die Leute über Edgar sagen? Sie sagen, er ist eine Jauchegrube, voll mit dreckigen Geschichten. Ist das nicht gut?«

»Betty«, sagte er, aber er grinste.

»Na, es stimmt ja, nicht wahr? Ich kenne niemanden, der so viele dreckige Geschichten kennt wie du!«

»Und sehr lustige«, sagte er.

Einige Wochen später traf ich Betty, und wir gingen ins Pub »for a drink«.

Edgar war eben nach Oxford gefahren, besonders um Margaret Stewart dort zu treffen, aber Betty hatte Margaret Stewart in London gesehen und sagte:

»Ich lach mich kaputt, wissen Sie – jedesmal wenn Edgar nach Oxford fährt, kommt Margaret nach London, und jedesmal verpaßt er sie. Haha!«

»Und wie geht es Ihnen?«

»Oh, mir geht's sehr gut, alles in Ordnung, ich bin völlig zufrieden. Sehe ich nicht zufrieden aus?«

»Doch.«

»Edgar und ich sind very happy. Ich habe zwar mein Zuhause verlassen, um mit ihm zu leben, und jetzt kann ich natürlich nicht zurück, weil der Teufel los ist, wenn ich meinen Vater sehe. Nicht, daß ich zurückwill. Natürlich ist Edgars Verhalten, wie ich ihm immer sage, genau von der Art, die Antisemitismus hervorruft. Warum soll er nur ein jüdisches Mädchen heiraten? Na ja, wahrscheinlich kann der arme Kerl nicht anders, und wir sind wirklich völlig zufrieden, so wie es ist. Aber ist es nicht lustig, daß er Margaret immer verpaßt? Jedesmal, wenn er nach Oxford fährt. Ich bin schrecklich einsam, wenn Edgar nicht da ist.«

Es ist eine von diesen tödlichen, diesen schrecklichen Beziehungen, in der einer den anderen fast umbringt, in der einer den anderen ständig zu sich zwingen will, und ich kann nicht ganz verstehen, wozu es zuletzt führen soll. Aber bei alledem glaube ich nicht, daß Betty lügt – es ist eine der Arten – so wie die Margaret und der Desmond –, auf die Menschen »very happy« sind.

4. Juni 1942

Heute nachmittag war ich schwimmen. Ich habe einen langen Spaziergang über die Heide gemacht, und wie ich über die Wiesen ging, hatte ich zum ersten Mal – ich glaube, seit Grinzing – wieder dieses Gefühl von grenzenloser Weite – daß man gehen kann, wohin man will, daß man wandern kann, wohin es einen zieht. Das Bad ist ein kleiner Teich, ganz umgeben von Bäumen. Hinter den Bäumen blöken die Schafe, und der Hirte spielte,

wenn auch falsch, auf einer kleinen Flöte. Es ist ein Bad nur für
Frauen, und sie liegen fast nackt im Gras und auf den Holz-
balken, es war heiß, und das Wasser war kühl. Plötzlich ist eine
Ente mit neun kleinen Entchen vorbeigeschwommen. Ich bin
im Gras gelegen und hab in den Himmel geschaut und gelesen,
und rund um mich lagen die anderen Frauen, die meisten haben
die Schwimmanzüge bis zu den Hüften heruntergerollt gehabt,
alte und junge Frauen, manche hatten eine schöne, schon ganz
gebräunte Haut. Der Teich ist ein wenig gewunden, aber fast
rund, und eine nach der anderen versank darin, so daß bloß
noch der Kopf herausschaute, und wenn sie wieder ans Land kamen, schüttelten sie sich, und die Wassertropfen hingen an ihren Armen. Ich schlief ganz leicht ein, ich hörte das Summen
der Stimmen, und ich spürte ihre Bewegungen, wenn jemand
aus dem Wasser kam, auf dem Weg zu ihrem Platz bespritzte
sie die anderen, und die Tropfen fielen auf meine Beine und auf
meine Schultern, und der Himmel leuchtete vor Sonnenschein.
Wir lagen dort wie ein einziger, riesenhafter Frauenleib, und die
Hitze verwischte die Gestalten, der Himmel und das Wasser,
die Bäume und die Ruhe machten, daß wir Zärtlichkeit für einander und die faule Lässigkeit der Schafe auf der Weide hatten,
nur die Alten sprachen viel und lächelten die Jungen neidig an.
Lieber, lieber Ilja, wie schön kann das Leben sein, voll von Hitze, Himmel und Wasser!

Am Rückweg ging ich auf den Parliament Hill, und die Stadt
war ganz klar, bis an den Fluß, da gibt es immer einen Nebel.
Und ich habe London jetzt schon gerne, ich bin nicht gerne in
der Stadt, aber ich habe die Stadt gerne, von Parliament Hill
schaut London gar nicht so groß aus, und ich habe es von Dir
gegrüßt. Ich war müde und hungrig und bin lange auf einer
Bank gesessen, und im Gras schliefen viele Leute mit offenem

Hemd und einer roten Brust. Ich ging in mein kleines Café, und die Kinder kamen eben nach Hause.

»Roger!« rief die Mutter, »Roger!« Sie setzte ihn auf den Tisch und küßte ihn. Ich habe Limonade getrunken, und zwei Frauen aus dem Bad kamen plötzlich herein und aßen ihr Nachtmahl. Ich konnte nicht verstehen, was sie sprachen.

6. Juni 1942

John kann, glaube ich, aus purster Berechnung sowohl Männer wie Frauen lieben. Ich glaube, daß das der Anfang seiner Karriere war – er konnte sich mit beiden Seiten verhalten, mit Frauen, die ihm nützlich waren, lebte er, und mit Männern, die ihm helfen konnten, lebte er auch. Es ist dies wirklich seine Natur, und je mehr ich darüber nachdenke, desto weniger erstaunt mich seine karrieristische Lebenshaltung. Er hat keine, nicht einmal die normalste einheitliche Bindung an irgend etwas oder irgendwen, das heißt, nicht einmal seine homosexuellen Triebe sind klar, sondern »they come in useful« – einer seiner Lieblingsausdrücke. Ich kenne keinen Menschen, der mit so unumstößlicher Sicherheit das rechte Wort am rechten Platz anbringt, der mit so erstaunlichem Instinkt die richtigen, das heißt, die nützlichen Menschen ausschnüffelt und sie zum Lunch (auf Kosten des *Sunday Pictorials*) einlädt, und ich kenne keinen Menschen, der sich so entsetzlich ungemütlich in ›Lowbrow‹-Gesellschaft fühlt. Geht man am Sonntag mit dem John ins Pub, so spürt man, wie er geradezu physisch unter der Anwesenheit dieser Verkäuferinnen, Arbeiter und sonstigen Gesindel leidet, er fleht einen fast an, ihn aus dieser unwürdigen Gesellschaft zu erretten, womöglich ihn sofort in einem Taxi ins Ritz oder Savoy zu befördern, in welcher Atmosphäre er sich in kürzester Zeit erholt und den Abend mit Mann oder Frau (je nachdem, wer mehr Geld oder Einfluß hat) äußerst angeregt verbringt. Gleichzeitig vollbringt er, als gehörte es sich – und ich glaube, es gehört zum guten Ton in der englischen Gesellschaft –, einige gute Taten hie und da. Er ›adoptierte‹ einen spanischen Jungen – wahrscheinlich mit dem Geld der Constance, und weiß Gott, was er mit ihm tat; hie und da verhilft er jemandem zu einem Posten, was ihn in seinen eigenen und den Augen der anderen hebt. Gleichzeitig hat er ein heilloses und geradezu irrsinniges Faible für die Aristokraten, findet, daß sie die einzigen Menschen sind, mit denen man verkehren kann, daß sie freundlich, amüsant, gut informiert sind, und ihr Reichtum gibt ihm ein Gefühl von Sicherheit, das er sonst entbehrt.

Eines seiner Hauptprinzipien ist es, unter keinen Umständen, und wenn auch noch so sehr provoziert, eine wirkliche Meinung oder ein Urteil abzugeben, nicht einmal über Menschen, die ihm nichts nützen, denn eines Tages könnten sie ihm nützlich sein, und mit wunderbarem Gedächtnis wiederholt er die Bonmots anderer, witziger Menschen. Er hat viel von Lucien ›de‹ Rubempré, und mit all seinen nützlichen Eigenschaften tut er mir manchmal bitter leid. Es ist etwas fast Wahnsinniges in dieser Leidenschaft für ›Erfolg‹, in diesem ununterbrochenen Wachsein zu neuen ›Möglichkeiten‹, diesem ständigen Abwägen von Menschen und in dieser einzigen Bindung, die er hat, nämlich an sich selbst. Es ist eine einzige ständige Erniedrigung, und eine seiner ›besten‹ Eigenschaften ist es, daß er sie nicht spürt und niemals übelnimmt.

Er ist das, was die Engländer ›pleasant‹ nennen, aber ich kenne niemanden, dessen Bewegungen, zum Beispiel, mich so sehr ärgern. Er kann einen Arm nicht gerade in die Höhe heben, sondern er schiebt ihn irgendwie seitwärts in die Luft, als wollte er fühlen, wie groß der Widerstand ist, und ob es sich überhaupt dafürsteht, ihn ganz zu heben. Er geht, als hätte er die Hüften in einem Schraubstock. Wenn er bei uns im Garten sitzt, trägt er eine französische Pullmankappe und schwarze Augengläser und Sandalen – wodurch dieser sehr einfache und alltägliche Vorgang ein besonderes ›flavour‹ bekommt, nämlich der reiche junge Mann sonnt sich an der Riviera. Tatsächlich, alles, was er erlebt, hat diesen verlogenen Beiklang. Es ist ihm fast gleichgültig, was sich wirklich zwischen Menschen und ihm abspielt, solange die Namen dieser Menschen den bekannten, großartigen Klang haben. Er kann sich, fast mit Freude, in der Gesellschaft einer Berühmtheit zu Tode langweilen, wenn er am nächsten Tag mit dieser Berühmtheit protzen kann. Ich weiß nicht, ob das eine spezifische Reportereigenschaft ist – die daher kommt, daß er eine Zeitlang Berühmtheiten interviewen mußte und aus den kärglichen Brocken, die ihm diese Berühmtheiten zuwarfen, Geschichten erfinden mußte. Aber es ist eine Tatsache, daß ihm die wirklichen Beziehungen zwischen Menschen, der wirkliche Inhalt eines Erlebnisses, völlig gleichgültig sind und die Dinge nur Wert haben, insoferne sie für seine Zwecke verwendbar sind.

8. Juni 1942

Ich kann die ganze Zeit nur an Herbert Reads Brief denken. Ich glaube, es gibt auf der ganzen Welt keine widerwärtigere Mischung als die von Künstler und Geschäftsmann. Ich kenne Herbert Reads Bücher nicht, aber ich bin überzeugt davon, daß von Geld dort keine Rede ist und er jeden Geschäftsgeist auf das Schärfste verurteilt; daß er sich nur mit den schönen, den künstlerischen Dingen befaßt. Und dann hat das verfluchte Vieh die Frechheit zu schreiben, es ist »too morbid, or at any rate, too depressing for the present mood of the public«. Erstens ist es nicht »morbid«, aber zweitens sollte man sich wahrscheinlich, wenn es nach Read ginge, erst bei Tom Harrisson erkundigen und dann ein Buch dem Geschmack des Publikums entsprechend schreiben. Ich kann mir nicht denken, daß ein Mann wie Read leichtfertig einen solchen Brief schreibt. Es ärgert mich entsetzlich, besonders weil ich die ganze Zeit denken muß, wie herrlich es wäre, wenn er es genommen hätte. Aber ich werde Cyril Connolly ebenfalls nicht vergessen. Wie er dick und fett dasaß und die Margaret ihm sagte: »Hier ist eine junge Autorin, die einen ausgezeichneten Roman geschrieben hat, möchten Sie nicht Ausschnitte daraus veröffentlichen?«

Und Connolly antwortete nicht, ja, er schien nicht einmal gehört zu haben. Margaret wiederholte es, aber er hörte noch immer nicht – er war so abwesend, so sehr mit viel wichtigeren Dingen beschäftigt.

»Der Roman ist wirklich unglaublich gut, nicht wahr, Des?«

»Ja, ich kann ihn praktisch auswendig.«

Aber dieser verdammte Connolly wollte es nicht hören. Und ich, anstatt zu sagen: »Wer zum Teufel glauben Sie, daß Sie sind? Sie geben eine Zeitschrift heraus und sind verpflichtet, die Bücher junger Autoren zu lesen« – statt dessen sagte ich: »Das hören Sie natürlich ständig.«

»Natürlich«, sagte Connolly, grenzenlos gelangweilt. »Jeder hält sich für ein Genie.«

Wenn ich ihm nur meine Meinung gesagt hätte, wenn ich ihm nur gesagt hätte, wie grenzenlos widerlich ich seine Haltung finde, ach, wenn ich es ihnen nur allen, allen sagen könnte!

Nun habe ich die Geschichte der Agnes gehört. Sie kam, und sie hatte diesen bitteren Zug um ihren Mund – sie kam, um Jan David zu holen, er war über die Straße zu uns gelaufen. Sie sagte:

»Ich bin entsetzlich schlechter Laune. Ich habe sogar Jan David eine Ohrfeige gegeben, nur weil er müde war und geweint hat – ich bin weder für ihn noch für sonst wen zu irgendwas gut. Ich werde ihn und mich im Teich ertränken. Seit Monaten will ich ein Grammophon kaufen, und jetzt hatte ich endlich ein gebrauchtes gefunden. Ich habe es gekauft, aber nicht gleich mitgenommen, weil ich sowieso demnächst umziehe. Und heute war ich in dem Geschäft, aber der Mann, der es mir verkauft hat, war nicht da, und die Frau sagte, ich hätte es nicht bezahlt. Sie sagte das alles auf schrecklich unhöfliche Weise, und ich sagte, sobald der Mann kommt, will ich mein Geld zurück und das Grammophon würde ich jetzt überhaupt nicht mehr nehmen. Sehen Sie, ich mag es nicht mehr, aber man kriegt nirgends sonst ein Grammophon. Und der Mann weiß, daß ich es bezahlt habe, und hätte es der Frau sagen sollen, aber das hat er nicht, und jetzt werde ich nie ein Grammophon haben.

Und ich habe mit Jan Schluß gemacht, und Uli hat mit mir Schluß gemacht. Sehen Sie, Uli hat in meiner kleinen Wohnung gewohnt, aber als ich aufs Land zog, ließ ich andere Leute einziehen, um die Wohnung mit ihr zu teilen, und sie hat sich dann mit ihnen angefreundet. Aber sie haben viele Sachen in der Wohnung kaputt gemacht und das bißchen Wäsche, das ich hatte, ruiniert, und als ich zurückkam, war ich ziemlich sauer. Früher waren sie echte Freunde gewesen, aber jetzt nahmen sie keine Notiz mehr von mir, sie kamen an die Tür, um Uli zum

Essen abzuholen oder um sie zu sich einzuladen, aber mich fragten sie nie, und ich war ziemlich gekränkt. Und jetzt ist sie zu ihnen gezogen und meldet sich seither nie mehr bei mir, ich muß immer sie anrufen. Unlängst habe ich sie angerufen und sie gefragt, was denn los sei. Und sie sagte, daß sie sehr beschäftigt gewesen sei, und lauter Ausreden.

Ich sagte: ›Muß ich dir jetzt immer hinterherlaufen, Uli? Wie kommt es, daß du nie mehr Zeit für mich hast?‹ Sie sagte: ›Ach, das ist wohl Schicksal.‹

Ich sagte: ›Du kannst mich mal mit Schicksal!‹ und legte auf. Jetzt hat sie mir einen Brief geschrieben, in dem sie sagt, es wäre besser, wenn wir uns eine Zeitlang nicht sehen.

Und ich habe Jan geschrieben und gesagt, ich will ihn nie wieder sehen und er soll wegbleiben. Unlängst kam er mit einem Freund, und wir gingen auf der Heide spazieren und redeten über dies und das, und dann sagte er plötzlich:

›Weißt du was, Agnes, wir haben einen Brief von Margery bekommen.‹

Ich sagte: ›Wer – wir?‹

›Oh, Kate und ich‹, sagte er.

Es war genau dieses ›Wir‹, das ich nicht hören konnte. Er lebt mit ihr zusammen, sie hat alles, sie vereinnahmt ihn körperlich – ich lebe nicht mit ihm zusammen, wissen Sie, es kommt nur ganz selten vor, daß er mich auch nur küßt. Ich ging weg, ich konnte ihm nicht sagen, was mit mir los war, und ich setzte mich hin und weinte und schrieb ihm, er solle nie wieder kommen. Am nächsten Tag heulte ich natürlich vor Verzweiflung, weil ich ihm geschrieben hatte.

Aber ich kann ohne ihn leben, ich kann ohne alles und ohne irgendwen leben. Ich habe schon viel Schlimmeres erlebt. Als ich Jan David bekam, lebte ich mit Miß Simmon in der King

Henry's Road. Als ich im siebten Monat war, ging ich ins Krankenhaus – ich hatte es immer wieder hinausgeschoben, aber schließlich mußte ich gehen. Ich bin um halb zehn hingegangen, Friedl, und um ein Uhr war ich immer noch da und mußte Fragen über Fragen beantworten. Warum ich nicht verheiratet war und so, sie wollten sogar eine Sozialarbeiterin zu Jan schicken, um ihn zu überreden, mich doch noch zu heiraten; sie wollten wissen, wie viel Geld ich hatte (ich hatte fünfzig Pfund, die mir eine Tante hinterlassen hatte, aber davon hatte ich gelebt, seit ich von Margaret weggegangen bin, und das war schon zwei Monate her, und ich mußte davon leben, bis ich das Kind bekam und wieder arbeiten konnte). Ich wurde von einer Person zur nächsten geschickt, bis mir übel vor Müdigkeit war, und, ach Friedl, was für eine Demütigung!

Schließlich landete ich bei der Oberschwester, und die sagte in einem fort, daß sie mich eigentlich nicht aufnehmen wollen. Daraufhin fragte ich, was es denn kosten würde.

Sie sagte, 5 Pfund 10 Schilling. Also sagte ich, daß ich das zahlen würde – und siehe da, keine weiteren Fragen. Das war zu der Zeit, als ich Margaret zu hassen begann. Sie hat genau dasselbe gemacht, umgeben von Ärzten und Schwestern und Blumen, und alle sagten, wie wundervoll es sei – und mich wollte sie nicht einmal als ihre Köchin wieder aufnehmen.

Jan war natürlich auf Urlaub in Guernsey mit Kate und ließ es sich gut gehen. Ich habe ihm nie verziehen, daß er in dieser Zeit nicht da war, ich kann das nicht verzeihen, ich habe es versucht. Es hat seither alles vergiftet, es frißt mich innerlich auf.

Vor etwa einem Jahr ist mein Vater gestorben. Ich habe ihn sehr gern gehabt. Ich wußte nichts davon, aber danach rief mich meine Schwester an und fragte, ob ich aufs Land zum Begräbnis kommen würde. Mir war natürlich klar, daß sie mich nur fragten, weil sie sonst all den Verwandten hätte erklären müssen, warum ich nicht da war. Aber ich wollte selbst hinfahren, daher tat ich es. Meine Mutter war sehr nett zu mir, viel netter, als ich erwartet hatte, und sie sagte mir, daß mein Vater mich sehen wollte, als es ihm sehr schlecht ging, daß sie aber nicht gedacht hatten, daß es so schnell zu Ende gehen würde, deswegen hätten sie mich nicht angerufen.

Kaum war ich wieder in London, als ich einen Brief von meiner Mutter bekam. Sie schrieb, sie sei völlig durcheinander und nicht sie selbst gewesen, als ich bei ihr war, und ich solle ja nicht glauben, sie hätte mir verziehen. Das hat sie nicht. Sehen Sie, die Leute meinen, weil man sich selbst verletzt hat, kann man weiter verletzt werden, dabei fühlt man es in Wirklichkeit vielleicht mehr als alle anderen. Ich habe also nicht geantwortet und seitdem nie wieder von ihr gehört. Sie ist katholisch, aber davon abgesehen sehr nett, und ich mag sie. Jetzt werde ich mir eine Arbeit suchen und Jan David zur Schule schicken. Oder ich treibe einen schönen, langsamen Schlaftrunk auf und bringe mich um und nehme ihn mit. Sehen Sie, diese Sache mit dem Grammophon – das war irgendwie der letzte Strohhalm – ach, ich kann es nicht erklären. Es ist ganz dumm. Jedenfalls hole ich mir das Geld zurück und werde kein Grammophon haben. Ach, ich wünschte, Sie würden mich nicht dazu bringen, über all das zu sprechen, wenn ich nicht darüber spreche, kann ich es beinahe vergessen.«

13. Juni 1942

Der John hat zwei phantastische Geschichten erzählt. Die Soldaten in der Wüste vertreiben sich so die Zeit: Wenn eine Fliege in ihr Zelt kommt, so lassen sie sie herumsummen, bis sie müde ist, aber sobald sie sich niedersetzt, jagen sie sie davon. Das tun sie wieder und immer wieder, bis die Fliege vor lauter Erschöpfung auf den Boden fällt und nicht mehr fliegen kann. Aber auch dann lassen sie sie nicht in Ruhe, sondern zwingen sie, weiter zu kriechen, bis sie vor Ermüdung stirbt. Wenn ich Kafka oder Du wäre, würde ich darüber eine Geschichte schreiben, in der das ganze Grauen und die Ödigkeit von dem Soldatenleben in der Wüste ist.

Die zweite Geschichte: In England, besonders im Norden und in den Midlands, haben sich Haßschulen geformt, gegen die Deutschen. Einmal die Woche gehen diese Leute in eine Schlächterei, wo ein lebendiges Schwein von oben bis unten aufgeschlitzt wird, so daß das Blut herausspritzt. Sie haben einen besonderen ›instructor‹, und während das Schwein aufgeschlitzt wird, sagt er: »Hate! Hate! Hate the Hun!« Wenn jemandem dabei besonders schlecht wird, so geht er zu ihm und flüstert es ihm ins Ohr, bis er sich entweder wieder wohl fühlt oder ohnmächtig wird.

In einer dieser Gruppen war ein Chirurg aus London. Als das Schwein getötet war, ging er hin, badete seine Hände in dem Blut, und dann wusch er sein Gesicht damit und schleckte es auf.

Wie ich in die Tanzstunde ging, mit 14 oder 15 Jahren, war dort ein großer, blonder Bursch, und er forderte mich, mein erster Tänzer, auf. Er war einer von den Fortgeschrittenen, und als der Tanz vorüber war, verabschiedete er sich nicht wie alle anderen Burschen von den Mädchen, sondern ging mit mir auf und ab, und alle Mütter und Gouvernanten starrten empört und eifersüchtig auf meine Eroberung. Er sagte, ich sei ein »enfant terrible«. Und ich verliebte mich sofort in ihn. Ich ging ein ganzes Jahr lang in diese Tanzstunde zum Elmayer, einem geschniegelten, früheren Rittmeister – aber dieser Jüngling tanzte nie wieder mit mir, sondern immer mit zwei sehr großen, dicken, blonden Schwestern, die ich lange nicht so hübsch fand wie mich selber, und bei der Mädchenwahl traute ich mich nicht, ihn aufzufordern.

Aber jedesmal, wenn ich zur Tanzstunde ging, dachte ich, er *muß* wissen, daß ich ihn liebe, und ich war überzeugt davon, daß er mich auch liebte, und ich war felsenfest davon überzeugt, daß, wenn man jemanden liebt, alles glücklich und heiter ausgehn muß.

Bis heute kann ich es eigentlich nicht wirklich fassen und begreifen, daß es nicht so ist, daß Menschen sich lieben und alles schwierig und gar nicht einfach, gerade und heiter ist, und obwohl ich es selber nicht ertragen würde, wenn es so wäre, so finde ich noch immer, daß es so sein müßte, und das ist alles dumm, und ich weiß nicht, warum ich es aufschreibe.

Du warst empört darüber, daß ich über »Madame Bovary« nichts oder nur Dummheiten gesagt habe. Aber was ist darüber zu sagen? Ebensowenig, wie ich über die »Blendung« sagen könnte. Ich kann nicht sagen, warum es so ist, aber über solche Bücher, find ich, gibt es nichts zu sagen. Man kann die Methoden analysieren, die Geschichten erzählen, man kann den Stil mögen oder nicht und sagen, warum oder warum nicht – aber solche Bücher sind so sehr in sich abgeschlossen, sie sagen so sehr alles, was darüber zu sagen ist – das heißt, sie sind eine komplette, abgeschlossene, abgegrenzte Welt, und für mich sind sie etwas Unabänderliches, Fertiges. Man kann es vielleicht beschreiben, wie die Pyramiden in Ägypten, aber kritisieren kann man es ebensowenig wie diese Pyramiden, oder die Berge oder das Meer. Ihre Form ist da, alles, was man darüber redet, ist wie ein Herumnagen an einer Masse, die nicht zerstört werden oder geändert werden kann. Der Dichter ist wirklich ein Gott, Flaubert und Du – im Augenblick weiß ich niemanden anderen –, die Gestalten sind da, nicht, wie der Leser sie sich vorstellen will, sondern ausschließlich, wie der Dichter sie sieht und erfindet, und seiner Vision kann man weder ausweichen noch sie verändern – und besonders das find ich wichtig: daß sie nämlich kein Leben haben außer diesem einen, das der Dichter ihnen gibt, daß sie tot sind. Ich weiß nicht, ob das eine Dummheit ist – aber es scheint mir, daß die ganz großen Dichter ihre Figuren schreiben, so wie man die Lebensgeschichten der Toten erzählt, als etwas Vergangenes (aber trotzdem Lebendiges), aber Unabänderliches, wie das Schicksal, ein Leben, das abgeschlossen ist. Ich glaube, daß Kafka vielleicht darum nicht so bedeutend ist wie Flaubert, weil seine Bücher Fragmente geblieben sind, das heißt, weil der Leser sich am Ende mit seinen eigenen Hoffnungen trösten kann, während man das bei Flaubert nicht kann. Ich glaube, daß Proust kein so großer Dichter ist, nicht, weil seine Methode anders ist und weil er überhaupt etwas anderes will, sondern weil es ihm, trotz der immensen Konzentration und Intensität seiner Beobachtungen, nicht immer gelingt, den Leser auszuschließen, weil er doch Raum läßt für ihn, so daß man mitten drinnen das Buch aus der Hand legt und sich an eine eigene Stimmung oder Laune erinnert. Und ich glaube, es ist wichtig, daß es keinen Raum gibt, das heißt, daß ein Buch einen wirklich ›gefangen‹ nimmt, daß diese Seite in diesem Augenblick ›ich‹ ist. Das ist die letzte ›Dichte‹, glaube ich, die ein Dichter erzielen kann – nicht, daß man sich in einem Buch ›verliert‹, sondern daß man zu dieser und jener Figur wird. Das heißt, daß der Dichter selber nicht existiert, sondern seine Charaktere handeln und gehen und stehen, als wären sie ich und Du und nicht jemand, dessen Privatleben man in einer Biographie nachlesen kann, nicht jemand, der außerhalb der gedruckten Zeilen noch ein Leben hat. Vielleicht ist das einer der Gründe, warum Märchen einen so unausweichlichen Zauber haben, und auch, warum man dieselben Geschichten immer wieder hört und liest und Kinder so verzweifelt sind, wenn ein Wort darin geändert wird. Weil es eine Welt für sich ist, und je phantastischer sie ist, desto fester, desto unabänderlicher muß sie dastehen, nicht als die Erfindung eines Menschen, sondern so, wie ein Haus dasteht, nicht mehr oder nur zu einem kleinen Teil die Konstruktion eines Architekten, sondern als das, was es wirklich ist, mit Fenstern, Türen und seinem eigenen Leben. So sind Märchen, und es gibt nicht viele Geschichten, in denen der Autor so völlig anonym ist, und man erlebt eine Welt, die die unsere ist, aber völlig anders, aber keinem würde es einfallen, die besenreitenden Hexen zu bekritteln, sie sind da. Ebensosehr ist Emma da oder der alte Geizhals, der sie zu Grunde richtet, ihr unausweichliches Schicksal.

Übrigens ist das mit einer der Gründe, warum Autobiographien, wenn nicht schon Jahre und Jahre verflossen sind, *schlecht* sind. Alles das hast Du mir wahrscheinlich in irgendeiner Form selber gesagt, aber es macht nichts, wenn ich es aufschreibe.

15. Juni 1942

Ich weiß nicht genau warum, aber es ist mir ein ungeheures Bedürfnis, aus dieser Zeit, aus dieser Emigrantenzeit etwas ordentlich Anständiges zu machen, und besonders, erfolgreich zu sein. Ich kann es mir nur mit Grauen vorstellen, daß ich nach Wien zurückkommen soll ohne irgendeinen Erfolg. Das ist nicht aus Stolz, sondern mir ist diese Unterbrechung, die diese Emigrantenzeit für neunzig Prozent der Flüchtlinge ist, unerträglich. So wenig Sinn ich sonst für Kontinuität habe, so will ich diese Zeit hier nicht verlieren, sondern ich möchte etwas Schöneres, als es mir jemals zu Hause gelungen wäre, hier aufbauen und damit zurückkommen, so daß mein wirkliches, erwachsenes Leben im Ausland, im Exil geschaffen wurde, und dann möcht ich nach Wien zurückkommen, mit einer Grundlage, mit einer Basis, mit einem kalten, soliden Stück Englands. In Wirklichkeit ist es deshalb, weil ich einfach nicht glauben *will*, daß das, was man ›Schicksal‹ nennt, wirklich existiert. Gegen alle Erfahrungen bilde ich mir noch immer meistens ein, daß man sein Leben so einrichten, so führen kann, wie man selber es will, und ich glaube noch immer, daß man, wenn man etwas *wirklich* will, es unbedingt erreichen muß und daß ein Leben nicht scheitern *kann*. Es stimmt nicht, ich habe es hundertmal gesehen, wie Dinge über Menschen hereinbrechen, die sie weder verdient, weder herbeigeführt haben und die sie zugrunde richten, und wenn man auch sagen kann, daß jeder Mensch für alles verantwortlich ist, was in der Welt geschieht, und daß daher ich auch verantwortlich bin dafür, daß Hitler gekommen ist; wie ist zum Beispiel die Susi, die 14 Jahre alt war, verantwortlich oder überhaupt die Kinder? Nein, es muß bestimmt etwas geben, worüber man keine Herrschaft hat, aber es ist schwer, das einzusehen und ›to make the best of it‹, wie die Engländer so schön und beruhigend sagen, und ich kann noch immer nicht wirklich daran glauben.

Ich war gestern bei der Hilda, und sie hat mir von der Mutti als junges Mädchen und als Braut erzählt, Geschichten, die uns die Mutti selber nie erzählt hat, und ich hab zugehört, wie man den Geschichten einer Großmutter zuhört, halb gerührt und angesteckt von ihrer Sentimentalität, aber es war alles unendlich weit weg. Nicht, weil es lange her ist, sondern weil ich für alle ewigen Zeiten von dieser ›Sicherheit‹ nichts mehr wissen will, ich meine, von dem sich nicht um die anderen, jungen kämpfenden Menschen scheren; ich glaube, je älter man wird, desto mehr muß man sich um die jungen Menschen kümmern. Jetzt denke ich, wenn ich alt sein werde, möchte ich immer viele junge Menschen um mich haben und ihnen helfen, nicht mit Brocken, so wie es viele tun, sondern wirklich, ich meine mit dem wirklichen Einsatz seiner Person. Ich glaube, je älter man wird, um so gütiger müßte man werden, sonst hat das Leben keinen Sinn.

Ach Ilja, das klingt weiß Gott wie, aber ich muß sagen, alles, was die Hilda gestern gesagt hat, und noch mehr vielleicht die Luft, die sie ins Zimmer gebracht hat, war mir entsetzlich, weil sie noch ganz erfüllt ist von den Ambitionen einer vergangenen Zeit, und es war schön, aber gleichzeitig hab ich gedacht, so darf man nicht alt werden. Denn all ihre Hingabe an ihre Kinder ist nicht genug, es ist eng. Übrigens glaube ich, ist das auch eines der Dinge, die mich an der Veza halb anziehen und doch wieder abstoßen – ihre Parteilichkeit, ihre übertriebene Parteilichkeit. Es ärgert Dich immer wieder, daß ich, wie Du sagst, nicht fähig bin, Dinge genügend heilig zu halten. Und es ist wahr, ich setze Dinge immer wieder aufs Spiel. In Wirklichkeit ist es, daß ich nur ganz wenige Dinge von vornherein ausschließe, daß ich alles möglich sein lassen will und daß ich finde, die wirklichen Dinge müssen sich von selber unbedingt behaupten. Ich bewundere und verachte die Hildamentalität, sie ärgert mich unbeschreiblich. Ich weiß, daß Du mir der wichtigste und liebste Mensch auf der Welt bist, aber ich finde, man muß offen auch für andere Menschen sein, und zwar nicht nur und nicht ausschließlich mit Bezug auf den einen Menschen, den man liebt, oder die eine Idee, die man vertritt, oder die Religion, die man hat. Es ist wahr, daß ich die meisten Menschen irgendwie für Dich beobachte, aber außerdem interessieren sie mich ganz unbeschreiblich, und obwohl ich, zum Beispiel, jedesmal todunglücklich bin, wenn Du wegfährst, so bin ich doch wieder von neuen Dingen abgelenkt. Ich weiß nicht, ob das ein Fehler ist, wahrscheinlich ist es einer. Ich glaube, diese ganze Eintragung ist dumm und unzusammenhängend.

Was ich wirklich meine, ist, daß man zwar besessen sein soll von einer großartigen, gewaltigen Idee, die ganze Welt sollte von Dir besessen sein, aber Raum muß man haben, Platz muß man haben, so daß man die Welt sehen kann als etwas Eigenes, Eigenartiges, einen Kreis, der aus Billionen kleiner Kreise besteht, daß es so ist, wie Schopenhauer es sagt (ich glaube zumindest, daß er es so sagt), als viele, ganz verschiedene, ganz andere Realitäten, daß jedes Leben ein Traum ist, der von mir geträumt ist, und ich bin ein Traum, von den anderen geträumt, und wir schlagen ineinander wie die Wellen, aber der Grundton, das letzte Urteil bist Du. (Das hat er nicht gesagt.)

18. Juni 1942

Wir hatten gestern eine sonderbare Gesellschaft beisammen. Walter Allen kam, und Chien und er und ich aßen Nachtmahl zusammen, und es war eigentlich ein schönes Nachtmahl mit ein wenig der Spannung und Bewegung, ein wenig von dem ›Wachsein‹, das Du immer hervorzauberst. Wir sprachen über schöne Dinge, über Bücher und Menschen, und Chien war sehr wachsam, er kannte die meisten Bücher nicht (was mich wundert – er kannte »Madame Bovary« nicht und »Moby Dick« nicht), und Walter war sehr lebendig und amüsant. Nachher gingen Walter und ich hinauf nach Hampstead – Chien verabschiedete sich, denn er trinkt nicht –, und wir gingen in ein Pub ganz oben auf der Heide, und nachdem wir ein wenig getrunken hatten, hatte das Pub kein Bier mehr, und ich dachte, wir gehn zu Philip Henderson und sehen, was er tut. Wir gingen zu Philip, und ich klopfte und läutete, aber niemand kam, und eben als wir weggehen wollten, hörte Walter Schritte, und Philip öffnete die Türe und war entsetzlich verlegen. Ich merkte gleich, daß er jemanden bei sich hatte, und sagte:

»We are disturbing you – we just called on you to ask you out for a drink.«

Und er sagte blutrot: »No, do come in, do come in.«

Und obwohl es ihm schrecklich peinlich war, beharrte er darauf, daß ich hereinkommen sollte. Wir kamen und gingen hinauf, und oben auf dem Sofa saß ein wunderschönes indisches Mädchen mit einem seidenen Kleid und einem weißen Crêpe-de-Chine-Schal und großen, schwarzen, leuchtenden Augen und Haaren. Ich war ganz entzückt von ihr, aber Philip stand in der Mitte vom Zimmer, halbtot vor Verlegenheit, als gäbe er einen Schatz preis, einen Schatz, der ihm gar nicht gehörte, er war ertappt. Ich stellte Walter vor, und dann stotterte Philip, daß sie noch nicht genachtmahlt hätten. Ich sagte, wir hätten schon genachtmahlt und darum wollten wir lieber weggehen. Und Philip beharrte wieder darauf, daß wir blieben, und sagte, er würde das Nachtmahl kochen und würde das indische Mädchen ihm helfen? Sie schüttelte den Kopf und sagte in geradezu schmerzend gutem Englisch, sie koche so ungern.

Er sagte: »Then I will cook«, und blieb stehen.

Ich merkte, wie sehr ihm daran lag, daß sie mit ihm koche.

So sagte ich zu Walter: »Let's have a drink and come back when they have finished their supper and perhaps we can all go home and have coffee at our house.«

Und nach langem Bitten, wir möchten doch bleiben, und einer langen Diskussion darüber, ob wir Kaffee beim Philip trinken sollten oder bei uns, nahm er endlich diesen Plan an, und Walter und ich gingen in ein anderes Pub und tranken Gin und Bier. Walter erzählte mir, daß er Gedichte schreibe, seit zehn Jahren wieder zum ersten Mal, und wir sprachen über Mystizismus, und er erzählte mir viele Geschichten, die mich begeisterten, weil sie Dich interessieren müssen. Nachher gingen wir spazieren und sprachen über die Raids auf Köln und Rostock. Immer wieder erstaunt mich Walters kindlicher Patriotismus und die Ängstlichkeit, mit der er hofft, daß die Engländer endlich etwas Großartiges in diesem Krieg leisten würden, und ich merkte, daß er mich mag, und ich mag auch sein häßliches, komisches Gesicht, und es gefällt mir, daß er lebendig ist, mit vielen Einfällen und Geschichten.

Dann gingen wir zurück zu Philip, und er war noch immer schrecklich verlegen. Wir gingen alle hinunter zu uns, und am Weg sprach ich mit dem indischen Mädchen. Es stellte sich heraus, daß sie verheiratet ist, bei der B.B.C. arbeitet und eine Schauspielerin ist. Und wir klagten gemeinsam über England, aber ich konnte ihr gepflegtes Englisch und ihre sichere, gar nicht unheimliche Manier fast nicht aushalten, denn sie sah so geheimnisvoll und schön aus.

Und als wir zurückkamen – wer war da? Die beiden Russen, Sascha und Genia, Sascha mit kurz geschorenem Haar und seinem breiten, hübschen, slawischen Gesicht und mit großen Handbewegungen und Genia mit hellblondem Haar und lustigen, braunen Augen. Und Chien saß da mit geschlitzten, chine-

sischen Augen und lächelte mit seinen Zähnen, weiß wie Elfen-
bein. Das indische Mädchen setzte sich auf den Hocker, und ihr
Kleid breitete sich aus.

Aber es klappte nicht, denn Sascha war ganz übermäßig ausgelassen und Genia kicherte die ganze Zeit und Walter war
schrecklich komisch, aber die Russen konnten ihn nicht verstehen, und Philip hatte sich noch nicht erholt und stotterte nicht
einmal, und das indische Mädchen sah ihn fragend und grenzenlos erstaunt an, wann immer Sascha in sein lautes Gelächter
ausbrach. Sie konnten sich unmöglich verstehen. Ich war aber
ganz begeistert, weil so viele, so ganz verschiedene Menschen
alle auf einmal da waren, jeder mit einer ganz anderen, gänzlich
verschiedenen Vergangenheit, die Russen und Chien und die
Inderin mit herrlichen weiten Ländern in ihrem Bewußtsein,
und daneben kamen mir die Engländer und ich selber ganz armselig vor. Walter war vielleicht witziger als die anderen, aber die
haben von Anfang an etwas mehr, mehr das Bewußtsein von
unzähligen Ländern und Sprachen und Menschen und Gebräu-
chen, und ich hatte ein schreckliches Bedürfnis, ihre Geheim-
nisse zu verstehn.

Es war ganz sonderbar, wie sehr jeder einzelne an diesem
Abend ganz abgegrenzt für sich stand. Nichts konnte das indische Mädchen aus ihrer Reserve locken, und nichts hätte Sascha
dazu bewegen können, weniger laut und lustig zu sein, nichts
Chien, seine Feinheit und Mädchenhaftigkeit abzulegen und
vielleicht zwischen Sascha und dem indischen Mädchen, das er
kannte, zu vermitteln. Nichts hätte Walter davon überzeugen
können, daß seine komische ›Highbrow‹-Witzigkeit hier nicht
verstanden wurde, und ich ging von einem zum anderen, bot
ihnen Tee an und fühlte sehr, daß ich aus Wien war und alle an-
lachen konnte.

Übrigens ist es sonderbar, wie Chien Mädchen gefallen will – nämlich er kokettiert, wie Mädchen kokettieren, mit seinem anmutigen Körper. Es ist nichts Unangenehmes daran, nur erstaunt es mich, er legt sich auf ein Sofa wie ein Mädchen, das weiß, es sieht reizvoll aus, wenn es liegt. Er hat etwas Kindliches, Ernstes, und es ist nicht lächerlich, weil er zu sensitiv ist und merkt, wenn er erwachsen sein muß. Außerdem sieht er wirklich reizend aus.

23. Juni 1942

Ich war in einer Snackbar, und eine Frau hat zu mir gesprochen: »Den ganzen letzten Winter war ich auf der Suche nach einem Zimmer. Tagsüber habe ich gesucht, und am Abend wußte ich oft nicht, wo ich schlafen soll. Ich bin umhergewandert, bis mir alles weh getan hat, deswegen bin ich so dünn, aber nirgends gab es einen freien Platz. Manchmal hatte ich für ein, zwei Nächte ein Zimmer, und dann mußte ich wieder gehen, weil sie jemand anderen erwarteten. Manche Zimmer waren so gräßlich, daß ich es nicht aushielt, und in der Früh, nach einer schlaflosen Nacht, ging ich wieder. Oft bin ich die ganze Nacht bei Lyons gesessen, weiß der Himmel, was die Leute von mir dachten, ich bin an so ein Leben nicht gewöhnt.

Es kommt alles daher, daß meine Mutter gestorben ist. Ich habe immer mit ihr zusammengewohnt. Seit sie tot ist, habe ich kein richtiges Zuhause mehr. Dann habe ich endlich ein Zimmer gefunden, ein nettes Zimmer, aber Himmel, mit was für einem Licht! Ich kann mich im Spiegel gar nicht sehen. Wenn ich rausgehe, weiß ich oft nicht, wie ich aussehe, und Sie wissen ja, wie unsicher man ist, wenn man nicht weiß, wie man aussieht. Alles ist gegen mich. Ich habe eine neue Glühbirne für die Lampe gekauft und sie eingeschraubt. Aber als ich das Licht zwei Tage später einschaltete, war es so dunkel wie zuvor. Sie haben die Glühbirne entfernt, sie haben gesagt, ich sei unpatriotisch, wir sollen Energie sparen, und mir sei wohl nicht klar, daß, wenn alle so viel Licht wie ich verbrauchen würden, wir alle im nächsten Winter ohne Licht dastehen würden. Dabei zahl ich fünf Schilling extra nur für das Licht; Sie verstehen, wie es ist.

Wenn ich zum Beispiel rausgehe und einen Bus nehmen muß, dann kommen ohne Zweifel zuerst alle Busse, die ich nicht brauche, und mein Bus kommt erst, nachdem ich ganz lang gewartet habe. Oder neulich, da war ich bei meiner Schwester. Sie sagte, sie hätte ein paar Kleidungsstücke für mich, so gut wie neu, kaum getragen, aber sie gefallen ihr nicht. Ich bekam ein wunderschönes blaues Kostüm, das nur an den Schultern angehoben und ein bißchen gekürzt werden mußte, und einen Morgenmantel, und Sie wissen ja, wie schwierig es derzeit ist mit den Coupons und so, daher habe ich mich sehr gefreut. Ich kenne eine kleine Schneiderin, die immer Sachen für mich näht, also habe ich mich am nächsten Tag aufs Fahrrad gesetzt und bin zu ihr gefahren. Ich habe bei ihr angeklopft, und sie hat geöffnet, genau wie immer, nicht anders als sonst. Aber dann hat sie gesagt: ›Madam, es tut mir furchtbar leid, aber ich kann drei Monate lang nichts zusätzlich annehmen. Ich habe stapelweise Arbeit hier liegen, ich kann unmöglich noch mehr machen.‹ Da haben Sie es: Wäre ich nur zwei Wochen früher gekommen, wäre alles in Ordnung gewesen, aber so geht es mir immer.

Letzte Woche wollte ich eine Freundin besuchen und schickte ihr eine Postkarte – und wissen Sie, was passierte? Sie ist umgezogen, aus der Stadt weggezogen, erst vor einer Woche.

Das war ein schwerer Schlag, weil ich sehr einsam bin und nicht viele Freunde habe. Und es macht keinen Spaß, immer alles allein zu machen.

Was sagen Sie zu den Nachrichten? Könnte nicht schlimmer sein, nicht wahr? Jetzt haben wir Tobruk verloren, und warum? Das weiß niemand. Sie haben nie genug Zeug. Denken Sie nur an die armen Mütter und Brüder, Schwestern und Ehefrauen. Es ist gräßlich. Warum ist das so? Das weiß anscheinend niemand. Heute habe ich eine Cousine getroffen, die im Luftfahrtministerium arbeitet, aber sie wußte auch nicht, woran es liegt. Und heute früh habe ich mir in ein schönes neues Paar Strümpfe eine Laufmasche geholt. Wirklich – alles ist gegen mich. Denken Sie nur – da mache ich einmal Urlaub, in Ipswich, nein, nicht jetzt, vor einem Jahr. Mit netten Leuten, und ich hatte endlich mal das Gefühl, daß ich mich gut unterhielt, und da kam, am zweiten Tag, dieses Telegramm, das mich zurückrief, weil meine Mutter gestorben war. Ich mußte natürlich sofort abreisen. Aber denken Sie nur, denken Sie nur, all die Jahre ist nichts passiert, überhaupt nichts, aber kaum bin ich zum ersten Mal auf Urlaub, prompt kommt dieses Telegramm. Das ist doch seltsam, das müssen Sie zugeben. Ich beklage mich nicht, und ich sollte nicht so mit Ihnen reden, als völlig Fremde, und wahrscheinlich langweile ich Sie, aber ich muß am Abend ausgehen, ich bin so sehr allein, und es ist so tröstlich, mit jemandem zu reden. Kennen Sie vielleicht eine Schneiderin? Weil es wäre so schade um diese Sachen, wenn ich sie nicht ändern lassen kann, und Sie wissen ja, mit den Coupons und so« – etc. etc.

Ich habe Hemingways neues Buch gelesen, »For Whom the Bell Tolls«, und ich kann noch nicht sagen, ob ich es mag, aber es gibt einem durchgehend dieses erstaunlich schmerzhafte Gefühl von Mitleid, daß das Leben so ist und daß man sich damit abfinden muß, weil es nicht anders sein kann. Die ganze Zeit hat man das Gefühl, daß der Autor sich enorme Mühe gibt, die gute und menschliche Seite von Dingen zu finden, die gräßlicher sind, als er zu beschreiben wagt. Er untertreibt, und obwohl man manchmal den Eindruck hat, daß es zu einer Routine und einem Trick geworden ist, ist es auch ehrlich, zumindest in diesem Buch, in manchen Passagen.

Ich glaube, dasselbe kann man von der Sprache sagen, manchmal ist es reine Routine, diese Wortverdrehungen wie: wilde Tiere, Tiere, wild vor Angst, die Angst macht sie wild etc. Das ist mein eigenes Beispiel, aber es ist eine einfache und effiziente Art, etwas zu zeigen, es ist ein ewiges Im-Kreis-Gehen, manchmal so, wie wenn man einen Stein ins Wasser wirft und zusieht, wie die Kreise der Wellen immer größer und weiter werden und der Satz tiefer in einen einsinkt. Aber Hemingway wendet diese Methode ständig an und nicht immer mit der nötigen Sorgfalt. Ich habe über diese Art zu schreiben viel nachgedacht, und ich finde, wenn die Wörter nicht bis an den Rand ihrer Bedeutung genau sind, wenn die Wiederholung nicht die exakte Bedeutung von etwas Neuem, das heißt, von einem neuen Aspekt derselben Sache, wiedergibt, dann wird sie höchst irritierend, und der Leser bekommt das Gefühl zu versinken – nicht in einem See, sondern in Schlamm oder Brei –, alles wird unbestimmt und vage, und statt das, was H. sagen will, klarer zu machen, wird die Bedeutung am Ende verwischt, und man würde alles dafür geben, etwas Hartes und Klares wie Stahl in die Hände zu bekommen.

Ich glaube, den meisten Büchern von Hemingway fehlt es an Sorgfalt, eigentlich trifft das auf die meisten modernen Romane zu, die ich gelesen habe, und das ist vielleicht auch der Grund, warum man am Ende nicht dieses vollständige Gefühl der Befriedigung hat, das man haben sollte, wenn man zum Beispiel das Thema eines Buches wie dieses bedenkt. Es ist ein Thema, das Dostojewskis würdig wäre, und wenn Hemingway mehr Leidenschaft hätte, wenn er einen Schritt weiter gehen könnte in seiner Sicht der Menschen, ja, ich glaube, wenn er mutiger wäre, nicht als Mann, sondern als Schriftsteller, das heißt, wenn er nicht sogar sich selbst gegenüber untertreiben würde, dann könnte er trotz seines Mangels an Form etwas Großes erreichen. Seine trinkenden und betrunkenen Figuren, die verrauchte und meist nächtliche Atmosphäre seines Buches hat viel von Dostojewski, aber während Dostojewskis Einblick ins Innere der Menschen wirklich schmerzhaft ist, scheint Hemingway auf halbem Weg stehen zu bleiben, im Bereich der Sentimentalität und einer halbherzigen Grausamkeit.

Da ist Robert Jordan, der Amerikaner, der eine Brücke sprengen soll, und von allem Anfang an ist es klar, daß das nur unter Verlust seines Lebens und des Lebens der meisten aus der Guerillagruppe, die ihm helfen soll, machbar ist. Das Buch erzählt seine letzten drei Tage. Ich weiß nicht, ob das stimmt, aber ich habe das starke Gefühl, daß dieser Jordan ein Zugeständnis an das amerikanische Publikum ist, daß er im Buch ist, um es bei den Amerikanern populärer zu machen, und merkwürdigerweise ist Jordan die Hauptperson und zugleich die Person, die man nie sieht. Zumindest für mich sind er und Maria, das Mädchen, das ihm die alte Pilar gibt, nie real, während Pilar und

Pablo und all die anderen so lebendig sind, daß man das Gefühl hat, man könnte sie berühren. Jedes Wort, das sie sagen, und alles, was sie tun, ist unverkennbar das Ihre, gesehen, und das kommt mir wichtig vor, von einem Amerikaner. Zweifelsohne würde ein Spanier alles ganz anders sehen. Ich habe gesagt, daß Hemingway sich viel Mühe gibt, die Greuel zu untertreiben, aber er gibt sich ebensoviel Mühe, die Größe dieses Landes und seiner Bewohner nicht zu übertreiben. Man merkt, da ist ein Amerikaner, der aus irgendeinem Grund Spanien sehr mag (das ist auch unter den englischen Intellektuellen sehr in Mode, und sogar John liest ständig Bücher über Spanien und hat das Bild eines spanischen Knaben in seinem Zimmer), und ich höre geradezu Hemingway sagen: »Gott, wie ich diese Schweinehunde liebe, Gott, wie ich diese verdammten Hurensöhne und -töchter liebe.«

Er romantisiert sie, er sentimentalisiert sie, mit all ihren Flüchen und Obszönitäten sind sie im Grunde »gute Kerle«, genau wie Hemingway selbst, der immer imstande zu sein scheint, im richtigen Moment mit Tränen in den Augen zu sagen: »Schon gut. Tut mir leid, Alter.« Ja, sie töten, aber sie töten mit Tränen in den Augen, und beinahe bricht ihr Herz, wenn sie die Faschisten umbringen, wir glauben an die Republik, deshalb müssen wir diese verdammten Faschisten umbringen, o Gott, wenn dieser Krieg nur vorbei wäre, aber bis dahin müssen wir diese verdammten Faschisten töten etc. Manchmal erinnert mich Hemingway an Karl May, bei dem alle Figuren tiefreligiös sind und praktisch noch in dem Moment beten, in dem sie jemandem die Kehle durchschneiden, oder zumindest bei der nächsten Gelegenheit. Bei Hemingway machen es die Leute genauso, sie beten häufig, und das ist besonders rührend, weil sie natürlich nicht mehr an Gott glauben, aber so sind sie, diese guten

Menschen müssen beten. Und obwohl es wahr sein mag, obwohl es für sie wahrscheinlich eine Notwendigkeit ist, warum zum Teufel müssen sie es immer genau dann tun, wenn man es von ihnen erwartet?

Jetzt habe ich dieses Buch viel mehr verrissen, als ich vorhatte, denn schließlich sind die Spanier wirklich ein großes Volk, und weiß der Himmel wie groß ein Schriftsteller sein müßte, um seine eigene Liebe in einem Buch über sie nicht durchscheinen zu lassen.

Aber letztlich bewirkt Hemingways Sentimentalität oder Unehrlichkeit, daß der Krieg etwas ganz Natürliches, Unausweichliches zu sein scheint, fast als hätte er sich zum Motto genommen: »In jedem steckt Gutes und Schlechtes, so ist das Leben, so ist die Welt, Krieg und Tod, Folter und Elend gehören dazu, und wir alle müssen uns damit abfinden, also, Jungs, laßt uns fröhlich sein, und genehmigen wir uns alle einen Drink.«

30. Juni 1942

Man ändert sich, sogar wenn man nur von einem Stadtteil zum anderen fährt. Ich war die Rosalie im Spital besuchen, es ist in Earls Court, und ich bin diesen Weg noch niemals gefahren. Wenn man eine gewisse Zeit in einem Stadtteil wohnt und gewisse Fahrten ziemlich oft macht – wie ich zum Beispiel häufig von hier zu Leicester Square oder Piccadilly –, so ist man nicht bloß vertraut mit dieser Fahrt, sondern ganz unwillkürlich nimmt man an, daß auch die Gassen und Straßen, durch die man fährt, die Autobusse und die Menschen, denen man begegnet, einen kennen, wissen, wer man ist und was man tut, und ebenso unwillkürlich nimmt man an, daß man diese Menschen, diese Straßen auch kennt, obwohl man doch nicht mehr von ihnen weiß als einige Plakate, Aufschriften und große Geschäfte, die Häuser, in denen die Menschen wohnen, und ihre kleinen Gärtchen, ein wenig von der Luft, in der sie sich bewegen, und man weiß, ob man durch ein Arbeiterviertel oder Geschäftsviertel fährt. Wirklich weiß man nichts von ihnen, bloß manchmal kennt man einen Menschen, der eben in dieser Gasse wohnt, und sein Name erfüllt die ganze Gegend, und man färbt sie mit seinen Farben. Kaum aber bin ich in Leicester Square umgestiegen, so bin ich nicht mehr Friedl Benedikt und wohne nicht mehr in Downshire Hill, sondern fremd, wie mir die Gesichter in der Untergrund erscheinen, ebenso fremd bin ich ihnen auch (so scheint es mir, denn diesen Menschen, die den Weg oft machen, bin ich ein Bestandteil ihrer Gassen und Häuser, so wie mir die Leute im 24er Bus), und sofort bekomme ich dieses Gefühl halb von Verlassenheit und halb von Freiheit, von vielen Möglichkeiten und fange an, mir auszudenken, wer und was ich in den Augen dieser neuen Menschen sein könnte. Natürlich hat jeder Bezirk in jeder Stadt seine ganz besonderen, eigenen Merkmale, aber diese bedeuten nicht so viel, wie die Engländer glauben, die Menschen überhaupt erst danach beurteilen, *wo* sie wohnen. Das ist nur ein kleiner Teil, gerade hier, wo arme und reiche Menschen so nahe beieinander sind, aber ich glaube doch, daß es wahr ist, daß die Leute in Earls Court mich für ganz etwas anderes halten als die Menschen in Hampstead, wenn sie mich nur auf der Straße sehen. Es ist vielleicht mit ein Grund, warum die Engländer über neue Menschen nie staunen, weil sie ganz sicher sind, daß sie in Mayfair nur Mayfairleute treffen können und in Hampstead nur Hampsteadmenschen, das heißt, daß die Bezirke und ihre Namen an Stelle von Klassennamen treten und die Engländer, zu welcher Klasse auch immer sie gehören – das glaube ich zumindest –, sich mehr mit ihnen verbunden fühlen als mit einzelnen Menschen. Mich aber überkommt diese ganz blödsinnige Neugierde, und ich suche herauszukriegen, als was ich diesen Piccadilly- oder Greenpark- oder Knightsbridgemenschen erscheinen muß, das heißt, in Wirklichkeit, als was sie mir erscheinen, denn ich glaube, die meisten Menschen sind geneigt, den anderen als etwas Ähnliches wie sich selber zu betrachten, und wenn ich zum Beispiel durch Camdentown fahr, komm ich mir immer wie eine Verkäuferin vor – aber was die Leute in Knightsbridge machen, das weiß ich nicht, nur mir gegenüber ist eine etwas rundliche Frau gesessen, mit einem gelben Kleid und einem kleinen, farblosen Gesicht, einem blauen Hut, aber das Wichtigste war, daß sie ein Korsett getragen hat und ihr Gesicht gepudert war, so daß man das Puder sehen konnte. Ich bin überzeugt, daß sie ein spitzenbesetztes Taschentuch in der Handtasche hatte, eine goldene Tabatiere mit zwei Zigaretten, wenigstens fünf Pfund und ein Checkbuch, daß sie schwitzt und Schweißblätter trägt und daß sie mich für ein verkommenes, unordentliches ›Modell‹ gehalten hat, wahrscheinlich, weil ich keine Strümpfe angehabt habe und mein grünes Kleid nur bis zu den Knien reicht, und solchen Knightsbridgemenschen kommen strumpflose und nicht ganz häßliche Menschen immer als Modelle vor.

1. Juli 1942

Ich hab Susan Watson auf der Straße getroffen.

»Wie geht es Alister?« frag ich.

»Oh, Alister?« sagt sie erstaunt, »Alister ist sehr glücklich. Wissen Sie, er lebt jetzt mit diesem Mädchen, Monica, ja, Monica, die hat eine Schule für Kinder. Also, sie ist ins Cottage gekommen, und Alister hat gesagt, ich sei verrückt, weil ich geheult hab, als er mir sagte, daß er mich haßt und nicht mehr mit mir schlafen will. Aber Sie wissen ja, er ist so überaus nett, und er hat mir Sally weggenommen, aber ich hoffe, ich krieg Sally nach London zurück, und dann geb ich sie in eine Schule, und dort kann ich sie dann besuchen. Sean!« ruft sie verzweifelt. Aber Sean, das Kind, das sie beaufsichtigt, sitzt mitten auf der Straße und rührt sich nicht.

»Wissen Sie, ich mag schöne Kleider, Sie nicht? Also jetzt hoffe ich, daß ich einen Job in einem Kindergarten bekomme, und dann verdiene ich £ 5,10 in der Woche, und das erste, was ich mir dann kaufe, ist ein schöner Morgenmantel und dann ein richtig gutes Kleid, ein grünes Kleid, und dann einen Hut und dann ein nettes Paar Schuhe und dann ein Auto. Alister gibt mir nur £ 2,10 pro Woche und mit – Sean, Sean!« ruft sie, aber das Kind rührt sich nicht. »Mit Sean verdien ich noch einmal 10 Schilling in der Woche und jeden Tag eine gute Mahlzeit, und heute hat mir May, seine Mutter, fünf Zigaretten gegeben, ich komm also zurecht. Aber ich mag nette Kleider. Jetzt frag ich mich, was ich mit diesem Kind anfangen soll. Also, Alister hat gesagt, er will, daß ich zu einem Arzt gehe, und er hat mich in ein Auto gesetzt, und wir sind zu einem alten Arzt gefahren. Er war ein Spezialist, und ich hab zu Alister gesagt, wenn du mich loswerden willst, brauchst du kein Geld für den Arzt zu verschwenden, aber ich war auch neugierig, deswegen bin ich mitgekommen. Und der Arzt hat mich untersucht, und dann hat er gesagt, ich muß Sally in ein Internat geben, und ich darf keine Aufregungen haben, ich muß ganz ruhig leben und meine Kräfte schonen, weil sonst bin ich in zwei Jahren tot. Also hat Alister Sally in das Internat gegeben und mich in den Zug gesetzt, und jetzt zahl ich dreißig Schilling für mein Zimmer, was für mich sehr viel ist. Aber meine ganze Familie ist auf seiner Seite, alle finden, er ist sehr vernünftig, und sie glauben, daß der alte Spezialist recht hat und daß ich verrückt bin. Natürlich habe ich zwei Wunden am Kopf. Ich weiß, daß ich sie habe, aber das liegt daran, daß mein Vater mich entbunden hat. Wissen Sie, meine Mutter war schwanger, und nach sieben Monaten hatte sie eine Fehlgeburt, aber zwei Monate später kam ich plötzlich auf die Welt. Niemand hat mich erwartet, und ich hab nur zwei Pfund gewogen, und da war keine Schwester und kein Arzt, und deswegen humple ich, weil ich teilweise gelähmt bin. Sean!«

Das Kind kam, und ich lud Susan zur Jause ein.

»Wissen Sie, ich habe neulich einen schrecklich netten Mann bei einer Party kennengelernt. Er hat mich im Taxi nach Hause gebracht, und er sagte, ich sei das glücklichste Mädchen, das er je getroffen hat. Und dann hat er mich nach meinem Namen gefragt, aber den wollte ich ihm nur geben, wenn er mir seinen gibt, aber das hat er nicht gemacht. Später hab ich herausgefunden, wer er ist, und er heißt Hawk und arbeitet im Luftfahrtministerium. Ich hab ihn angerufen, und er hat gesagt:

›Hallo, Hawk hier.‹

Ich sagte: ›Hallo, hier ist Susan.‹ Und er sagte: ›Oh, hallo Susan.‹ Dann sagte ich: ›Ich dachte, ich sollte Sie mal anrufen, Hawk, weil der einzige andere Mann, den ich im Luftfahrtministerium kenne, heißt Nightingale.‹ Aber ich denke, er fand das nicht lustig. Also sagte ich:

›Möchten Sie meinen Bruder Nigel kennenlernen?‹

Er sagte, er würde sich sehr freuen.

Dann sagte ich, daß ich vielleicht zu einer ungünstigen Zeit anrufe und daß vielleicht viele Leute bei ihm im Zimmer sind.

Und er sagte, das sei so. Also hab ich aufgelegt. Und jetzt überleg ich, wie ich ihn wieder anrufen könnte und wen ich vorschlagen soll, den er kennenlernen könnte. Vielleicht frage ich ihn, ob er Alister kennenlernen will, aber das wird ein bißchen schwierig, weil Alister in Bristol ist und ich nicht weiß, ob er Hawk überhaupt kennenlernen will. Aber Hawk ist wirklich ein sehr netter Mann.

Heute abend treffe ich meinen Freund. Ist das nicht wunderbar? Na ja, er ist nicht wirklich mein Freund, er war viermal verheiratet und läßt sich gerade wieder scheiden, und er ist 48 Jahre alt, aber ich liebe ihn. Ich kenne ihn schon mein ganzes Leben lang, seit ich fünf Jahre alt war, und ich erinnere mich, daß er, als ich ihn das erste Mal traf, einen sehr schönen karierten Anzug trug und mich sehr beeindruckt hat. Aber er sagt, er kann sich nicht mehr verlieben, und der einzige Mensch, den er liebt, ist seine Tochter Alice, die sehr schön ist und lauter schöne Kleider trägt, und jetzt arbeitet sie als Milchmädchen, weil John nicht will, daß sie einberufen wird, und sie fährt mit ihrem Milchwagen und einem Pferd herum und liefert jeden Morgen die Milch aus. Aber ich will John nicht heiraten, er sagt, er ist zu alt für mich.

Vielleicht heirate ich Arthur Koestler. Nein, ich kenne ihn nicht, aber ich würde ihn gerne kennenlernen, weil ich gerade sein neues Buch gelesen habe, ›Scum of the Earth‹, und es hat mich sehr beeindruckt, und ich glaube, er wäre ein guter Ehemann. Ich möchte gerne verheiratet sein und in einem schönen Haus wohnen. Oder vielleicht heirate ich den France-libre-Mann, den ich vor kurzem kennengelernt habe, aber erst muß ich meine Scheidung von Alister bekommen, und bis dahin muß ich sehr vorsichtig sein, sonst krieg ich die Scheidung nicht. Das Wichtigste ist, Sally zu bekommen, und ich habe neulich einen ganz tollen Anwalt kennengelernt, Edgar, und er sagt, er bekommt Sally für mich, und er sagt, daß Alisters Benehmen grotesk ist und daß er ihm einen Brief schreiben wird, einen ganz strengen Geschäftsbrief.

Wie geht es Margaret? Sie ist so ein nettes Mädchen mit ihren schönen Ohrringen. Ich habe sie und Nigel in Henley getroffen, und Nigel war sehr schlecht gelaunt und hat mich nur Schlampe und Hure genannt. Das finde ich nicht besonders nett, aber unsere ganze Familie ist so, sie behandeln mich wirklich wie ein Küchenmädchen, und meine Mutter, Wyn, läßt überall im Haus ihre schmutzigen Damenbinden herumliegen. Und sie ist mit Nigel nach Henley gefahren, sie hatte drei Pfund, und Nigel hatte zwei Pfund, und sie haben Champagner getrunken und sind in ein Pub gegangen und dann in noch ein Pub, und als Nigel nach Hause kam, war er betrunken und furchtbar sauer und sehr unhöflich zu Margaret, und dann hat er das ganze Porzellan im Haus zerschlagen, und Margaret tut mir sehr leid, weil Nigel sie verletzen wird, und er kann sich selbst nicht leiden und auch sonst niemanden, solange er so ist. Aber ich glaube nicht, daß er mich derzeit mag, und er findet auch, daß ich verrückt bin.

Nach meinem Rendezvous mit John heute werde ich ihn einen Monat oder zwei nicht mehr treffen, weil dann wird er mich vielleicht lieben. Er vermißt meine Briefe, ich schreibe ihm immer, und wenn ich ihm nicht schreibe, sagt er, ich hätte ihn vergessen. Und ich bin sehr eifersüchtig, weil ich glaube, daß er eine Freundin hat, und das werde ich ihm heute sagen, mal sehen, was er dann antwortet. Was für einen reizenden Hut Sie haben. Kann ich ihn ausborgen? Vielen Dank, aber jetzt muß ich mich beeilen, sonst wird John böse auf mich, aber ich glaube wirklich, daß er mich liebt, weil er mir gesagt hat, daß ich ihm nie erzählen soll, wenn ich mit jemandem ins Bett gehe, und deswegen glaube ich, daß er mich mag.«

3. Juli 1942

Stevie Smith war hier, die Margaret hatte sie eingeladen. Ich hatte nur wenige Gedichte gelesen, ich fand sie sehr komisch und mochte auch die Zeichnungen. Darum war ich sehr erstaunt, als sie sagte, sie fände ihre Gedichte so entsetzlich traurig, und sie wünschte, sie könnte etwas wirklich Lustiges schreiben. Es war ihr ganz ernst, und im Laufe des Abends wiederholte sie immer wieder, wie sehr ihr die Friedhofsatmosphäre in den Gedichten zuwider sei, und später begann sie mit dem Desmond alte Hymnen zu singen. Denn Desmond kommt aus einer streng katholischen Familie, und Stevie ist sehr ›Highchurch‹ gewesen. Sie lebt mit einer alten Tante, die sie vergöttert, und Margaret sagte mir, als sie einmal eine Woche lang bei ihr wohnte, konnte sie niemals schlafen gehen, ohne vorher ein Glas heißer Milch, die ihr die Margaret machen mußte, zu trinken. Sie erinnert mich an meine Stephanie, sie ist dünn und hat ein Gesicht wie eine Indianerin, aber sie ist komisch und hilflos, und als mir die Margaret von der heißen Milch erzählte, kam mir das vor wie das Bett der Stephanie, das sie überall mitschleppt. Ich glaube, daß sie ein sehr unglücklicher Mensch ist, sie ist unsicher und, ich glaube, sehr empfindlich, sie hat eine nervöse Intensität und ein deutliches Bedürfnis, die Menschen zufriedenzustellen und sie nur ja nicht zu kränken, und ich glaube, sie hat nicht viele ›Reserven‹. Damit meine ich, es wäre leicht, sie zu zerstören, vielleicht hat jemand sie ganz ruiniert, denn sie macht den Eindruck, als wäre sie tief verwundet und ohne die alte Tante ganz verloren. Vielleicht ist das Schreiben ihre einzige Reserve, denn sie hat nicht viel Vitalität, und man hat das Gefühl, daß es vielleicht nur eines Nadelstiches bedarf, damit ihr Blut in Strömen fließt.

Später am Abend kam Stephen Spender. Ich bemerkte zum ersten Mal, daß er ein dummes Gesicht hat, und wahrscheinlich ist diese Dummheit seine Stärke. Er ist von einer erstaunlichen Simplizität, kein ›Intellektueller‹ und voll von Staunen über die sonderbaren Dinge, die sich in der Welt ereignen. Ich nehme an, daß das zum Teil gespielt war, aber nicht ganz, und – ich kenne seine Gedichte nicht, aber Du sagst, daß sie nicht gut sind – wenn er auch im Schreiben kein Dichter ist, so hat er etwas davon, wenn er spricht, nämlich er breitet sich aus, er begeistert sich an seinen Worten, und er scheint ständig erstaunt, nicht über die Leute, die ihm zuhören, sondern darüber, daß ihm eben ein so hübscher oder kluger Satz eingefallen ist, und er hat wirkliche Freude an den Worten. Mit seinen großen, blauen, dummen Augen schaut er sich dann ein wenig verschämt im Zimmer um, und mit jedem hübschen Wort und Satz scheint er sich selber zu sagen: Ja, ich bin wirklich ein Dichter. Übrigens ist er ein Mensch, der Rollen spielt, das heißt in Wirklichkeit ein Mensch, der ständig auf der Suche nach etwas ist, und augenblicklich trägt er die hübsche Uniform von den Feuerwehrleuten und organisiert Diskussionsgruppen, und er findet es so viel besser, wenn er »nicht über seine eigenen Sorgen und Kummer schreibt, sondern über die der anderen«. Er ist ein ernster Mensch, glaube ich – trotz seines operettenhaften Auftretens und Aussehens –, und ich glaube, er zerbricht sich den Kopf wirklich über viele Dinge und über sich selber und über die anderen Menschen.

Ich habe mich ständig gefragt, was ist Margarets Anziehungskraft für solche Menschen? Es ist möglich, daß es damit angefangen hat, daß Margaret solchen Künstlern nützlich sein konnte, durch ihr eigenes Geld und die Organisation, in der sie gearbeitet hat, und es ist richtig, daß sie oft sehr reizend und lieb sein kann. Aber mir kommt es immer vor, als zwingt sie die Menschen, sie zu besuchen, als ertappt sie sie in einem schwachen Augenblick und nützt ihn klug aus, und wenn man einmal mit solchen Leuten ausgeht und bekannt wird, gibt es kein Ende mehr, und man nimmt jede Beleidigung hin, nur um nicht ausgeschlossen zu sein. Ich muß immer daran denken, daß die Valentine gesagt hat, es ist ihr völlig unklar, was die Margaret eigentlich vom Leben will, wohin letzten Endes alles führt.

10. August 1942

Ich habe es schrecklich gerne, wenn ich zu jemandem spreche, von dem ich keine Ahnung habe, der von mir keine Ahnung hat, und darum geh ich gerne in das kleine Glasshouse. Jedesmal, wenn ich dorthin gehe, spreche ich mit jemandem, und es sind Menschen, die ich sonst niemals treffen würde.

Da ist das kleine schottische Mädchen. Sie arbeitet in einem Hotel und bestellt sich immer die teuersten Mahlzeiten, Hendl oder Gans, sie gibt ungeheuer großzügige Trinkgelder. »I like to eat well and I like to give lots of tips«, sagt sie. Sie ist Kellnerin in dem Hotel.

Ihr ›boy‹ ist in der Armee und gleich, als ich sie das erste Mal sah, zeigte sie mir einen Brief von ihm und eine Photographie. Er war eben auf embarkation-leave da gewesen, und nun wußte sie nicht, wo er war, denn er durfte es ihr nicht sagen. Damals war sie noch gut gelaunt – er war erst vor vier oder fünf Tagen weggeschickt worden – und erzählte mir, daß sie in Amerika gewesen war, in Irland und Kanada. In Kanada hatte es ihr am besten gefallen, denn dort hatte sie auf der Bahn im Speisewagen gearbeitet, und wenn sie könnte, wie sie wollte, würde sie immer reisen. Sobald der Krieg zu Ende sein wird, fährt sie wieder weg.

Als ich sie das zweite Mal sah, nagte sie mit einem traurigen Gesichtchen an einem Hühnerknochen. Sie war am Tag vorher schon um fünf Uhr am Nachmittag ins Bett gegangen, »for life isn't worth living and I'm very lonely«. Sie zeigte mir den zweiten Brief ihres Freundes, aber sie wußte immer noch nicht, wo er eigentlich war. Dann kamen zwei Männer in die Snackbar, die sie kannte, und mit einem Mal war sie wieder lustig und ganz verändert und strahlte über das ganze runde Gesicht. Doch als der eine sie nach Hause begleiten wollte, sagte sie rasch nein, und sie kaufte mir statt dessen ein Eis. Ein gutes Stück lief sie mit mir, damit ihr dieser Mann nicht nachgehen solle. Sie hat ein liebes Gesicht, mit einer aufgebogenen, kleinen Nase.

Dann gibt es dort ein Mädchen namens Martha. Vor einigen Monaten hatte sie tiefe Ringe unter den Augen und ein verbittertes, häßliches Gesicht. Sie war eine deutsche Jüdin und hatte viel Geld gehabt. Als die Nazis kamen, stellte es sich heraus, daß ihr Mann in der Partei war, und er ließ sie in ein Konzentrationslager sperren. Erst als sie ihm ihr ganzes Geld geschenkt hatte, kam sie wieder heraus, und dann ließ er sich scheiden. Sie fuhr nach England, und am Anfang hungerte sie hier, denn die Leute, die für sie garantiert hatten, zahlten nicht, und auch vom Bloomsburyhouse bekam sie nichts. Jetzt hatte sie eine Stelle in einem Kinderheim. Während sie mir all das erzählte, kam plötzlich ein Verrückter herein. Er bestellte Grapefruit, nahm das Glas zwischen die Hände, starrte es an, schob den Hut aus dem Gesicht, nahm das Glas wieder zwischen die Finger, stellte es nieder, trank nicht einen Schluck, verzog das Gesicht auf

Friedl

To. August.

Ich habe es schrecklich gerne, wenn ich zu jemandem spreche von
dem ich keine Ahnung habe, der von mir keine Ahnung hat und darum geh
ich gerne in das kleine Glasshouse . Jedesmal, wenn ich dorthin gehe
spreche ich mit jemandem und es sind Menschen, die ich sonst niemals
treffen wuerde.

Da ist das kleine schottische Maedchen. Sie arbeitet in
einem Hotel und bestellt sich immer die teurersten Mahlzeiten, Hendel
oder Gans, sie gibt ungeheuer grosszuegige Trinkgelder. 'I like
to eat well and I like to give lots of tips,' sagt sie. Sie ist Kell -
nerin in dem Hotel.

Ihr 'boy' ist in der Armee und gleich, als ich sie das erste
Mal sah, zeigte sie mir einen Brief v n ihm und eine Photographie.
Er war eben auf embarkation-leave da gewesen und nun wusste sie
nicht wo er war, denn er durfte es ihr nicht sagen. Damals war sie
noch gut gelaunt - er war erst vor vier oder fuenf Tagen weggeschickt
worden - und erzaehlte mir, dass sie in Amerika gewesen
war, In Irland und Canada. In Canada hatte es ihr am Besten gefallen
denn dort hatte sie auf der Bahn im Speisewagen gearbeitet und wenn
sie koennte wie sie wollte wuerde sie immer reisen. Sobald der
K rieg zu Ende sein wird, faehrt sie wieder weg.

Als ich sie das zweite Mal sah, nagte sie mit einem
traurigen Gesichtchen an einem Huehnerknochen. Sie war am Tag
vorher schon um fuenf Uhr Nachmittags ins Bett gegangen 'for life
is'nt w rth living and I'm very lonely.'Sie zeigte mir den zweiten
Brief ihres Freundes, aber sie wusste noch immer nicht, wo er

Seite aus dem Typoskript des Tagebuchs von 1942, Eintrag vom 10. August
(Nachlass Elias Canetti, Züricher Nationalbibliothek)

abscheuliche Art, starrte das Glas weiter an, schob dann den Hut wieder aus dem Gesicht und so fort.

Martha lachte laut und ordinär. Sie konnte sich nicht fassen und schüttelte sich vor Lachen. Uns gegenüber saß ein Mann mit verruchten Augen, und ich merkte, daß Martha nicht so sehr über den Verrückten lachte, als sie diesen Mann anlachte. Wir tranken noch einen Kaffee, und dann gingen wir, und er kam uns nach. Ich verabschiedete mich von ihr, und er brachte sie nach Hause.

Später sah ich sie wieder. Sie trug ein gutes Seidenkleid und war schön frisiert, und dann sagte sie, sie habe geheiratet. Einen englischen Flieger. Sie war gar nicht verliebt in ihn. Auf ihrer Hochzeitsreise waren sie nach Wales gefahren, und »er gibt mir alles, was ich will«, sagte sie. Es war herrlich, sagte sie. Sie hatten in einem kleinen Hotel gewohnt, und sie waren in die nächste Stadt gefahren und hatten drei Flaschen Champagner gekauft, zwei Flaschen Whisky, und dann fuhren sie zurück ins Hotel und bestellten zwölf Flaschen Bier. Dann gingen sie schlafen. Sie tranken die ganze Nacht und liebten sich und tranken weiter, sie waren gänzlich betrunken, und als sie am Morgen aufwachten, schwankten die vielen leeren Flaschen vor ihren Nasen. Nacht für Nacht verbrachten sie so, zwischen Whisky und Liebe, sie waren nur fünf Meilen vom Meer entfernt, aber kein einziges Mal fuhren sie hin. Es war eine herrliche Hochzeitsreise. »Was wollen Sie«, sagte Martha ganz einfach, »ich bin 35 Jahre alt, und niemals hätte ich mir gedacht, niemals hätte ich mir träumen lassen, daß mich einer noch heiratet. Sowas muß man feiern.«

Einmal sprachen zwei Leute darüber, daß die zweite Front unbedingt gemacht werden muß und sehr bald, denn in Rußland sieht es schlecht aus.

»Sind Sie einer von diesen verdammten Kommunisten, die immer nach einer zweiten Front rufen?« sagte ein kleiner, schwarzhaariger Mann, ein Mann, der seine Hüften schaukelt, wenn er hereinkommt, und einen großen, goldenen Siegelring trägt.

»Was glauben Sie, wo wir ohne diese ›verdammten Kommunisten‹ wären?« antwortete der andere, ein dicker Mann mit einem roten Gesicht.

Später zog der kleine schwarze Mann mit dem Siegelring eine winzige Katze aus der Tasche und fing an, sie zu sekkieren.

»Lassen Sie die Katze in Ruhe«, rief der Dicke wütend.

»Die Katze gehört mir«, sagte der andere.

»Sie haben kein Recht, die Katze zu quälen«, sagte der Dicke.

»Es ist meine Katze«, sagte der andere.

Nach einer Weile sagte der Dicke: »Wissen Sie was, die Katze sieht sehr viel netter als Sie aus«, und die ganze Snackbar lachte.

Einmal war ein dicker, alter Ire dort. Er saß neben mir, er war bestimmt 65 Jahre alt und hatte eine dicke rote Nase. Er hatte vorher viel getrunken, und ich glaube, er hatte sich hier herein verirrt, denn er war ein Arbeiter, und Arbeiter sieht man hier sonst nicht. Er fing an mit mir zu sprechen und bot mir einen Kaffee an. Ich lehnte ab, und dann sagte er: »Hätten Sie Lust, mit mir mal am Abend zum Embankment zu gehen?«

»Nein, hab ich nicht.«

»Ah, Sie sind ein nettes Mädchen. Ich würde aber gerne heiraten.«

»Ja?«

»Ja, ich hätte gerne ein nettes, anständiges Mädchen um mich, und ich habe jede Menge Geld.«

»Aber ich habe einen Verlobten.«

»Bei der Army?«

»Nein, er ist bei der Air Force.«

»Ah! Sie sind ein nettes Mädchen. Sie sehen wie ein nettes Mädchen vom Land aus mit Ihren braunen Armen und gelben Haaren. Haben Sie Brüder?«

»Zwei.«

»Bei der Army?«

»Einer bei der Army und einer bei der Air Force.«

»Ah. Sie sind ein nettes, anständiges, ehrliches Mädchen. Haben Sie Lust, mit mir an einem Abend auf einen Drink zu gehen?«

»Nein, ich gehe nur mit meinem Verlobten aus.«

»Ach ja? Arbeiten Sie in einer Fabrik?«

»Nein, in einem Büro.«

»Ah! Ich habe selber ein Mädchen. Sie ist nur 25 Jahre alt, aber ich würde lieber Sie heiraten.«

»Ach ja?«

»Ja, ich wette, Sie sind erst zwanzig. Ich habe viel Geld in Irland, einen Bauernhof und fünf Schweine, und ich hätte gern ein Mädchen wie Sie.«

»Aber ich würde Sie nicht mögen.«

»Nein, wohl nicht. Ah, Ihr Junge hat Glück, so ein anständiges Mädchen wie Sie zu haben. Er kann sich jeden Tag glücklich schätzen, so ein reizendes Mädchen wie Sie zu haben.«

»Ja, er hat Glück.«

»Ich finde, er hat Glück. Sie wollen nicht mit mir zum Embankment gehen, oder?«

»Nein, will ich nicht.«

»Nein, wollen Sie nicht. Gehen Sie manchmal auf einen Drink?«

»Nein, ich trinke nie.«

»Ah! Ich trinke nur an manchen Tagen. Mein Mädchen trinkt gerne mal was. Sie kippt sich das Bier rein. Sie ist ein nettes Mädchen, aber nicht so wie Sie. Ich würde sie jederzeit für Sie aufgeben.«

»Wirklich?«

»Ja. Sie sind ein nettes, sauberes Mädchen, und jeder kann sehen, daß Sie ein anständiges und ehrliches Mädchen sind. Sie wollen nicht mit mir zum Embankment gehen?«

»Nein, will ich nicht.«

»Nein, wollen Sie nicht.«

Und dann gibt es dort den Herrn Adolf Blum. Er ist ein Mann von ungefähr 60 Jahren. Ihm sagte ich, daß ich die Tochter vom Papa bin.

»Na, da sind Sie ja aus einer ausgezeichneten Familie. Wer kannte den Herrn Papa nicht? Also ich hatte immer die größte Hochachtung vor der *Neuen Freien Presse*. Ich habe mich ja selber manchmal journalistisch betätigt. Nichts Großes, aber immerhin – Aphorismen. Das ist eine Kunst, die nur ganz wenige Menschen verstehn. Nun, ich brauche Ihnen das ja nicht zu sagen – einer Frau, die in einem so kultivierten Haus aufgewachsen ist! Ich glaube, ich habe einige bei mir. Würden Sie sie gerne sehen?«

Ich habe sie mir abgeschrieben:

Das Rätsel Weib ist fast immer ein Preisrätsel.

Die heißen Blicke schöner Frauen sind wie Tennisbälle. Sie gelten nur dem, der sie aufzufangen und zurückzugeben versteht.

Es gibt Frauen, die nur ansprechen, solange sie nicht sprechen.

Frauen bewegen sich am graziösesten, wenn sie Seitensprünge machen.

Wer das Liebesspiel als liebes Spiel betrachtet, ist vor Enttäuschungen bewahrt.

Frauen, die nicht gefallen, fallen nicht.

Diese Aphorismen sind in einer Zeitschrift namens *Junggeselle* erschienen.

»Also was sagen Sie dazu?« sagte Herr Blum. »Die sind doch entzückend, nicht wahr? Ich muß Ihnen gestehn, ich bin selber in manche verliebt. So wie man in eine schöne Frau verliebt ist: Man kann sie immer wieder ansehn und genießen. ›Frauen bewegen sich am graziösesten, wenn sie Seitensprünge machen!‹ Das ist doch bezaubernd, da ist Geist darin, ach, das verstehn die Menschen ja heute gar nicht, das sind Juwelen, seltene Juwelen, mein gnädiges Fräulein. Solche reine Kunst kann nur wirklich großzügigen und intelligenten Menschen gefallen, selbst um meine Aphorismen zu verstehn, muß man Geist haben! Meine Aphorismen haben ein seltenes Niveau. Nun, und jetzt ist mein Leben so langweilig geworden. Wissen Sie, ich habe Langeweile nie ertragen können, mein Leben war immer voll Bewegung, ich war ungefähr 15 Mal auf dem Semmering. Sie kennen den Semmering natürlich? Ich wohnte immer im Panhans. Dort wurde ich auch gemalt. Von einem sehr berühmten Maler, der Kaiser hatte ihn belobt. Aber sehn Sie, bei mir versagte er. Er malte meistens komische, lustige Dinge, aber mein Gesicht ist ernst, sehr ernst. Und wissen Sie, was er tat? Er schob mir einen runden Hut ins Gesicht und setzte zwei junge Damen neben mich, und Sie können sich vorstellen, daß meine Augen, die ohnedies sehr leidenschaftlich sind, noch leidenschaftlicher wurden, und so malte er mich. Doch es war kein sehr gutes Bild. Nun und wie gesagt, jetzt ist mein Leben leider langweilig geworden. Allerdings geht es mir noch immer weit besser als den meisten Flüchtlingen. Ich bin im Bloomsburyhouse ausgezeichnet angeschrieben, ich bekomme – das sollte ich eigentlich geheim halten, aber Ihnen sage ich es – zwei Schilling mehr als die anderen. ›Mr. Blum‹, sagte mir einer der Beamten, ich kann Ihnen leider nicht sagen, wie er heißt, ›Mr. Blum‹, sagte er, ›we know you and we know that you are one of the best refugees in this country. *We* know who you are.‹ Ja, ich muß sagen, die Leute benehmen sich dort wirklich anständig zu mir. Ich habe auch an das Ministry of Home Security und ans Home Office geschrieben. Ich machte einige Vorschläge, die Flüchtlingsfrage betreffend, und es gibt keinen Zweifel darüber, daß man sie annehmen wird. Ich würde auch gerne im B. B. C. arbeiten, ich habe eine wunderschöne Sprechstimme, leider, leider ist mein Englisch nicht, was es sein sollte, sonst hätte ich natürlich eine ganz andere Position. Nun, Sie haben ja meine Aphorismen gelesen, Ihnen brauche ich ja nicht zu sagen, daß ich ein Mann von Geist bin, wie man jetzt nur wenige findet. Sie müssen gehn? Ach, wie schade, schade. Ich hoffe sehr, Sie wiederzusehn. Vielleicht dürfte ich Sie anrufen?«

19./20. August 1942

Mary, unsere Bedienerin, ist ein irrsinniges Wesen. Voriges Jahr war sie sehr krank, ich weiß nicht genau, was sie hatte, und sie weiß es auch nicht. Aber eines Tages bekam sie schreckliche Kopfschmerzen, und sie hörte Musik in ihrem Kopf und lag mit hohem Fieber und Delirium im Bett. Sie wurde operiert. Sie hörte Menschen in ihrem Kopf singen und sprechen – so, wie sie es mir beschrieb, kommt es mir vor, als habe sich ein Teil ihres Gehirns selbständig gemacht und lebte nun auf eigene Faust drauflos. Schließlich wurde sie wieder gesund, aber jetzt ist ihr Gesicht nach allen Seiten verzogen, eine Gesichtshälfte ist größer als die andere und das eine Aug kleiner als das andere. Täglich kommt sie geladen mit Zorn und Wut in unser Haus geschossen, und bevor sie anfängt zu arbeiten, inspiziert sie jeden Raum und brüllt durch das ganze Haus: »Sind Sie da?«

»Ja, Mary«, sage ich so sanft, wie ich es zuwege bringe.

»Gut«, brüllt sie und kommt die Stiegen heraufgeschossen. »Eines Tages bringe ich Sie um.«

»Aber warum denn?«

»Ha-ha-ha-ha.« Sie hält sich die Seiten vor Lachen. »Gehen Sie gerade aus oder waren Sie schon aus?«

»Ich gehe gar nicht aus.«

»Oh, Sie kleiner Teufel, eines Tages erwürge ich Sie.«

»Oh, Mary, das würden Sie nicht tun.«

»Oh doch, Sie kleine Madam. Möchten Sie eine Tasse Tee?«

»Das wäre wunderbar.«

»Ach ja? Na, ich werde jedenfalls keinen machen. Warum sollte ich? Wer war der junge Mann, der gestern hier war?«

»Philip Henderson?«

»Ah, das ist ein reizender Junge, ein netter Junge. Ihren alten Langweiler mag ich nicht.«

»Wen meinen Sie?«

»Ah, Sie wissen, wen ich meine, Sie kleiner Teufel. Der in der kleinen Dreckskammer.«

»Chien?«

»Ah. Ich kann ihn nicht leiden. Es ist mir egal, was Sie sagen, ich mag ihn nicht. Nein, ich kann ihn nicht leiden«, brüllt sie.

»Bitte, Mary, schreien Sie nicht.«

»Warum soll ich nicht schreien? Ach, gehen Sie weg, ich hab keine Zeit, mit Ihnen zu reden. *Ich* habe zu arbeiten. Oh, und der andere, der ist widerlich.«

»Wer?«

»Ah, dieser Komische. (Der Steiner) Ehrlich wahr, der Junge hat mich den ganzen Tag verfolgt. Wo auch immer ich hingegangen bin, immer ist er hinter mir her und hat überall seine Nase reingesteckt. Ich hasse ihn!«

»Er ist ein Tscheche.«

»Mir egal. Tscheche?«

»Ja. Er ist an der Universität in Oxford.«

»Nein, ist er nicht.«

»Doch.«

»Na, mir egal. Er ist ein gräßlicher Anblick, dieser Junge. Diese Ausländer sind der Untergang Großbritanniens.«

»So ein Unsinn.«

»Doch, das sind sie.«

»Ich bin Ausländerin.«

»Nein, sind Sie nicht.«

»Doch, bin ich, Mary.«

»Nein, sind Sie nicht.«

»Bin ich doch.«

»Ich sage Ihnen, Sie sind es nicht. Für mich sind Sie ein englisches Mädchen.«

»Aber ich bin Österreicherin. Ich komme aus Wien.«

»Mir egal, für mich sind Sie Engländerin.«

»Das ist sehr nett von Ihnen, aber ich bin trotzdem keine Engländerin.«

»Doch!« kreischt sie. »Sie sind nicht wie Mrs. Wie-heißt-sie noch (Hilda) und deren dreckige Tochter.«

»Anja?«

»Ich verabscheue dieses Mädchen. Ist das nicht komisch? Entweder mag ich wen oder nicht.«

»Warum mögen Sie sie nicht?«

»Ich weiß nicht. Sie ist häßlich. Ihre Mutter ist nicht so arg. Wissen Sie, manchmal tut mir die gute alte Seele leid.«

»Ach ja?«

»Ja. Und da liegt meine Freundin im Krankenhaus, und sie haben sie auf die Liste der Lebensgefährdeten gesetzt. Sie haben kein Recht, sie auf die Liste zu setzen. Sie ist nicht annähernd so krank, wie ich es war. Sie läuft dort überall herum und beklagt sich. Ihr geht es eigentlich ganz gut. Es ist sowieso alles ihre Schuld, und das sag ich ihr auch immer ins Gesicht. Der Arzt sagt, sie braucht Injektionen, und wissen Sie, was sie gemacht hat? Sie ist zweimal hingegangen und dann nie wieder. Ich hab keine Geduld mit solchen Leuten.«

»Nein?«

»Nein. Warum sollte ich? Ach, gehen Sie weg. Geben Sie mir eine Zigarette und verschwinden Sie! Haben Sie von Mrs. Dobrée gehört?«

»Nein.«

»Sie ist eine reizende Person. Und Major Dobrée. Ein feiner Mann. Ah, sie sind ein reizendes Paar.«

»Das sind sie wirklich, Mary.«

»Ja, sind sie!« brüllt sie wütend. »Das ist ein hübsches Kleid, das Sie da anhaben.«

»Es ist aus Wien.«

»Ach ja? Ich mag Ihre Kleider.«

»Ja?«

»Ja, sie sind anders als die von allen anderen. In Venedig, oder woher Sie kommen, trägt man also einen andern Stil?«

»Ja.«

»Ah, das ist schön, Sie sehen darin aus wie sonst niemand, ich sag Ihnen, Sie sehen aus wie siebzehn.«

»Alle Ausländer sehen so aus.«

»Wirklich? Das ist doch merkwürdig. Ach, hauen Sie doch ab! Bringen Sie mir etwas Soda. Ach, ich werde nicht mehr kommen. Mir reicht es.«

»Aber warum denn, um Himmels willen?«

»Ich weiß nicht. Mir reicht es, und damit Schluß. Ich werde Annie schicken. Ich mag nicht mehr kommen.«

»Ach, Mary, bitte kommen Sie weiter.«

»Nein, ich werde Annie schicken. Sie ist viel besser als ich.«

»Aber ich will nicht Annie. Wir wollen Sie.«

»Ha-ha-ha-ha. Sie kleine Madam. Niemand kann sagen, daß ich mein Geld hier nicht verdiene.«

»Niemand denkt auch nur im Traum daran, so was zu sagen. Sie leisten wunderbare Arbeit.«

»Sie kleiner Teufel, eines Tages erwürg ich Sie. Was würden Sie tun, wenn Mary eines Tages nicht zur Arbeit käme?«

»Ich würde auf der Stelle zum Teich in der Heide laufen und mich ertränken!«

»Das würden Sie nicht tun!«

»Doch, würde ich.«

»Ha-ha-ha-ha«, kreischt sie und hält sich die Seiten vor Lachen, und dann wirft sie das Geschirr in der Küche herum.

Doch bevor sie weggeht, brüllt sie zu mir herauf:

»Miß Friedl! Miß Friedl! Sind Sie da?«

»Ja, Mary, was gibt es?«

»Sie sind keine Ausländerin.«

»Doch, bin ich.«

»Nein, sind Sie nicht!« Und damit haut sie die Türe zu.

Die andere Bedienerin, Mrs. Clark, ist dürr und mager, sie hat schwarzes Haar, verwirrt wie ein Vogelnest, und ein zerrunzeltes Gesicht mit schlauen, dunklen Augen. Die Zigarette im Munde hängend macht sie Johns Bett und dann sein Frühstück.

»Mr. Ridley! Mr. Ridley!« brüllt sie, »Sind Sie soweit?«

»Ja, Mrs. Clark«, sagt John, der in der Früh ungefähr so schlecht gelaunt ist wie ich selber.

»Bitte sehr«, sagt sie und wirft ihm zehn Zigaretten zu. »Was Besseres krieg ich nicht. Sie schulden mir sechs Schilling.«

»Ahem.«

»Oh, die Lawn Road Flats gebe ich auf. Ich warte nur noch das Weihnachtstrinkgeld ab. Ich hab nicht die Zeit, all die Betten zu machen. Ich zieh sie nur ab. Was glauben die, wer man ist? Ich kann nicht zehn Wohnungen machen, und warum sollte ich? Kennen Sie Miß Barnet? Also sie kommt nach mir rein und macht die Betten. Soll sie nur, denk ich mir. Ich hab keine Lust dazu.«

»Ahem.«

»Kennen Sie Miß Daisy, Mr. Ridley? Nun, sie sagt, sie geht Kartoffeln holen, und was glauben Sie, wie lang sie dafür braucht? Zwei Stunden, dabei ist der Gemüsehändler gleich um die Ecke. Die glauben, sie kommen mit allem durch, und das nennen sie arbeiten. Ich gebe auf. Heutzutage kann ich so viele Jobs bekommen, wie ich will. Ich habe für Sie abgewaschen, Miß.«

»Ach, wirklich? Vielen Dank.«

»Dieses vermaledeite Feuer bei Ihnen ist wieder ausgegangen. Das Zeug, das sie einem heutzutage andrehen! Und dann wollen sie, daß man für die Schweine Futter sammelt. Aber nicht mit mir! Wenn man selber was braucht, ist keiner da, der einem was gibt.

Also jetzt weiß ich nicht, ob ich das richtig oder falsch gemacht habe, aber ich habe meinen Hund zum Doktor gebracht, um ihn töten zu lassen. Was hätte ich tun sollen? Er hat mir meinen ganzen Teppich vollgemacht, und ich hatte nicht die

Zeit, alle halben Stunden mit ihm rauszugehen. Er war alt und krank, aber jetzt fehlt er mir. Immer wenn ich was esse, denke ich an den alten Hund. Ich hab immer die Knochen für ihn aufgehoben, aber was soll man machen? Wie geht's Mr. Roberts?«

»Ich weiß nicht.«

»Ich weiß es auch nicht. Seltsamer alter Kerl. Aber ich finde, warum sollten die Leute im Krieg nicht Spaß haben. Ich denke, in diesem Krieg haben sie mehr Spaß als im letzten. Glauben Sie nicht auch, Miß?«

»Ich nehme es an.«

»Ich weiß es. Aber wenn es etwas gibt, das ich hasse, Miß, dann sind es diese Sammeltage. Ich hasse diese Sammlerinnen und gebe ihnen nie auch nur einen Penny. Warum sollte ich? Mir gibt niemand irgendwas, und ich habe einer von denen gesagt, daß sie mir vom Leib bleiben soll. Ich hab ihr gesagt: Glauben Sie, daß ich so blöd bin, Ihnen was für Ihre dreckige Sammlung zu geben? Ich nicht, hab ich gesagt, ich muß auf mich selber schauen. Sie war nicht gerade erfreut. – Die schicke Miß Enis zieht aus den Lawn-Road-Wohnungen aus. Kennen Sie Miß Enis?«

»Ja.«

»Die hat keine Ahnung, was Arbeit ist. Hinter der Bar stehen und den Leuten Drinks geben, das nennen sie Arbeit. Sie hat mehr getrunken als alle ihre Kunden zusammen, und das nennen sie Arbeit. Kann ich mir ein paar Äpfel aus Ihrem Garten nehmen, Miß?«

Gestern war die ›Sängerin‹ Pauline bei uns und Rosalies neuester Liebhaber, David Jacobs. Dieser Jüngling spricht mit einer leisen Stimme, er zuzelt und ist ständig so atemlos, als könnte er die vielen Dinge, die er zu sagen hat, niemals sagen. Aber leider hat er nichts zu sagen, sondern macht bloß intensive Handbewegungen, wahrscheinlich hat ihm einmal jemand gesagt, daß er schöne Hände hat. Er kommt aus Cambridge.

Pauline, die Sängerin, ist hübsch, unbeschreiblich dumm, aber sie hat schönes, langes, blondes Haar.

»Gottlob ist in mir nichts Britisches, gar nichts, außer daß ich hier geboren wurde. Nein, ich war nicht viel im Ausland, aber mein Mann ist zu einem Viertel Belgier. Oh, aber ich habe in Paris gelebt, in der Nähe vom Jardin du Luxembourg. Ach, ist das nicht reizend, die spielenden Kinder dort und ihre Kindermädchen mit diesen entzückenden Rüschenhauben. Ah, Rosalie, was für ein köstliches Essen Sie für uns zubereitet haben. Könnte ich noch etwas von dieser exquisiten Suppe haben, wirklich, Rosalie, ich wußte gar nicht, was für eine exquisite Köchin Sie sind. Ja, ich habe einige Konzerte gegeben, aber ich bin nicht nervös, überhaupt nicht, außer, bitte, liebes Publikum, blättern Sie nicht im Programmheft, während ich singe, und lassen Sie es nicht fallen, oh, das ist so unangenehm. Und Sie kommen aus Wien, dieser wunderschönen Stadt. Ah, dort wollte ich immer hin, mein Mann und ich haben uns fest vorgenommen, als erstes nach dem Krieg nach Wien zu reisen. Machen Sie uns Kaffee? Wie wunderbar! Pardon, was sagten Sie?«

»Ich frage mich, ob sie Greta Brown kennen?« flüsterte David atemlos.

»Greta Brown? Lassen Sie mich überlegen, nein, ich glaube nicht, daß ich sie näher kenne. Was macht sie?«

»Sie singt recht schön, sie ist eine Freundin meiner Mutter.«

»Wie interessant! Kennen Sie Dick Connaught?«

»Nein, ich glaube nicht. Ist er auch ein Sänger?«

»Nein, aber er spielt ganz wunderbar Geige. Ah, er ist so ein

Lieber, er hat angeboten, mir Stunden zu geben, aber ich kann ihn mir natürlich nicht leisten. Er ist schrecklich teuer.«

»Ja, wir kennen einen Geiger, Adrian Foller. Er ist wirklich ganz reizend. Er hat mal auf einer Party gespielt, bei der wir waren.«

»Das war bestimmt großartig! Wissen Sie, ich frag mich schon den ganzen Abend, ob Ihr Vater Dr. Jacobs ist, der Psychologe. Er soll unfaßbar gut sein.«

»Leider nein.«

»Oh! Und Sie sind auch nicht verwandt? Wissen Sie, Billy, mein Mann, kennt ihn recht gut, sie sind gute Freunde, ich denke, Sie müssen verwandt sein.«

»Nun, das könnte natürlich sein, aber ich glaube es eher nicht, sehen Sie, mein Vater hat lange in Indien gelebt. Aber kennen sie Elisabeth Jacobs? Sie ist eine Malerin, und sie ist eine Cousine zweiten Grades oder so von uns. Ich habe ihre Bilder nicht gesehen, aber sie sollen sehr gut sein. Sie hatte gerade erst eine Ausstellung in der Modern Gallery, und ich wünschte, ich hätte sie gesehen.«

»Ah? Elisabeth Jacobs, sagten Sie? Ich glaube, ich habe den Namen schon mal gehört. Sie geht nicht auf die Partys von Harry Bleach, oder? Nein, ich bin mir ganz sicher, daß ich den Namen irgendwo schon gehört habe. Man hört von so vielen Leuten, nicht wahr?«

Wir gingen alle hinauf, um Musik zu hören. Nachdem wir ein Beethoven-Quartett gespielt hatten, rief Pauline: »Ich nenne Musik immer mein Menü – schließlich ist sie Nahrung, Nahrung für den Geist.«

»Oh, finden Sie?« sagte David. »Und als was würden Sie dann Beethoven bezeichnen?«

»Nun, Beethoven erinnert mich immer an eine Gans oder so

was, Sie wissen, was ich meine: reichhaltig, fett, saftig und flei-
schig mit starkem Geschmack. Mozart dagegen ist eher wie ein
Pudding oder eine Götterspeise.«

»Ja, ich verstehe, was Sie meinen. Ja, Mozart ist wirklich eher
wie Milchreis mit Rosinen, finden Sie nicht?«

»Genau, und mit Vanillesauce, wissen Sie, so eine Art flie-
ßende Anmut, ich persönlich habe immer an Tapiokapudding
gedacht, oder gemahlenen Reis, oder einen von diesen schönen
Wackelpuddings in verschiedenen Farben, wissen Sie, mit so
kleinen Blättchen und Blüten im Inneren.«

»Und Bach?«

»Oh, Bach ist eher schwierig. Er ist so ernst. Mich persönlich
erinnert er – auch wenn das etwas krude klingt – an Spaghetti,
wissen Sie, all diese Fugen, wie sie immer und immer weiterge-
hen, das ist, wie wenn man versucht, Spaghetti zu essen, finden
Sie nicht? Nun, es tut mir schrecklich leid, aber jetzt muß ich
wirklich gehen. Mein Mann wartet auf mich, und ich habe versprochen, zeitig zu Hause zu sein. Rosalie, es war ein ganz wunderbarer Abend, ich habe ihn wirklich ausnehmend genossen.
Wie ich Sie um Ihr Grammophon beneide! Meine Liebe, in-
nigsten Dank, und Sie müssen uns bald besuchen kommen. Auf
Wiedersehen und danke für den wunderbaren Wiener Kaffee,
er hat mich ganz glücklich gemacht. Auf Wiedersehen, auf Wiedersehen!«

24./25. August 1942

Ich bin entsetzlich müd und ganz ohne Grund, mir fallen ständig die Augen zu. Beim besten Willen weiß ich nicht, was ich
aufschreiben soll, denn kaum fange ich an nachzudenken, schla-
fe ich ein. Es ist schrecklich. Seit einer Stunde denke ich, ich

muß mich zusammennehmen und an etwas Bestimmtes denken, aber nichts Besonderes fällt mir ein. Außer zum Beispiel, daß ich zu zerfließende, weibische, ölige, einladende Stimmen nicht leiden kann und daß es mir geradezu ekelt, wenn die Rosalie mit irgendeinem Mann telephoniert, weil sie dann immer diese wässerige Stimme hat, besonders, wenn es einer ihrer Liebhaber ist. Schon sehe ich sie in einem ihrer dünnen Nachthemden im Bett, und es ist mir verhaßt, wenn ein Mensch ständig solche Vorstellungen in einem weckt, sogar mit seiner Stimme. Oder, in meinem halbverschlafenen Zustand muß ich daran denken, daß ich gestern auf der ›fair‹ auf der Heide war und wie schrecklich gerne ich es habe. Diesmal haben sie ein besonderes Ringelspiel, im Krapfenwaldl war auch so eins. Kleine Körbchen hängen an langen Ketten an einem bunt bemalten Schirm, und wenn der Schirm sich dreht, fliegen die Körbchen durch die Luft, die Leute in den Körbchen fliegen hoch durch die Luft, und unten stehen die Zuschauer, schaun ihnen sprachlos und verwundert nach, als wären die da oben weiß Gott welche Süßigkeiten, die an ihnen vorbeigedreht werden, und bevor man noch recht einen Blick auf sie geworfen hat, sind sie weg. Fünf Minuten lang ist man da oben unerreichbar, fliegt über die Köpfe aller anderen Menschen, über die anderen Buden und Ringelspiele, für 3 Pence fliegt man durch die Luft, und die Klänge der zehn verschiedenen Grammophone erreichen einen wie die bunten Farben der Buden – in Fetzen und ganz vermischt mit anderen Geräuschen und dem Lachen hinter einem, von einem Soldaten und seinem Liebchen, die ihre Körbchen mit aller Kraft zusammenhalten und sich im Fliegen küssen.

Und dann denke ich über Proust nach und denke, wie schön es wäre, wenn er, neben all seiner Klugheit, neben all seiner Feinheit, wenn er sich daneben auch noch ein wenig echte Leidenschaft hätte abgewinnen können; wenn es unter all den Tausenden gescheiten und differenzierten Beobachtungen einen Moment geben könnte, in dem der Mensch nicht zerlegt, sondern aufgerissen wird, und man würde plötzlich sehen, nicht weshalb er so und so auf dies und jenes reagiert, sondern *wie* er ist. Denn außer der Françoise ist mir keiner der Menschen verständlich. Immer wenn ich Proust lese, hoffe ich, daß plötzlich eine Stelle kommen wird, in der man nicht alle Erscheinungen und Ausdrücke von Eifersucht, Herrschsucht, Eitelkeit usw. zu sehen bekommt, sondern ein Augenblick, in dem man plötzlich vor dieser Leidenschaft selber steht und von Mitleid und Rührung überwältigt wird. Aber so eine Stelle kommt nicht. Statt dessen wird man von feinen Glasfäden umsponnen, und langsam, vielleicht nach hundert Seiten, spürt man, daß man den Wahn des Swann begreift, aber gleichzeitig bedeutet es einem nichts mehr. Man sieht ihn und alle seine Tollheiten, wie Proust wahrscheinlich selbst ihn gesehen hat – aus einer längst vergangenen Zeit heraufbeschworen, so, wie man nach einer langen Krankheit die Merkmale kalt und ohne Gefühl feststellen kann.

So ist man am Ende enttäuscht. Nicht intellektuell, denn man hat enorm viel gelernt, aber man ist niemals erschüttert. Prousts Welt ist nicht eine, in der man handelt – nichts wird in Handlungen aufgelöst, das heißt, niemals ist Proust direkt, sondern seine Katastrophen ereignen sich in einer rein geistigen, rein abstrakten Sphäre – nicht der Seele (wie bei Dostojewski), sondern des Intellekts. Und wenn wir hören, daß Albertine verschwunden ist und wir eine kolossale, eine überwältigende Reaktion erwarten oder vielleicht gar nicht so viel, sondern bloß, daß Proust seinen Hut packt und, krank oder nicht krank, wegläuft, um sie zu suchen, so geschieht nichts dergleichen. Sondern er bleibt in seinem Bett liegen, und nach langen, sehr schönen, sehr gut beobachteten Reflexionen und Reaktionen tut er nichts. Doch – zuletzt schickt er jemanden anderen, um sie zu holen. Es kann sein, daß all das stimmt. Aber es nimmt den Ereignissen ihre Lebendigkeit, es ist tödlich, und man kommt zu dem Beschluß, daß es ihm ja gar nicht um den anderen Menschen zu tun ist, sondern bloß um seine eigenen Gedanken, und daß er vielleicht irgendwo noch dankbar ist, daß seine Geliebte ihn verlassen hat, weil er dadurch auf allerhand sehr interessante Phänomene in sich selbst gekommen ist, mit einem Wort, daß es ihm weit wichtiger ist, wie er auf Dinge reagiert, als was diese Dinge in sich selbst bedeuten. Proust beschreibt und gestaltet niemals. Er ist ungefähr das größte Gegenteil von Flaubert, das ich mir denken kann. Seine Welt ist subjektiv bis in das letzte Detail. Man könnte das Zusammenleben von Kien mit Therese mit dem von Proust und Albertine vergleichen, um zu sehen, wie maßlos egozentrisch er ist. Kien und Therese – das sind zwei vollkommene, gänzlich verschiedene Welten, beide komplett, zwei Kreise ohne Berührungspunkte, aber beide lebendig und exakt. Aber was wissen wir von Albertine? Wir wissen enorm viel von den Gedanken, die Proust sich über sie macht, aber nicht ein einziges Mal – in 500 Seiten – wird dieses Geschöpf, um das sich alle seine Gedanken drehn, lebendig. Wer ist sie, was denkt sie sich, warum lebt sie mit ihm, liebt sie ihn oder benützt sie ihn, warum verläßt sie ihn? Wir haben nicht die blasseste Ahnung. Und eine Leidenschaft, in der wir keine Ahnung haben, wer das Objekt ist, was es ist, ist letzten Endes unbeschreiblich lächerlich, und zwar nur lächerlich. Es ist nicht bitter, traurig und erschütternd, wie zum Beispiel die blödsinnige Liebe, die Bovary für Emma hat, sondern nur unglaublich und eben lächerlich. Odette, Swanns Geliebte, ist fast ebenso undeutlich, nur weiß man zum Glück von den Leuten, mit denen sie umgeht, man weiß, daß sie täglich eine sehr arme Schneiderin in einem proletarischen Haus besucht, und man weiß, daß sie sich, wenn sie aufs Land fährt, zu sehr aufputzt, und so kann man sie sich, wenn auch keineswegs genau, immerhin vorstellen. Natürlich gibt es fast keinen Dialog in den sieben Bänden, die ich gelesen habe, und auch das trägt dazu bei, die Menschen unkenntlich zu machen. Doch Proust ist nicht daran interessiert, was andere Menschen sagen.

Es gibt einige wenige Ausnahmen, zweitrangige Gestalten, vor allem Françoise, die alte Haushälterin. In Wirklichkeit ist es nicht verwunderlich, daß es Proust da gelingt, manchmal Charaktere zu schaffen. Denn er kennt Françoise nicht, er kann unmöglich ihre simplen Gedankengänge entziffern, und was bleibt ihm übrig, als sich daran zu halten, was sie tut und sagt. Von all den vielen Geistern, die er heraufbeschwört, ist, für mich zumindest, Françoise der einzig lebendige Mensch, der einzige Mensch aus Fleisch und Blut. Die anderen spuken in seiner verlorenen Zeit herum.

Es ist übrigens erstaunlich, wie eng die Welt Prousts ist. Nur eine sehr schmale Gesellschaftsschichte wird ergriffen, und der einzige Sprung, den Proust sich oder vielmehr uns erlaubt, ist die gute Françoise. Virginia Woolf sagt etwas sehr Gescheites über Dostojewski. Sie sagt: Ob er Grafen oder Generäle oder Prostituierte beschreibt, es ist gleichgültig. Denn er ist einzig und alleine mit ihren ›Seelen‹ beschäftigt. Genau das Umgekehrte könnte man von Proust sagen. Seine Grafen sind weithin leuchtende Grafen und Fürsten, die Klassenunterschiede, die bei Dostojewski einfach nicht existieren oder bloß dazu, um die seelischen Konflikte zu verstärken, existieren – und ich glaube, fast unbewußt – in Proust selber und noch stärker in seinen Menschen. Und während bei Dostojewski die Menschen zwar auch nichts tun und ihre Zeit damit verbringen, einander das Herz und die Seele auszuschütten und sich vor Unglück die Köpfe zu zerschlagen, so lebt man doch mit ihnen, innerhalb ihrer Spannungen, aber bei Proust, dessen Menschen von ähnlichen Leidenschaften geplagt werden, bleibt man letzten Endes kalt und staunt bloß über die Feinheit und Bildung dieses einen Menschen: MARCEL PROUST.

Eines muß man noch sagen: Proust ist satirisch und manchmal sehr komisch, er durchschaut seine Menschen und ihre Intrigen, und obwohl er selber mittendrin ist, läßt er sich durch nichts blenden und kennt den ganzen Klassenkampf – innerhalb dieser kleinen Schicht – in- und auswendig, und obwohl selber nicht frei von all den Vorurteilen, macht er sich darüber entsprechend lustig, und das ist ein liebenswerter Zug an ihm. Er ist gnadenlos in seiner Schilderung von Mme. Verdurin und ihren Getreuen – ja, das ist die zweite Ausnahme – neben Françoise lebt diese Verdurin auch, und ihr armseliger Pantoffelheld von einem Mann lebt auch, und diese ganze vertrottelte Tafelrunde ist da. Wiederum, glaube ich, aus dem einen Grund, weil Proust sie nicht wirklich begreift, das heißt, nicht intim genug begreift, und merkwürdigerweise bringt er so mehr zuwege, ich meine, in reiner Charaktergestaltung, als mit der genauen Wiedergabe der kompliziertesten Gedankengänge.

26. August 1942

Es gibt Herbsttage, die sind fast schöner als die Frühlingstage. Die Bäume sind schwer von dem gelben Obst, und die Sonne brennt nicht, sondern überschüttet die Landschaft mit den Farben von reifen Birnen, und eine schöne gesättigte Stille umgibt mich in dem kleinen Garten, mit Hundegebell und einem leisen Radio. In der Stadt ist der Herbst nicht so schön, er paßt in die Vorstädte mit den Kindern in den Straßen, mit der wehenden Wäsche in dem kühlen Wind, mit den Hühnern und den Kötern und den vielen schwangeren Frauen. Die Rosen blühn noch, und die Paradeisäpfel werden rot, und die Äpfel fallen von den Bäumen, und der Himmel ist so tief und blau, und man ist ganz warm von dieser guten, dieser reifen Sehnsucht und sitzt in der feuchten Erde unter den Früchten, unter den leicht bräunlichen Blättern. Und ich denke an Hetta in ihrem dunkelroten Samtfauteuil, und sie ist nicht schwanger, wie sonst Frauen sind, ich meine, daß man die ganzen qualvollen Stunden der Geburt schon spürt und daß sie einem schon leid tun, weil man denkt, es wird sie zerreißen, sondern da ist sie – groß und gesund, kräftig mit ihrem langen, blonden Haar und ihrem schönen Gesicht, und man spürt, wenn es an der Zeit ist, wird das Kind von ihr abfallen, ein Vorgang, den man ohne Angst erwartet, und wenn ich sie ansehe, denke ich: Was braucht sie ein Spital und Ärzte und Schwestern. Letztes Jahr im Herbst war ich mit der Jo, und sie erwartete das Kind fast zu derselben Zeit und saß im Garten und strickte die ganze Zeit, und dann richtete sie die Wiege her, malte das Zimmer, kaufte sich Nachthemden und eine besondere Tasche, die sie mit ins Spital nahm, und alles, was sie tat, war eine Vorbereitung auf das Kind. Aber Hetta tut nichts. Sie strickt nicht, und sie kauft keine Wiege, und sie schleppt ihre volle Einkaufstasche – das heißt, sie hat einen Rucksack, und wenn sie damit geht, sieht es aus, als trüge sie ein Kind am Rücken und eines vorne –, und trotzdem hat man das Gefühl, alles ist vorbereitet, denn alles, was für diese Geburt notwendig ist, ist eine warme Decke und ihre volle

106

Brust, und sie weiß es. Ständig fühlte ich bei Jo, daß sie nach innen horchte, auf die kleinen Bewegungen ihres Kindes, aber Hetta schaut zum Fenster hinaus, wie der Regen fällt oder die Sonne scheint, und wenn das Kind sich rührt, sagt sie fast staunend: »Now it kicks.«

4. September 1942

Ich war gestern im Kino auf einem ungeheuer teuren Sitz im Westend, und ich glaube, es gibt nur zwei Zustände, unter denen ein Mensch völlig und restlos zufrieden sein kann. Der eine ist, wenn man bei einem guten, teuren Friseur sitzt, sich die Haare waschen läßt, mit einem guten parfümierten Shampoo, und wenn sie dann mit dem Föhn getrocknet werden, und der andere ist so ein Sitz im Kino, so ein weicher, tiefer Sitz, und eine Schachtel Zigaretten und Schokoladen in der Tasche. Man nimmt sich den teuersten Sitz, den man sich leisten kann, und hier, in England, gibt es diese dicken Gummiteppiche, von denen man ganz sanft in den Saal hineingeschleudert wird, und am schönsten finde ich es, wenn man in den Saal hineinkommt und die Leute kichern. Das Kichern gehört schon zu dieser Bilderwelt und ist von der Straße mit Autos, Gesichtern und Menschen so weit entfernt wie ein schöner Privatgarten von den öffentlichen Parks, und man wünscht mit einer unverständlichen Ungeduld mit dazuzugehören, zu dieser kichernden, von einer vertrottelten Geschichte in Atem gehaltenen Menge. Und dann fällt man in seinen Sitz, und links und rechts sitzen Leute, von denen man mit Recht annimmt – denn sie können nicht so verschwenderisch sein wie man selbst –, daß sie unabhängig und reich sind, und nun gehört man zu ihnen und zündet eine Zigarette an. Und schon hat man dieses prickelnde, schuldbewußte und höchst angenehme Gefühl, daß man etwas genießt, wofür man überhaupt nichts getan hat, als einen bestimmten Preis zu zahlen (also nichts), und Bilder von schönen Frauen werden einem vorgeführt, eine spannende Geschichte wird einem erzählt, und nicht einmal mit einem Lächeln muß man sich bedanken. Unbedingt soll man alleine sein, denn nur dann ist man völlig gelöst, kann sich gänzlich zufrieden fühlen, weil kein Mensch, außer vielleicht ein Fremder, da ist, der einen beobachtet, den man beobachtet und vor dem man nicht dieses großartige Selbst ist, das einem von der Wärme und Rauchigkeit und Eleganz dieses Ortes vorgespielt wird. Ach, das Kino ist ein gewaltiger Schwindel, die, die vorne sitzen, fühlen sich gehoben, denn vorne zu sitzen ist auf jeden Fall besser als rückwärts, und die, die hinten sitzen, die wissen, daß sie mehr für ihren Sitz gezahlt haben. Und in den vorderen Reihen vergessen die Leute sich selber über der Handlung, mit verbogenem Hals sind sie ganz Teil der Geschehnisse, und wenn sie aus dem Kino kommen, sind sie traurig, deprimiert und auf ganz merkwürdige Weise bedrückt, denn noch sind sie halb befangen in den Träumen und Launen einer großen Dame, und gleichzeitig stehn sie in der Straße und müssen sich ausrechnen, ob sie sich noch ein Nachtmahl, noch eine Stunde Verwirrung erlauben dürfen. Aber auf den teuren Sitzen ist man eine Hausbesitzerin, zur Abwechslung und aus Langeweile geht man auf ein paar Stunden ins Kino, und so, wie die Geschichte auf der Leinwand sich weiterspinnt, so entwickelt sich das Leben, das man auf Sitzen, die sechs Schilling kosten, führt, und wenn auf der Bühne gegessen wird, denkt man – nicht wie auf den vorderen Sitzen, was für gute Sachen die da essen, sondern daß man nicht vergessen darf, der Köchin zu sagen, daß morgen Gäste zum Nachtmahl kommen, und daß der Chauffeur meinen Mann zur rechten Zeit abholen muß. Und am Ende des Films denkt man bereits an die Jacht, die man in Cornwall besitzt, an das Landhaus in Schottland, und man muß den Plafond in einem der vielen Häuser, die man besitzt, reparieren lassen, und es ist schon kühler, und man muß den Pelzmantel vom Kürschner holen lassen. Und mit einem Mal ist man von Tausenden von Geldsorgen belastet – Sorgen, die die vorderen Reihen indessen losgeworden sind, Geschäftssorgen. Und wenn man am Ende aufsteht, schaut man sich unwillkürlich nach seinem Mann um, dem zigarrenrauchenden Herrn, der neben einem saß und manchmal tief und verdutzt lachte, und nach den vielen Paketen, die man eingekauft hatte, und wenn man wieder auf der Straße steht, überlegt man nicht, ob man sich ein Nachtmahl leisten kann, sondern ganz selbstverständlich steigt man in ein Taxi und läßt sich nach Hause bringen, wo ein gut gekochtes Nachtmahl einen erwartet und die Post und die Kinder, aber indessen spielen sie das »God save the King«, und ich, eine hochstaplerische Alien, flüchte in die vorderen Reihen und kann das Licht auf der Straße nicht vertragen.

8./9. September 1942

Die Brenda hat mir gestern die Geschichte ihrer Familie erzählt, und so werde ich es aufschreiben, aber ich will vorher sagen, daß die Brenda ein sehr merkwürdiges Wesen ist. Sie sucht nach den sonderbaren Ereignissen in ihrem und in dem Leben ihrer Familie – die sind sozusagen der Beweis dafür, daß sie schreiben kann, und ständig spricht sie von ihrer Verträumtheit und davon, daß die Leute in ihrem Büro sie für verrückt halten. »They« – das sind die anderen. Sie sagt selten: meine Mutter, oder mein Chef, sondern es sind »they«, die anderen, von denen sie sich durch ihre Absonderlichkeiten unterscheidet; so daß sie, die im Leben ein ungeheuer bescheidener Mensch ist, in ihren Gedanken eine einzigartige Stellung einnimmt, eine abgegrenzte, bedeutende Stellung, und alle übrigen Menschen reduziert sie zu dem »they«.

»They«, das ist vor allem ihre Mutter. Die Mutter heiratete jung, und als der letzte Krieg ausbrach, wurde ihr Mann nach Ägypten geschickt, und in seiner Abwesenheit wurde Brenda geboren. Die Schwiegermutter schrieb ihrem Sohn, das Kind sei verrückt, »mad«, und als er zurückkam, wollte er es nicht ansehen, und später verließ er seine Frau. So wurde Brenda zu den Großeltern geschickt. Der Großvater war ein Landprediger. Abends legte er sich auf das Bett des Kindes und erzählte Geschichten und las ihr vor. Er hatte viele Tausende Bücher, und alle seine Freunde, wenn sie starben, hinterließen diesem Großvater ihre Bücher, und es kamen Männer, die Kisten und Kisten voll Büchern brachten, und neue Bücherkästen wurden aufgestellt. Brenda vergötterte ihren Großvater, der nachts neben ihr auf dem Bett lag und Geschichten erzählte. Als er starb, wurde sie in die Schule geschickt und wohnte bei fremden Leuten. Ihre Mutter ging nach London und verdiente das Geld als Köchin. Brenda wohnte bei alten Jungfern, hatte bloß ein Paar Schuhe und ein einziges Kleid für den Winter und eines für den Sommer. Da beschloß ihr Vater, der indessen eine Unzahl von verschiedenen Dingen gemacht und verpfuscht hatte, sie zu rauben. Er schlich tagelang um das Haus herum, in dem sie wohnte, und beobachtete Brenda, die er nie gesehen hatte, wie sie zur Schule ging und wieder nach Hause kam, und überlegte, wie er sie am besten stehlen könnte. Doch dann hatte er doch nicht den Mut und schrieb an seine Frau, und Brenda lernte ihren Vater kennen. Von da ab sah sie ihn häufig, und er wollte die Mutter noch einmal heiraten, doch sie lehnte ab. Denn sie hatte sich indessen in jemanden anderen verliebt, in einen Mann namens Digby, und heiratete ihn bald darauf. Brendas Vater fuhr nach Tahiti. Digby war zwanzig Jahre älter als die Mutter. Er war sehr streng. Jeden Morgen, beim Frühstück, wurde entweder Französisch oder Deutsch gesprochen, und wenn Brenda die Dinge nicht richtig benennen konnte, bekam sie nichts zu essen. Die Mutter erwartete ein zweites Kind. Dieses Kind, Brendas Halbschwester, ist schwachsinnig und bekommt epileptische Anfälle, und der zweite Mann tat dasselbe wie der erste, nur mit mehr Recht: Entweder, sagte er, müsse die Mutter die Kinder verlassen, oder er würde sie verlassen, denn er haßte sein irrsinniges Kind. Aber die Mutter blieb bei den Kindern. Und dann zog die ältere Schwester der Mutter in die Wohnung. Die Mutter und die Tante arbeiteten, und Brenda wurde zu Pitman's geschickt und lernte Stenographie und Maschinschreiben, und ein Onkel brachte sie in die Admiralty. Indessen kam ihr Vater zurück und heiratete eine Frau ungefähr so alt wie Brenda, und Digby brachte ein Vermögen nach dem anderen durch, aber Brendas Mutter sah nichts davon. Jetzt ist Brenda die Brotverdienerin, und die alte Tante ist im A. R. P., und die Mutter geht zu allen möglichen »practices«: Gas, Kochen usw. Sie leben in dieser Dreizimmerwohnung, und die verrückte Schwester schläft in Brendas Bett, und manchmal bekommt sie nachts ihre Anfälle. Frühmorgens schon um acht spielt das Radio, und die ganze Familie ist »cheerful«, aber Brenda spricht nicht ein Wort. Wenn sie abends manchmal später nach Hause kommt, schläft die ganze Familie schon um neun, und sie kann das Licht nicht anzünden, weil sie sie sonst weckt. Immer wieder bittet der Vater sie, zu ihm zu kommen, doch Brenda will nicht.

Und jetzt muß sie eine Schriftstellerin sein. Sie hat sich die Geschichte ihrer Familie so zusammengezimmert, daß sie hineinkriechen kann: Ein merkwürdiges Haus, der romantische, verzerrte Hintergrund einer Künstlerin, und sie bewegt sich darin mit ihren verschlafenen Augen und sagt sich: Ich bin verträumt, ich bin vergeßlich, ich bin zerfahren – eine Dichterin. Und sie schreibt nachts im Bett mit der schwachsinnigen Schwester an ihrer Seite, als könnte sie den Irrsinn dieser Schwester, die vier lange, schöne Namen hat, halten und in sich einsaugen. Nachts, glaube ich, lebt Brenda ganz im Schatten, im Traum, in der Angst dieser Epileptikerin, halb sucht sie sich dagegen zu wehren, doch morgens mit der Jazzmusik, mit der ausgeschlafenen, frischen Mutter und Tante, alle so beschäftigt und wach, sind diese Nächte ihr liebster, am besten gehüteter Traum, und schon besteht die ganze Welt aus »theys«.

Gestern abend kam Philip, und Susan, er und ich gingen hinüber ins Pub. Susan sah Philip unverwandt an, aber er mußte bald weggehen. Wir blieben noch zehn Minuten mit Stephen und Geoff. Als wir gingen, fanden wir Philip und Millicent in dem dunklen Eingang, einander gegenüber, jeder in eine Ecke gedrückt, und zwischen ihnen gingen die Leute hinein und heraus, so daß sie bloß abgerissen miteinander sprechen konnten. Millicent, wie sie da stand, halb im Dunkeln, armselig und mit einem verzerrten Gesicht, und Philip, ihr gegenüber, fast verkrümmt vor Verlegenheit und Aufregung, im Pubeingang, ständig unterbrochen von fremden Leuten – so standen sie da, und als wir durchgingen, schämte ich mich fast, als wäre es unanständig.

»Die Polizei wird euch verhaften, wenn ihr den Eingang blockiert«, rief jemand im Spaß.

»Ich – weiß«, sagte Philip, aber er blieb stehen.

Später sah ich ihn die Straße hinaufrennen – ich habe ihn noch niemals laufen sehn, oder vielleicht ist es mir noch niemals aufgefallen, aber er lief, als wäre er wirklich von der Polizei und ihren Hunden gehetzt.

René kam zum Nachtmahl, und Rosalie saß mit einem blutroten Gesicht da. Da die Margaret wahrscheinlich nicht zurückkommt, sagte ich, könnte die Rosalie ja hierbleiben.

»Nein«, sagte René, »sie muß ausziehen.«

»Warum?«

»Ach, ich weiß nicht. Wenn man ein Jahr in einem Haus war, sollte man ausziehen.«

»Sie war aber nicht ein Jahr lang hier.«

»Was geht Sie das an?« sagte er unverschämt. »Jetzt hat sie ein eigenes Zuhause, jetzt muß sie ausziehen.«

»Es geht mich gar nichts an«, sagte ich.

Früher mußte Rosalie tagelang auf einen Telephonanruf von René warten, und er kam niemals. Wann immer er sie treffen sollte, sagte er im letzten Augenblick ab. Jetzt, seit sie das Haus hat, läßt er sie niemals aus den Augen. Er sieht sie täglich und kommt oft her. Stundenlang flüstern sie darüber, wie man die Miete herunterdrücken könnte, wie man das und jenes von dem und jenem bekommen könnte – es ist wie eine Szene aus der »Hochzeit«. Sie besprechen, wie Ellis und seine Frau, die auch dort wohnen, dies und jenes bezahlen müssen und wie man es vor der Hausbesitzerin geheim halten muß, daß schon jemand in dem Haus wohnt. Rosalie hat sich eine Art Scheinehe mit ihm geschaffen, und wie ein neuverheiratetes Verbrecherpaar und Verschwörerpaar besprechen sie ihre Wohnungssorgen und -schwindeleien. Und nun halte ich es zum ersten Mal für möglich, daß René sie zuletzt doch heiraten wird, denn ich glaube, es muß schwer sein, sich einem so vollkommenen

Schein zu entziehen, nicht zuletzt davon überwältigt zu werden und daran zu glauben.

Susan erzählte mir, wie sie auf einer Gesellschaft Rawdon-Smith kennenlernte. Sie hatte zwei Monate davor ihr Kind bekommen. Sie trug ein neues Abendkleid, und ihr Mann Alister flirtete mit einem anderen Mädchen. Rawdon-Smith küßte sie und wollte, daß sie zu ihm komme.

»Warum wollen Sie nicht?« sagte er. »Warum?«

»Ich mag eben nicht«, sagte Susan.

»Haben Sie Angst vor Ihrem Mann?«

»Nein, aber ich habe gerade erst ein Kind gekriegt.«

»Was macht das schon?«

»Nichts, ich will bloß nicht.«

»Wenn Sie Angst haben, wieder schwanger zu werden«, sagte Rawdon-Smith, »meine Frau hat sechzig verschiedene Arten und Größen von Kontrazeptiven. Eines paßt Ihnen sicher, Sie könnten es ausborgen.«

Rawdon-Smith ist ein Wissenschaftler. Seine Frau Pat war die Geliebte Desmonds und vieler anderer und ist sehr hübsch.

10. September 1942

»Wenn mein Buch angenommen wird und erscheint, werde ich eine schöne Party geben.«

»Oh, Friedl, Sie werden großartig aussehen. Sie müssen ein schönes neues Kleid tragen, und Sie müssen Ihr Haar genau so machen lassen, wie es jetzt ist, und es werden lauter wunderbare Leute kommen und …«, ruft Susan.

Die Sprünge, die sie mit ihren Beinen nur unvollkommen machen kann, macht sie in ihrer Phantasie. Jede Hypothese, auch die gewagteste, ist für sie sofort Wahrheit, und nicht nur zweifelt sie keinen Augenblick daran, sondern geht noch einen Schritt weiter. Sie sagt: »Ich lasse mich scheiden, und dann heirate ich wieder, und dann hole ich Sally (ihr Kind) zu mir.« Keines dieser drei Dinge ist auch nur wahrscheinlich, aber für sie ist schon alles da, als müßte sie bloß das Hochzeitskleid anziehen, und schon ist alles in bester Ordnung. Aber wenn ich ihr eine Weile zuhöre, überkommt mich eine Art dumpfer Traurigkeit und Müdigkeit, so daß ich kein Wort mehr sagen kann, und ich sitze da, eingesponnen in ihrem Irrsinn, und bin unfähig, mich auch nur zu bewegen.

Zwischen ihrer Narrheit und der der Mary habe ich heute den Kopf verloren.

»Oh, Friedl«, schreit Susan, »mir ist gerade etwas Wunderbares eingefallen: Ich kaufe mir ein Korsett mit Spitzenbesatz und ganz harten Fischbeinen, und immer, wenn ich etwas sage, was ich nicht sagen sollte, stechen mich die Fischbeine in den Rücken.«

»Jetzt hören Sie mal zu, Sie kleiner Teufel, das ist das letzte Mal, daß ich komme«, sagt Mary. »Sie zahlen mir, was Sie mir schulden, und ich komme nicht mehr. Warum sollte ich?«

»Oh, Mary«, kreischt Susan und hüpft die Treppen hinunter, »Mary, *bitte* kommen Sie weiter. Wir wüßten nicht, was wir ohne Sie tun sollen.«

»Mit Ihnen spreche ich nicht, ich mische mich nicht in Ihre Angelegenheiten ein, also kümmern Sie sich auch nicht um mich. Hören Sie, Sie kleine Madam, haben Sie nicht gesagt, daß wir heute Frühjahrsputz im Wohnzimmer machen?«

»Ja, Mary, ich putze heute mit Ihnen das Wohnzimmer.«

»Oh, Friedl, ich liebe John Rodker so sehr. Glauben Sie, daß mich überhaupt jemand lieben könnte? Ich bin so ein Freak.«

»Ah, ich gehe! Mir reicht's. Was kümmert's mich?«

»Wissen Sie, Friedl, John Rodker hat mal gesagt, er will mich als seine Geliebte.«

»Ja?«

»Ja, das war vor zwei Jahren. Oh, Friedl, wäre das nicht wundervoll? Ich könnte in seinem Haus wohnen, und er würde für mich sorgen, und ich würde nie einen anderen Liebhaber nehmen. Sie haben so schöne Augenbrauen.«

»Sie sind gezupft.«

»Kommen Sie jetzt oder kommen Sie nicht? Sie können sich um eine neue Putzfrau umsehen. Warum können Sie nicht allein in dem Haus sein? Ich werde nicht für ganz Hampstead putzen. Warum sollte ich? Was für eine ekelhafte Unordnung! So was hab ich mein Lebtag nicht gesehen. Ich gehe!!«

»Mary«, kreischt Susan, »gehen Sie nicht. Friedl, ich finde es wunderbar, wie Sie es mit ihr aushalten. Alister ist so ein Schwein. Wissen Sie, er hat mich immer geschlagen. Und ich habe eine Freundin, Judith, und jeder findet sie so schön, und wenn ich nur so schön wäre wie meine Freundin Judith, dann würde John Rodker mich bestimmt lieben.«

»Putzen Sie jetzt das Wohnzimmer oder nicht?«

»Friedl, Sie werden ein wunderbares Milchmädchen sein, und alle werden Sie auf einen Tee hereinbitten, und im Winter werden Sie wunderschöne Pullover tragen.«

»Wann kommt Mr. Bernal? Ich rühr nichts an, wenn Sie mir nicht helfen. Es ist mir egal, wie das Haus ausschaut.«

»Sie müssen gehen und ihr helfen, Friedl. Kann ich dieses Kleid ausborgen? Ich mag Ihre Kleider sehr. Oh, Friedl, glauben Sie, John Rodker mag mich, zumindest ein bißchen?«

»Zum Teufel mit euch allen!« schrie ich verzweifelt und lief davon.

Ich muß unbedingt viele Dinge lernen, damit ich mit Dir darüber sprechen kann. Als ich Dir gestern gegenübersaß, wurde ich plötzlich ganz ruhig, und Du hast ganz recht, wenn Du sagst, wir tun zu wenige Dinge gemeinsam. Im Zug, als ich nach Hause fuhr, mit einem schlafenden Mann im Abteil und dem schwarzen, sternenbedeckten Himmel im Fenster und beim Rattern der Maschine, habe ich gedacht: Die Zeit, in der Du mir den Kopf mit Geschichten vollgefüllt hast, ist vorbei, und es sollte nun so weit sein, daß ich Dir gegenübersitzen kann, Deinesgleichen, sozusagen, Deine Schülerin, am selben Tisch mit Dir. Ein viereckiger Tisch ist wie ein Arbeitstisch, so liegt zwischen Dir und mir die Arbeit, weder lauf ich hinter Dir her, noch stolpere ich neben Dir über die Steine. Hier sitze ich, und dort sitzt Du, und ich fühle, wie es wahr ist, was Du mir über die Noblesse eines Gesichtes gesagt hast. Ich suche nicht mehr Deine Hände, sondern Deine Stirne und Deine Augen. Ein runder Tisch ist voll Verführung, man will sich darum lehnen und ringeln, nichts Kantiges, Hartes trennt einen. Sitze ich Dir aber an so einem Schreibtisch gegenüber, so fühle ich, ich muß vor Dir bestehen, und ich begreife, daß die Geschichten zwischen uns etwas Laufendes sind, daß sie die Bewegung sind – das Treppauf, Treppab, unsere, meine, steile Himmelstraße. Und da wir jetzt wenig gehen, muß ich Dir sitzend zu einem, zu irgendeiner Art von Partner werden, so daß Du mit mir ernste Dinge und schöne Dinge besprechen kannst und daß ich darauf mit den Kräften, die ich habe, antworten muß. Dazu muß ich lernen.

Nun begreife ich, warum Du Dir mit den meisten Menschen die harten Sessel aussuchst, es ist nicht, um unbequem zu sein, sondern das Gegenteil – um nicht von seinem Körper belastet zu sein. Denn das Wohlbehagen in weichen Sesseln, anstatt einen lebendiger zu machen, ist einschläfernd und voll von weichen, lieben Dingen. Das sind wahrscheinlich Gemeinplätze, darum natürlich ist jedes Büro so spärlich und hart eingerichtet, aber es macht viel aus, zwischen Dir und mir. Im Sitzen ist man nachdenklicher, und jeder eckige Tisch bringt mir die konzentrierten Stunden wieder, die ich immer an solchen Tischen, die man nicht umarmen kann, verbracht habe. Solange ich denken kann, habe ich an solchen Tischen gearbeitet – die wenige Arbeit, die ich gemacht habe –, und oft, wenn ich traurig bin, setze ich mich an meinen Schreibtisch, stütze den Kopf in die Hände und denke nach. Du mein Tisch, denke ich dann, Du mein Tisch mit Deinen kleinen Gestalten, Du mein trauriger, beschriebener Tisch trägst unter Deinem glatten Holz sein Gesicht, und die Fältchen um seine Augen sind die Umrisse Deiner Puppen. Nein, hier gehn wir nicht durch den Wald, sondern hier ist die Welt, wie Du sie für mich erschaffen hast, aus dem Lachen um Deine traurigen Augen. Was sie mit mir zu tun hat, ist bloß, daß Du sie für mich erschaffen hast, und nun lebt sie an Dir, meinem Tisch, weiter, und alles, was ich tun kann, ist versuchen, sie zu begreifen, denn die Menschen und ihre Häuser und Straßen, den Himmel darüber hast Du, Ilja, gebaut und geschaffen.

1943–1944
ZWISCHEN SCHREIBTISCH
UND PUB

Neben der intensiven Arbeit an ihrem neuen Roman setzt Friedl Benedikt die Skizzen über den Alltag in London während des Krieges und ihre täglichen Begegnungen fort. Das Tagebuchtyposkript vom September 1943 bis Ende 1944 trägt die handschriftliche Widmung »Für Thor von Yabasta«, offenbar ein privates Pseudonym für Elias Canetti. Während der Luftangriffe auf London verbringt Friedl wiederholt Zeiten im Haus ihrer Cousine Margaret Gardiner in Fingest, einem Dorf in den Chiltern Hills, auf halbem Weg zwischen London und Oxford.
1944 erscheinen ihre beiden Romane »Let Thy Moon Arise« und »The Monster« im Verlag Jonathan Cape in London.

Hampstead, ohne Datum (1943)

Manchmal ist es anscheinend das Allerwichtigste, einen Sinn fürs Praktische zu haben. Jetzt versuchen wir schon den vierten Tag, einen Arzt für Brenda zu finden, die Woche, die wir abgewartet haben, nachdem wir mit Marc gesprochen haben, nicht eingerechnet. Es sieht wirklich so aus, als wären Brenda und ich ganz besonders blöd und unfähig.

Zuerst machten wir uns auf den Weg nach East Finchley, wo

Daniels lebt. Er hat uns genau erklärt, wie wir zu ihm kommen. Aber Brenda und ich beschlossen, über die Heide nach Highgate zu gehen und von dort einen Bus zu nehmen. Also marschierten wir in der glühenden Sonne, wir gingen und gingen, der Weg war überhaupt kein Vergnügen. Als wir Highgate erreichten, von wo es, wie uns gesagt worden war, nur drei halbe Pennies nach East Finchley kosten sollte, fanden wir heraus, daß wir den Bus zurück nach Kentishtown nehmen und dann mit der U-Bahn fahren müssen. Das taten wir. Schließlich erreichten wir Finchley. Wir gingen und gingen und gingen. Endlich kamen wir in eine typische Vorstadtstraße mit typischen Vorstadthäusern, und eins davon war das von Marc. Wir klopften und klopften und klopften, aber nichts war zu hören. Brendas Gesicht war grün und spitz, und weil wir sehr spät dran waren, dachten wir, daß Marc vielleicht ausgegangen war. Ich schaute daher durch den Briefschlitz und sah einen riesigen Schatten hinter einer Glastür, der sich lautlos hin und her bewegte. Schließlich öffnete Marc die Tür und ließ uns ins Wohnzimmer. Weiß der Himmel, was er getan hatte. Er war ganz aufgeregt, weil er seine Frau und sein Kind am Nachmittag zurückerwartete. Er hatte seine Frau seit einer Woche nicht gesehen. Wir sagten ihm also, daß Brenda in Schwierigkeiten steckte und Hilfe brauchte. Gott, wie ich diese pompös-freundliche, herablassende Art hasse, die manche Ärzte sofort annehmen.

Marc wandte sich Brenda zu und warnte sie mit diesem eindringlichen Blick vor Quacksalbern und der ganzen Sache, erklärte ihr, wie vorsichtig sie sein müsse, zu wem sie geht, und wie überaus schwierig alles war. Dann sagte er, daß er natürlich nicht im entferntesten daran denke, selber so eine Operation vorzunehmen. Selbst wenn er wollte, könnte er es nicht. Er habe die notwendigen Instrumente gar nicht. Obwohl er gerade erst alle seine Prüfungen noch einmal abgelegt hat, weil er seinen Abschluß in Frankreich gemacht hat, tat er fast, als wüßte er nicht, wie eine Frau aussieht. Nachdem er Brenda dermaßen entmutigt hatte, daß sie den Tränen nahe war, nachdem er wieder und wieder erklärt hatte, daß er Tuberkulose-Spezialist sei, sagte er mit einem Mal, mit allen Anzeichen übermenschlicher Anstrengung und einem Gesichtsausdruck, als könne er, selbst unter Folter, nicht mehr für sie tun, er habe von einer Krankenschwester und vielleicht von einem Arzt »gehört«, die eventuell das Risiko »von so etwas« auf sich nehmen würden. Ich glaub, damit ist er nur herausgerückt, weil ich ihn kurz davor gefragt hab, ob er etwas von Georg gehört hat. Der Gedanke an Georg schien ihn plötzlich in ein menschliches Wesen zu verwandeln, und als ich ihn weiter über Georg ausfragte, sagte er uns sogar, daß es vielleicht auch eine legale Möglichkeit gebe, und obwohl zu Beginn die ganze Angelegenheit völlig monströs gewirkt hat, schien sie am Ende ganz einfach, und Marc zeigte uns Photos seiner Tochter. Mir ist aufgefallen, daß immer, wenn man mit Leuten, die Kinder haben, über eine Abtreibung redet, auf der Stelle ihre Liebe zu ihren Kindern stärker wird. Unweigerlich fangen sie an, über sie zu sprechen und Photos zu zeigen, auch wenn ihnen völlig klar sein muß, wie taktlos das unter solchen Umständen ist. Sie können einfach nicht anders. Auch wenn das Kind ganz lebendig und wohlauf ist, packt sie die Angst um ihr Leben, und ich glaub, sie erinnern sich vielleicht für einen Moment an die Angst um das Kind, als es gerade geboren wurde und sie noch nicht wußten, ob es tot oder lebendig herauskommen wird. Deswegen reden sie alle von ihren Kindern und zeigen die Photos, und zwar vor allem der Frau, die gerade eine Abtreibung vor sich hat. Ich glaub, Marc war ganz entzückt, als er merkte, daß er Brenda aus der Fassung brachte, weil ihm dadurch um so deutlicher bewußt wurde, daß sein eigenes Kind lebte und am selben Nachmittag zu ihm zurückkommen würde. Er versprach mir, mich anzurufen, sobald er die Schwester oder den Arzt erreicht hatte, und wir gingen ganz erleichtert weg.

Nach einer Woche rief er an und gab mir die Adresse eines Arztes. Rosalie machte einen Termin bei dem Arzt für den folgenden Tag aus. Brenda holte mich ab, und da sie, wie üblich, »halb verhungert« war, nahmen wir erst eine ausgiebige Mahlzeit zu uns, und dann setzten wir uns in ein Taxi, das uns zu einer völlig unbekannten Adresse in Earls Court brachte. Ich fahr so gern Taxi! Wir kamen in einen schmutzigen Hof voller Garagen, Kinder und Katzen.

»Ha!« sagte ich zu Brenda. »Das muß ja ein ganz reizender und moderner Mann sein, wenn er in so einem Hof lebt.«

»Ja«, sagte Bre.

Nach langem Suchen fanden wir die Nummer 24, ich glaub, es war das dreckigste Haus von allen. Zwei kleine Katzen saßen auf der schmalen, steilen Stiege, und ein paar junge Männer lehnten grinsend und rauchend an der Wand gegenüber. Wir rannten daher rasch die Stiege hinauf und kamen in ein winziges Zimmer, in dem ein junger Mann mit schwarzen und sehr glänzenden fettigen Haaren saß und seine glänzenden schwarzen Schuhe polierte. Er sah aus wie ein Verkäufer an seinem freien Tag.

»Wissen Sie, wo Doktor Hammond wohnt?«

»Hier gibt es keinen Doktor.«

»Doch, bestimmt«, sagte ich, »er muß hier sein. Er hat uns diese Adresse gegeben.«

»Ich bin Hammond«, sagte ein schmutziger alter Mann, der plötzlich hinter uns auftauchte.

»Sind Sie Doktor Hammond?«

»Ich bin kein Doktor«, sagte er grantig. Dann sagte er: »Sind Sie die Dame, die gestern angerufen hat, um einen Termin auszumachen?«

»Ja«, sagte Bre.

»Warum wissen Sie das?« fragte ich.

»Ich bin der Portier«, sagte er.

»Oh, aber ich wollte mit Doktor Hammond sprechen.«

»Es gibt keinen Doktor Hammond im Krankenhaus.«

»Sind Sie sicher?«

»Ich bin der einzige Hammond im Krankenhaus«, sagte er verärgert.

Also sind wir wieder gegangen, während der alte Mann hinter uns her schimpfte, weil er sich den Nachmittag freigenommen hatte, und der junge Schuhputzer uns mit offenem Mund nachstarrte. Wir versuchten Marc anzurufen, um Näheres herauszufinden. Aber die Schaltzentrale in Earls Court ist miserabel, ich bin nicht und nicht durchgekommen. Endlich bin ich durchgekommen, aber zu einem falschen Anschluß. Ich glaub, vom Akzent her, war es ein Inder, der es mir sagte.

»Warum?« sagte ich wütend.

»Ach«, sagte er, »hier wird man immer falsch durchgestellt.«

»Aber warum?« sagte ich.

»Das liegt am Bezirk«, sagte er. »Manchmal versuche ich stundenlang zu telephonieren und komme nicht durch. Es ist sehr unangenehm.«

»Ja«, sagte ich, »das ist es. Wir müssen den richtigen Anschluß erreichen.«

»Nun«, sagte er, »es nützt nichts, wenn Sie selber versuchen durchzukommen. Sie müssen es über die Vermittlung probieren. Auch wenn die dort für gewöhnlich nicht abheben.«

Aber es wurde abgehoben. Aber Marc war nicht zu Hause. Also haben wir im Krankenhaus angerufen, und dort gab es natürlich einen Doktor Hammond. Wir schilderten ihm unser Mißgeschick und baten um einen neuen Termin für Brenda am selben Tag, weil es dringend war.

»Ich weiß nicht«, sagte er. »Ich glaube, ich bin der einzige in diesem Krankenhaus, der Hammond heißt.«

»Nein«, sagte ich, »der Portier heißt auch Hammond.«

»Wirklich!« sagte er so empört, als hätte der Portier ihn beleidigt. Aber er machte mit uns einen Termin für sechs Uhr aus. Wir gingen auf einen Tee, und dann machten wir uns auf den Weg zum Krankenhaus. Ich hielt ein Taxi an, aber der Mann sagte mir, ich soll das Geld sparen, das Krankenhaus sei gleich um die Ecke. Wir gingen in die falsche Richtung, fragten noch einmal, erhielten die Auskunft, daß es in der entgegengesetzten Richtung ist. Inzwischen war Brenda schon ziemlich schlecht. Wir drehten um und fragten einen Milchmann nach dem Weg.

»Ladies«, sagte er mit einer äußerst anmutigen Verbeugung, »Nichts täte ich lieber, als Sie zu begleiten. Leider hindern mich meine Verpflichtungen daran, und wenn Sie nur einmal um die Ecke gehen, sind Sie schon da!« rief er triumphierend. Wir bedankten uns höflich und kamen endlich zum Krankenhaus. Wir wurden zur Geburtenstation geführt. Die Türen standen offen, und wir konnten all die jungen Mütter und Schwestern mit Babys auf den Armen herumlaufen sehen. Brenda wurde noch mehr schlecht.

»Was wollen diese Leute?« fragte eine der Schwestern unwirsch. Wir sagten es ihr, und sofort telephonierte sie überall herum auf der Suche nach Dr. Hammond. Während sie noch eifrig herumtelephonierte, kam der Doktor, ein angenehmer junger Mann. Er ging an uns vorbei, als würden wir gar nicht existieren, und machte vor unseren Augen allerhand Erledigungen, ohne uns auch nur einmal anzusehen. Schließlich führte die tüchtige Schwester Brenda in einen kleinen Raum.

Plötzlich sah ich eine außergewöhnlich schöne Frau mit leuchtenden hellroten Haaren und einem extrem jungen Gesicht aus der Krankenstation kommen, in den Armen ihr kleines Baby, dessen Gesicht so rot war wie ihre Haare. Sie ging leichtfüßig vorbei, und man konnte sehen, daß sie sich noch nicht wieder an ihre eigene Schlankheit gewöhnt hatte und die Schritte vorsichtig setzte, als würde sie das Baby noch in sich tragen.

Dann kam Brenda aus dem kleinen Raum, und wir liefen die Stiege hinunter. Der Arzt hatte er ihr gesagt, sie solle das Kind bekommen und zur Adoption freigeben. Er hatte ihr auch gesagt, daß er drei Eingriffe miterlebt habe und daß »so manche Frau für ihr ganzes Leben ruiniert worden ist«. Wir hatten also das Gefühl, daß alles umsonst gewesen ist und daß Marc gar nichts getan hatte. Wir gingen zu Rosalie, die in der Nähe wohnt, denn Brenda mußte sich setzen. Wir tranken noch mehr Tee.

14. September 1943

Gestern habe ich einen merkwürdigen Mann kennengelernt. Ich ging von Hetta nach Hause, als plötzlich ein Auto neben mir anhielt, und ein Mann, den ich in der Dunkelheit nicht sehen konnte, fragte mich, ob ich mitgenommen werden wollte. »Ja, bitte«, sagte ich, denn es war schon nach zwölf. Ich stieg ein, und er brachte mich nach Hause. Er war in Home-Guard-Uniform. Er fragte mich mehrfach, wo ich um diese Uhrzeit gewesen sei, und ich bekam Angst, weil ich dachte, er spielt bestimmt auf die

Ausgangssperre an. Daher bat ich ihn auf eine Tasse Tee herein. Er war ein Mann mit einem riesigen Gesicht, trägen, orientalischen Augen und einer Menge schwarzer Haare. Er kam mit mir runter in die Küche und half mir mit dem Tee und fragte mich dann, was ich tue. Ich sagte, ich schreibe.

»Ah, Krimis?« sagte er.

»Nein, Romane«, sagte ich. »Schreiben Sie auch?«

»Ja, ich schreibe Krimis.«

Ich trug den Tee hinauf und fragte ihn über seine Arbeit aus.

»Wie in aller Welt können Sie sich all diese phantastischen Krimihandlungen ausdenken?«

»Ach«, sagte er träge, »ich denke sie mir nicht aus. Ich übernehme sie. Ich lese viel.«

»Ach ja?«

»Ja«, sagte er. »Ich lese alte Bücher. Und dann hol ich mir das amerikanische Zeug dazu. Man muß es nur ein bißchen ändern und dem eigenen Stil anpassen, und schon hat man ein Buch. Schreiben ist sehr leicht, wissen Sie.«

»Wie lange brauchen Sie denn für ein Buch?«

»Zwei oder drei Wochen. Aber für gewöhnlich schreibe ich sie nicht selber. Ich habe zwei, drei Leute, die das Schreiben für mich erledigen. Ich muß ihnen natürlich die Ideen vorgeben. Aber jetzt habe ich eine großartige junge Frau. Sie kriegt meinen Stil perfekt hin und weiß genau, was ich sagen will.«

»Wie wunderbar!« sagte ich. »Wie viele Bücher haben Sie denn schon geschrieben?«

»Oh, ungefähr 25. Sobald man einmal Erfolg hat, muß man nur immer weitermachen. Ich kann Ihnen einen guten Rat geben: Bleiben Sie bei Ihrem Stil. Ändern Sie ihn nie. Das Publikum will immer das Gleiche, und sobald man etwas ändert, ist es zu Ende. Versuchen Sie nie anders zu schreiben, als wie Sie es bisher getan haben. Das Publikum liebt die amerikanische Kulisse. Meine Bücher spielen alle in Amerika. Das lieben die Leser.«

»Sie waren also in Amerika.«

»Ach nein. Man muß ein Land nicht kennen, um darüber zu schreiben. Wenn man Geld verdienen will, muß man dem Publikum gefallen.«

»Verdienen Sie viel Geld?«

»Eine ganze Menge. Ich bin allerdings nicht darauf angewiesen.«

»Aber warum haben Sie dann mit dem Schreiben angefangen?«

»Um noch mehr Geld zu verdienen. Ich habe erst bei Kriegsausbruch damit begonnen.«

»Und haben in vier Jahren 25 Bücher geschrieben!«

»Nun, ich habe Ihnen ja gesagt, daß ich sie nicht selber schreibe. Ich kann nicht einmal meine eigene Handschrift lesen. Aber die junge Frau, von der ich Ihnen erzählt habe, die kann sie lesen. Ich könnte keine Zeile entziffern. Und ich habe ein miserables Gedächtnis. Ich weiß nie, was ich geschrieben habe. Sie muß mir alles in Erinnerung rufen. Und dann fällt mir auch wieder ein, was ich sagen wollte. Aber oft schreibe ich, und mein Bleistift hat gar keine Mine. Ich merke es nicht einmal.«

»Was ist Ihre Spezialität?«

»Man braucht eine Moral, wissen Sie. Verbrechen lohnt sich nicht. Ich versichere Ihnen hier und jetzt: Wenn Sie keine Moral haben, werden Sie nie ein Buch verkaufen. Das Publikum will sie. Glauben Sie mir, Sie brauchen eine Moral.«

»Ja?«

»Ja, und dann brauchen Sie ein bißchen Sex und ein bißchen

Verbrechen. Nichts zu Extremes. Meistens habe ich zwei Morde. So mag ich es. Und ein bißchen was Vulgäres. Nur um sie ein bißchen zu schockieren. Man beginnt zum Beispiel die ersten zehn Prozent des Buches mit etwas Vulgärem. Dann liest der Leser weiter, weil er hofft, da kommt noch mehr. Man gibt also noch was davon rein, aber nicht zu viel. Die Hauptsache ist, daß man ein bißchen Sex und ein bißchen Verbrechen hat. Wenn man das zu einem Sexualverbrechen zusammenziehen kann – um so besser! Wobei ich auf so was nicht stehe. Aber ohne Sex geht es jedenfalls nicht.«

»Warum nicht?«

»Das geht eben nicht. Wofür liest der durchschnittliche Leser? Er ist verklemmt. Jeder hat so seine kleinen Verklemmtheiten. Also gibt man es ihm in geschriebener Form, und er ist glücklich.«

»Wofür morden Ihre Figuren normalerweise? Leidenschaft?«

»Nein«, sagte er. »Ich mag diese Eifersuchtsdramen nicht. Das ist nicht natürlich.«

»Nein?«

»Nein. Und ich mag keine Frauen, die morden.«

»Warum nicht?«

»Ach, ich weiß nicht. Es ist nicht natürlich.«

»Warum wird dann gemordet?«

»Für Geld natürlich. Das ist ein natürlicher Grund. Das ist ein praktischer Grund. Ich mag es, wenn der eine Mord geplant ist und der andere unbeabsichtigt. Wenn ich das Zeug selber schreibe, dann für gewöhnlich von hinten nach vorne. Sie wären überrascht, wie gut das funktioniert. Man fängt einfach mit dem Schluß an.«

Dann erzählte ich ihm, wie ganz anders ich arbeite. Er hörte voll Verachtung zu und schüttelte geringschätzig den Kopf.

Schließlich erklärte er mir, daß ich mit dieser Strategie nie etwas erreichen werde. Darauf sagte ich ihm, er soll nach Hause gehen.

4. Oktober 1943

Gestern kam wieder Geoff, um mir zu erzählen, was es bei ihm Neues gibt. Er kommt immer ungefähr um elf Uhr abends, und ich höre draußen ein wütendes Gebrüll und circa zwölf harte Schläge gegen die Tür. Wenn ich aufmache, steht er da, erfreut, verlegen und frierend. Dann rennt er an mir vorbei ins Haus und sperrt sich im Badezimmer ein. Ich glaub nicht, daß er aufs Klo geht.

Ich glaub, er hockt da bloß eine Zeitlang, in Sicherheit hinter den verschlossenen Türen. Jedesmal wenn er kommt, muß ich ihn erst wieder beruhigen und ihm irgendeine kleine vertrauliche Geschichte erzählen – daß ich mit Margaret gestritten habe, daß ich den und den getroffen habe und was wir geredet haben. Er sitzt auf seinem Sessel, die langen Spinnenbeine überkreuzt, mild lächelnd, und falls einem Unrecht geschehen ist, ergreift er heftig Partei, mit seiner ganzen Erfahrung vom Enttäuscht-Werden im Hintergrund, gleichzeitig versucht er auf verkorkste Art, die Person zu entschuldigen. Denn er wird auf der Stelle zu erklären beginnen, daß es nicht die Schuld der Person ist, sondern die ihrer Umstände und der Gesellschaftsordnung, in der wir leben, und auch wenn er über jemanden vor Wut kocht und ihn wahrscheinlich aus tiefstem Herzen haßt, wird er sich mit einem langen und absichtlich abstrakten Vortrag trösten, in dem er die Gründe darlegt, die dazu geführt haben, daß eine Person einen angelogen hat. Diese Vorträge sind für gewöhnlich anstrengend – manchmal aber auch witzig –, jedenfalls mag ich Geoff dafür. Ich glaub, daß sein Leben sehr bitter gewesen ist, daß er öfter enttäuscht und betrogen wurde als die meisten Leute und daß ihm das mehr wehtut als den meisten Leuten, weil er so extrem stolz ist. Doch nachdem wir uns darauf geeinigt haben, daß ausschließlich das soziale System für die Fehler und Lügen der Menschen verantwortlich ist, fängt er an zu reden. Und er redet und redet bis zwei oder drei in der Früh, erzählt mir immer wieder dieselben Geschichten und dazu ein paar neue. Er sitzt da, mit lang ausgestreckten Beinen, mit einer Zigarette zwischen den langen Fingern, und ganz allmählich kann ich sein Leben zusammensetzen. Das ist äußerst schwierig, weil Geoff eigentlich nur über seine Erfolge gerne redet. Er erzählt mir zum Beispiel wieder und wieder von der Malting House School, seinem berühmten Experiment, und wie sie funktioniert hat. Und er erzählt auch von seiner besten Zeit, als er das Geld verdiente, um sie zu betreiben. Aber ich muß ihm jedes Wort über den Zusammenbruch des Ganzen aus der Nase ziehen, wie er bankrott ging und wie andere Geld verdienten, indem sie über seine Schule schrieben, und wie er hungerte und von 30 Schilling in der Woche lebte und davon noch ein Pfund gespart hat für die Ferien seines Sohnes. Zum Teil liegt es daran, daß diese unglücklichen Seiten seines Lebens so schmerzvoll für ihn sind, daß er nicht ohne Schwierigkeiten darüber reden kann. Aber ich glaub, er kommt auch extra zu mir, um über die guten Zeiten zu reden, und ich stelle mir vor, daß irgendwo eine elende, geplagte, gejagte dunkelhaarige und schwarzäugige Frau in schmuddeligen alten Hosen in einer dunklen, schmutzigen Wohnung sitzt und daß Geoff zu ihr geht und ihr stundenlang von all den langen schlechten Zeiten in seinem Leben erzählt, von seiner Bitterkeit und seinem Ekel vor der Welt. Aber er hat mir auch einiges erzählt über seine

Schwierigkeiten im C. O., und ich finde den Kampf zwischen ihm und Desmond faszinierend. Du hast natürlich völlig recht, daß D. keine großartigen neuen Ideen hat, und ich hatte recht, als ich bei diesem Essen neulich feststellte, daß er sich davor fürchtet. Geoff sagt das auch, ja, mehr noch, er denkt, daß Desmond sich nur dann für etwas Neues einsetzt, wenn andere es bereits aufgegriffen haben und er auf der sicheren Seite ist. Dann wirft er sein ganzes Gewicht hinein, und dank seines größeren technischen Wissens und seines Organisationstalents macht er es zu seiner eigenen Sache. G. hat mir erzählt, daß er einmal in Amerika einen Streit mit Desmond hatte, bei dem ihm Des sagte, er könne es einfach nicht ertragen, nicht immer der Beste zu sein. Immer, sagt Geoff, vergißt Des, ihn vorzustellen, wenn wichtige Leute da sind. Er erträgt einfach keine Konkurrenz.

Gestern war Geoff in guter Form, weil er zwei Briefe von Mountbatten bekommen hat, der eine ein »Zeugnis«, wie er es nennt, und der andere ein persönliches Schreiben, beide sehr nett und schmeichelhaft. Seine Beziehung zu Mountbatten ist wirklich sehr rührend. Er sieht ihn eher so, wie ein Vater – ein weiser Vater – seinen verlorenen Sohn sehen würde. Soweit ich es erkennen kann, verbringt Geoff die meiste Zeit im Büro damit, Memoranden für Mountbatten zu verfassen, in denen er ihm auseinandersetzt, wo und wie er sich schlecht benommen hat, und auch, was er mit ihm, Geoff, anfangen soll. Er sieht nicht nur aus wie Mountbattens Vater, was ihm seine Stelle eingebracht hat, sondern er hat diese Rolle inzwischen allen Ernstes übernommen. Er sagt, und ich glaub, damit hat er recht, daß seine ideale Funktion die eines Ratgebers für jemanden wie M. wäre, der für neue Ideen den Eifer und die Begeisterung eines Achtzehnjährigen hat. Und Geoff sitzt in seinem Sessel wie ein riesiger Rabe, mit funkelnden Augen und einem schlauen und amüsierten Blick, und erzählt mir zum hundertsten Mal, was er mit diesem General gesprochen und jenem Staatsmann gesagt hat.

Dann erzählte er mir, wie er einen General, der mit ihm nach Amerika geschickt worden war, zum Weinen brachte. Dieser Mann, offensichtlich ein Trottel und nicht bereit, Befehle von einem Zivilisten entgegenzunehmen, hatte Geoff lebenswichtige Informationen vorenthalten. Geoff setzte ihn auf einen Stuhl, setzte sich ihm gegenüber und erklärte dem Mann, der die Hoffnungen seines Landes auf einen schnellen Sieg zunichte gemacht hatte, ganz ruhig und kalt, daß er aufgrund seiner Eitelkeit und Idiotie für den Tod von Tausenden Menschen verantwortlich war. Er redete so lange, bis der Mann völlig zusammenklappte, in Tränen ausbrach und kurze Zeit später aus dem Dienst schied.

Nun sieht es so aus, als würden alle Frauen, die Geoff geliebt hat und die ihm einst leidenschaftlich zugetan waren, absolut nichts mehr mit ihm zu tun haben wollen, seinen Namen nie mehr hören wollen und, als es ihm schlecht ging, keinen Finger gerührt haben, um ihm zu helfen. Geoff sagt, sie benehmen sich natürlich deswegen so, weil seine Hauptattraktion für sie darin lag, daß er damals sehr reich war, daß seine Schule für diese Frauen eine Art versnobte Anziehung hatte und daß sie sich aus Eitelkeit und Neugier in ihn verliebt hätten. Zum Teil stimmt das wohl.

Aber als Geoff mir erzählte, wie er mit dem Mann gesprochen hat, wie er unbarmherzig immer weitermachte, bis dieser, ein General und alles andere als ein Weichling, in Tränen ausbrach, da konnte ich mir gut vorstellen, wie er, der wie ein russischer Kommissar aussieht mit seinem kahlen Kopf und dem schwarzen Bart, all diesen Frauen aller Wahrscheinlichkeit nach Wahrheiten sagte, aber Wahrheiten von einer Art, die sie nicht ertrugen, und ich sah vor mir, wie er immer weitermachte, bis sie sich schließlich, um einen Rest von Selbstachtung zu bewahren, so grausam und heftig gegen ihn wenden mußten. Keine hat je erklärt, warum sie ihn so haßte.

Fast immer wenn er kommt, ist er in größter Aufregung, weil morgen ein »entscheidender Tag« ist oder eine »entscheidende Sitzung« stattfindet. Er ist immer entweder am Boden zerstört oder himmelhochjauchzend, und natürlich hat auch er inzwischen herausgefunden, daß er eine »Dostojewski-Figur« ist. Ich weiß nicht, was es ist. Entweder ist die Welt voll von ihnen, oder ich bringe es in den Menschen zum Vorschein. Bei Geoff ist aber was Wahres dran. Ich glaub, er sitzt wirklich stundenlang bewegungslos da, umgeben von tiefster Düsternis, und wälzt immer dieselben Gedanken, sucht nach einer Lösung, wiederholt wieder und wieder dieselben Worte und versinkt immer tiefer in die Schwierigkeiten seiner Beziehungen und das Elend des Lebens. Da ist natürlich seine große, anhaltende Liebe zu seinem Sohn. Geoff würde jederzeit seine Geliebte für ihn opfern. Ich glaub, eine seiner großen Ängste ist, daß er einmal von David abhängig sein könnte, und seine schrecklichen Geldsorgen lassen sich, glaub ich, hauptsächlich darauf zurückführen. Und obwohl er von seinem Wesen her ein extrem untätiger Mensch ist, arbeitet er jetzt fieberhaft daran, genug Geld anzusparen, um eine »Rente« zu kaufen, die ihn im Alter absichert. Ich glaube nicht, daß er je so viel Geld zusammenbringen wird. Dennoch redet er über diese »Rente« mit derselben naiven Überzeugung, mit der ein Kind an den Weihnachtsmann glaubt. Diese Rente bietet alles, was Geoff immer wollte: Sicherheit, Unabhängigkeit, jede Menge Bücher, Papier, Zigaretten, Zimmer, und er sitzt da, mit dem Stift in der Hand, und versucht auszurechnen, was das Minimum wäre, von dem er leben könnte. Und natürlich fallen ihm, je länger er nachdenkt, desto mehr absolute Notwendigkeiten ein, und am Ende ist das Minimum, das die Rente abdecken muß, so gewaltig, daß Geoff in äußerster Verzweiflung den Stift wegwirft und sich in der Gosse enden sieht.

Wenn ich ihn in der Früh aufwecke, liegt er unter riesigen Deckenhaufen vergraben, weil ihm immer kalt ist, und will nicht aufstehen.

»Geoff«, sag ich an so einem »entscheidenden Tag«, »es ist halb neun. Aufwachen!«

Er ächzt und stöhnt, und ich geh hinunter, um das Frühstück zu holen. Dann geb ich ihm eine Tasse Tee. Geoff greift mit seinem langen dünnen Arm danach und trinkt mit geschlossenen Augen.

»Mehr«, ächzt er.

Ich geb ihm noch eine Tasse. Da ich in der Früh meist sehr schlecht gelaunt bin, sag ich auch nichts, und wir trinken in angespanntem Schweigen unseren Tee, er heftig leidend, weil der Morgen gekommen ist und er einen neuen Tag vor sich hat. Schließlich schenke ich ihm nach, ohne daß er darum bitten muß. Plötzlich setzt er sich wutentbrannt auf.

»Friedl!« brüllt er. »Wie spät ist es?«

»Ungefähr Viertel nach neun. Ich hab Sie um halb neun geweckt«, sag ich und muß lachen.

»Für Sie mag das komisch sein, aber Sie könnten begreifen, wie wichtig das für mich ist. O Gott!« stöhnt er. »Ich werde verhungern! Ich werde wieder verhungern! O Gott!«

Ich renn aus dem Zimmer, und Geoff rast ins Badezimmer und rasiert sich wie wild.

»O Gott«, höre ich ihn stöhnen, »o Gott!«

Dann rast er wieder hinunter und zieht sich hektisch an. »Ich werde verhungern. O Gott, o Gott.«

»Friedl!« brüllt er. »Meine Krawatte ist dreckig! Haben Sie irgendeine alte?«

Ich habe ihm eine von Deinen gegeben. Er band sie sich in aller Eile um. »Danke. Es tut mir leid. Vielen Dank.«

Und er jagt in größter Panik aus dem Haus, und auf der Straße höre ich ihn noch stöhnen: »Ich verhungere! O Gott!« und er rennt zur Bushaltestelle, um zu seiner »entscheidenden« Sitzung zu fahren.

11. Oktober 1943

Gestern abend war ich bei der Putzi. Sie wohnen in einem großen block of flats, in dem hauptsächlich Österreicher und Deutsche ihre Wohnungen haben, und ich geh gern hin, weil ich mich dort so zu Hause fühl wie in Wien bei meinen Freundinnen. Denn trotz Putzis Gekeife wird ihre Mutter nie auch nur im leisesten englisch werden und ihr Stiefvater noch viel weniger, denn er ist ein polnischer Jude. Sein Deutsch ist grauenhaft. Sein Englisch unbeschreiblich. Es ist polnisch-jüdisch-deutsch auf englisch. Die ganze Familie brüllt laut durcheinander. Die Mutter schreit auf Wienerisch, die Putzi quietscht auf Wienerisch-Englisch, der Munjo in seinem eigenen Dialekt, die ganze Familie liebt sich heiß, beschimpft einander in einem fort, kreischt das Götzzitat von einem Zimmer ins andere, und trotzdem ist es unerhört gemütlich bei ihnen. Putzis Zimmer ist auf Hollywood-Wienerisch eingerichtet, und jedesmal wenn ich komme, stürzt die ganze Familie ins Zimmer, weil ich die Tochter vom ›großen‹ Benedikt bin.

»Na«, sagt der Munjo, »die Putzi sagt mer, Se sind eine Kommunistin.«

»Nein«, sag ich, »ich bin keine Kommunistin.«

»Na also«, sagt er, »die Tochter von an Benedikt kann keine Kommunistin sein. Hab ich der ja gleich gesagt, Putzi.«

»Warum nicht?« brüllt die Trude. »Sie kann sehr gut eine Kommunistin sein. Nur weil ihr Vater kein Kommunist war, heißt das noch lang nicht, daß sie keine sein kann.«

»Red nicht so bled daher«, sagt der Munjo. »Ich sag der, die Tochter von an Benedikt kann keine Kommunistin sein.«

»Also bitte, warum nicht?« brüllt die Trude. »Das arme Kind hat seit Jahr und Tag seine Eltern nicht gesehn. Wie kannst du da sagen, daß sie dasselbe glauben muß wie ihr Vater.«

»Sag ich ja nicht. Aber a Kommunistin kann se nicht sein. Se hat ja die Presse mit der Muttermilch eingesogen. Also bitte. Wahr? Nein?«

»Regt's euch doch nicht so auf«, quietscht die Putzi. »Schließlich kann sie believen what she will, es geht euch einen Dreck an.«

»Ordinäres Luder«, sagt die Mutter. »Diese Putzi hat eine Sprache – fein, kann ich nur sagen. Altes Scheißerl«, und sie streichelt der Putzi über die Haare.

Gestern, als ich dort war, war Besuch da. Der Chef der Mutter. Sie arbeitet in einem Geschäft als Näherin, bessert Hemden aus und ist sehr tüchtig. Eine Ungarin, die Freundin des Chefs, war auch dort. Sie arbeitet in seinem Geschäft. Der Chef ist ein schottischer, schielender Marineingenieur und die Ungarin ein hübsches, dickes Weib. Der Schotte spricht mit einem starken Akzent und die Ungarin auch. Der schielende Schotte hat seine Haare ganz kurz geschoren, und als Chef der beiden Weiber und Freund der Ungarin hielt er es für angemessen, sie alle gehörig einzuschüchtern und so zu beeindrucken. Er erzählte wilde Geschichten vom Meer und vom spanischen Krieg, in dem er als Freiwilliger gedient hat. Kein Mensch konnte ihn verstehn, aber alle hörten mit der größten Achtung und aufgerissenen Mündern zu. Ab und zu brüllte die Trude:

»Mr. Dowdler, eat more! Putzi, give him the spam! You haven't eaten, Mr. Dowdler, I feel, wie sagt man Putzi? You hurt my feeling, Mr. Dowdler.«

»Also bitte, Trude«, sagt der Munjo, »der Herr Dowdler wird essen, soviel es ihm schmeckt. I tell Trude, you will eat as much as you like.«

Dann erzählte der Schotte, daß er einberufen werden soll. Aber obwohl er sein ganzes Leben lang in der Marine gedient hat, soll er jetzt in die Armee gehn.

»Yes«, sagt die Ungarin, »quite apart from the pay. In the navy he would get 7 £ and in the army 17 Shilling.«

»Terrible!« brüllt die Trude, die ihre Stellung verlieren würde, wenn er einberufen würde.

Der Schotte erzählt weiter, wie er dem Beamten erklärt habe, daß er ein Geschäft mit 17 Angestellten habe. Das könne er nicht von heut auf morgen liquidieren. Infolgedessen habe er zwei Monate Aufschub bekommen. Aber wird er es wiederbekommen? Es hat keinen Sinn, sich mit der Autorität herumzustreiten. Am besten, er geht gleich in die Armee. Daraufhin war ein allgemeines, bestürztes Schweigen. Und der Herr Dowdler erklärt, daß es ihn gar nicht interessiert, was er morgen machen wird, und wie er sich am liebsten von Zufällen überraschen läßt.

»No!« brüllt die Trude. »I don't like this. I like to know what is happening!«

Es hat sie vier Jahre gekostet, sich dieses Leben – ein hübsches flat mit drei hellen Zimmern und gerade genug Geld, um auszukommen – in England aufzubaun. Sie war erst Köchin hier und ihr Mann butler, und beide haben hart gearbeitet und waren sehr arm. Der Schotte macht eine lange Pause. Ich glaube, nichts war ihm mehr verhaßt als der Gedanke, in die Armee zu gehn. Ich glaube, daß er sich weit mehr davor gefürchtet hat als die Trude und die Ungarin zusammen. Dann sagt er großartig, vielleicht wird er doch noch einmal um einen Aufschub ansuchen. Er hat gehört, daß man einen Aufschub bekommen kann.

»Mr. Dowdler!« brüllt die Trude, »You have eat nothing! Putzi! Why don't you give him some more!«

»Aber was«, sagt der Munjo schicksalsergeben. »Laß ihn, wenn er nicht essen will.« Aber dann sagt er doch höflich: »I say to my wife, let him, if he will not. You can't force, if he will not, yes?«

Die Ungarin sagt: »I was once at a starlooker. And he told me, I will marry late. I say, I have to hurry up, or it will be too late.« Sie lacht ein dickes, gemütliches Lachen.

»Do you believe?« brüllt die Trude. »I don't. My sister goes twice every two week in Vienna, but I don't believe.«

»I've seen my grave«, sagt der Schotte, »And that's all I want to know.«

»Why?« brüllt die Trude. »Where is the grave?«

»On the cemetry«, sagt der Schotte, »I've got the same name as my father and am going to be buried in the same grave.«

»Cheerful«, sagt die Ungarin strahlend. »Next week, I will eat in the ›Normandy‹. You get good little chicken there. Last time I went it was too late. But this time I will go at six o'clock and eat a lovely little chicken.«

Die Trude brüllt: »Ah, chicken! I see a beautiful chicken last week but it costs twelve shilling. So I don't buy, because I know we will eat up in a day and twelve shilling is too much in one day.«

Dann stand die Ungarin auf und sagte, daß sie gehn muß. Der Schotte verabschiedete sich höflich.

»Gott sei gelobt«, sagt der Munjo.

»Schrecklich sind diese Leute!« brüllt die Trude. »Also hast du so was schon gehört? Weißt du!« und sie geht mit dem Munjo aus dem Zimmer.

Ich geh mit der Putzi in ihr Zimmer, und sie liest mir alle ihre Briefe vor, und nachher lesen wir alle Briefe, die der Georg, ihr Freund, bei ihr zurückgelassen hat, bevor er nach Amerika gefahren ist. Bis spät in die Nacht hören wir die Trude brüllen und den Munjo jüdeln.

20. Oktober 1943

In meiner kleinen Snackbar habe ich zwei Männer gesehen, beide taubstumm. Sie waren beide recht jung, der eine um die 30, der andere um die 25. Beide trugen große Siegelringe an ihren ungewöhnlichen Händen. Sie unterhielten sich miteinander mit ihren Händen und ihren Gesichtern und ihren ganzen Körpern. Ich habe noch nie jemanden mit solcher Intensität reden gesehen. Ich habe noch nie eine solche Vielfalt an Gesichtsausdrücken gesehen. Ihre Gesichter wechselten innerhalb einer Minute von engelhafter Zärtlichkeit zur Wildheit eines Tigers. Vor allem der Ältere, der im Ruhezustand ein hübsches Gesicht mit sehr wilden Augen hatte, schien jede Schattierung menschlicher Erfahrungen zu kennen und war in rascher Folge schlau, böse, verzweifelt, tückisch, verständnisvoll, hoffnungslos, ausgelassen, gut. Es ist jedesmal eine komplette Verwandlung. Seine Gesichtszüge veränderten sich mit jedem Wort, das er sprach, genauso wie seine Hände sich ständig zu ändern schienen. In einem Moment glaubte ich, daß er schmale, sensible Hände hatte, dann wieder wirkten sie breit und grob, und auf seinem Gesicht lag ein riesiges, gräßliches Grinsen, das sich schlagartig in eine Maske völligen Elends verwandelte. Selbst die Farbe seiner grünen Augen änderte sich, so daß sie dunkel und tief aussahen. In seinen Reaktionen war eine fast beängstigende Bewußtheit und Klarheit, eine Aufmerksamkeit und Schnelligkeit, die Menschen in Gesprächen sonst nie zu haben scheinen, wo wir uns stets mit den abgedroschensten Phrasen behelfen und, im Vergleich zu diesen zwei Männern, tot und völlig phantasielos wirken. Und wie sie einander zuhörten! Sie starrten einander auf Mund, Gesicht und Hände, und ihr eigenes Gesicht spiegelte noch die kleinste Wendung in der Geschichte, die der andere erzählte, ja, sie waren Teil der jeweiligen Geschichte. Sie schienen mir nicht die übliche Art von Gespräch zu führen: Jeder von ihnen sprach lange, ich stellte mir vor, daß sie alles erzählten, was seit ihrem letzten Treffen geschehen war. Ich kann es nicht wirklich beschreiben. Sie saßen da in dieser schmutzigen kleinen Snackbar, umgeben von all diesen ordinären und exotischen Leuten. Sie saßen da in völliger Abgeschiedenheit, nur aufeinander bezogen mit einer Intensität und Wildheit, die sie zu einer Einheit machten. Was immer der eine sagte, spiegelte sich auf dem Gesicht des anderen wider. Gierig saugten sie einander die Wörter von den Lippen, ohne auf ihre Umgebung zu achten, und einsam wie Felsen.

Ich beobachtete sie lange und dachte, daß ich nicht die geringste Ahnung habe, was in Menschen eigentlich vorgeht, weil all diese Gefühle ja in jedem Gespräch vorhanden sein müssen, wir verwandeln uns in jeder normalen Unterhaltung von Engel zu Teufel, von Feigling zu Held. Aber bei uns ist das alles verschwommen und unklar, verwischt und natürlich kontrolliert. Aber diese beiden waren nicht kontrolliert. Ich weiß nicht, woran es lag. Manchmal, wenn sie aufgeregt wurden, kam ein seltsames, schreckliches Bellen aus ihrer Kehle, und ihre Stummheit, ihre Isolation und Konzentration hatten etwas Tierhaftes. In manchem waren sie wie zwei wilde Katzen, die miteinander spielen, auf jede noch so kleine Bewegung der anderen lauern und darauf im wahrsten Sinn reagieren.

So kam es mir noch mehr vor, als ich am nächsten Tag in das Lokal kam. Nur der Ältere war da, er wartete offenbar auf seinen Freund. Er war nervös und unruhig und nicht abgekapselt wie zuvor. Er hatte Angst. Bei jeder Bewegung im Raum zuckte er zusammen. Er wandte sich abrupt um, wenn jemand hinter ihm vorbeiging, jedesmal, wenn jemand eintrat, warf er seinen ganzen Körper herum, und seine Augen leuchteten erwartungsvoll auf. Mit einem Mal wurde mir klar, daß er in den jüngeren Mann verliebt war und auch deswegen Angst hatte und daß er in uns allen Feinde sah, nicht nur, weil er nie ganz mitbekam, was vor sich ging, sondern auch, weil er sich seines Freundes nicht sicher war. Ich dachte an ihre zwei großen Siegelringe, und ich stellte sie mir zusammen vor. Sie müssen wie aufeinander geworfene Felsen sein, stumm und schwer, aber auch wie ein Feuer. Die Lebendigkeit ihres Mienenspiels wird von einer Starrheit und Enge der Wahrnehmung aufgewogen.

Das Radio spielte laut. Der Mann erkannte es an der Art, wie die Leute zuhörten und in den Refrain einstimmten. Er starrte das Radio mit einem Ausdruck größter Abscheu und Verwunderung an, seine grünen Augen waren starr auf diese braune Kiste gerichtet, und er erinnerte mich an meine Katze, wenn sie vor einer Ritze im Boden hockt, unter der Mäuse sind. Gespannt starrte der Mann das Radio an. Bestimmt erwartete er, daß irgend etwas Großartiges und Seltsames aus dieser Kiste kommen würde, und weiß der Himmel, welche Form, welche Gestalt Musik in seiner Vorstellung hat. Immer wieder richtete er seinen Blick darauf, jedesmal mit einer leidenschaftlichen, wilden Neugier, das Geheimnis zu lüften.

Auch ich beobachtete den Eingang in der Erwartung seines Freundes. Ich war völlig eingesponnen in die Aufregung, Angst und Ungeduld dieses Mannes. Durch seine Stummheit besaß dieser Mann eine ungewöhnliche Kraft, und selbst Alphons, der Kellner, reagierte darauf, indem er ihn rasch und gewissermaßen ehrfürchtig bediente und sofort verstand. Dann, als ich wieder hinsah, war der junge Mann gekommen. Mir schien, als würden die beiden tanzen. Ihre Körper wippten vor Freude. Ihrer Gesichter verzerrten sich vor Vergnügen. Ihre Hände, die sich schnell und graziös bewegten, schienen einander zu streicheln. Wieder waren sie ganz für sich.

7. Dezember 1943

Diesmal saß ich direkt neben den zwei Männern und habe etwas Ungewöhnliches festgestellt. Worüber sie mit so viel Inbrunst und Wildheit reden, ist Geschäftliches. Mir war schon davor aufgefallen, daß sie sich gegenseitig Briefe zeigen. Jetzt sah ich, daß es Geschäftsbriefe waren. Ich weiß nicht, was für Geschäfte sie betreiben, aber jedenfalls sehen sie gut gekleidet und wohlhabend aus.

Bei Brenda habe ich einen jungen Mann kennengelernt, und jetzt kann ich nicht einschlafen, weil er mir so schreckliche Sachen erzählt hat. Ich werde sie daher aufschreiben.

Er war früher Brendas Milchmann, und ihre Mutter hatte sich mit ihm angefreundet. Jetzt kommt er sie manchmal besuchen. Er kam mit einem kleinen Koffer, offenbar sehr hungrig, und Brendas Mutter gab ihm sofort etwas zu essen. Er hatte schon vor langem seinen Job aufgegeben, weil er krank war, und jetzt, sagte er, war er wieder krank. Aber er hatte einen neuen Job beim A. R. P. Er hat gegessen, und dann rief die ganze Familie, daß er das Warschauer Konzert auf dem Klavier spielen soll. Also setzte er sich hin und spielte es, und es stellte sich heraus, daß er komponierte. Er hat bei seiner Familie in Oxford gelebt und übernachtet jetzt jede Nacht bei einem anderen Freund, weil er weder ein Zimmer noch Geld hat. Er sah sehr müde aus, und nachdem er eine Weile Klavier gespielt hatte, sagte er den ganzen Abend kein Wort mehr. Als ich ging, kam er mit. Er erzählte mir, daß er Anarchist ist. Ich fragte ihn darüber aus, und er sagte: »Ja, ich weiß, es ist ziemlich unwahrscheinlich. Aber eine schöne Utopie ist auch etwas. Alles ist so abscheulich.« Er stotterte leicht, und seine Stimme war ganz klanglos. Selbst wenn er sich aufregte und mit Nachdruck sprach, blieb sie ganz hohl.

Er brachte mich nach Hause, und ich bat ihn auf einen Tee herein. Er kam mit mir in die Küche, und während ich das Tablett herrichtete, begann er zu reden. Aber davor hatte ich ihm zehn Schilling gegeben. Er freute sich riesig, weil er nur noch elf Pennies hatte. Und keine Zigarette. Dann erzählte er mir, daß er sein Klavier verkaufen mußte, auf das er jahrelang gespart hatte. Er mußte es einem Mädchen verkaufen, dem er 5 £ schuldete. Sie nahm es ihm weg und gab ihm 15 £ dafür, obwohl es 32 £ gekostet hatte. Er hatte dieses Mädchen immer für eine Freundin gehalten, und die 5 £ hatte sie ihm ursprünglich geborgt, damit er das Klavier kaufen konnte. Ohne Klavier konnte er nicht komponieren. Einer seiner Freunde bot an, das Klavier um 20 £ für ihn zurückzukaufen, aber das Mädchen sagte, sie hätte ein Angebot für 25 £, und wollte es ihm nicht verkaufen. Sie war auch zu dem Makler gegangen, der ihm seine Wohnung vermietet hatte, und weil sie wußte, daß er zwei Monate mit der Miete im Rückstand war, bot sie an, das Geld zu zahlen und das Zimmer zu übernehmen. Sie sagte dem Makler, daß er eine völlig verantwortungslose Person und nicht vertrauenswürdig sei. Daher bekam sie das Zimmer.

»Aber warum hat sie das alles getan?« fragte ich.

»Sehen Sie«, sagte er, »in Oxford war sie ein Modell bei Slade's und in mich verliebt. Aber ich war nicht in sie verliebt, weil ich in Elsa verliebt war. Ich bin noch immer in sie verliebt.«

»Wo ist Elsa?«

»Oh, sie hat geheiratet. Sehen Sie, ich hatte sie Ricky weggenommen, mit dem sie davor gegangen ist. Ich werde sie nie vergessen. Als ich in der Army war, bin ich von Gloucestershire nach Hause gegangen, wann immer ich frei hatte. Oft bin ich stundenlang zu Fuß gegangen, weil ich keine Mitfahrgelegenheit bekam. Und wenn ich dann wieder losmußte, stand Elsa unten am Cumnor Hill. Sie trug immer leuchtend bunte Kleidung, wissen Sie, zum Beispiel eine weiße Bluse und einen grünen Rock und einen roten Schal. Sie stand da und sah mir nach, bis sie mich nicht mehr sehen konnte. Dann traf ich eines Tages Ricky wieder, und als ich das nächste Mal bei ihr war, erzählte ich es ihr. Sie hat vielleicht zwanzig Minuten lang kein Wort gesagt. Dann sagte sie, sie will zu ihm zurück. Daraufhin bin ich gegangen, und später hat sie ihn geheiratet. Aber wissen Sie, ich denke immer an Joan, die das Klavier genommen hat. Ich sollte eigentlich mit Ihnen nicht so über sie sprechen, weil Sie sie nicht kennen. Ich ärgere mich immer über Leute, die so was tun.«

»Aber man ärgert sich bei anderen immer über Sachen, die man selber tut.«

»Ja«, sagte er, »ich ärgere mich immer über Sante, wenn er in den Spiegel schaut, weil ich das selber tue.«

»Mögen Sie Ihr Gesicht denn so sehr?«

»Ja«, sagte er, »manches an meinem Gesicht mag ich sehr. Ich mag meine Wangenlinie und die Stirn und die Augenbrauen. Meine Nase mag ich nicht, weil sie ein bißchen schief ist. Sehen Sie?«

»Ja«, sagte ich und lachte. »Wer ist Sante?«

»Mit Sante habe ich früher zusammengewohnt. Er ist wunderbar. Er ist Spanier. Er ist auch Anarchist. Wir hatten oft lange Diskussionen, und manchmal war ich nicht seiner Meinung. Aber später fand ich immer heraus, daß er recht hatte. Also ging ich zu ihm und sagte es ihm. Dann sagte er immer, es sei sein Fehler gewesen, er habe es nicht ordentlich erklärt, sonst hätte ich es gleich verstanden. Wissen Sie«, sagt er nach einer Weile, »Brenda hat wirklich überhaupt keine Ahnung vom Leben. Sie redet immer über Betrüger, aber sie weiß nichts.«

»Nein«, sagte ich, »ich glaube auch, sie hat keine Ahnung. Sie ist sehr romantisch.«

»Ja«, sagte er, »ich habe in einem Haus in der Nähe der Charlotte Street gewohnt. Im Erdgeschoß wohnten zwei japanische Lampenmacher. Sie waren sehr arm. Im Stock darüber wohnten zwei Männer, zwei Homosexuelle, aber der Ältere brachte auch alte Frauen nach Hause und schlief mit ihnen. Es war eine gräßliche Perversion. Im nächsten Stock lebte ein Mann, der Gonorrhoe hatte. Wir wohnten im obersten Stock. Unten an der Straße war ein Spielzeuggeschäft. Der Geschäftsinhaber kam ins Gefängnis. Es war alles eine Gaunerei. Der Mann stellte Spielzeug her und verkaufte es, trug es aber nicht in seine

Bücher ein, und die Leute vom Finanzamt kamen und merkten, daß seine Buchhaltung nicht ordentlich geführt war. Also versuchte er sich rauszuwinden und verkaufte an einem Nachmittag all das Zeug ganz billig, Sie wissen schon, halbfertige Puppen und Kuscheltiere. Er verkaufte eine ganze Menge. Aber sie erwischten ihn. Er versuchte sich bei einem Freund in den Docks zu verstecken, aber sie fanden ihn. Wissen Sie«, sagte er plötzlich, »ich fürchte mich vor Ihnen. Sie erinnern mich an Joan, die mir mein Klavier weggenommen hat.«

»Unsinn«, sagte ich. »Ich würde Ihnen nie Ihr Klavier wegnehmen.«

»Nein«, sagte er, »aber Sie sehen wie sie aus.«

Dann trug ich den Tee hinauf.

Er sagte: »Wissen Sie, ich kann gar nicht besonders viel Klavier spielen. Meine linke Hand ist sehr schwach. Sehen Sie!«

Er zeigte mir seine Hand, die wirklich sehr klein war und aussah, als hätte sie keine Knochen.

»Was in aller Welt ist denn damit los?«

»Ich habe eine Krankheit.«

»Was?«

»Angeborene Syphilis«, sagte er und lachte seltsamerweise dazu. »Sie wissen schon, erblich«, sagte er. »Ich bin damit auf die Welt gekommen. Man nennt es angeborene Syphilis.«

Ich sagte nichts, aber ich hätte ihn am liebsten auf der Stelle weggeschickt. Ich dachte, ich müsse mich nett und mitfühlend benehmen, aber in Wahrheit grauste mir vor ihm, und ich haßte es, daß er aus unseren Tassen getrunken hatte und daß er auf dem Teppich saß.

»Was ist mit Elsa geschehen?« fragte ich.

»Oh, Sie brauchen sich keine Sorgen zu machen. Es ist nicht ansteckend. Ganz bestimmt nicht. Es heißt nur, daß ich nicht heiraten darf. Meine Kinder könnten es haben. Meine Schwester hat vier Kinder, und sie sind alle völlig gesund. Sie ist allerdings erblindet. Zur Zeit kann sie ein bißchen sehen, aber dann wird sie plötzlich wieder völlig blind. Das erste Mal ist es mir aufgefallen, als ich ungefähr zehn war. Ein kleiner Bub hat mich geschlagen, und als ich versuchte zurückzuschlagen, merkte ich, daß mit meiner Hand etwas nicht stimmt. Später bin ich von Arzt zu Arzt gegangen, aber keiner wollte mir sagen, was los war. Ich bin gerade erst aus dem Krankenhaus gekommen. Ich war sechs Wochen lang dort. Inzwischen haben die Ärzte mich aufgegeben.«

»Wann haben Sie herausgefunden, was es ist?«

»Ein Arzt hat es mir vor ungefähr einem Jahr gesagt. Und dann erfuhr es auch meine Schwester. Wir saßen alle zusammen am Tisch, mein Bruder, meine Schwester, meine Mutter und ich. Wir redeten über verschiedene Krankheiten, wie man das so macht, Sie wissen schon – oh!« rief er plötzlich. »Das hab ich ja ganz vergessen: Mein Bruder hat gerade ein Kind bekommen. Ja, letzte Woche. Es ist ein uneheliches Kind, wissen Sie, er ist nicht verheiratet. Ich hab mich mit diesem Bruder gestritten, weil er mich nicht Klavier spielen lassen wollte. Es ist ihm auf die Nerven gegangen.«

»Was ist Ihre Familie?«

»Oh, Mittel-, nein, Arbeiterschicht. Mein Vater war Dekorateur, aber er ist gestorben, als ich noch ein Kind war.«

»Und Ihre Mutter hat wieder geheiratet?«

»Sie hatte einen Verehrer«, sagte er voll Stolz. »Aber die Familie mochte ihn nicht. Die Familie mag keine schwammigen Leute. Obwohl er ein dicker, großer Mann mit einem roten Gesicht war, war er sehr schlau und gerissen, und die Familie war gegen ihn.«

»Wie kam es, daß Sie Klavier spielen gelernt haben?«

»Meine Mutter hat es mir beigebracht. Sie hat als kleines Mädchen Klavier gespielt. Sie hat ein Konzert gegeben, als sie ein Kind war. Sie hat mich unterrichtet, und später hat die Familie gespart, damit ich bei einem richtigen Lehrer Unterricht bekommen kann.«

»Und jetzt will Ihr Bruder nicht, daß Sie spielen?«

»Nein. Es hat ihnen gefallen, wenn die Nachbarn kamen und ich ihnen vorgespielt habe. Sehen Sie, sie haben mich gerne zu Weihnachten und Geburtstagen vorgeführt, aber sie mochten es nicht, wenn ich jeden Tag ein paar Stunden geübt habe. Das hat sie fertiggemacht. Deswegen bin ich von Oxford weg und nach London gezogen.«

»Und was passierte dann, als Sie alle um den Tisch saßen und über Ihre Krankheiten redeten?«

»Also meine Schwester hatte es auch entdeckt, und ich sagte ihr, daß der Arzt gesagt hat, es ist angeborene Syphilis. Mein Bruder hat sich fürchterlich aufgeregt, weil, wissen Sie«, er lachte boshaft, »er hatte auf seiner Hand eine Riesenbeule bemerkt und durfte nicht in die Fabrik, und der Arzt wußte nicht, was er davon halten soll. Er dachte also, daß er es auch hat, und jetzt hat er dieses uneheliche Kind bekommen. Meine Mutter saß da. Sie hat nicht direkt gelacht. Sie hat nur still gelächelt, während wir darüber sprachen.«

»Sie muß doch davon gewußt haben?«

»Ich weiß nicht«, sagte er. »Vielleicht nicht. Sehen Sie, es kann ja auch von der Seite meines Vaters kommen.«

Dann sagte ich ihm, er soll gehen. Ich hab es plötzlich nicht mehr länger ausgehalten. Selbst jetzt, während ich es aufschreibe, fühlt es sich an, als wäre der ganze Dreck der Welt über mich geleert worden. Der Kerl ist erst zweiundzwanzig. Er wird bestimmt bald sterben oder völlig gelähmt werden, weil er sagt, daß er schon jetzt in der Früh den Arm zwei Stunden lang nicht bewegen kann. Die Ärzte können nichts für ihn tun. Ich hatte das Gefühl, er würde immer so weitermachen, eine gräßliche Geschichte nach der anderen, und dann dachte ich an das Klavier, das sie ihm weggenommen haben, und an seine große Liebe zur Musik, und alles kam mir völlig hoffnungslos vor.

1. Jänner 1944

Letztens bin ich um drei in der Nacht aufgewacht. Der Mond schien hell, und die Häuser gegenüber waren blau im Mondlicht. Unten auf der Straße hörte ich zwei Leute streiten. Ich konnte sie nicht sehen. Ich hörte die quengelnde, weinerliche Stimme einer Frau und die ärgerliche, müde Stimme eines Mannes. Ich konnte nicht verstehen, was sie sagten. Aber es war eine dieser endlosen Streitigkeiten zwischen einem Liebespaar, verzweifelt und schrecklich wegen der ewigen, unveränderlichen Wiederholungen von immer demselben. Es war klar, daß sie etwas von ihm wollte, das er ihr weder geben konnte noch wollte. Ihre unglücklichen Stimmen hallten in der klaren Nacht, das einzige Geräusch zu dieser Uhrzeit, es klang verloren in dem Mondschein und wie Donner in der riesigen stillen Stadt, und ich lag wach im Bett und lauschte und lauschte. Sie gingen die Straße entlang, und ihre Stimmen klangen weit weg, und ich dachte, jetzt hat sich alles geklärt, sie haben sich irgendwie geeinigt. Aber dann kamen die Stimmen wieder näher, ihre Stimme, und inzwischen heulte sie, und er war ungeduldig. Ich schaute aus dem Fenster, aber ich konnte sie noch immer nicht sehen. Die Häuser sahen wie Gespenster aus mit großen mondhellen Augen, und ich dachte, nein, ich bilde mir alles nur ein. Aber so war es nicht. Sie schrie im Mondlicht, und er klang beunruhigt, und ich, allein im Haus, war plötzlich von Dankbarkeit für diese zwei Menschen erfüllt, weil sie Stimmen hatten und ihre Schritte laut und lebendig waren.

5. Jänner 1944

Gestern hab ich mit dem Spanier geredet, der früher bei Wilfrid gewohnt hat. Er sagt, daß er ein sehr bekannter katalanischer Dichter ist. Nur er und zwei andere sind aus dem Konzentrationslager in Frankreich entkommen und haben für ihre intellektuellen Verdienste Visa für England bekommen. Du weißt ja, daß Wilfrid, sobald man Spanien nur erwähnt, in Tränen ausbricht, weil er es nicht erträgt, weil er die Niederlage nicht verwinden kann, und ich muß sagen, ich habe seine Liebe zu Spanien immer für echt gehalten.

Gestern hat mir dieser Mann, der Perramon Torrus heißt, erzählt, wie Wilfrid ihn behandelt hat. Der spanische Flüchtlingsfonds zahlt jedem, der Flüchtlinge bei sich aufnimmt, einen kleinen Betrag, und »Mr. Roberts«, wie dieser Mann ihn nannte, erklärte sich bereit, ihn und einen katalanischen Journalisten, der inzwischen bei Reuters arbeitet, aufzunehmen. Sie wurden beide als »Gäste« eingeladen. Perramon sagte: »Wenn ich in ein Haus ziehe, akzeptiere ich selbstverständlich die Hausregeln. Ich habe daher die Betten von Mr. Roberts und Miss Kathleen gemacht, schließlich war Mr. Roberts der Gastgeber. Aber ich habe nicht die Betten von den zwei weiteren jungen Damen gemacht, die im Haus wohnten. Darüber waren sie, glaube ich, nicht sehr erfreut. Mein Freund kochte die Mahlzeiten, und ich wusch ab und trocknete das Geschirr. In der Früh machte ich auch das Frühstück, zwei Scheiben Speck und zwei Eier für Mr. Roberts, wobei die Eier manchmal knapp waren, dann bekam er nur eins. Das gefiel ihm nicht. Aber er war sehr nett zu mir. Einmal habe ich meine Pfeife zerbrochen. Die Pfeife hatte ich in Barcelona gekauft, und Barcelona ist die schönste Stadt der Welt. Die Pfeife hatte 50 Schilling in englischer Währung gekostet. ›Oh‹, sagte Mr. Roberts. ›Ich werde Ihnen eine neue Pfeife kaufen. Es tut mir so leid, daß Ihre Pfeife kaputtgegangen ist.‹ Also gingen wir die Straße runter, und er kaufte mir eine Pfeife um sechs Pence. Wenn ich einmal nach Spanien zurückkehre, das mein Land ist und nach dem ich mich sehr sehne, werde ich hoffentlich Mr. Roberts einladen und ihm spanische Gastfreundschaft erweisen können. Später holte er sich ein baskisches Mädchen, das erst 16 Jahre alt war, um die Böden zu schrubben. Es war ein sehr zartes Mädchen, das auch nicht sehr gesund war, also habe ich für sie die Böden geschrubbt. Aber natürlich waren wir Gäste in Mr. Roberts' Haus, und deswegen aßen wir alle gemeinsam in der Küche, die ein großer und sehr schöner Raum ist, und meine Freund servierte das Essen. Ich mochte es allerdings gerne, wenn Mr. Roberts' Vater zu Besuch kam. Alle Flaschen mußten hinter Türen versteckt und die Gläser verräumt werden, weil Mr. Roberts' Vater ein Abstinenzler ist und nicht erlaubt, daß getrunken wird, und Miss Kathleen mußte die Flasche in ihrem Kleiderschrank verstecken. Mr. Roberts wird einmal eine Menge Geld von seinem Vater erben, daher darf er nicht trinken. Mein Vater trinkt auch nicht. Deshalb trinke ich nicht, wenn er da ist, aus Ehrerbietung. Aber ich verstecke keine Flaschen. Vielleicht würde er dann sagen: ›In meinem Haus erlaube ich keine Flaschen.‹ Dann würde ich meine Sachen packen und gehen, aber ich würde sie nicht verstecken. Aber Mr. Roberts ist ein Politiker.

Dann, nach vier Monaten in Mr. Roberts' schönem Haus, bin ich wieder ausgezogen. Bei meinem Auszug schrieb er mir einen Brief, den ich aufgehoben habe. Er ist mit der Hand und auf Briefpapier des House of Commons geschrieben. Er wünscht mir frohe Weihnachten und ein gutes neues Jahr und dankt mir dann überschwenglich, daß ich so bereitwillig die ganze Hausarbeit übernommen habe, und insbesondere dafür, daß ich sein Bett so schön gemacht habe. Wenn ich also meine Erinnerungen an meinen Aufenthalt in England niederschreiben werde, was ich in ein paar Jahren tun werde, dann werde ich diesen Brief photographieren lassen und mit einer Anmerkung ins Buch aufnehmen – den Kontext verrate ich noch nicht, das soll eine Überraschung werden. Wir hätten auch Taschengeld bekommen sollen, aber wir waren Gäste, daher konnte Mr. Roberts uns kein Taschengeld anbieten. Daher hatten wir nichts.

Als ich wegzog, nahm ich eine Stelle als Hausdiener mit 30 Schilling Lohn an und hatte ein nettes kleines Zimmer nur für mich. Dann gewann ich drei Preise bei einem südamerikanischen Lyrikwettbewerb. Daher gaben die Spanier gemeinsam mit Mr. Roberts eine Party für mich. Viele Leute waren eingeladen, oh, wichtige Leute, aber ich hatte am Tag davor noch keine Einladung. Erst dann kamen Mr. Roberts und zwei Damen, die in seinem Haus lebten, um mich einzuladen. Aber ich sagte, es tut mir leid, ich habe morgen schon etwas vor. Daraufhin waren sie sehr verärgert, und eines der Mädchen sagte, was für einen schicken Anzug ich anhabe. Den Anzug hatte ich von einem Spanier bekommen, einem Freund von mir, dessen Bruder, ein Arzt, ausreisen mußte und den Anzug, der ein spanischer Anzug war, daließ, und den gab er mir. Ich sage also: ›Das ist ein spanischer Anzug und daher eine Uniform.‹ Das gefiel ihnen nicht, und die Party war wie eine Taufe ohne Täufling.

Jetzt hoffe ich, daß ich eine Stelle beim südamerikanischen Konsul bekomme. Dann werde ich Mr. Roberts wiederbegegnen. Natürlich bin ich ihm ebenbürtig, aber dann werde ich ihm auch gesellschaftlich ebenbürtig sein. Dann werde ich mit ihm reden.«

8. Jänner 1944

Ich kann nicht weiterschreiben. Ich liege krank im Bett und bin elend. Dennoch denke ich die ganze Zeit über das neue Buch nach, das ich schreiben werde. Oh, wie kann ich Üppigkeit und zugleich Struktur schaffen, wie diese seltsamen und wundervollen Dinge erfinden, von denen die Welt erfüllt ist, oh, mit Kraft, Weite und Tiefe! Oh, mit Augen, Augen und Ohren, in meinem Zimmer sind verwelkende Blumen mit gelben Locken, die abfallen, als hätte sie das Meer an Land gespült, und die Bäume sind schwarz und kahl und unendlich zart gegen den tiefblauen Sternenhimmel. Das verrückte grazile Pferd an meiner Wand jagt obskuren bunten Formen nach, der Sonnenblume an der Kehle einer Frau, und meine Wüstenpflanze wächst noch immer für Valentine.

George kam mit meinen Einkäufen und einer kleinen Flasche Whisky. Er tritt ein und lädt die ganzen Erinnerungen an seine Jugend, die ihm jetzt, wo er siebzig ist, so unendlich kostbar sind, auf mich, und unter seinen blauen, glänzenden Augen verwandle ich mich in eine Schauspielerin des Abbey Theatre in Dublin vor etwa vierzig Jahren und bin auf wunderbare Weise mit dem großen Dichter Synge verbunden, den George kannte und dessen Kunst er mehr als alles andere liebt und bewundert, und als ich George das erste Mal traf, habe ich Synge gelobt. Ich bin mitten in dieser bunten, betrunkenen Welt, die der Höhepunkt von Georges Leben war, eine romantische, melancholische und starke Welt, das Dublin zu Beginn des Jahrhunderts, mit Synge und Yeats und Joyce und Raufereien im Theater und in den Pubs. In den Augen des alten George gehöre ich in diese Welt. So sieht er mich, und meine Liebe zu Dir ist ihm ebenso bedeutsam wie die einer Schauspielerin des Abbey Theatre für Synge. Die unvernünftigsten und irrationalsten Sachen, die ich anstellen kann, sind ihm eine reine Freude, weil sie für ihn den Geschmack der alten Zeit haben.

12. Jänner 1944

Während Geoff krank war, blieb er bei uns im Haus. Wir führten endlose Gespräche. Je schlechter es ihm ging, desto aggressiver wurde er. Er brütet über einem neuen Plan, wonach die Briten nach dem Krieg nur die Hälfte ihrer Rationen bekommen sollen, um die hungernde Bevölkerung auf dem Kontinent zu ernähren. Das kommt mir ganz richtig und vernünftig vor, und er hat recht, wenn er sagt, daß es keinen Grund gebe, warum die Briten mehr zu essen haben sollten als, zum Beispiel, die Griechen. Aber die Art, wie er darüber sprach, machte mich wütend, weil mir vorkam, daß es ihm nicht so sehr darum ging, die hungernden Griechen zu ernähren, als darum, die Engländer leiden zu lassen. Mir schien, sein wahres Ziel war, diese ganze Insel auszuhungern und die Bevölkerung ins Unglück zu stürzen (nicht die Kinder, für die hat er echtes Mitgefühl), daß es eine endgültige und wütende Rache war, die er an einem Volk nehmen wollte, das ihn hungern und leiden und bankrott gehen ließ.

Solange er krank war und sich elend fühlte, sollte auch ich nicht gesund werden, eigentlich wollte er, daß die ganze Welt genauso krank und unglücklich ist. Und wenn er sagt: Niemand sollte glücklich inmitten von Unglück sein, dann meint er eigentlich: Niemand sollte glücklich sein, während es ihm schlecht geht, und schon gar nicht konnte er ertragen, wenn ich guter Dinge war, wobei ich wohl ziemlich irritierend für ihn bin, weil es mir leichtfällt, guter Dinge zu sein, und trotz all des Unglücks das Leben genieße, das ihm eine Qual ist.

Ich glaub, Menschen haben nur eine limitierte Kapazität sowohl für Glück wie für Unglück, egal unter welchen Lebensumständen. Und ich habe nur etwa so viel Kapazität zum Unglücklichsein wie er zum Glücklichsein. Er lag unten in seinem Bett wie ein rauchender Vulkan, sein kahler Kopf aus Unmengen von Pölstern ragend. Mit seinen langen, gefalteten Fingern sah er wie ein Greco-Christus aus, und es ist an ihm etwas Kompromißloses, ja Heiliges – in früheren Zeiten wäre aus ihm ein katholischer Priester oder ein spanischer Inquisitor geworden, der gewaltvoll und hitzig die Welt verdammt und seinen Glauben mit Feuer und Schwert verteidigt. Denn nach all dem Unglück, das er in seinem eigenen Leben erfahren hat, und stolz und verbittert, wie er ist, findet er jetzt – nicht nur wenn er krank ist und es ihm besonders schlecht geht – Leiden überall auf der Welt, und darüber brütet er trübselig stunden- und tagelang und läßt dann plötzlich einen wilden Strom an Beschimpfungen aus, und es ist sehr schade und die Katastrophe seines Lebens, daß er nie eine Kirche und eine Kanzel gefunden hat, die ihn aufnimmt. Seine Kräfte, die meiner Meinung nach hauptsächlich destruktiv sind, hat er in erschreckendem Ausmaß vergeudet. Aber er hat auch etwas von einem geknechteten, gejagten und verfolgten Juden an sich und krümmt sich vor dem Leben und den Menschen. Sobald es ihm etwas besser geht – glücklich ist er *nie* –, scheint er sich vor der Wohltat, die ihm widerfahren ist, zu beugen und klein und demütig zu machen, um nicht den Zorn der Götter auf sich zu ziehen.

Aber wenn die guten Zeiten anhalten, und das war manchmal für ein oder zwei Jahre der Fall, wird er sofort arrogant und anmaßend. Er überschätzt seine Kräfte maßlos und behandelt die Welt um ihn mit all der beißenden Verachtung, die sie vielleicht verdient, aber nicht gern zu fühlen bekommt. Und schon da, auf der Höhe seines Erfolgs, ist sein Niedergang gewiß. All die Menschen um ihn fangen an, ihn zu hassen, und betragen sich ihm gegenüber genauso gnadenlos, wie er mit ihnen geredet hat, dabei glaube ich nicht, daß Geoff jemals irgend etwas tun würde, um Menschen zu schaden, aber er würde alles sagen, um sie runterzumachen. Und dann wird er, von Selbstmitleid überwältigt, der Welt von seinen Leiden erzählen, die schon in seiner Schulzeit begannen und wirklich sehr arg waren. Dieselben Menschen, die er davor beleidigt hat, versucht er dann zurückzugewinnen, indem er an ihr Mitgefühl und Erbarmen appelliert. Aber dazu ist es zu spät. Ein Schlag nach dem anderen wird auf ihn niedergehen, bis er verarmt und mittellos ist. Dann beginnt er, unter rücksichtsloser Ausnützung der Menschen um ihn, fieberhaft an einem neuen Plan zu arbeiten. Seine Erfindungen scheinen nie von der Art, die die Dinge für immer verändern – obwohl ich da anscheinend falsch liege. Desmond sagt, die Malting House School hätte eine neue Ära der Kindererziehung einläuten können. Aber inzwischen ist Geoff älter, und die Zeit wird kürzer, und er will jetzt und sofort Erfolg. Aber, um ihm nicht Unrecht zu tun, ich bin mir sicher, daß in ihm ein echter Wunsch steckt, die Bedingungen, unter denen wir leben, zu verbessern. Ich denke, daß die Art, wie er die Schule führte, ganz typisch für ihn als Person ist. Einerseits versuchte er, Kinder so zu erziehen, daß sie gesund und vernünftig werden und alles bekommen, was sie im späteren Leben brauchen. Andererseits spekulierte er rücksichtslos und durchtrieben an der Börse, mit Tricks und Betrügereien, um das Geld für den Betrieb der Schule zusammenzukriegen, und er muß etliche Menschen in den Ruin getrieben haben, als er am Ende mit 60 000 Pfund Schulden bankrott ging. Und mit seinem Bankrott war auch die Schule ruiniert. Er versucht immer, es so hinzukriegen, daß der Zweck die Mittel heiligt, aber irgendwie läuft es immer darauf hinaus, daß die Mittel den wunderbaren Zweck zerstören.

Margaret ist gestern zurückgekommen, daher mußte Geoff in sein Zimmer zurück. Ich half ihm, den Koffer zu tragen, und ging für ihn einkaufen, und dann sind wir in John Leightons Wohnung gegangen, wo ich für ihn ein Zimmer gefunden hatte. Das Zimmer hatte ganz nett ausgesehen, als John es mir zeigte, aber jetzt sah es unglaublich schmutzig und armselig aus, mit einem schmalen Sofabett und ein paar groben Holztischen und ganz wenigen Büchern und nur einem Sessel. Die Verdunkelung war über eine Woche nicht hochgezogen worden. Das Bett war nicht gemacht. Überall lagen leere Streichholzschachteln herum, und alle Streichhölzer, die Geoff verwendet hatte, waren zu kleinen Haufen aufgeschlichtet, weil Geoff Brennholz spart, um seine Rente kaufen zu können, obwohl er derzeit mehr als ein General verdient. Ich machte das Bett. Da war auch der berühmte Ofen, von dem mir Geoff so viel erzählt hat und der angeblich den ganzen Winter durchbrennt. Er war natürlich ausgegangen. Ich bot an, ihn anzuheizen, aber Geoff sagte, das würde ich nicht können, und kniete sich auf den Boden und machte es selber. Er trug die Asche raus, und dann warf er Papier und die Streichhölzer hinein, und natürlich brannte das Feuer nicht. Geoff war zu diesem Zeitpunkt schon ganz zittrig und fühlte sich elend. Riesige blaue Rauchwolken quollen aus diesem Monster und füllten das Zimmer, und Geoff ließ mich nicht das Fenster aufmachen, und das Feuer brannte immer noch nicht. Geoff kniete da, wir beide knieten da, als würden wir irgendein fremdartiges Ritual vor diesem Ofen aufführen, und er sah blaß und dünn aus, und um seinen kahlen Kopf schwebten die Wolken, und ich konnte mir nicht helfen, ich mußte lachen. Das war fatal. Mit zornig gespreiztem Bart rief er: »Herrgott noch mal, verschwinden Sie! Ich halte Sie nicht mehr aus!« Es klang wie der Schrei einer gequälten Seele. »Entschuldigung«, sagte er verlegen und wütend, »ich sitze jetzt schon seit einer halben Stunde da«, und er deutete niedergeschlagen auf seinen wundervollen, immer brennenden Ofen.

»Schon gut. Ich geh«, sagte ich. Und bin gegangen.

Jetzt will ich ihn eine lange Zeit nicht mehr sehen, auch wenn er mir Bücher und Briefe geschickt hat und sich ausgiebig entschuldigt hat. Ich habe mit ihm genau denselben Fehler gemacht, den ich mit fast allen mache: Ich werde zu intim mit Menschen, obwohl im Grunde mit den meisten Menschen nur ein sehr begrenztes Maß an Intimität möglich ist, sonst werden sie auf die eine oder andere Weise unerträglich. Es liegt an meiner verfluchten Neugierde, die ich nicht in Zaum halten kann.

Februar 1944

Gestern, wie das Air Raid war, war ich im Kino (allein!), und wie ich herausgekommen bin, haben sie noch immer geschossen. Daher bin ich in die Hampstead Underground gegangen. Dort unten sitzen die alten Weiblein und schaun genauso aus wie die Weiber, die man in Filmen sieht, ich mein die, die während der Französischen Revolution um die Guillotine herumgesessen sind und gestrickt haben. So sind sie dort gesessen und haben ihre alten Wollstrümpfe gestopft, und jeden neuen Menschen, der herunterkommt, schaun sie mit einer wollüstigen Bosheit an und mit einer unverschämten Überlegenheit und mit offenkundiger Freude über dieses neue Opfer. Denn sie sind die ständigen Insassen. Wie ich zwei solchen Hexen gesagt hab, daß oben geschossen wird, haben sie buchstäblich geschmatzt. Dann hab ich dort mit einem jungen Mann gesprochen, der in Frankreich schwer verwundet worden war, 23 Monate im Spital gelegen ist und noch immer irrsinnig ist. Tagelang kann er sich an nichts erinnern, und wenn er die Aeroplane hört, zuckt er, und wie die Untergrund gekommen ist, hat er die Hände vors Gesicht geschlagen und sich die Ohren zugestopft, weil er den Lärm nicht erträgt. Der hat in der Untergrund auf seine Frau gewartet und war in schrecklicher Angst um sie. Er hat ein ganz weißes Gesicht gehabt und völlig ausdruckslose, hellblaue Augen, und dabei war er elegant angezogen, aber alle seine Kleider waren zu groß. Plötzlich ist seine Frau gekommen, eine hübsche Frau, und er hat sie geküßt, aber so sonderbar und irrsinnig, mit zugemachten Augen und schrecklich dankbar, aber so, als wär sie doch nicht da.

28. April 1944

Gestern abend hat mich Philip durch die Heide zu einem Freund von ihm mitgenommen, ein Ungar namens Dienes. Er wohnt in einem komischen Haus in Highgate in einer eigenartigen Wohnung mit lauter kleinen Türen und kleinen Stiegen und überall Holzvertäfelung. Dienes hat eine wunderbare Plattensammlung und ein sehr gutes Grammophon, und Philip geht manchmal hin, um Musik zu hören. Dienes ist ein etwa 55jähriger Mann, groß und noch immer gutaussehend, und er hat sich sichtlich gefreut, uns zu sehen. Er führte uns in sein Schlafzimmer, wo auch das Grammophon ist und Bücher und Papiere und schöne alte Möbel. Durch das Fenster sah man all die Bäume in voller Blüte. Er begann sofort mit etwas von Mozart. Er legte sich auf sein Bett, und als die Musik einsetzte, wurde sein Gesicht, das sonst ganz lebhaft ist, starr und ausdruckslos, als wäre er in einer todesähnlichen Trance. Seine Augen waren geschlossen, seine Füße ausgestreckt, seine ganzen Gesichtszüge spitzten sich zu, und seine Wangen fielen ein. Je jubilierender und sehnsüchtiger die Musik wurde, desto mehr sah sein Gesicht wie seine eigene Totenmaske aus. Er gab sich der Musik so vollständig hin, so rückhaltlos und schamlos wie dem Tod, und ich fragte mich, ob die Leidenschaft mancher Menschen für Musik nicht eigentlich der Wunsch ist, in diesen herrlichen, himmlischen Klängen, die einen zu den Sternen zu tragen scheinen, zu sterben.

Philip saß steif da, mit erschöpftem, angespanntem Gesicht, seine Augenbrauen zuckten ständig nervös, und ich mußte kurz lachen, weil ich dachte, wenn jetzt ein tauber Mann ins Zimmer käme, würde er denken, die zwei haben irgendwelche grauenhafte Drogen genommen, und würde wahrscheinlich auf der Stelle einen Arzt oder die Polizei holen. Die Musik schien Philip intensive Schmerzen zu bereiten, und er verschränkte und löste in einem fort seine Hände, sein Gesicht war auch ganz weiß.

Nachdem wir ungefähr zwei Stunden lang zugehört hatten, machte Dienes Kaffee, und es stellte sich heraus, daß er am selben College wie Des Mathematik unterrichtet und daß Des ihn sehr gut kennt. Ich habe gehört, daß er tatsächlich ein sehr guter Mathematiker sein soll. Dann redeten wir über Politik und die marxistische Einstellung zu Kunst und Wissenschaft. Er erzählte uns, daß er im letzten Krieg in Ungarn für die Revolution gekämpft hatte, weil es, wie Lenin es nannte, eine »revolutionäre Situation« war. Obwohl er wußte, daß es selbstmörderisch war, hatte er ihnen geholfen und war dann nach Wien geflüchtet. Hier in England erwartete er mindestens für die nächsten zwanzig Jahre keinerlei Revolution mehr, und man soll sich an seine Kunst oder Wissenschaft halten, wenn es irgendwie geht. Dabei kam mir aber nicht vor, als würde er seine mathematische und wissenschaftliche Arbeit als die Hauptsache in seinem Leben sehen, sondern die Arbeit, die er für die Revolutionäre in Ungarn gemacht hat, und ich glaube, auch wenn es ihm um die Jahre, die er damit verloren hat, leid tut, würde er sie um nichts in der Welt ungeschehen machen wollen.

2. Mai 1944

Mir ist aufgefallen, daß Philip meist stottert, wenn er etwas Positives zu sagen hat, aber kaum je, wenn er irgendwas abstreitet. Das Stottern ist eine Qual für ihn. Er fängt immer wieder denselben Satz an und schafft es bis zur Hälfte. Dann bricht er ab und kann nicht mehr weiter. In seine Augen kommt ein Ausdruck äußerster Verzweiflung, er beginnt den Satz von neuem, beugt sich vor, als wolle er ihn aus sich herausschütteln, und bricht wieder ab. Er greift nach einer Zigarette oder seiner Pfeife und beugt sich wieder mit diesem hungrigen, frustrierten Gesicht vor, und endlich bringt er das Wort heraus, ein lächerliches, unwichtiges Wort, das wir alle längst erraten haben. Jede Entscheidung ist eine Folter für ihn, jede neue Person, die er im

Haus trifft, erfüllt ihn mit unsagbarer Freude. Begeistert stotternd gibt er mir zu verstehen, daß jede Frau ein Wunder an Schönheit und Charme ist und jeder Mann ein Genie und brillanter Geist. Er ist von Menschen völlig überwältigt und ihnen einige Tage lang völlig ausgeliefert. Weil er ihnen nicht widerstehen kann, zieht er sich dann abrupt zurück, meist auf kränkende Weise. Aber wenn er das nicht täte, würde er verrückt werden. Wenn ich am Abend in sein Zimmer komme, liest er für gewöhnlich Gedichte oder hört Musik, aber beides entspricht seinem heftigsten Antrieb: Schönheit vollkommen auszudrücken, vollkommen zu lieben. Er liegt auf seinem Sofa mit diesem entsetzten, gequälten und gebannten Gesichtsausdruck und lauscht den Melodien oder liest die unaussprechlichen Worte, die für ihn gleichermaßen beglückend wie quälend sind. Tatsächlich hat alles und jeder diesen doppelten Effekt auf ihn, ihn gleichzeitig zu foltern und zu beglücken. Menschen, weil es schwer, ja beinahe unmöglich ist, gegen sie anzukommen; leblose Dinge, weil sie ein fieses Eigenleben zu führen scheinen; Poesie und Musik, weil er ihre Vollkommenheit nie erreichen wird. Und dann sagt er mit einer vagen und verzweifelten Geste der Resignation, daß er jetzt zum Abendessen kommen werde, so als sagte er: Jetzt gehe er sich ertränken.

18. Mai 1944

Heute ist Desmond gekommen, und ich bin mit ihm im Auto nach Hendon gefahren. Auf dem Rückweg fragte mich in der U-Bahn ein amerikanischer Soldat, wie er nach Shepard's Bush kommt. Ich versuchte es ihm zu erklären, aber entweder tat er so, als würde er es nicht verstehen, oder er war betrunken. Am Ende stieg er mit mir in Hampstead aus, und ich zeigte ihm, welchen Zug er nach Shepard's Bush nehmen muß. Aber er wollte nicht gehen, und nach einigem Hin und Her willigte ich ein, mit ihm auf einen Drink zu gehen. Er hatte drei kleine Streifen und die typisch amerikanische Statur, sehr groß, blond und auf eine vage Art attraktiv. Als ich ihm sagte, daß ich Österreicherin sei, war er extrem erleichtert und begann sofort, über die Engländer und diese »kleine Insel« herzuziehen.

»Meine Mutter hat mir geschrieben und gesagt: Sohn, eines mußt du mir versprechen. Geh zu Downing Street Nr. 10 und sieh es dir an. Das muß ein wunderbarer Ort sein. Also bin ich hingegangen. Aber finden Sie dieses häßliche alte Haus schön? Ein rußiges, schmutziges kleines Haus – das ist Downing Street Nr. 10. Ich finde es widerlich. Alles ist hier schmutzig. Und das Wetter! Und das Essen! Und die Frauen! Aber sprechen wir von was anderem. Ich bin kein gewöhnlicher Yankee. Ich komme aus Texas, und das ist ein Ort, wo ein Nigger noch ein Nigger ist. 1939 waren meine Mutter und ich in New York, um die Weltausstellung zu sehen. Nach drei Wochen sagte ich zu meiner Mutter: Möchtest du noch länger bleiben? Selbstverständlich, sagte sie, weil unsere Tickets sechs Wochen lang galten. Also ich fahre nach Hause, sagte ich. Ich mag keine großen Städte. Ich mag so was«, er deutete auf einen kleinen Fliederzweig auf dem Tisch. »Ich wünschte, ich wäre wieder zu Hause«, knurrte er mit zusammengebissenen Zähnen, und dann sagte er mit einem halben Lachen: »Ich muß zu diesem Ort in Shepard's Bush, um einen Kameraden aus diesem Pub zu holen. Sein Passierschein hat nur bis Montagmittag gegolten, und er ist noch immer nicht zurück.«

»Wissen Sie, was sein wird?« sage ich. »Sie werden dorthin kommen und ihn an der Bar finden, und dann werden Sie mit ihm weitertrinken, und dann wird es zu spät für die Rückfahrt sein, und Sie werden über Nacht bleiben, und am nächsten Tag werden Sie wieder zu trinken anfangen.«

Das hält er für einen gewaltigen Witz und brüllt vor Lachen.

»Ich schaffe ihn schon nach Hause«, sagt er.

»Was machen Sie in Texas?«

»Nichts. Ich hänge nur herum. Mein Vater hat dort eine Ranch.«

»In Texas, wo ein Nigger noch ein Nigger ist.«

»So ist es«, sagt er und schlägt mit der Faust auf den Tisch. »Dort sieht man nicht einen Nigger und eine weiße Frau zusammen. Wissen Sie, was passiert, wenn eine weiße Frau auf dem Gehsteig geht und ein Nigger kommt ihr entgegen? Er tritt vom Gehsteig runter und geht in der Mitte der Straße weiter. Und warum? Weil, wenn er das nicht tut, sieht ihn jemand von einem Fenster aus und schießt ihn nieder, einfach so.« Er macht eine Geste, als würde er jemanden erschießen.

»Ich finde das lächerlich und widerlich.«

»Sie würden nicht mit einem Nigger herumlaufen, oder?«

»Doch, selbstverständlich.«

Er stellt sein Bierglas ab und sagt: »Schön, dann war das der letzte Drink, den ich mit Ihnen hatte. Das ist das einzige, was ich nicht toleriere.«

»Das ist mir völlig egal.«

»Nein, ernsthaft, Sie würden nicht mit einem Nigger herumlaufen.«

»Doch, natürlich würde ich das. Das hab ich Ihnen doch schon gesagt.«

»Nun, das ist Europa«, sagt er resigniert. »Deswegen haben Sie einen Krieg.«

»Sie haben auch einen Krieg.«

»Das ist was anderes.« Plötzlich lacht er laut auf und sagt:

»Ein Texaner und eine Österreicherin streiten sich!« Er lacht und schlägt sich begeistert auf die Knie.

»Nein, aber warum sollte ich nicht mit einem Schwarzen herumlaufen?«

»Sie sind minderwertig, sie sind Dienstboten. Sie sind schmutzig und krank und ungebildet.«

»Das ist eure Schuld. Man sollte ihnen Bildung geben.«

»Dazu fehlen ihnen alle Grundlagen.«

»Dann sollte man sie ihnen geben.«

»Nein«, sagt er, »die werden sie nicht bekommen. Sie werden bleiben, wo sie sind. Jedenfalls in Texas. Dort werden sie keine Grundlagen bekommen. Ich werde Ihnen was sagen. In der Nähe der Ranch meines Vaters lebte ein Arzt mit seiner Frau. Also vor etlichen Jahren, 1923, da hatten sie einen Schwarzen als Diener. Er blieb drei Jahre lang bei ihnen. Wir haben uns immer gefragt, warum. Eines Tages muß der Arzt verreisen, und der Neger vergewaltigt die Frau des Arztes. Raten Sie mal, was sie mit ihm und drei anderen gemacht haben? Sie haben Draht um ihre Körper gewickelt, so daß sie gerade noch laufen konnten. Dann haben sie Benzin über sie geschüttet und sie angezündet, und dann haben sie sie die Hauptstraße rauf und runter gejagt.« Wieder lachte er sein gutmütiges Lachen.

»Haben Sie das gesehen?«

»Nein, ich war draußen auf der Ranch. Als ich zurückkam, war am Ende der Straße nur mehr so ein rauchender Haufen zu sehen.«

»Und haben Sie sich nicht geschämt?«

»Ich habe vor Freude getanzt. So behandeln wir die, wenn sie unseren Frauen zu nahe kommen.«

»Warum lassen Sie die weißen Frauen nicht für sich selber sorgen?«

»Nein!« brüllt er. »Wir« – und er schlägt sich auf die Brust –,
»wir sorgen für sie. Wir sorgen für sie!«

»Ihr seid einfach dumm«, sagte ich. »Ihr seid rückständig
und barbarisch, und die Ungebildeten hier seid ihr.«

»Wollen Sie sagen, daß alle Rassen gleich sind und daß sie
sich vermischen sollten? Na schön, ich werde Ihnen was sagen:
Ein Freund von mir lebte mit einer Chinesin zusammen. Er hatte sogar zwei Kinder mit ihr. Und ich sage Ihnen was: Er hat ihrem Vater vierzig Dollar für sie gezahlt. Er hat sie gekauft! Was
sagen Sie dazu?«

»Das ist auch nicht schlimmer, als eine Frau für ihre Aus-
steuer zu heiraten. Eigentlich ist es ehrlicher.«

»Und Sie glauben wirklich, daß eine Rasse so gut ist wie eine
andere?«

»Wenn sie unter denselben Bedingungen lebten, wären sie
es.«

»Das ist Europa!« sagte er noch einmal. »Keine Moral! Ihr
habt keine Moral!«

Da mußte ich lachen.

»Ein Texaner und eine Österreicherin streiten sich«, sagt er
ehrlich verblüfft. »Ich streite mich gerne mit Ihnen!« Er beugt
sich über den Tisch und sagt: »Wir sollten die ganze Bande
herüberschicken, das sollten wir tun. Unlängst bin ich mit der
Bahn gefahren, und an einer Haltestelle habe ich gesehen, wie
eine nette Blonde aus dem Waggon gesprungen und einem
Schwarzen um den Hals gefallen ist. Das widert mich an. Ich ruf
ein paar Freunde dazu, und wir machen einen Vermerk über
den Kerl. Wehe, wenn wir dem wieder begegnen!«

»Aber warum stört Sie das so?«

»Warum können sie nicht bei ihrer Rasse bleiben? Warum
müssen sie ständig den weißen Frauen nachlaufen?«

»Was geht es Sie an? Wenn es den Frauen gefällt, lassen Sie sie doch!«

»Nein«, sagt er. »Das werde ich nicht tun. Nicht in den Staaten. Es war da ein Neger, der hatte drei Frauen. Alle waren weiß. Er war natürlich nicht verheiratet. Na, und alle sind gestorben, alle drei. Ist doch seltsam!« Wieder lacht er. Er hat wirklich ein ganz besonders nettes, angenehmes, gutmütiges Lachen, und damit begleitete er die schrecklichsten Geschichten.

»Sie sind einfach völlig unvernünftig.«

»Ja, natürlich bin ich das. Ich will gar nicht anders sein. Warum sollte ich nicht unvernünftig sein?«

»Und Sie sind sadistisch.«

»Also so was zu sagen ist schrecklich«, sagt er schockiert. »Das ist ein schreckliches Wort. Das bin ich nicht. Es gehört zum Schlimmsten, was man jemandem sagen kann.« Er ist wirklich entsetzt.

»Aber Sie sind es. Sie reden genau so, wie die Nazis über die Juden reden. Sie haben genau dieselbe Haltung.«

»Aber die Schwarzen verdienen nichts anderes. Sie konnten nicht einmal die Sprache, als sie kamen.«

»Na, dann warten Sie mal, bis Sie nach Frankreich kommen. Die werden Sie lynchen, weil Sie nicht ihre Sprache sprechen.«

Wieder lacht er laut und ausgiebig. Er hält das für wahnsinnig komisch.

»Na, jedenfalls habe ich Respekt vor Ihnen«, sagt er, »weil Sie bei Ihrer Meinung bleiben. Ich werde nach Hause schreiben und berichten: Ein Texaner hat sich mit einer Österreicherin gestritten.«

Und mir kommt es plötzlich auch ganz seltsam vor, daß ich in diesem englischen Pub sitze und mit einem fremden texanischen Negerhasser ein Bier trinke und mich trotzdem gut unterhalte. Er hat so eine außergewöhnliche kindliche, naive Neugierde in sich. Er ist wirklich interessiert an dem, was ich sage, und kommt aus dem Staunen nicht heraus. Dann sagt er: »Sie können so viel lachen, wie Sie wollen, und es komisch finden und meinetwegen Purzelbäume schlagen, aber ich hätte wirklich gerne, daß Sie mir London zeigen. Würden Sie das tun?«

»In Ordnung.«

»In zwei oder drei Wochen bekomme ich wieder Ausgang. Geben Sie mir Ihre Telephonnummer? Ich hätte gerne, daß Sie mir die Schönheiten der Stadt zeigen«, und wieder brüllt er vor Lachen.

Als ich heimkam, war Philip in seinem Zimmer und fütterte sich zärtlich mit allen möglichen Vitaminen. Er ißt sie leidenschaftlich gerne und umsorgt sich, als wäre er ein schwächlicher Säugling. Essen gehört zu den wichtigsten Problemen in seinem Leben. Als er krank war, litt er Qualen, weil er Angst hatte, daß ich ihm nicht genug zu essen geben würde. Er trinkt das Gemüsewasser, er stopft Supervite und Vitevite und weiß der Himmel was noch für -vites in sich hinein. Vor Gier zitternd frißt er Schokolade und Rosinen und alles, was er sonst noch in die Finger bekommt. Und trotzdem sind seine Augen ganz hungrig.

3. Juni 1944

Am Samstag war ich mit Philip in einem Konzert mit alter englischer und italienischer Musik. Es fand in einer Kirche statt, einer reizenden hohen Kirche. Wir gingen auf die Empore hinauf. Kaum hatten wir uns gesetzt, als Philip Millicent hereinkommen sah. Wir waren im selben Bus wie sie gewesen, aber als wir ausstiegen, war sie verschwunden. Dann sahen wir sie in der

Kirche wieder. Sie saß unten, gleich beim Altar. Sie hatte uns auch im Bus gesehen und schaute sich um, bis sie uns entdeckte. Dann setzte sie ihre Brille auf und schaute nicht mehr um sich.

Dann kamen die Musiker herein und nahmen vor dem Altar Platz. Sie wirkten winzig in der Kirche, kleine Figuren, die ein uraltes Ritual vollzogen, und die Musik war klar und zart und von einer seltsamen, leidenschaftlichen und kontrollierten Schönheit. Nach dem Ende ihres Stücks gingen sie in tiefem Schweigen hinaus, und ein Chor kam herein und sang Musik von Palestrina. Und wieder gingen sie in einer feierlichen Prozession hinaus, und das Quartett kam und spielte etwas von Bach. Alles schien nach einem starken, unveränderlichen Muster abzulaufen, und das Publikum redete und applaudierte nicht, sondern folgte mit einer Konzentration, die ich noch nie in einem Konzertsaal erlebt habe, den Bewegungen der Interpreten. Es gab keinen Dirigenten, der mit einem Klopfen auf das Pult für Stille gesorgt hätte, statt dessen erhob sich die Musik plötzlich und füllte den Raum, klar wie aus Glas, nicht diesem Publikum oder irgendeinem Publikum zugedacht, sondern nur für sich selbst und aufgrund ihrer Schönheit bestehend.

Millicent saß dort unten, das Gesicht in den Händen vergraben, und war sich doch die ganze Zeit bewußt, daß Philip sie von der Empore aus beobachtete, und die Musik schuf eine bittere und schmerzhafte Spannung zwischen ihnen, die keine Macht der Erde brechen konnte. Die Musik war da, hielt sie auseinander und verband sie zugleich. Die Aufführung ging weiter, nach ihren eigenen Gesetzen, bis zum Ende.

Als wir hinausgingen, blieb Philip vor der Kirche stehen, und er machte eine unbestimmte, unglückliche Bewegung mit seinem Arm und stotterte: »Was für eine schöne Kirche. Ich wußte nicht, daß sie so schön ist.«

Millicent war wieder verschwunden.

John und ich beschlossen, nach Bangor und ans Meer zu gehen. Ich war die Berge leid. Daher wanderten wir auf einer schönen alten Römerstraße, die am Fuße der Berge entlangführt, nach Bethesda hinunter. Unterwegs fragte ich ihn über sein Leben aus, und er erzählte mir, daß sein Vater ein wohlhabender Industrieller ist und daß er Ingenieurwesen in Cambridge studiert hat. Jetzt wird er in die Firma seines Vaters einsteigen, weil »offen gesagt, das ist das Bequemste für mich. Ich werde rasch aufsteigen und ein großes Gehalt beziehen, und in Kürze werde ich nur noch ab und zu auftauchen müssen und sonst tun können, was ich will. Sehen Sie, mein Bruder ist Anwalt, und wir zwei gemeinsam werden später mit der Firma sehr gut zurechtkommen.«

Rund um uns waren all die hohen, kahlen Berge und Felsen, alles andere als anheimelnd, voll verborgener Wege, die nur die Schäfer und ihre Hunde und die blökenden Schafe kannten. Wir standen auf einer Brücke, und der Fluß unter uns war breit und quirlig, und die großen Bäume breiteten ihre Äste darüber aus. John ist erst 23 Jahre alt, und ich wurde ganz ungeduldig.

»Sie haben Ihr Leben ganz schön durchgeplant«, sagte ich.

»Nun ja«, sagte er, »als ich zwanzig war, dachte ich noch anders. Aber jetzt finde ich, so ist es am besten. Es gibt nichts, was ich unbedingt tun will«, und er half mir höflich, über ein Gatter zu klettern. Er hat perfekte Manieren.

»Ich finde es trotzdem höchst verachtenswert.«

»Ach, wirklich?«, sagte er höflich lächelnd und bot mir ein paar Schokoladepralinen an.

Wir stritten eine Weile, aber auf alles, was ich sagte, hatte er eine höfliche und wohlerzogene Antwort parat, also gab ich auf. Obwohl er erst 23 ist, ist er fest entschlossen, »so bequem wie möglich« zu leben, seiner Familie alles recht zu machen, viel Geld zu verdienen, zu heiraten, eine Familie zu gründen und zu sterben. Es war mir eigentlich egal, aber zu dieser wilden und verlassenen Landschaft war es ein seltsamer Kontrast. Ein einziger Fels, nur ein winziges Stück von diesem ganzen Berg war größer und schwerer als dieser junge Mann, der zwei Landkarten, einen Regenmantel und einen Hut mit sich schleppte.

Dann kamen wir nach Bangor und ans Meer. Es ist nur ein schmaler grauer Meeresarm. Wir setzten mit der Fähre über, und der Wind blies uns Salzwasser ins Gesicht. Wir gingen die Küste entlang in Richtung Beaumaris. Als wir noch etwa eine Meile entfernt waren, tauchte die Stadt auf. Sie schien voller gelber, roter und blauer Häuser zu sein. Die Sandbänke am gegenüberliegenden Ufer reichten bis in die Mitte des Meeresarms und hoben sich purpurn vom Wasser ab. Purpurrote Sandstreifen teilten das Meer, und die Felsen an der Küste sahen rosa und blaßblau aus, mit dem hellen Grün der Bäume dazwischen, und auf den Bergen lag ein blasser Nebel. Sechs Meilen hinter Beaumaris öffnet sich das Meer weit, und dort wollte ich hin. Als wir in die Stadt kamen, waren Schnüre mit kleinen Fähnchen über die Straße gespannt, und wir sahen ein reizendes Cottage, ganz weiß mit schweren schwarzen Balken, direkt am Meer. Ich sagte, ich wolle nachfragen, ob sie Zimmer vermieten, und klopfte an die Tür.

Eine sehr alte, halbblinde Dame mit einem halbblinden Hund auf dem Arm machte auf, und ich fragte.

»Ach nein«, sagte sie. »Ich würde ja gerne, aber das Cottage ist zu klein. Kommen Sie nur herein und sehen Sie selbst.«

Also traten wir ein. Es war blitzsauber, voller Möbel und mit kleinen hellen Vorhängen überall und kleinen Büchergestellen und kleinen Bildern, und das Holz glänzte blitzblank und schwarz.

»Sehen Sie«, sagte sie, »ich wohne hier mit einer Freundin. Früher waren es zwei Cottages, aber meine Freundin hat einen Architekten aus London kommen lassen, und er hat alles umgebaut.« Sie führte uns in ein weiteres winziges Zimmer, wo an der Wand ein scheußliches blaues Bild mit einem Meeresstrand hing.

»Was für ein reizendes Bild!« rief ich.

»Ja, meine Liebe«, sagte sie, und ihre halbblinden Augen leuchteten auf. »Ich werde Ihnen die Geschichte dieses Bildes erzählen. Wissen Sie, ich habe zehn Jahre lang danach gesucht. Ich hatte es in einer Ausstellung gesehen, und es hat mir so gefallen, aber irgendwie konnte ich es nicht und nicht auftreiben. Ich suchte und suchte und suchte, bis ich es schließlich in einem Geschäft als Postkarte fand. Aber ich wollte es in Originalgröße, und zuletzt fand meine Freundin heraus, daß es ein bekannter Druck ist, und erstand es.«

»Es ist wunderschön«, sagte ich und starrte angestrengt auf die Palmen am Strand.

»Ja, es ist schön, und es paßt so gut zu dem Cottage.«

Nach vielen Entschuldigungen und Bedauern, daß sie kein Zimmer vermieten konnte, führte sie uns aus dem Cottage. John und ich gingen auf einen Tee, und plötzlich sagte John, er habe Freunde in Colwyn Bay, das weit draußen auf der anderen Seite der Küste liegt, und er würde sie anrufen und fragen, ob wir bei ihnen übernachten können. Das tat er, und sie sagten zu. Wir nahmen den Bus zurück nach Bangor, setzten wieder mit der Fähre über und marschierten dann los. Die Sonne schien, am Straßenrand wuchsen wilde Rosensträucher, und durch die Sträucher schimmerte das Meer. Aber es war schon fünf Uhr, und bis zu dem Ort waren es sechzehn Meilen. Wir versuchten mitgenommen zu werden. John war natürlich viel zu wohlerzogen, um Autos anzuhalten, aber ich tat es. Wir stiegen in eines ein, das mit allem möglichen Zeug vollgestopft war und von einem zahnlosen Handelsreisenden gefahren wurde. John sagte ihm, wo wir hinwollten, und er begann mit uns zu schimpfen und erklärte, daß es viel schönere Orte gäbe, wo wir hinkönnten, und daß er ganz leicht Leute auftreiben könnte, die uns aufnehmen würden. Dann zog John eine seiner Landkarten hervor und zeigte ihm ganz genau, wo er uns absetzen sollte.

Der Mann schaute die Karte lange an. Dann sagte er: »Nein, das ist nicht der richtige Ort. Der liegt viele Meilen weiter im Landesinneren. Das ist überhaupt nicht der Ort, an den Sie wollen.«

»Setzen Sie uns einfach da ab, wir finden uns dann schon zurecht«, sagte John.

»Oh«, sagte der Mann, »das bezweifle ich. Sie machen einen großen Fehler, wenn Sie dorthin gehen. Es ist ganz anders, als sie es gedruckt haben. Es ist viel weiter im Landesinneren. Ich kenne mich in der Gegend aus. Ich bin da oft gewesen.«

»Es macht uns nichts aus, wenn es im Landesinneren ist«, sagte ich.

»Na schön«, sagte der Mann wenig überzeugt und ließ endlich den Motor an. »Ich dachte nur, Sie würden gerne an der Küste entlanggehen. Sind Sie verheiratet?«

»Nein«, sagte ich, »sind wir nicht.«

»Na, auch egal«, sagte er und grinste mit seinem zahnlosen Mund. »Sie haben schönes Wetter.«

Wir gingen dann an den Hecken entlang weiter, die Sonne brannte heiß, und die Luft war voller Farben. Wir begannen beide zu singen, jeder eine andere Melodie, es klang schrecklich. Viele Autos fuhren an uns vorbei, aber schließlich hielt ein großer Lastwagen mit einem großen Mann mit einem schwarzen, dreckigen Gesicht. Wir stiegen ein, und der Mann fuhr weiter. Inzwischen waren wir aus der Bucht draußen, das Meer reichte hier weit bis zum Horizont und glitzerte.

»Ich hasse es«, sagte der Lastwagenfahrer. »Ich bin nicht von hier, wissen Sie, ich komme aus Liverpool.«

»Liverpool gefällt Ihnen also besser?«

»Das will ich meinen«, sagte er. »Man bekommt diesen Anblick satt«, und zeigte auf das Meer. »Na, egal. Noch vier Wochen, dann geht's zurück nach Liverpool. Hier gibt's keinen Komfort, kein Vergnügen. Ich führe gerne Mädchen auf einen Drink aus. Hier trinken sie nicht, sie machen gar nichts. Und sie sind arm. In Liverpool sieht man niemanden, der so abgewirtschaftet ist wie die Leute hier. Ich hab die Nase voll von den Walisern.«

»Wissen Sie, viele Autos mit nur einer Person drinnen sind an uns vorbeigefahren«, sagte ich, »aber keiner hat uns mitgenommen.«

»Da haben Sie es. Das wundert mich gar nicht. Die sind hier knallhart. In Liverpool wird man überall mitgenommen. Und sie rauben einen nicht aus, wie sie es hier tun. Dort kriegt man für 1,6 Pence ein anständiges Essen, aber hier – puh!« machte er.

Wir fragten ihn also, wo wir essen könnten, bedankten uns und marschierten weiter, bis wir nach Llandudno kamen, und dort waren dann alle Restaurants geschlossen. Es gibt dort einen breiten Strand, und am Strand stand ein junger Mann, umgeben von einer Gruppe von Menschen. Der Ozean breitete sich weit und grau hinter ihm aus, und er rief:

»Ah, es gibt viele, die sich vor dem Pfarrer drücken. Aber vor Gott können sie sich nicht drücken, und vor der Hölle können sie sich nicht drücken, selbst dann nicht, wenn sie am Sonntagmorgen vor allen Kirchgängern aus dem Haus gehen und vor ihnen zurückkommen, und dasselbe am Nachmittag, vor allen anderen raus und später als sie zurück. Ja, das können sie machen, dem Pfarrer können sie aus dem Weg gehen, aber vor Gott können sie sich nicht verstecken. Selbst die Königin in all ihrer Königlichkeit, wenn sie in ihrer letzten Stunde riefe: Ein halbes Königreich für eine Viertelstunde Leben, selbst sie könnte Gott nicht entgehen, und warum? Weil es erstens kein halbes Königreich zu vergeben gibt, und weil da niemand ist, der ihr eine Viertelstunde Leben geben kann, wenn Gott in seiner Weisheit entschieden hat, daß sie sterben soll. Ah, ihr alle kennt die Segnungen des heiligen Abendmahls, und so mancher ist durch die heilige Kommunion an einem Tag ein anderer Mensch geworden –«

Jemand rief dazwischen: »Wollen Sie damit sagen, daß ein Mensch in einer halben Stunde sein ganzes Leben ändern kann? Das glaube ich nicht! Da braucht es mehr als ein Abendmahl, um einen Menschen zu ändern!«

Durch die Menge ging ein mißbilligendes Raunen, und der junge Mann rief: »Das hier ist ein Ferienort! Ich kenne die Leute nicht, hier stehen Menschen aller Art herum, und jetzt sage ich: Jeder, der eine solche Wandlung durch die heilige Kommunion erlebt hat, soll die Hand heben!«

Mehr als die Hälfte der Leute hob die Hand. Dann zog John mich weg. Das Meer war ganz grau. Wir fanden eine Snackbar

und kauften 16 Sandwiches, für die wir lange anstehen mußten. Man sah viele walisische Mädchen mit amerikanischen
Soldaten und Matrosen. Die jungen Waliserinnen haben starke, glänzende Augen, viel ausdrucksvoller als die Engländerin-
nen. Es begann zu regnen, und wir stiegen in eine sehr, sehr
langsame Tramway ein. Zwei leuchtende Regenbogen tauchten
ins Meer. Später stiegen wir wieder aus und gingen am Meer
entlang, das auf der einen Seite dunkelviolett und auf der anderen Seite dunkelgrün gestreift war. Die Möwen sind da ganz
zahm. Die Häuser von Colwyn Bay waren purpurrot. Sonnen-
strahlen brachen durch die violetten Wolken auf sie. Dahinter
lagen Hügel, neblig und rosa, man konnte den Regen auf sie fallen sehen. Diese Hügel mußten wir erreichen, und es war schon
elf Uhr. Wir gingen barfuß durch den Sand, und es regnete
leicht. Dann hielt ich wieder ein Auto an. Der Mann fuhr uns
eine ganze Weile lang, aber plötzlich drehte er sich um und sagte: »Sie wissen, daß ich ein Taxi bin.« Das hatten wir natürlich
nicht gewußt. Wir fuhren einen sehr steilen Hügel hinauf zu
einem kleinen Dorf namens Llysfaen, wo Johns Freunde ein
kleines Haus haben. Der Taxifahrer verlangte zehn Schilling,
was viel zu viel war. Wir klopften an die Tür des kleinen Hauses,
aber niemand öffnete. Wir klopften an die Fenster, aber es war
nichts zu hören. Schließlich kletterte John durch das Fenster
hinein. Das Haus stand auf einer kleinen Anhöhe, und während
wir klopften und hineinzukommen versuchten, kamen aus zwei
kleinen Arbeiterhäuschen darunter die Bewohnerinnen heraus,
eine nach der anderen, lauter Frauen, und starrten uns voll Neugierde an. John öffnete mir die Haustür, und ich schlich auf Zehenspitzen hinein. Wir öffneten eine Tür und fanden Mr. und
Mrs. Graham im Bett, friedlich schnarchend. Wir setzten uns in
zwei riesige Lederfauteuils, und ich lachte, bis mir fast schlecht

wurde, und dann beschloß ich, zu den Häuschen hinunterzugehen und zu fragen, ob sie uns unterbringen konnten.

Ich ging hin, und ehe ich noch irgend etwas sagen konnte, zogen sie mich ins Haus, und als ich erklärt hatte, was ich wollte, fielen sie mir fast um den Hals vor Freude. Die Mutter, eine ganz zerbrechliche kleine Frau mit einer sehr zarten Haut, begann sofort mit ihrer Tochter zu bereden, wo und wie wir schlafen könnten. Mir fiel auf, daß die Tochter, die einundzwanzig Jahre alt und verheiratet war, ihrer Mutter in allem gehorchte. Dann fragte mich die Mutter, ob ich und der junge Gentleman ein Paar wären, und als ich verneinte, wurden Rufe laut wie »Oje, oje! Dolly, lauf zu Mrs. Robertson rüber und frag sie, ob sie den jungen Herrn unterbringen kann.« Daraufhin eilte Dolly, die sehr dünn und zart war und große Augen und dunkle Locken hatte, die Straße hinauf. Dann kam ein kleines Mädchen herein, das Gwynneth hieß.

»Das ist mein Baby«, sagte die Mutter, und Gwynneth, die auch sehr hübsch war, grinste. »Spielen Sie Klavier?« fragte mich die Mutter.

»Nein«, sagte ich.

»Meine Dolly spielt Klavier. Sie hat es sich selbst beigebracht, wissen Sie, sie ist sehr musikalisch. Ich habe Ihr Taxi heraufkommen gehört. Meine Tochter Nancy ist auch mal mit einem Taxi heraufgefahren, aber sie geht mit dem Taxifahrer, daher hat er sie bis ganz nach Hause gebracht.«

Dann kam Dolly zurück, ganz außer Atem, und sagte, daß Mrs. Robertson schon schlief. Es folgte eine kurze Diskussion auf walisisch, und dann sagte die Mutter zu mir: »Meine Tochter Nancy kann zu mir ins Bett, und wenn es Ihnen nichts ausmacht, in einem großen Bett mit Dolly zu schlafen, könnten wir den jungen Herrn im kleinen Zimmer unterbringen.«

Ich verstand nicht, warum all diese Tauscherei unter den Töchtern nötig war, aber ich war sehr dankbar, daß sie uns aufnahmen, und ging John holen.

Dann sagte ich zu Dolly: »Ihre Mutter hat gesagt, daß Sie Klavier spielen – spielen Sie uns doch etwas vor.«

»Oh, ich kann gar nicht spielen«, sagte Dolly. In der Art, wie sie sich bewegte und sprach, lag echte Anmut. Nach langem Bitten sagte sie, sie würde uns Hymnen auf dem Klavier vorspielen, und die kleine Gwynneth sagte, sie würde dazu singen. Wir wurden also alle ins Wohnzimmer geführt, ein winziger Raum mit einem Harmonium und einem Klavier und einem Sofa, einem halben Dutzend Stühle und Nippes und einer Anrichte mit Porzellantellern darin. Der Raum war so vollgestopft, daß wir uns kaum bewegen konnten. Auf dem Klavier stand ein Photo von Dollys Mann. Er sah furchtbar häßlich und tölpelhaft aus und strahlte vor Begeisterung. Es gab auch ein Photo von Dolly in ihrem Hochzeitskleid, auf dem sie bewundernd zu ihm aufschaut.

»Die arme Dolly hat gar kein Eheleben gehabt«, sagte die Mutter bedauernd. »Nur zwei Wochen nachdem sie geheiratet hatte, mußte er einrücken.«

»Er hat das Haus noch gar nicht gesehen«, sagte Dolly. »Ich habe es gekauft, als er schon weg war. Es ist das Haus meines Großvaters, und er hat es einer Dame verkauft, und die Dame hat es mir verkauft.«

»Und jetzt hat er in Italien eine Verwundung am Rücken abbekommen«, sagte die Mutter.

»Ja«, sagte Dolly. »Daher hoffe ich, daß er bald zurückkommt, und ich denke, vielleicht hatte es was Gutes, weil zumindest muß er nicht nach Frankreich, jetzt, wo die Invasion begonnen hat. Wissen Sie«, sagte sie, »er hätte gar nicht einrücken müssen, wenn er auf dem Hof bei seiner Familie geblieben wäre. Aber er wollte nie zu Hause bleiben, und deshalb wurde er einberufen.«

»Jetzt hat ihr Bruder Philip die Stelle auf dem Hof bekommen«, sagte die Mutter.

»Philip ist ein seltsamer Name, nicht wahr? In dieser Gegend ist er sehr ungewöhnlich«, sagte Dolly.

»Und Philip ist ein fescher Bursche, erst siebzehn, aber schon 1,80 groß«, sagte die Mutter.

Dann trat Nancy ins Zimmer. Sie war ein großes, gutaussehendes Mädchen, mit Lockenwicklern im Haar und einer Sicherheit im Auftreten, die die anderen nicht hatten. Sowohl Dolly als auch Nancy arbeiteten in einem Hotel unten in Colwyn Bay.

»Der armen Nancy wurden heute fünf Zähne gezogen«, sagte die Mutter.

»Ach, es war schrecklich«, sagte Nancy.

»Ja«, sagte die Mutter, »ich war mit ihr beim Doktor, und sie hat Gas bekommen, Sie wissen schon, und Nancy hat geschrien. Ich hab draußen gewartet und mir ihretwegen die Augen ausgeweint.«

Nancy nickte, und es war offensichtlich, daß auch sie unter der Fuchtel ihrer Mutter stand.

Dann begann Dolly Hymnen auf dem Klavier zu spielen, das schrecklich verstimmt war, und Gwynneth sang dazu. Gwynneth war ganz aufgeregt und vergnügt, weil sie so lange aufbleiben durfte. Es war schon fast eins. Als Dolly mit den Hymnen durch war, spielte sie »This is the Army, Mrs. Jones«, um zu zeigen, daß sie eine moderne Melodie kannte, und auch zu Ehren ihres Mannes in Uniform. Wir alle spendeten ihr laut Beifall, aber inzwischen war ich so müde, daß ich kaum noch

meine Augen offen halten konnte. Dann gingen die Mutter und Gwynneth und Nancy ins andere Haus rüber. John ging in sein Zimmer, und Dolly und ich gingen auch hinauf.

Sie schlüpfte aus ihrem schwarzen Kittel und einem Unterrock, aber sie trug mindestens sieben weitere darunter und vielleicht vier Unterhemden. Darüber zog sie ihr Nachthemd an. Ich fühlte mich zunehmend unwohl, weil ich keine Unterröcke oder Unterhemden trug. Ich sagte also: »Wissen Sie, ich hab kein Nachthemd dabei. Und ich trage auch keine Unterwäsche. Da, wo ich herkomme, ist es sehr heiß, und ich hab mich noch nicht daran gewöhnt, so viele Kleider zu tragen.«

»Oh, das macht nichts«, sagte sie. »Ich borge Ihnen ein Nachthemd.«

Sie holte ein rosa Satinnachthemd mit blauen Bändern aus ihrer Schublade. Es war in weißes Seidenpapier gewickelt und bestimmt ihr bestes und das, welches sie in der Hochzeitsnacht getragen hat. Ich protestierte, daß ich es nicht nehmen wollte, aber sie bestand darauf, und ich zog es an. Dolly sah mich an und sagte: »Soll ich Ihnen meine Hochzeitsausstattung zeigen?«

»Ja, bitte«, sagte ich.

Sie ging zu ihrem Schrank und holte ihr billiges weißes Hochzeitskleid heraus, ihre Handschuhe, ihr weißes Täschchen, ihre Strümpfe, den Kranz, den sie getragen hat, und den Schleier. Alles war in weißes Seidenpapier eingeschlagen, selbst ein kleines Taschentuch und ihre weißen Schuhe.

Sie breitete alles auf dem Bett aus, und dann drehte sie sich zu mir um und sagte mit einem Erröten: »Möchten Sie vielleicht, daß ich alles anziehe?«

»Ja, bitte«, sagte ich.

Sie streifte das Kleid über ihr Nachthemd und zog die Strümpfe an und die weißen Schuhe und den Schleier und stellte sich vor den Spiegel. Sie sah sehr zerbrechlich und süß und sehr kindlich aus.

»Es muß sehr schwer für Sie gewesen sein, daß Ihr Mann so bald nach der Hochzeit wegmußte. Sie sehen entzückend aus«, sagte ich.

»Ja«, sagte sie. »Es war die größte Hochzeit in Llysfaen seit langem. Wir hatten über siebzig Gäste. Es war eine schöne Hochzeit.«

»Ihr Mann muß sehr glücklich gewesen sein«, sagte ich.

»Das war er wirklich«, sagte sie. »Er hat mir den Hof gemacht, seit ich siebzehn war, und als ich krank im Spital lag, kam er jeden Tag, und meine Mutter hat mir gesagt, daß er sich um mich zu Tode geängstigt hat. Ich habe ein schwaches Herz«, sagte sie.

»In gewisser Weise ist es gut, daß er verwundet ist«, sagte ich. »Jetzt kann ihm wenigstens nichts mehr passieren.«

»Ja«, sagte sie. »Nur wissen wir nicht genau, wie schlimm es ist. Verwundungen am Rücken können ganz arg sein«, sagte sie. »Ich ziehe die Sachen besser wieder aus«, sagte sie. »Es ist das erste Mal, daß ich sie angezogen habe, seit er weg ist. Sie sind die erste Fremde, die ins Haus gekommen ist«, lächelte sie. Sie schlüpfte rasch aus den Kleidern.

Mir wurde klar, daß ich die erste fremde Person war, die mit ihr das Bett teilte, seit ihr Mann gegangen war, ich wünschte mir ihretwegen, daß ich ein Mann wäre. Sie hatte all ihre Hochzeitssachen angezogen, und jetzt mußte sie sie wieder weglegen und mit mir ins Bett kommen. Es kam mir so traurig vor. Sie schlüpfte ins Bett, und all die sieben Unterröcke und vier Unterhemden stiegen mir in die Nase.

»Wir lassen das Fenster besser zu«, sagte sie. »Heute nacht gibt es Sturm.«

Ich drehte mich mit dem Rücken zu ihr.

»Wissen Sie«, sagte sie, »niemand kann verstehen, was ich durchgemacht habe. Ich habe monatelang jede Nacht geweint, aber die Leute haben nur gesagt: Du bist nicht die einzige. Die anderen sind auch nicht besser dran. Aber daß das so ist, hilft mir überhaupt nicht, und ich muß ständig an ihn denken und mir Sorgen um ihn machen, und ich glaube nicht, daß es all den anderen genauso geht. Meine Schwester Nancy ist ganz anders, aber so kann ich nicht sein. Ich will damit nicht sagen, daß sie irgendwas Unrechtes tut. Sie geht nicht, so wie manche andere Mädchen, mit Soldaten etwas trinken, aber sie bleibt nie bei einem Mann, sondern geht bald wieder mit anderen aus. Das könnte ich nie.«

»Vielleicht schicken sie ihn jetzt nach Hause«, sagte ich.

»Das hoffe ich auch«, sagte sie. »Es ist wirklich sehr schwer, daß er so früh fortmußte und daß er das Haus nie gesehen hat. Sie können sich nicht vorstellen, was für einen Kummer mir das gemacht hat.«

»Nein«, sagte ich, »das muß wirklich schlimm gewesen sein.«

»Ja«, sagte sie, »das war es.«

Dann bin ich eingeschlafen. Aber mitten in der Nacht wachte ich auf, und es stank so entsetzlich in dem Zimmer, daß ich das Fenster aufriß, trotz des Sturms. Um sechs in der Früh stand sie auf, um zur Arbeit zu gehen, und John und ich gingen zu den Grahams, die uns ein wunderbares Frühstück machten mit Speck und zwei Eiern. Betty Graham, die aus Schottland stammt, ist eine reizende Frau und hat mir viele lustige Geschichten über Llysfaen und das Leben in dem kleinen Dorf erzählt.

In ihrer Einstellung gegenüber Erwachsenen sind Sarah und Martin völlig unterschiedlich. Ich glaube nicht, daß Martin irgendeinen Altersunterschied wahrnimmt. Erwachsene sind für ihn nicht eine völlig andere menschliche Spezies: Sie sind die natürliche Weiterentwicklung von Kindern, und er vertraut ihnen und mag sie, und genauso mag er kleine Babys, die eine frühere Stufe seiner eigenen Entwicklung darstellen. Für Sarah dagegen sind Erwachsene eine fremde und in der Regel feindliche Rasse, klüger und mächtiger als sie selbst, vor der man sich in acht nehmen muß. Sie sagt: »Für eine Erwachsene ist sie sehr nett«, genau so wie manche Engländer sagen: Für einen Ausländer ist er nicht übel. Sie neigt überhaupt nicht dazu, ihre Urteile für Gottes Wort zu halten, und selbst wenn sie jemanden mag und ihm vertraut, bleibt die Alterskluft zwischen ihr und ihm, und sie rennt zurück zu der Gruppe kleiner Kinder im Garten, und hinter ihren langen dunklen Haaren, die ihr übers Gesicht hängen, beobachtet sie voll Mißtrauen und Staunen dieses seltsame Volk der Erwachsenen.

Unlängst kam Sarah in die Küche gerannt und rief, vor Ungeduld mit dem Fuß aufstampfend: »Glauben Sie an Gott, Friedl?«

»Ich bin mir nicht sicher. Aber ich glaube, eher nicht.«

»Oh«, sagte Sarah schwer enttäuscht.

»Warum?« fragte ich. »Glaubst du an ihn?«

»Ach, ich weiß nicht. Ich glaub schon. Aber Martin sagt, wenn es einen Gott gibt, muß ihn jemand gemacht haben.«

»Die Leute, die an Gott glauben, meinen, daß er schon immer da war.«

»Ich glaube, er ist aus Feuer und Rauch und Chemikalien entstanden.«

»Was glaubst du, wie er ist?«

»Oh, ich nehme an, er ist wie jeder andere Mensch. Es wäre schön, wenn es Gott gäbe, dann könnte er den Guten mehr Kraft geben. Die brauchen nämlich viel Kraft.«

»Ja, das stimmt. Aber sie müssen sich selbst darum kümmern, kräftiger zu werden.«

»Aber wenn sie nicht können!« rief Sarah. »Sie können es nicht immer, wissen Sie. Gott muß ihnen helfen, damit sie mehr Gutes tun können.«

»Ja. Gott hilft denen, die an ihn glauben.«

»Wirklich?«

»Wenn man an etwas ganz stark glaubt, dann hilft es einem, das zu tun, was man tun will. Es ist nicht so wichtig, ob das Gott ist oder etwas anderes.«

Sarah rannte aus der Küche.

Ich ging mit ihr zum Cottage, um Susan zu besuchen. Auf dem Weg hatten wir ein langes Gespräch. Sarah hatte zu Mittag einen Wunschknochen gehabt.

»Möchten Sie wissen, was ich mir gewünscht habe?«

»Nein«, sagte ich.

»Ich sollte es eigentlich nicht verraten«, sagte sie zögerlich.

»Also, was hast du dir gewünscht?«

»Ich habe mir gewünscht, daß Susan und Alister wieder zusammenziehen und daß ich nach der Schule nach Hause kommen und zu Hause meine Aufgaben machen kann.«

»Vielleicht werden sie das tun.«

»Nein«, sagte Sarah. »Werden sie nicht. Susy sagt, sie läßt sich scheiden.«

»Und wissen Sie, was mein zweitgrößter Wunsch ist?« rief sie.

»Nein.«

»Daß ich meinen Spielzeugschrank bekomme.«

»Wo ist er denn?«

»Er ist auf den Speicher geräumt. Alle meine Spielsachen sind darin. Aber Susy hat mir versprochen, daß sie ihn vom Speicher holt und daß ich ihn bekomme. Ist Ann mit mir verwandt?«

Sarah mit ihren verworrenen Familienverhältnissen ist ständig auf der Suche nach Verwandten.

»Nein. Judith schon, weil sie Nigels Frau ist, aber Ann nicht.«

»Ich wünschte, sie wäre mit mir verwandt.«

»Es mögen dich nicht nur Verwandte, weißt du. Viele andere mögen dich auch. Margaret zum Beispiel.«

»Kann sein, daß sie mich sehr mag, aber sie *kennt* mich nicht besonders gut. Schauen Sie nur, der Wald!« rief sie. »Er hat lauter verschiedene Grüns. Wie ein schönes Patchwork! Ich hätte gerne genau so eine Patchworkdecke.«

»Ja, es ist ein wunderschöner Wald.«

»Und schauen Sie, die Wolken! Das ist eine *wunderschöne* Wolke. Da drüben ist noch mehr Patchwork.«

»Das sind Kleingärten.«

»Ich muß Blumen für Susy pflücken.«

Nach einer Weile sagte sie: »Ich möchte gern mit siebzehn heiraten. Das ist mein Wunsch für wenn ich erwachsen bin.«

»Warum willst du so früh heiraten?«

»Weil ich eine diamantene Hochzeit will. Ich will nicht nur für ein paar Jahre heiraten. Ich möchte jemanden heiraten, den ich wirklich liebe, und nicht jemanden, den ich nur gern hab.«

»Was ist der Unterschied zwischen lieben und gern haben?«

»Lieben ist, wenn man jemanden, den man mag, gern hat, nur mehr.«

Die ganze Zeit über pflückte Sarah Brombeeren. Sie hat so

viel Anmut und Lebhaftigkeit. Als wir zum Cottage kamen, erfuhren wir, daß Susan nach Oxford gefahren war. Edy und Ann waren da. Sie machten uns Tee. Ann sah hübscher und schmutziger aus denn je. Etwas später kam Susan.

»Hast du mir mein Briefmarkenalbum mitgebracht?« schrie Sarah.

»Nein. Um ehrlich zu sein, hatte ich dafür einfach nicht die Zeit«, sagte Susan. »Gott, bin ich durstig.«

»Nimm meinen Tee!« schrie Sarah, die den ganzen Weg herauf gejammert hatte, wie durstig sie sei. Susan trank den Tee, und Sarah sah ihr begeistert zu. »Nimm ein paar Haselnüsse!« rief sie und hätte ihr am liebsten den ganzen Korb, den ich gesammelt hatte, gegeben.

Dann begann Susan all die Sachen auszupacken, die sie mitgebracht hatte. Ein Geschenk für Wyn und Sachen für Ann und Anns Kinder. Sarah sah ihr ganz still zu. Zuletzt zog Sarah eine große Flasche Virol für Sarah hervor.

»Komm mit uns, Susy, bitte!« rief Sarah.

»Na schön. Ich bin sehr müde«, sagte Susan, »aber ein kleines Stück komm ich mit.«

Sie war in Oxford mit diesem ekelhaften, blassen, mageren, nägelkauenden Perversen John Mortimer gewesen.

Sie humpelte ein kleines Stück mit uns mit und küßte dann Sarah zum Abschied. Sarah rannte und lachte und jauchzte vor Freude auf dem ganzen Weg zurück.

2. September 1944

Slutzky holte mich ab, und wir gingen zum Cottage in Turville Heath. Slutzky ist Russe, Sowjetrusse, und er gehört zu der Art von Menschen, deren Sprache ich einfach nicht verstehe. Er redete andauernd mit großer Heftigkeit über Kunst auf mich ein, aber ich kann mich an kein einziges Wort davon erinnern. Seine Heftigkeit ist steinern und leblos. Seine Sätze sind wie kleine Felsbrocken, schwer, ungeformt und gefühllos. Sie prasseln auf einen nieder, und während wir durch den Wald gingen, kam ich mir selbst ganz müde und leblos vor. Als wir zum Cottage kamen, waren da Wyn, ihre Mutter Edy, Ann und ihre zwei Kinder und eine Frau namens Portia Holman, die Psychiaterin ist.

Wir hatten alle Tee im Garten. Das Cottage ist schmutzig, und schmutzig ist auch Ann, aber sie ist wenigstens auch schön. Sie ist sehr groß, mit einer Unmenge an langem, blondem Haar, und als ich sie das erste Mal sah, kam sie mir völlig verrückt vor. Sie geht in einem alten, zerrissenen Kleid herum, das Haar ungekämmt, die schönen Zähne ungeputzt, und sie spricht mit einer tiefen Männerstimme. Nachts stöhnt und schreit sie stundenlang. Sie ist Ärztin und Kommunistin, und obwohl sie wohlhabend ist, lebt sie im größten Dreck. Das habe ich schon öfters hier in England gesehen, daß Leute, wenn sie unglücklich sind, so armselig wie möglich leben und aus ihrem unnötigen Unglücklich-Sein eine Tugend machen, indem sie Kommunisten werden. Hetta macht dasselbe, aber in ihrer Wohnung sind zumindest seltsame und fremdartige Objekte und Bilder, Puppen und Gefäße aus Afrika und China, irgendwie spürt man die Länder, in denen sie und William gelebt haben, zwischen all den kaputten Sesseln, den halbvollen Bierflaschen, der Zigarettenasche und den Flecken auf dem Teppich. Und dann sind da natürlich auch die zwei makellos weißen Katzen, die bewegungslos auf den Armlehnen der Sessel sitzen. Ann und Dick, ihr Mann, machen Zwanzig-Meilen-Wanderungen quer durch das Land, aber ich bin noch nicht dahintergekommen, was diese Frau so sonderbar und unheimlich macht. Ihre beiden Kinder sind reizend. Wyn hat sich ihre Mutter Edy, die eine Affäre mit Wyns Mann hatte, zu einer kompletten Sklavin gemacht. Aber Edy läßt sich nicht unterkriegen. Sie sitzt steif da und verrichtet steif und hart ihre Arbeit, aber obwohl Wyn lebhaft und dick ist, ist ihre Mutter, die dünn ist und noch jung aussieht, die bei weitem Stärkere. Edy ist ein echte Hexe, die alle haßt und am allermeisten, glaube ich, kleine Kinder. Mich schaudert, wenn sie sie berührt. Die ganze Zeit saß Edy da, beobachtete alle, wußte alles und wartete nur, so schien es mir, auf eine Gelegenheit, irgend etwas Gräßliches zu tun. Ihr schmales Gesicht ist reglos, selbst ihre blauen Augen scheinen sich nie zu bewegen. Es würde mich nicht wundern, wenn sie diese dicke, gesunde Jane, Anns achtzehn Monate alte Tochter, um die sie sich kümmert, umbringen würde – ich glaube, sie haßt sie, liebt aber ihr rundes braunes Fleisch. Es ist zu schade, daß sie nie ein Bordell geführt hat. Sie wäre eine phantastische Puffmutter. Mit Menschenfleisch zu handeln und daraus Profit zu schlagen wäre genau das Passende für sie. Ihre Dienste für Wyn haben etwas von dieser Art. Sie kocht für Wyn und sorgt für sie, so wie ein cleverer Spekulant für seine Preiskuh sorgen würde, die er teuer verkaufen will. Und der Grund, warum sie, genau wie Wyn, Susan haßt, liegt darin, daß Susan sie durch ihre Behinderung enttäuscht hat. Susan wird nie mehr als eine eher erfolglose Amateurin in der Kunst der Hurerei sein, und Susan hält sich deswegen selbst für eine Versagerin.

Ich ließ Wyn wütend und eifersüchtig sitzen und ging mit Slutzky über die Felder zurück, und Slutzky redete auf mich ein, weiß der Himmel, worüber.

Oh, meine Herbsttage, meine Herbsttage sind zurück. Ich wandere durch die Wälder, schaue zu den hohen Bäumen auf, und die Sonne scheint über den grünen Feldern. Das Tal erstreckt sich wie ein nebliger Fluß zwischen den Hügeln. Die Blätter der Bäume sind golden, die Erde ist feucht, und die Brombeeren sind reif. Oh, ihr meine Perlen, meine schwarzen Perlen in euren dornigen Hecken. In der Früh wach ich auf und hör die Hunde bellen, und ich weiß, es ist Herbst geworden und die Früchte fallen ins nasse, grüne Gras. Die Stimmen haben ein rosiges Echo in der Luft, sie kommen von weit her auf einer einsamen, windigen Reise. Die Kinder haben die Haselnüsse gegessen, und Dein Atem ist in den späten Rosen, in den letzten roten Mohnblumen auf den Feldern. Jedes Geräusch im Herbst ist einsam, ein Kristall von einzigartiger Form, jeder Baum in den Wäldern hat seine eigenen vielfältigen Farben, keiner ist wie der andere. Im Westen scheint die Sonne, und im Süden sind die Wolken schwarz.

Hampstead, 15. Oktober 1944

Ich hasse schreiben. Ich kann keinen Anfang finden. Was immer ich schreibe, kommt mir leblos und wie aus zweiter Hand vor. Irgendwie muß ich diese Abscheu überwinden. Aber ich habe keine Freude am Schreiben. Ich habe zur Zeit an gar nichts Freude. Ich interessiere mich nicht einmal für Menschen. Mir ist egal, was sie tun. Es ist das erste Mal in meinem Leben, daß ich mich so fühle, und es geht mir schon mehrere Wochen so. Ich habe die Fahnen von meinem neuen Buch bekommen, aber nicht einmal das stimmt mich glücklicher. Ich verliere alle meine Freunde. Ich streite mit Geoff, und Perramon hat Brenda verboten, mich zu besuchen. Ich habe Margaret verloren. Du kannst mich nicht leiden, wenn ich unglücklich bin. Daher kommst Du mich nicht besuchen. Ach, wie bin ich all dessen müde. Ich bin es so schrecklich müde, für etwas zu kämpfen, was ich nie bekommen werde. All Dein Streben geht dahin, mich von Dir fernzuhalten. All mein Streben geht dahin, Dir näherzukommen. Wie können wir uns da je einigen? Jetzt hast Du gerade angerufen.

17. Oktober 1944

Die Handwerker sind ins Haus gekommen, um die Fenster und die Plafonds zu reparieren. In meinem Plafond war ein winziger Riß, durch den ich den Himmel sehen konnte. Jedesmal wenn eine Bombe fiel, selbst wenn es gar nicht in der Nähe war, kam ein bißchen mehr herunter.

Jetzt sind die Arbeiter dabei, das Dach zu reparieren und die Risse zu schließen, durch die der Regen auf den Teppich gespritzt ist. Den ganzen Tag hämmern und klopfen die Arbeiter, und der 72jährige alte Mann klettert die steile Leiter zum Dach hinauf. Er klettert rauf und runter, denn er ist, obwohl er der älteste von den Arbeitern ist, nicht der Verantwortliche und muß dem Chef die Dachplatten und Sachen raufbringen, die er braucht. Der alte Mann war auf den Dardanellen, und er hat im Burenkrieg in Afrika gekämpft, im letzten Krieg war er in Indien, und jetzt, als ganz alter Mann, repariert er die im *Blitz* zerstörten und abgebrannten Häuser. Wenn er mir auf der Stiege begegnet, tritt er zur Seite, um mich vorbeizulassen, und lächelt verlegen. Es ist mir so peinlich, daß ich im Boden versinken könnte.

Dann ist da noch der andere Mann, der fünfzig ist und einen »gebrochenen Mut« hat.

»Als ich jung war«, sagt er, während er seinen Tee trinkt, »war ich oft bei den Gemeinderatssitzungen. Ich will damit nicht sagen, daß ich was Besonderes war, aber ich habe mich sehr dafür interessiert und bin immer oben auf der Besuchergalerie gesessen. Es gab ein großes Armenhaus in Lambeth, wo ich damals gearbeitet habe. Der Gemeinderat wollte es abreißen und große Wohnblocks errichten. Ich habe mich mehrfach im Gemeinderat zu Wort gemeldet und gefordert, daß sie kleine, hübsche Häuser bauen, aber natürlich hörten sie nicht auf mich. Sie begannen also, das Armenhaus abzutragen, das sehr gute Fundamente hatte, einen Keller und noch einen darunter. Ich drängte darauf, daraus tiefe Luftschutzkeller zu machen, die Keller in Luftschutzkeller umzubauen, weil ich wußte, daß wir wieder gegen die Deutschen kämpfen werden müssen, ich habe das nach dem letzten Krieg gesagt und sage es auch heute: Der Krieg gegen die Deutschen ist noch nicht vorbei. Diesen Geist kann man nicht auslöschen. Natürlich hat keiner auf mich gehört, und ich wurde Querulant genannt und ausgebuht, und die Keller wurden aufgefüllt und die großen Wohnblocks gebaut. Diese Wohnungen haben inzwischen mindestens drei direkte Einschläge abgekriegt, ich weiß mit Sicherheit von einer Bombe, die 45 Menschen getötet hat. Da haben Sie es. Aber ich habe sie meinen Mut brechen lassen.

Mein Vater war, na ja, nicht gerade ein Experte, aber jedenfalls wußte er viel über Rußland. Und im Krieg sagte er zu mir: Eines gibt es, das du hoffentlich nie tun mußt, mein Sohn, und das ist, gegen die Russen zu kämpfen. Und das mußte ich nicht. Aber nach der Sache mit dem Gemeinderat fehlte mir irgendwie das Vertrauen, der Partei beizutreten. Mein Mut war gebrochen. Mein jüngerer Bruder ist, nun ja, nicht gerade ein führendes Mitglied, aber er ist in der Partei. Es ist merkwürdig. Der Instinkt meines Vaters muß an mir vorbei direkt an meinen jüngeren Bruder gegangen sein. Er geht zu den Parteisitzungen und, na ja, er ist nicht gerade ein Fachmann, aber er weiß eine Menge über Politik. Er hat mich oft gedrängt, der Partei beizutreten, aber wie gesagt, mein Mut war gebrochen. Jetzt sind meine zwei Söhne im Krieg. Sie möchten nicht kämpfen. Ich habe ihnen immer gesagt, daß Kriege nicht gut sind, und damit sind sie aufgewachsen. Sie möchten nicht kämpfen, aber sie müssen für ihr Vaterland kämpfen. Wenn wir die Deutschen aufgehalten hätten, als sie über den Rhein marschierten, dann wäre es nicht zu einem Krieg gekommen. Aber die Regierung kümmert sich nicht darum, ob wir getötet werden. Es ist ihr egal, wie viele von uns getötet werden. Es erspart ihnen, sich Sorgen über Arbeitslosigkeit zu machen. Sehen Sie sich die Luftschutzräume an! Die U-Bahn-Stationen dürfen wir nicht benützen, und die oberirdischen Schutzräume sind nutzlos. Ich kann also nur sagen, daß es ihnen egal ist, wie viele von uns umkommen. In Wirklichkeit wollen sie uns tot sehen und los sein, weil wir ihnen nur lästig sind, während sie Geld scheffeln. Und alles, was ich sagen kann, ist, daß Rußland das einzige Land ist, in dem es sich zu leben lohnt. Die haben etwas für die Arbeiter getan. Tja«, sagt er und steht auf, »dann mach ich mal wieder weiter.«

Beide standen auf, und der alte Mann lächelte mich entschuldigend an. »Danke für den Tee«, sagt er und klettert wieder die Leiter hinauf, wobei er sich nur mit einer Hand anhält, weil er in der anderen irgendwas tragen muß. Die ganze Zeit über, während der andere Mann geredet hat, hat er sich unwohl gefühlt und wollte mit der Arbeit weitermachen. Die Zigarette, die ich ihm schenkte, steckte er sich hinters Ohr und sagte: »Ich werde nicht in Ihrer Küche rauchen. Ich rauche sie, wenn ich rausgehe.«

Heute hat mir der alte Mann erzählt, daß er bei den Frauen sehr beliebt ist. »In unserer Straße«, sagt er, »gibt es zehn Witwen, von Nummer eins bis 24, die würden mich alle nehmen, wenn ich sie wollte, aber ich kann mich nicht entscheiden, welche ich haben will. Sie sind alle in Ordnung, und ich hätte nichts dagegen, wenn sich jemand um mich kümmern würde, nachdem meine Frau gestorben ist.«

Der andere Mann sagte: »Er wird nicht heiraten. Nein, er wird nicht heiraten.«

»Haben Sie Ihre Frau sehr geliebt?« fragte ich.

»Ja. Sie hat zehn Jahre auf mich gewartet. Ich war zehn Jahre lang weg, und sie hat auf mich gewartet. Ich habe mich mit siebzehn zur Armee gemeldet, bin außer Landes gegangen und habe sie zehn Jahre lang nicht gesehen. Es gab also nur Briefe, bis ich wiederkam. Das war zu Zeiten von Queen Victoria, als sie lange Röcke trugen und man nie auch nur den Knöchel einer Dame sah. Bei schlechtem Wetter rafften sie die Röcke und legten sie sich über den Arm, und darunter trugen sie diese schönen schwarzen Seiden- und Spitzenunterröcke, es war wirklich ein schöner Anblick.« Dann wandte er sich an seinen Kollegen und sagte: »Vor zwei Jahren hatte ich eine gute Chance, und ich müßte nicht mehr arbeiten, wenn ich sie ergriffen hätte. Sie hatte etliche Häuser und Geld und alles, aber irgendwie gefiel sie mir nicht.«

»Nein«, sagte der andere, »du wirst nicht wieder heiraten.«

Der Jüngere hört dem Älteren immer mit einer gewissen Zurückhaltung und Herablassung zu. Er will stets deutlich machen, daß er was Besseres ist, und wenn er Schluckauf hat, sagt er mit äußerst vornehmem Akzent: »Pardon«, und hält sich die Hand vor den Mund.

»Ich habe einen Brief von meinem Sohn bekommen«, sagte der alte Ted. »Er ist an genau denselben Orten, an denen ich war. Er war in Ceylon und Bombay, und jetzt ist er in Belgien. Er schreibt, daß er in die Fußstapfen seines Vaters tritt.«

»Was ist er?« fragte ich.

»Er ist bei den Marines«, sagte Ted.

Da ich nicht wußte, ob das heißt, daß er bei der Navy ist, fragte ich ihn, was er dort tue.

»Den Krieg gewinnen, nehme ich an«, sagte der alte Mann. »Wissen Sie, bei den Marines nehmen sie alle Klassen.«

Ich fragte nicht weiter, weil er offenbar beleidigt war und dachte, ich hielte seinen Sohn nicht gut genug für die Marines. Ich glaube, er lebte noch in den Zeiten, als manche Regimenter nicht allen offenstanden, ich weiß gar nicht, ob das nicht noch immer so ist.

Putzis Stiefvater arbeitet nur zwei Straßen von ihr entfernt, und als Putzis Büro ausgebombt wurde, rannte er in die Tottenham Court Road und schrie: »Meine Tochter! Meine Tochter!«

Auf der Straße sah er eine tote Frau, und er dachte, es sei Putzi, aber dann bemerkte er, daß sie einen Ehering trug. Dann sah er Putzi die Straße herunterkommen, mit verbrannten Haaren und blutüberströmtem Gesicht. Er rannte zu ihr und umarmte und küßte sie, brachte sie zur Erste-Hilfe-Station und dann mit dem Taxi nach Hause. Sobald Trude heimkam, rief sie, glaube ich, wahllos all ihre Freunde an und bat sie zu kommen.

Ich ging am Nachmittag hin. Munjo öffnete schluchzend die Tür, mit vom Weinen entzündeten Augen, und Putzi lag mit verbundenem Kopf im Bett. Ein junger Mann war da, der mit ihr Wache auf dem Dach geschoben hatte, und Trudes Freundin Gerty, die Zahnärztin ist. Putzi erzählte immer wieder, wie die Bombe fiel, wie sie gar nichts gehört hatten, aber plötzlich alles um sie stockfinster war wie mitten in der Nacht, und wie etwas sie am Kopf traf. Sie wiederholte immer wieder alle Details, und die ganze Zeit saß Munjo da, die Tränen liefen ihm übers Gesicht, und er sagte in seinem schrecklichen jüdisch-polnischen Akzent: »Meine arme Tochter, meine arme Tochter.«

Die Putzi und der Munjo haben immer gestritten, und sie war immer eifersüchtig auf ihn und hat ihn nie als Vater anerkannt. Aber von dem Augenblick an, glaub ich, war er ihr Vater.

Ich war die letzten Nächte bei ihnen, weil die Mutter vom Philip im Sterben liegt und er bei ihr übernachtet. Der Munjo macht mir die Türe auf und brüllt: »Also Frau Friedl, was macht das nächste Buch? Schon fertig? Und wie geht's der Frau Tante? Zahlt sie?«

Dann setzt er sich hin und rechnet genau nach, wieviel ich an jedem Buch verdienen kann.

»A harter Weg«, sagt er, »Aber Sie wärn scho weiterkommen. Eins sag ich Ihnen: Wenn Sie sich an reichen Freind zulegen, sind Se erledigt. Es is a harter Weg, aber verfolgen Sie ihn nur. Se wärn scho weiterkommen.«

Unlängst war die Putzi schon im Bett, als ich gekommen bin. Aus irgendeinem Grund mußte sie aufstehn.

»Putzi!« brüllt die Trude. »Schamloses Weib! Zieh dir das Nachthemd herunter!«

»Was«, sagt der Munjo, »hast du die Locken gesehn? Hab ich

auch scho gesehn. Sie wärn sich wundern, Frau Friedl, interessiert mich überhaupt nicht.«

»Munjerle!« brüllt die Mutter, »Halt den Mund, du Schwein!«

»Warum Schwein? Schwein! Warum bin ich ein Schwein, Frau Friedl?«

»Shut up«, sagt die Putzi.

Dann hab ich ihnen vom Philip erzählt, und wie er sich geärgert hat, daß seine Mutter ausgerechnet am weekend zu sterben angefangen hat.

»Is er a Jud?« fragt der Munjo.

»Nein.«

»Da ham Sie's. Also bitte, was erwarten Sie?«

»Aber du bist ein Jud«, sagt die Putzi boshaft.

»Also bitte. Die Frau Friedl und ich, wir haben beide dasselbe Dokument. Und bei uns hier gibt's keinen reinen Arier. Bist du a Arier, Putzi? Und die Mutti? Sie trägt das Kreuz um den Hals, aber deshalb is sie doch a Jud. Zeig her, das Kreuz!« schreit er und fährt ihr in den Busen.

»Munjo!« brüllt die Mutter.

»Das Kreuz steht ihr«, sagt er. »Es paßt zu ihrer Nas, was? Finden Sie nicht, Frau Friedl?«

Heute hat mir die Trude gesagt, daß sie restlos glücklich ist in ihrer Ehe.

»Ich bin restlos glücklich!« brüllt sie durch die Wohnung. »Nicht eine Stunde lang hab ich bereut, daß ich den Munjo geheiratet hab.«

Der alte Ted steht jeden Tag um halb sechs auf und geht auf der Heide schwimmen. Dann geht er arbeiten, und nach der Arbeit geht er als Putzmann zu einer Dame, dreimal in der Woche für zwei Stunden. Dann marschiert er über die Heide nach Highgate, wo er seinen Tee einnimmt, danach geht er zu seiner Tochter und putzt ihre Schuhe und die ihrer Kinder. Um elf Uhr geht er ins Bett. Während Ted ein völlig zufriedener Mann ist, ist Bill, der andere, ein frustrierter, ehrgeiziger und unglücklicher Mensch. Er hat ein zerknittertes Gesicht und ist ständig verärgert und genervt von dem alten Mann. Er träumt von einem eigenen Geschäft. Er hatte zu Beginn des Krieges gerade eines aufgemacht, doch dann wurden ihm alle seine Leute weggenommen, einer nach dem anderen, und jetzt muß er wieder für einen Chef arbeiten. Ich glaube, er ist entnervt von Ted, weil der mit seinem Schicksal zufrieden ist und keinerlei Ehrgeiz hat, und auch, weil er die ganze Zeit sich selbst in zwanzig Jahren sieht, wie er die Arbeit des alten Mannes macht, und er haßt es. Er hat ein kleines, faltiges, müdes Gesicht, das auch schlau und durchtrieben wirkt. Er lehnt sich steif auf seinem Sessel zurück und wendet sich halb ab, wenn der Alte redet, und ich merke, daß er, wäre nicht sein Mut gebrochen, einen Wutanfall kriegen und dem alten Mann sagen würde, er soll sich zum Teufel scheren. Ich glaube, er verachtet Ted dafür, daß er unverdrossen alle möglichen niederen Arbeiten annimmt. Bills einziger Wunsch im Leben ist, etwas »Besonderes« zu sein und nicht ein Arbeiter. Der Alte singt bei der Arbeit mit seiner alten Stimme, aber Bill arbeitet mit zusammengepreßtem Mund, und selbst oben auf der Leiter schafft er es, eine würdevoll steife Haltung zu bewahren.

Gestern habe ich wieder den Aphorismen-Mann getroffen.

»Ach, das ist ja reizend«, sagte er und setzte sich an meinen Tisch. »Ist es erlaubt? Nun, wie geht es denn? Schon wieder etwas schlanker geworden, nicht wahr? Nun, es steht Ihnen ja reizend. Nun, mir geht es recht gut, ich meine natürlich, es ist nicht alles so, wie ich es gewohnt bin, aber ich komme doch durch, nicht wahr. Die Doodlebugs haben mich natürlich sehr hergenommen. Aber, Gott sei Dank, ich habe es überstanden. Habe ich Ihnen erzählt, daß ich jetzt ein Buch schreibe? Aber ja, gewiß. Es ist natürlich schwer, nicht wahr, ich schreibe doch Aphorismen, nicht wahr, ich bin es gewohnt, einen tiefen Gedanken kurz, geistreich und charmant auszudrücken. Nun ist es doch so, daß ein Buch aus vielen Worten besteht, ja, und nun sehn Sie, das ist eben meine Schwierigkeit. Dieses Werk müßte eigentlich einen ganz bedeutenden Erfolg haben, es ist ja doch in unserer Zeit geradezu einzigartig, nicht wahr, ein gedankliches Werk. Ja, und da habe ich eben ein kleines Liebesinteresse in diesem Werk entwickelt, gegen meinen Willen, aber es ist doch reizend. Halten Sie das für richtig? Ach, ich kann Ihnen gar nicht sagen, wie ich es genieße, mit einem geistigen Menschen zu sprechen. Nun ja, und auch eine komische Figur, so einen Schwejk, wissen Sie, ach, das ist eine bezaubernde Figur. Nun ja, also das ist für das breite Publikum, Sie wissen ja, die Masse liebt komische Figuren. Ja, also ich habe auch einige Bücher über die Engländer gelesen, sozusagen um zu wissen, für wen ich schreibe. Meine eigene Meinung über die Engländer ist äußerst vorteilhaft, und ich bringe sie in diesem Buch zum Ausdruck. Was halten Sie davon? Brauchen Sie wieder Kleidercoupons? Ich stehe Ihnen jederzeit zur Verfügung. Ein halbes

Dutzend vielleicht? Ja, die Frage ist also, einen Verleger zu finden. Wenn ich bloß einen Verleger wüßte, dem ich Teile vorlesen könnte und der mich beraten würde. Und dann, natürlich bringe ich auch einige meiner Aphorismen in dieses Werk, und die Übersetzung dieser Sprüche wird ja eine ganz bedeutende Schwierigkeit sein. Ihr Buch war ja bezaubernd. Das nächste kommt auch bei Cape's heraus? Nun, das ist ja ein ganz großer Erfolg. Und wenn ich fragen dürfte, haben Sie viel daran verdient? Zehn Perzent? Nun ja, ich würde ja doch etwas mehr verlangen, nicht wahr, das ist ja kein Roman. Unter all diesen leichtfüßigen, charmanten Sprüchen verbirgt sich doch eine ganz tiefe Wahrheit, ein tiefer Gedanke, wenn ich mich so ausdrücken darf. Also ich rechne doch damit, daß 40 000 bis 60 000 Exemplare verkauft werden. Die Schwierigkeit liegt, wie gesagt, darin, daß ein Buch eben doch aus vielen Worten bestehn muß. Und wenn es ein dünnes Büchlein, gefüllt mit schönen geistreichen Gedanken werden sollte: Wie viel, glauben Sie, kann man dafür verlangen? Tja, es soll doch ein teures Buch sein, denn obwohl ich wie gesagt ganz gut durchkomme, ich schätze die Annehmlichkeiten und den Luxus, Sie begreifen, ich war ja mein ganzes Leben lang daran gewöhnt. Also, diese Weihnachten werde ich wieder zu dieser Party gehn. Dafür bin ich Ihnen ja tief verbunden, daß Sie mich zu dieser reizenden Frau Philips brachten. Ja, also jetzt gehe ich einfach jede Weihnachten hin, das sind ja bezaubernde Leute. Leider kennen sie eben meine Adresse nicht, sonst würden sie mir gewiß eine Einladung schicken. Und das Essen, also wunderbar. Es sind geistige Menschen, nicht wahr. Ich muß Ihnen sagen, ich bin zu folgendem Ergebnis gekommen: Nationalität ist egal, Rasse – egal, Religion – egal, wissen Sie, was der wahre Unterschied ist? DAS NIVEAU. Also, gestern nacht habe ich bis fünf

Uhr früh mit einem Freund Karten gespielt. Und der Mensch, wissen Sie, für mich ist er eine Maschine. Sehn Sie, ohne Inspiration kann ich nicht schreiben, und dann mein Zimmer, es ist ja recht nett, aber doch nicht gemütlich, ich meine, die wahre Gemütlichkeit, nun ja, das kennen die Engländer überhaupt nicht. Und so gehe ich halt mit diesem Menschen Karten spielen. Aber wie gesagt, das ist ein Mensch, anständig, wenn Sie wollen, aber eben eine Maschine, ich meine, eine gebildete Unterhaltung, eine geistreiche Konversation ist ja mit ihm ganz unmöglich. Spielen Sie Schach? Das ist ein herrliches Spiel, ein geistreiches, charmantes Spiel, ahh, ich liebe Schach.«

25. Oktober 1944

Gestern, als ich gerade überlegte, wohin ich am Abend gehen sollte, kam die kleine Frau vom Roten Kreuz an die Tür, und ich bat sie herein. Sie hat ein kleines hühnerartiges Gesicht und sammelt in Hampstead Geld für das Rote Kreuz. Sie ist 65 Jahre alt und immer sehr adrett gekleidet und hat ihre ganze Jugend in Indien verbracht. Sie ist sehr religiös und auch Spiritistin, und sie hat mir schon ein paar spiritistische Bücher geborgt, die ich nicht gelesen habe. Immer wenn sie mit ihrer Kollekte kommt, bitte ich sie auf eine Tasse Tee herein, und wir führen lange Gespräche über Religion und Spiritismus und die Wahrheit der Ereignisse in der Bibel. Wenn sie wieder geht, küßt sie mich auf beide Wangen und sagt: »Ich sähe Sie so gerne in geordneten Verhältnissen, meine Liebe, in einem eigenen Zuhause und mit einem Ehemann.« Denn die Ehe, sagt sie, ist das größte Glück im Leben. Sie selbst ist aber nicht verheiratet. Sie lebt in einer, wie sie es nennt, »Handwerkerstraße«, irgendwo in der Nähe vom Regent's Park, und ihre Zimmer, eines davon eine Küche, sind so vollgeräumt, daß sie sich kaum bewegen kann. Von dort geht sie jeden Tag nach Hampstead, um Geld zu sammeln. Sie liebt es, nach Hampstead zu kommen, weil sie hier mit Leuten »aus meiner eigenen Klasse« Kontakt hat, und auch, weil sie sehr einsam ist und gerne Leute trifft. Gestern kam, kaum daß sie da war, Dienes herein. Und während ich das Abendessen kochte, begann Dienes, der sie augenblicklich durchschaut hatte und sich einen Spaß machen wollte, über seine Frauen und seine Familie zu reden. Ich sagte ihm, daß Philips Mutter im Sterben lag.

»Oh, sehr gut«, sagte er. »Soll sie nur sterben. Ich war heilfroh, als meine Mutter gestorben ist.« Er spricht mit starkem ungarischen Akzent.

»Ach herrje! Wie traurig!« rief die religiöse Dame zutiefst schockiert.

»Warum waren Sie froh?« fragte ich.

»Meine Mutter war Griechin, wissen Sie. Kennen Sie Griechen? Das sind schreckliche Leute. Sie lügen. Und dann war sie auch noch so gesund. Das Lügen machte mir nichts aus, aber ihr Mann mochte es nicht, und außerdem war sie so gesund.«

»Ach herrje«, sagte die Dame vom Roten Kreuz. »Ich hätte gedacht, daß es von Vorteil ist, gesund zu sein.«

»Ach was, Vorteil! Sie hatte acht Kinder, und sobald es im Kinderzimmer laut wurde, kam sie und gab dem ersten, den sie erwischte, eine Tracht Prügel.«

»Oh, wie schrecklich! Bei einen sensiblen Kind – nun, ich würde meinen, das könnte sein ganzes Leben ruinieren.«

»Nicht nur ich habe sie gehaßt, sondern alle meine sieben Geschwister. Und sie war so gesund, sie hätte ewig gelebt, wenn es nicht zu diesem gräßlichen Unfall gekommen wäre.«

»Was für ein Unfall?«

»Sie aß einen Fisch, und eine Wie-nennt-man-das durchbohrte ihren Magen. Als sie ins Krankenhaus gebracht wurde, war es schon zu spät, und sie starb, gottlob.«

»O Gott«, ächzte die Dame vom Roten Kreuz entsetzt.

»Meine Schwiegertochter, Tessa, hat gerade ihr drittes Kind bekommen.«

»Wie schön!« rief die Dame erleichtert. »Ich gratuliere.«

»Gar nicht schön«, sagte Dienes. »Sie möchte fünf Kinder, weiß der Himmel, warum. Die Karriere meines Sohnes ist total ruiniert. Er arbeitet an der Universität, als Mathematiker, und sie ist eine unmögliche Frau. Sie ist wie eine Zigeunerin. Mit dreizehn versuchte sie sich umzubringen und kam zu mir gelaufen. Sie ist die Tochter eines Kollegen. Sie war ganz verliebt in mich, und ich habe sie im Haus behalten, und sie wuchs gemeinsam mit meinem Sohn auf. Sie liebte meine zweite Frau. Aber meine Frau setzte es sich plötzlich in den Kopf zu malen. Sie ist polnisch-irisch, Sie können sich also vorstellen, wie sie ist. Aber alle sagten, daß sie so eine gute Malerin sei, wirklich herausragend, daher fand sie, sie könne nicht bei mir bleiben, weil sie sonst das Gefühl hätte, Strümpfe stopfen und sich um den Haushalt kümmern zu müssen. Sie nahm sich ein Atelier. Tessa, meine Schwiegertochter, war siebzehn, und ich fand es besser, sie nicht im Haus zu behalten, und nahm ein Zimmer für sie, was ihr gar nicht recht war. Daraufhin kam sie eines Samstags und erklärte mir, daß sie am Montag meinen Sohn heiraten wollte, was sie auch tat. Aber zumindest kümmert sie sich um die Kinder. Sie ist erst dreiundzwanzig und hat schon drei Kinder.«

»Oje«, seufzte die Dame vom Roten Kreuz, »es ist alles sehr kompliziert, nicht wahr? Ich verstehe natürlich nichts davon, aber für mich klingt das alles sehr traurig.«

»Warum traurig? Meine Frau und ich haben ein gutes Verhältnis zueinander. Sie ist in Amerika, und ich bin hier, und ich habe ihr schon fünfmal geschrieben, seit der Krieg begonnen hat. Sie hat zehnmal geschrieben, weil sie alle sechs Monate schreibt. Es ist perfekt. Tessa schreibt ihr und hält sie auf dem Laufenden, es ist also alles in Ordnung.«

»Nun ja«, sagte die Dame, »ich nehme an, da sie Künstlerin ist, hat sie eine andere Lebensweise. Aber ich hoffe, daß Sie nach dem Krieg wieder zusammenkommen und ein schönes Zuhause haben werden.«

»Das glaube ich überhaupt nicht«, sagte Dienes. »Jetzt, wo sie in Amerika allmählich erfolgreich wird, will sie bestimmt nicht zurückkommen. Warum sollte sie?«

»Ach, wie traurig!«

»Gar nicht. Ich bin völlig zufrieden.«

Nachdem er gegangen war, schüttelte die Dame vom Roten Kreuz schockiert den Kopf und sagte, sie sei froh, mit ihm über nichts Ernstes geredet zu haben.

»Weil, wissen Sie«, sagte sie, »ich bin zwar nicht so klug wie er, aber ich habe eine Überzeugung. Und ich finde, in mancher Hinsicht ist eine Überzeugung wichtiger als Klugheit. Und es hätte mir leid getan, wenn er mich über die wirklich wichtigen Dinge zum Lachen gebracht hätte.«

8. November 1944

Der alte Mann kommt jetzt her, um die Böden zu scheuern. Natürlich arbeitet er nicht viel, sondern sitzt in der Küche und trinkt Tee und erzählt mir von sich.

»Ah«, sagt er, »früher hätten Sie mich für einen Gentleman gehalten. Glacéhandschuhe und Zylinder – und sehen Sie mich jetzt an: Dafür habe ich das aufgegeben!« Er deutet auf sein zerrissenes Arbeitsgewand. »Ich habe es gegen Schwerarbeit eingetauscht. Ich bin da runter, wo sie die Untergrund gebaut haben, und habe von sieben in der Früh bis sechs am Abend schwere Säcke getragen. Sehen Sie, so bin ich eben.«

»Aber warum haben Sie es aufgegeben?«

»Ich weiß nicht, ich war Untergebener eines hohen Tiers bei der Army, und wenn wir zwei unterwegs waren, sah er nicht anders aus als ich, ich war genauso sehr ein Gentleman wie er. Aber wir waren ständig auf Reisen, nach Schottland, nach Irland, nach Folkstone und wieder zurück, und ich hatte genug vom Reisen, verstehen Sie. Daher habe ich es gegen Schwerarbeit eingetauscht. Wenn er ins Ausland gereist ist, dann schlief er in einem Abteil mit einer Koje, und in meinem Abteil waren zwei Kojen. Sie verstehen schon, ich mußte teilen. Das ist in Ordnung, so muß es sein, aber ich mochte es nicht. Er war ein großes Tier, der Enkel von Bruce-Lockhart, dem berühmten Missionar, der nach Südafrika ging. Sie haben immer noch eine riesige Fahne in ihrer Eingangshalle, die der Familie gehört. Eine schöne Fahne war das. Er wollte dann, daß ich mit ihm nach Südafrika gehe. Er hat mir zwanzig Pfund geboten, wenn ich mitkomme, aber ich wollte nicht. Ich hab ihm gesagt, er soll sich nach jemand anderem umschauen, weil ich von der Reiserei genug habe. Ich war an all den Orten, wo er war. Und wissen Sie was? Drei Monate später kam er mit zerschossenen Beinen zurück. Verwundet. Sehen Sie, ich hätte tot sein können. Wenn er einen Schuß in die Beine abbekommen hat, was hätte dann erst mir passieren können? Nun, vor ein paar Jahren hatte ich noch gute Chancen. Ich hatte viele Angebote. Ich sag ja nicht, daß ich nicht ganz gern ein paar Schilling in der Tasche hab. Aber nehmen wir mal an, Sie machen mir ein Heiratsangebot.

Sie haben jede Menge Geld und ich nicht. Ich würde Sie nicht nehmen. Und warum? Weil Sie mich festbinden könnten, wenn Sie es wollten. Sie könnten mich in der Küchenecke festbinden, und ich dürfte nichts sagen, weil Sie das Geld haben. Verstehen Sie, was ich meine? Unter reichen Leuten ist das etwas anderes. Er hat eine Million, und sie hat eine Million. Sie machen sich alles untereinander aus. Sie hat jemanden, er hat jemanden. Er sagt: ›Lassen wir uns scheiden‹, sie sagt: ›In Ordnung.‹ Und dann lassen sie sich scheiden. Sie machen es untereinander aus, sehen Sie. Also sollte das erlaubt sein. Ich behaupte nicht, daß sie nie streiten. Aber für gewöhnlich tun sie's nicht. Sie haben einfach ein Übereinkommen. Aber mit mir wäre es anders, ich wäre gebunden, und jetzt bin ich nicht gebunden. Niemand kann mich festbinden. Ich bin gut versorgt, die Frau meines Sohnes kommt und kocht mir was Gutes zum Abendessen, ich habe immer saubere Sachen zum Anziehen, Sie werden mich nie in schmutzigem Gewand sehen. So ist das.

Meine Frau hat oft gesagt: ›Geh doch was trinken.‹

›Ich mag nicht‹, sag ich. Na gut, sie kennt mich und versucht mir einen Schilling zu geben. ›Nein‹, sag ich, ›ich mag nichts trinken gehen.‹ Denn, wissen Sie, so ein Schilling ist zu nichts gut. Wenn ich ausgehe, dann will ich selber zahlen. Einer gibt eine Runde aus und fragt: ›Was darf's sein, Ted?‹ Na, und ein Schilling reicht da nicht. Ich weiß, daß die anderen nichts sagen würden, aber wenn ich ausgehe, dann will ich sie genauso einladen können wie sie mich. So was bedrückt mich. Ich will nicht ausgehen, wenn ich nicht ein paar Schilling in der Tasche habe. Also bleibe ich zu Hause. Und wenn einer daherkommt und sagt: ›Was bist du denn so trübsinnig, Ted? Komm mit was trinken‹, dann sag ich: ›Nein, danke. Ich mag nichts trinken.‹ Verstehen Sie?«

Der andere Mann, der Bill heißt, hat lange mit mir geredet, bevor er gegangen ist.

»Eine Sache gibt es in meinem Leben«, sagt er, »die ich bereue: daß ich meine letzte Stelle aufgegeben habe. Ich war in einer großen Firma, als Vermittler zwischen der Werkstätte und der Organisationsabteilung, und es war die beste Stelle, die ich je hatte. Ich habe sie aufgegeben, ich Narr, und gedacht, daß ich mich selbständig machen kann. Das werde ich nie verwinden. Ich hatte eine gute Stelle und wurde gut behandelt, jeder hat mich gekannt. Der junge Direktor war, man könnte sagen, ein Kommunist. Er war sehr für Rußland, und oft hat er mich in sein Büro gerufen und mich um meine Meinung gefragt. Das war, nun ja, peinlich, und das habe ich ihm auch gesagt. Er hat oft gefragt: ›Welcher Partei gehören Sie an? Sie müssen einer Partei angehören.‹ ›Nein‹, sagte ich wahrheitsgemäß, ›ich gehöre keiner Partei an. Ich bin nur Gewerkschaftsmitglied.‹ Dort haben wir lange diskutiert, bis zwei oder drei in der Früh. Er kam dazu und erzählte uns alles über Rußland. Und dann hat er den Vorsitzenden gefragt: Mal ganz ehrlich, als was würden Sie mich bezeichnen, politisch gesprochen? Aber der Vorsitzende will darauf nicht antworten. Er fragt also noch einmal: Für was halten Sie mich? Aber der Vorsitzende will immer noch nicht antworten und sagt: ›Das möchte ich lieber nicht sagen, Sir.‹ Sir – in einer Gewerkschaftsrunde! Von da an wollte er nicht mehr, daß der Mann zu den Diskussionsrunden kommt, er war so ein Feigling. Er hatte Angst, es könnte auf ihn zurückfallen, wenn er was sagt. Ach, er war so ein netter Mann, dieser Direktor. Einmal hat er mich in sein Büro gerufen und gesagt: ›Nun sagen Sie mir mal, Mr. Bissen, wann dachten Sie, daß sich die Dinge in der Fabrik geändert haben? Ich meine, daß die Arbeiter ein politisches Bewußtsein entwickelt haben?‹ Daraufhin sage ich: ›Ich denke, Sir, als Sie das erste Mal ohne Hut und Krawatte und mit offenem Hemd in die Fabrik gekommen sind.‹ Bis dahin sind nämlich die Direktoren immer mit steifem Hut und hohem, steifem Kragen in die Fabrik gekommen. Darauf sagt er, das kann doch keinen so großen Unterschied gemacht haben. Darauf sag ich: ›Ich denke, Sir, das war eine Revolution. Ich werde nie vergessen, wie Sie das erste Mal ohne Hut und mit offenem Kragen ins Büro gekommen sind.‹ Darauf lacht er und sagt: ›Zu Hause gegenüber meinem Vater war es jedenfalls eine Revolution. Der hat Krach geschlagen!‹ Darauf sag ich: ›Hier war es jedenfalls auch eine Revolution.‹

Ach, das war eine gute Stelle, und ich hatte zwölf Pfund in der Woche. Sehen Sie, ich kann diese Männer nicht leiden. Es geht ihnen gut, aber sie sind nicht in der Gewerkschaft. Diese Männer nehmen all die Vorteile, für die wir kämpfen, aber sie treten nicht ein. Sie kapieren es nicht und wollen keinen Schilling in der Woche zahlen. Ich habe mein ganzes Leben lang in der Gewerkschaft gearbeitet, aber die nehmen nur die Vorteile, ohne was dafür zu tun. Sie würden nicht den Lohn kriegen, den sie jetzt haben, wenn ich Hankin nicht gesagt hätte, daß ich nicht mehr für ihn arbeiten würde, wenn er nicht Löhne nach Tarifvertrag zahlt. Wenn ich bloß nie gekündigt hätte.«

»Könnten Sie nicht zurückgehen?«

»Ich habe oft daran gedacht«, sagte er. »Aber meine Frau ist dagegen. Sie hat ihren Stolz, wissen Sie. Und sie sagt, jetzt, wo ich gekündigt habe, soll ich nicht wieder zurückgehen. Was mich am meisten bedrückt, ist, daß ich das Gefühl habe, sie im Stich gelassen zu haben, und gegangen bin, ohne Ersatz für mich zu schaffen. Ich wüßte auch gar nicht, wie ich es anstellen sollte, zurückzugehen.«

»Könnten Sie ihnen nicht schreiben?«

»Nun ja, sehen Sie, wenn ich einen Brief schreibe, dann geht der von Abteilung zu Abteilung. Und Sie wissen ja, wie so was läuft. In der Organisationsabteilung wäre es kein Problem, weil dort kennen sie mich. Die sehen den Brief, erkennen meine Handschrift und sagen: Das ist der alte Bisson, das ist in Ordnung. Und dann geht er weiter zu den Sekretärinnen. Die sind sehr eifersüchtig, müssen Sie wissen. Die machen den Brief auf und lesen ihn und dann legen sie ihn beiseite und sagen, der Direktor ist beschäftigt, sie können ihn nicht damit belästigen, und er bekommt den Brief nie zu sehen. Sie schicken mir nur eine kurze Notiz, in der steht: Sie bedauern, aber derzeit ist keine Stelle für mich frei. Ich weiß ja, wie so was abläuft.«

»Aber es muß doch eine Möglichkeit geben, den Direktor zu kontaktieren.«

»Die einzige Möglichkeit«, sagt er, »die einzige Möglichkeit, die mir einfällt, ist, in der Früh auf ihn zu warten, bis er mit dem Taxi kommt. Ich weiß, daß er nur zwei Straßen weiter aussteigt, und ich könnte am Straßenrand warten und ihn ansprechen. Ich weiß, daß er mich wiedererkennen und mit mir sprechen würde, und ich könnte ihn zur Fabrik begleiten und ihm alles erklären. Das ist das einzige, was mir einfällt. Er würde mich verstehen. Das würde er bestimmt, wenn ich nur mit ihm reden könnte.«

»Warum tun Sie das nicht?«

»Ach, ich weiß nicht. Man hat seinen Stolz. Aber vielleicht tu ich's noch. Vielleicht tu ich's irgendwann.«

Gestern wollte ich bei Pat und George übernachten. Ich bin ungefähr um neun Uhr hingegangen, aber es war niemand da. Also ging ich ins Freemasons, und dort fand ich George, der so betrunken war, daß er sich kaum auf den Beinen halten konnte.

»Pat und ich haben gestritten«, lallte er. »Ist sie zu Hause?«

»Nein«, sagte ich. »Kommen Sie jetzt sofort mit.« Er taumelte aus dem Pub, auf mich gestützt, er konnte kaum gehen. Ich habe noch nie jemanden so betrunken gesehen. »Die verdammte Schlampe«, sagte er, »verdammte alte Schlampe. Wissen Sie, Friedl, sie hat mir eine geknallt. Ich hab gesagt: Mach das noch mal. Und sie hat es noch mal getan. Okay, ich glaub, ich hab's verdient. Die verdammte Schlampe.«

»Um was in aller Welt ist es denn gegangen?«

»Ich weiß es wirklich nicht«, sagte er und sah mich völlig ratlos an. »Ich könnte es wirklich nicht sagen.«

Ich schaffte ihn schließlich nach Hause und setzte ihn in einen Sessel und brachte ihm etwas zu essen. Dann ging die Sirene los, und er wollte raus in den Anderson-Unterstand. Nach langem Hin und Her und nachdem er ein paar Teller runtergeworfen und zerbrochen hatte, gingen wir in den Garten. Dort fiel er hin und verlor seine Taschenlampe. Er fiel beinahe in den Anderson-Unterstand. Dann dachten wir, wir hätten Pat heimkommen gehört, und kletterten aus dem Unterstand. Aber als wir wieder im Haus waren, war Pat nicht da, obwohl jemand das Gas abgedreht hatte. George taumelte herum und war inzwischen komplett sauer.

»Wirklich, George, es ist die reinste Schande, wie Sie sich aufführen«, sagte ich wütend.

»Es ist alles ihre Schuld, diese verdammte Frau. Ich betrinke

mich nur, weil sie mit mir streitet. Sie hat mich ins Gesicht geschlagen, zweimal. Haben Sie denn gar kein Mitleid mit mir,
Friedl?«

»Nicht das geringste«, sagte ich.

George ist 73, und Pat muß um die 50 sein. Doch sie benehmen sich, als wäre er 21 und sie 18. Sie streiten sich leidenschaftlich und versöhnen sich zärtlich, er kauft ihr Blumen, und
sie ist so eifersüchtig, als wäre er der attraktivste Mann der
Welt. Immer wieder sagte George mit Tränen in den Augen,
daß er sie liebe, und als sie um Mitternacht noch immer nicht
zurück war, rief er jeden an, der ihm einfiel, um sie zu finden.
Die ganze Zeit über saß die magere, häßliche kleine Pat in der
Wohnung im Stock darüber, horchte wahrscheinlich genau auf
alles, was unten vor sich ging, und unterdrückte mit großer
Mühe den kleinen Husten, den sie hat und an dem George sie
erkannt hätte. Während des Alarms hatte sie sich nach unten
geschlichen, um ihre Nachtsachen zu holen, und da hatte der
alte George sie husten gehört und gedacht, sie sei zurück. Heute
hat mich George schüchtern wie ein Siebzehnjähriger gebeten,
sie anzurufen und ihr zu sagen, daß sie nach Hause kommen
soll. Pat war entzückt und kicherte vor Vergnügen, als ich ihr erzählte, daß George auf der Suche nach ihr überall herumtele-
phoniert hat.

»Das geschieht ihm recht! Geschieht ihm ganz recht. Kaum
ist ihre Sicherheit in Gefahr, wissen sie plötzlich, wie man sich
entschuldigt. Aber Sie hätten sehen sollen, wie ich in ganz elen-
dem Zustand nach Hause kam. Das ist es, was ich bekomme!«

Pat arbeitet in einer großen Firma, und George steht jeden
Tag in der Früh auf und bringt ihr um sieben Uhr das Frühstück,
und am Abend kocht er das Abendessen. Er arbeitet als Vertre-
ter für eine Druckerei, aber nur ein paar Stunden am Tag, und

die restliche Zeit verbringt er im Pub und trinkt. Sie sind nicht verheiratet. George hat eine Frau in Irland und zwei erwachsene Söhne. Und er betet Pat an, die beinahe die häßlichste Frau ist, die ich je gesehen habe, eine Mischung aus Zwergin und Hexe, aber mit großen, freundlichen Augen. »Ach, Darling«, sagt George, »was für wunderschönes Haar du hast!« Und er betrachtet voll Entzücken Pats graue Mähne (aber kein schönes Grau, ein schmutziges, bräunliches Grau).

»Dummkopf!« sagt Pat und bleckt grinsend ihre großen falschen Zähne. Diese Zähne sind ihr ganzer Stolz. Sie redet ständig darüber, wie zufrieden sie mit ihnen ist, weil sie nicht, wie bei falschen Zähnen üblich, regelmäßig sind, sondern »genau wie meine eigenen, Friedl. Der Zahnarzt hat ungefähr drei Abdrücke gemacht, er hat sich wirklich viel Mühe gegeben.«

14. November 1944

Als ich unlängst abends mit dem Bus heimfuhr, sah ich zum ersten Mal wieder die Lichter in der Tottenham Court Road und auf dem Weg nach Camden Town. Es sind nicht die starken Lichter der Vorkriegszeit. Es ist ein trauriges und melancholisches Licht und zugleich fremd und aufregend, weil es nicht wie elektrisches Licht wirkt, sondern wie Laternen, die ein gelbes und düsteres Licht abgeben, mit Schatten und finsteren Ecken und schwarzen Gestalten, die ihr Gesicht verbergen. Ab Camden Town war es wieder stockfinster, und ich konnte überhaupt nicht erkennen, wo der Bus fuhr. Er sauste um Ecken und nahm unbekannte Abzweigungen, und obwohl ich die Strecke auswendig kenne, verlor ich jegliche Orientierung und geriet beinahe in Panik.

Die ganze Zeit über unterhielt sich eine Frau, die hinter mir saß, mit mir: »Schön, wieder Lichter zu sehen, nicht wahr? Ist natürlich nicht, was es mal war. Aber es gibt einem einen Hoffnungsschimmer, nicht? Aber noch ist der Krieg nicht zu Ende. Noch so mancher wird nicht mehr erleben, wenn die richtigen Lichter wieder angehen«, sagte sie hoffnungsfroh. »Jetzt ist es wieder dunkel. Das liegt daran, daß es ein armes Viertel ist. Die brauchen kein Licht, meint die Stadtverwaltung. Arme Leute brauchen kein Licht. Dafür gibt die Stadt kein Geld aus. Man fragt sich, was sie mit all dem Geld tut. Ich habe keine Fenster und keine Plafonds. Und selbst wenn Arbeiter kommen, reparieren sie nichts ordentlich. Sie flicken alles nur irgendwie zusammen. Man bekommt keine Leute. Ich nehme an, mein Mann wird es machen müssen, wenn er auf Heimaturlaub kommt. Er ist bei der Air Force. So, da sind wir. Ist das der Crescent? Ich kann nichts erkennen. Nein, ich glaube nicht. Erst die nächste Haltestelle. Herrje, das war der Crescent. Ich muß raus. Auf Wiedersehen, meine Liebe.«

Sie hastete die Stiege hinunter. Der Bus fuhr weiter durch die dunklen Straßen. Ich bekam mehr und mehr Angst. Später hörte ich jemanden sagen: »Bis dann, Kumpel. Wir sehen uns morgen früh.« Mit einem Mal durchströmte mich unglaubliche Erleichterung. Wir sehen uns morgen früh, hatte der Mann gesagt, so als gäbe es daran nicht den geringsten Zweifel, als könnte nichts passieren bis zum nächsten Morgen, als gäbe es keine Bomben, die einen umbringen, und keine Häuser, die über einem einstürzen, und keine Raketen, die einen in Stücke reißen. Es war, als ob der Morgen bereits gekommen wäre, als ob das helle Tageslicht schon durch das Fenster strömte und die zwei Männer sich bei der Arbeit trafen und einander grüßten. Ich war so glücklich, daß ich fast geweint hätte.

Unlängst hab ich den Aphorismus wiedergetroffen.

»Nun«, sagt er, »wie geht es denn? Ja, also ich bin sehr beschäftigt im Augenblick. Tja, eine sehr merkwürdige Geschichte. Also, ich habe da eine Verbindung mit einer englischen Familie, äußerst wohlhabend, ja, im East End. Der Mann ist ein feiner Mann, gebildet, höchst anständig. Das sind natürlich ungebildete Leute, ich weiß nicht einmal, ob die Frau lesen und schreiben kann. Und die Frau, wissen Sie, hat für mich überhaupt keinen Respekt. Warum? Weil ich kein Geld habe, also ungebildete Leute, nicht wahr. Nun, diese Leute haben eine Tochter, ein äußerst wohlhabendes Mädchen, nicht sehr viel cash, wissen Sie, 6000 Pfund, aber 20 000 Pfund in shares in einem großartigen Unternehmen, weltbekannt, letztes Jahr trug es 3000 Pfund ein. Nun ja, also dieses Mädchen will heiraten, ich meine, sie ist 25 Jahre alt, sie ist nicht häßlich, aber wissen Sie, sie hat noch nie einen Mann geküßt, also völlig unberührt, und wissen Sie, das tut Frauen nicht gut, nicht wahr, Sie verstehn mich, das Mädchen hat keinen sex appeal. Aber sie ist nicht geradezu häßlich, vielleicht etwas klein, und auch etwas dick, also plump würde ich sagen, und die Nase ist lang, aber die Augen sind groß. Nun also, dieses Mädchen hat einen Schwager, einen schönen Menschen, und so etwas schwebt ihm nun vor, ein Arzt vielleicht oder ein Rechtsanwalt. Ich bin schon mit einigen Leuten in Verbindung getreten, das muß natürlich ein Jude sein, nicht ein orthodoxer, aber eben doch ein Jude. Ich war sogar in einem Geschäft, dessen Inhaber ich kenne und der zwei Söhne hat, der eine ist in der Armee, ein wunderschöner Mensch, aber ich habe keine sehr großen Hoffnungen, nein, das kann ich nicht sagen, wissen Sie, das Mädchen ist eben schwerfällig, unberührt, wissen Sie, unentwickelt. Ja, also, vielleicht wissen Sie jemanden? Ich sprach auch mit einem Rechtsanwalt, und er war sehr interessiert, äußerst interessiert, aber als ich ihm sagte, wer das Mädchen ist, stellte es sich heraus, daß er schon dort gewesen war und sie ihn ablehnte. Sie ist leider sehr wählerisch, man kann es ihr ja auch nicht übelnehmen, schließlich ist sie doch sehr reich.«

»Ich kann nicht glauben, daß es sehr schwer sein kann, sich einen Mann zu kaufen.«

»Kaufen! Nein, also so würde ich das doch niemals nennen. Es ist geradezu rührend, nicht wahr, diese Leute sind ungebildet, und da suchen sie eben einen kultivierten Menschen, und dann hoffen sie vielleicht auch, wenn das Mädchen einen schönen Mann heiratet, daß die Kinder schön sein werden. Nein, das kann man nicht kaufen nennen. Und dieses Mädchen, wissen Sie, wird eine wunderbare Hausfrau sein. Nein, so dürfen Sie das nicht nennen. Also der Vater ist ja rührend, wie er seine Töchter versorgen will, er ist ein hochanständiger Mensch, ja, er hat mir schon einen Mantel und einen Hut geschenkt. Nun ja, sehn Sie, wenn ich diesem Mädchen nun einen Mann verschaffen könnte, dann bekäme ich eine Lebensrente, ja, das hat mir der Vater schon versprochen, und das ist eben ein hochanständiger Mensch.«

»Sie sollten sich das schriftlich geben lassen.«

»Ah, sehn Sie, das hab ich mir auch schon gedacht. Aber wissen Sie, ich bring das nicht über mich. Nein, also ich kann so etwas nicht tun. Wissen Sie, ich trau ja dem Vater vollkommen, aber seiner Frau traue ich nicht, nein, das ist eine ungebildete Frau. Und wenn nun der Vater sterben sollte, würde ich wieder in Verlegenheit geraten, verstehn Sie?«

»Würde die Tochter nicht die Rente zahlen?«

»Ja, das ist ein anständiges Mädchen, aber Sie wissen doch, Frauen heiraten, und dann geraten sie unter den Einfluß ihres Mannes, und dann weiß ich ja nicht, wie sich der Mann zu mir stellen würde, also man muß hoffen, nicht wahr. Nein, ich kann das schriftlich nicht verlangen, ich glaube nicht, ich werde es mir noch überlegen. Also sollten Sie von jemandem hören, der in Frage kommt, so werden Sie es mir sagen, gelt, ein Jude und schön und ein Arzt, wenn möglich, denn mit ihrem Geld will sie ihm eine Praxis kaufen, verstehn Sie. Ja, heute ist mir ein bezaubernder Aphorismus eingefallen: As soon as you are an insider, you are an outsider. Englisch. Reizend, nicht wahr?«

Unlängst habe ich Millicent auf der Straße getroffen. Sie sah äußerst schlecht gelaunt aus.

»Gehen Sie hinauf?« fragte ich.

»Ja«, sagte sie. Wir gingen zusammen die Straße hinauf.

»Es ist bitterkalt«, sagte ich.

»Die Kälte macht mir nichts aus«, sagte sie. »Ich weiß, ihr Ausländer leidet darunter. Francis macht jede Menge Aufhebens darum, und Philip beklagt sich ständig über Zugluft. Schwacher, neurotischer Narr. Na, das hätte ich von Anfang an wissen können. Er hat immer Nägel gekaut.«

»Wir sind alle neurotisch, Millicent«, sagte ich milde.

»Ach, ich weiß, aber nicht bei so dummen kleinen Sachen wie Philip.«

»Na, ich weiß nicht. Ich glaube, es ist das Wesen von Neurosen, daß es um dumme kleine Sachen geht«, sagte ich noch milder. »Und überhaupt, warum sind Sie denn auf einmal so schlecht auf Philip zu sprechen?«

»Ich bin nicht schlecht auf Philip zu sprechen. Ich bin vielleicht auf Sie schlecht zu sprechen. Sie sind auch auf mich schlecht zu sprechen, Sie sagen es nur nicht. Ich bin gerade-heraus, ich sage, was ich denke.«

»Das tu ich auch. Fragen Sie, wen Sie wollen, jeder weiß, wie ich über Sie denke. Das ist kein Grund, sich wie die Barbaren aufzuführen.«

»Tja, das mag sein«, sagte sie und marschierte davon.

24. November 1944

Der alte Mann hat mir einen Heiratsantrag gemacht. Unlängst, als er kam, um die Böden zu schrubben, sagte er: »Wissen Sie, was ich mich frage? Man träumt doch manchmal von Leuten. Träumen die auch von einem?«

»Ich nehme es an«, sagte ich.

»Also ich habe letzte Nacht von Ihnen geträumt«, sagte er.

»Haben Sie von mir geträumt?«

»Ich kann mich wirklich nicht erinnern.«

»Na, das gehört wohl zu den Dingen, über die man die Wahr-heit nie herausfinden wird.«

Ich lachte.»Sie sollten heiraten«, sagte ich.

»Ach«, sagte er, »es stimmt, ich hatte viele Möglichkeiten. Aber sehen Sie, die, die mich wollten, die gefielen mir irgend-wie nicht. Wenn ich eine Frau mag, Sie müssen entschuldigen, dann mag ich sie von der großen Zeh bis zu den Haaren, wenn ich so sagen darf. Sehen Sie, ich bin direkt. Und wenn man erst einmal mein Alter erreicht hat, weiß man alles über die Liebe. Nicht, daß ich es nicht mag. Ich wache oft in der Nacht auf und komme mir irgendwie allein vor. Ich hätte nichts dagegen, wenn da jemand wäre. Aber so ist es nun mal. Ich kann mich nicht entscheiden, verstehen Sie, was ich meine?«

»O ja!«

»Und wenn Sie mir die Frage gestatten: Sie denken nicht daran zu heiraten, oder?«

»Nein. Ich war verheiratet, wissen Sie.«

»Sie haben sich scheiden lassen?«

»Ja.«

»Und darf ich fragen, wenn es nicht zu indiskret ist, warum?«

»Ach, aus verschiedensten Gründen. Ich war erst achtzehn und er siebenunddreißig, als wir geheiratet haben. Wir sind einfach nicht miteinander ausgekommen.«

»Es gibt jede Menge junge Frauen wie Sie, die mit einem Mann in meinem Alter glücklich wären. Das Alter spielt keine Rolle. Ich finde, wenn man heiratet, hilft man sich gegenseitig. Also wenn ich zum Beispiel mit Ihnen verheiratet wäre, würde es mir nichts ausmachen, etwas für Sie zu tun. Wissen Sie noch, als Sie dieses Furunkel hatten? Es hätte mir nichts ausgemacht, den Eiter für Sie da rauszuholen. So was macht mir nichts aus. Als mein Sohn so ein Furunkel hatte, hab ich ein Waschbecken mit heißem Wasser geholt und ihn für eine halbe Stunde reingesetzt. Und dann habe ich die Beule bearbeitet. Sie können sich auf den alten Ted verlassen. Ich hab den ganzen Eiter rausgeholt. Ich habe gedrückt und dran rumgeknetet, bis alles draußen war. Das würde ich jederzeit auch für Sie tun.«

Und er zeigt mir seine großen schwarzen Hände und wie er an mir herumkneten würde.

»Na, zum Glück«, sage ich, »ist das jetzt vorbei.«

»Es geht Ihnen also wieder gut«, sagt er ganz enttäuscht. »Aber wenn Sie mit mir verheiratet wären und irgendein kleines Problem hätten, dann könnten Sie sich darauf verlassen, daß der alte Ted es wieder in Ordnung bringt. Ich meine, ich bin so gut wie ein Arzt. Ich bin beliebt, man spricht gut über mich. Beim Begräbnis meiner Frau war die ganze Straße voller Menschen. Alle haben ihr Beileid ausgedrückt. Und als Barbara, das kleine Mädchen meiner Tochter, starb, war die Kirche gestopft voll. Und ein kleiner vierzehnjähriger Junge hat ein Solo gesungen. Es war wunderschön. Denken Sie darüber nach. Auf den alten Ted können Sie sich verlassen. Na gut, wenn Sie mir jetzt eine schöne Tasse Tee machen, dann esse ich zu Abend, und dann mache ich mich wieder an die Arbeit. Machen Sie sich keine Sorgen.«

28. November 1944

Am Montag ist Margaret gekommen und wollte das Londoner Nachtleben erleben. Also rief ich Tambi an, und wir trafen ihn in einem Pub in der Oxford Street. Wann immer ich Tambi davor getroffen hatte, war er entweder am Verhungern oder betrunken oder beides. Aber diesmal war er einigermaßen nüchtern und bemühte sich, mit gutem Benehmen auf Margaret Eindruck zu schinden. Er sprach über Lyrik. Entweder ist er ein völliger Trottel oder extrem vorsichtig. Jedesmal, wenn ich ihn nach einem Dichter fragte, sagte er:»Ich weiß nicht. Ich kann dazu nichts sagen.« Natürlich wurde das Gespräch daraufhin äußerst langweilig. Von Zeit zu Zeit warf er mir einen verzweifelten Blick zu, und Margaret bekam ein ganz verknittertes Gesicht vor Anstrengung, das Gespräch in Gang zu halten. Schließlich hielt ich es nicht mehr aus. »Verschwinden wir von hier und gehen wir etwas essen«, sagte ich. Und das taten wir dann auch.

Tambi schreibt gerade an einem Text für »Poetry London« über Keith Douglas, dessen Gedichte er offensichtlich sehr mag und der im Krieg mit nur 24 Jahren gestorben ist. In seinem Artikel vergleicht er ihn mit Auden, den er offenbar nicht sehr schätzt. Aber obwohl all das ganz offensichtlich war, versuchte er die ganze Zeit Margaret, das heißt die Leser von P. L., zu überzeugen, daß er Auden mochte und daß Keith Douglas nur »anders« war. Es wurde viel über die Dichter der dreißiger Jahre und die Dichter der vierziger Jahre gesprochen, und Tambi war völlig außerstande zu erklären, was eigentlich der Unterschied ist, aber Margaret und er haben über eine Stunde lang darüber diskutiert, natürlich völlig ohne Ergebnis. Da ich überhaupt nichts von Lyrik verstehe, hörte ich nur still zu und versuchte herausfinden, worauf Tambi eigentlich hinauswollte. Als ich es endlich begriffen hatte, sagte ich ihm, daß es schwierig sei, dem Publikum zu gefallen und gleichzeitig ehrlich zu sein, und daß er sich entscheiden müsse, was er tun wolle.

»Ach, Friedl«, sagte Tambi mit seinem abgefeimten Lächeln, »Sie sollten das nicht so harsch formulieren.«

Tambi hat ein äußerst abgefeimtes Lächeln und ist, glaube ich, sehr schlau. Inzwischen kontrolliert er so gut wie alle Lyrik-Veröffentlichungen und ist wirklich sehr mächtig. Margaret gegenüber beteuerte er seine große Liebe zu den Engländern, aber ich weiß, wie sehr er sie haßt. Er war ganz indische Bescheidenheit, und ich glaube, er benahm sich so, weil Margaret Geld hat, und Tambi braucht immer Geld. Ich weiß allerdings nicht, ob ›Bescheidenheit‹ nicht die Pose einer ganzen Gruppe junger Schriftsteller ist, »The New Apocalypse«, eine neue Romantik, von der ich nur eine vage Vorstellung habe. Mir kommt sie sentimental und unaufrichtig vor, aber ich bin kein Lyrik-Spezialist. Jedenfalls ist Tambi ständig auf der »Menschlichkeit« von Keith Douglas herumgeritten, wobei ich bis heute nicht weiß, was zum Teufel mit diesem Wort gemeint sein soll.

Schließlich brachen wir auf und gingen ins Wheatsheaf, das zur Zeit *das* Pub ist, das heißt, alle möglichen Bloomsbury-Dichter und -Intellektuellen treffen sich dort. Ich weiß nicht, nach welchen Gesetzen diese Leute von einem Pub zum nächsten ziehen, aber einmal im Jahr tun sie es und lassen dabei ein paar verwirrte Versprengte zurück, die weiterhin in die alten Pubs gehen in der Hoffnung, dort Dylan Thomas oder Keidrych Rhys anzutreffen.

Wir tranken ein paar Bier, und ich sah viele bekannte Gesichter. Da war auch ein hübscher junger Mann, erst 22 Jahre alt. Er hatte das Militärkreuz verliehen bekommen und war schlimm zugerichtet worden. Er konnte sich nicht bücken und hinkte. Seine Freundin hatte ihn sitzenlassen.

»Sie lebt mit einem 35jährigen Mann, können Sie sich das vorstellen? Und ich bin erst zweiundzwanzig. Deshalb such ich mir jetzt einen netten jungen Mann«, sagte er zu Margaret, die sich ihm gegenüber ganz mütterlich gab.

Der Kurier, der ihm den Rückzugsbefehl bringen sollte, war auf dem Weg getötet worden, und er hatte ganz allein mit einer kleinen Gruppe von Männern einen Hügel verteidigt. In der Ecke saß ein alter Homosexueller, der ihn die ganze Zeit beobachtete und ihm Getränke ausgab. Dann stellte mir Tambi MacLaren-Ross vor. Er war mit einem nuttigen kleinen Mädchen da, das ein intelligentes, humorvolles und schockierend erfahrenes Gesicht hatte.

»Ah«, sagte MacLaren-Ross, »ich habe ›Let Thy Moon Arise‹ gelesen, aber ›The Monster‹ noch nicht. Wie finden Sie die Herren Cape?«

»Sie sind ganz in Ordnung.«

»Nun, Madam, ich hasse sie. Der alte Jonathan ist in Ordnung, und Rupert Hart-Davies ist ein guter Kerl. Leider ist er in der Armee, wie Sie zweifellos wissen. Aber Mr. Howard verabscheue ich. Als ich ihm mein Buch mit Kurzgeschichten gab, dachte ich, diesmal rede ich mit Mr. Howard so, wie er immer mit den Autoren redet. Ich ging also rein und sagte: ›Guten Morgen, Sir, was halten Sie von den Doodlebugs? Sind sie nicht ein unerhörtes Ärgernis? Ja, Sir, ich bin Geschäftsmann, wenn auch selbstverständlich ein großer Idealist und am Fortschritt der Kunst äußerst interessiert. Sie werden aber zweifellos verstehen, Sir, daß ich meine eigenen Interessen im Auge haben muß, und auch wenn es natürlich keine Firma gibt, mit der ich lieber ins Geschäft kommen würde, und ich größten Respekt und größte Bewunderung für Sie habe, ist es mir unmöglich, Ihnen meine Erzählungen für weniger als hundertfünfzig zu verkaufen. In bar, wie ich hinzufügen muß.‹ ›Was?‹ sagt Howard. ›Ich kann Ihnen nicht hundertfünfzig Pfund geben.‹ ›Sie können mir glauben, Sir, daß es mir schwerfällt, meinem Bedauern über Ihre Ablehnung Ausdruck zu verleihen, aber ich bin leider nur ein Geschäftsmann, und deshalb: Auf Wiedersehen!‹ Ich ziehe meinen Mantel an und gehe zur Tür. Howard ruft mich zurück, stellt den Scheck aus, und ich unterschreibe den Vertrag. Allerdings wollten sie nicht nachdrucken, und meinen Roman wollten sie nicht um 250 Pfund kaufen. Deshalb bin ich nun zu Hutchinson gegangen und habe dort einen Vertrag unterschrieben, in dem ich ihnen bis zum 30. Oktober einen Roman versprochen habe. Den Roman habe ich natürlich nicht geschrieben. Jetzt gebe ich ihnen den Vorschuß von 150 Pfund zurück, weil ich in der Zwischenzeit einen Verleger gefunden habe, der mir 250 Pfund für das Buch zahlt. Wie gefällt Ihnen das, Anna?«

»Na, ich denke, es wird noch eine ganze Weile dauern, bis der Roman erscheint.«

»Na und? Ich habe 250 Pfund daran verdient, und sie kümmern sich um eine gleichzeitige amerikanische Ausgabe. Also Ihr nächstes Buch, Anna, darf auf keinen Fall bei Cape erscheinen. Das sind Ungeheuer. Geben Sie mir Ihr Buch, und ich werde es für 500 Pfund verkaufen. Wie finden Sie das?«

»Ich glaube es nicht.«

»Ich rede morgen mit der zuständigen Person und gebe Ihnen morgen nachmittag Bescheid. Treffen wir uns um vier Uhr bei De Bry. Okay?«

»Okay.«

»Na schön, und vergessen Sie nicht, daß die Leute von Cape Ungeheuer sind. Ich werde jeden einzelnen ihrer Autoren wegholen, einen nach dem andern.«

Wir gingen in ein anderes winziges Pub, wo sie nur Bier verkauften. Dort trafen wir Zubra, der früher eine Buchhandlung hatte und sich als Schwarzhändler betätigte, mit einem blassen, betrunkenen Mädchen. Zubra schreibt jetzt Drehbücher für die B.B.C. und hat mich sofort gefragt, wie viel Vorschuß ich für meinen neuen Roman bekommen habe. Aber ich habe es ihm nicht gesagt. Im Wheatsheaf hatte ich den stotternden Filmschauspieler gesehen, den ich bei Peggys Party kennengelernt hatte. Sobald er mich sah, kam er zu mir herüber, und als wir hinausgingen, nahm er meinen Arm. Ich dachte, er wäre allein. Plötzlich wandte er sich um und sagte: »Wo bist du, Lys?«

Und eine Frau, die ich nicht sehen konnte, sagte wütend: »Ach, wie reizend, daß du dich an mich erinnerst. Wie reizend, daß du mich nicht völlig vergessen hast. Wie nett, daß du überhaupt Notiz von mir nimmst.«

Der Filmschauspieler stotterte irgend etwas, aber wir gingen weiter. In dem Bierhaus war auch ein junger Mann namens John Singer, ein kommunistischer Dichter mit einem schönen, dunklen jüdischen Gesicht. Er drehte sich plötzlich zu mir und sagte: »Wissen Sie, ich mag Sie wirklich.« Dann verschwand er.

Bald schloß das Pub, und wir gingen in ein Café. Paul Potts, ein weiterer Dichter, saß da, und Tambi, der ihn gut kennt und mit ihm zusammengewohnt hat, stellte uns vor. Dieser Paul Potts wurde sofort äußerst unhöflich Margaret und mir gegenüber, es war offensichtlich, daß er uns haßte. Er haßt jeden. Er verabscheut die Kommunisten, die Faschisten, die Engländer, die Österreicher, die Deutschen, also im Grunde alles und jeden. Aber dann wieder sah er plötzlich auf, und in seinem Blick lag etwas äußerst Freundliches, kindlich Unschuldiges und Hilfloses, ja etwas wirklich Liebevolles. Dafür mochte ich ihn. Am Nebentisch saßen vier Leute, zwei Frauen und zwei amerikanische Soldaten. Eines der Mädchen redete laut und wütend:

»Ja«, sagte sie, »ich bin verbittert. Ich habe auch allen Grund, verbittert zu sein. Jetzt sage ich mal meine Meinung, und keiner wird mich daran hindern, verdammt noch mal. Ich habe alles gemacht, ich habe Böden gescheuert, ich habe Toiletten geputzt, ja, Toiletten, und was hab ich davon? Kae«, sie beugte sich über den Tisch und starrte das andere Mädchen wild an, »Kae, habe ich dich je auch nur um einen Penny gebeten? Hab ich das?« Kae schüttelte den Kopf. Sie war ein dunkles Mädchen mit einem weißen, teigigen Gesicht und wässrigen blauen Augen. Ihr Haar war lang und gelockt und fettig. Die andere Frau war blond mit einer kindlich runden Stirn und einem äußerst verbitterten Mund.

»Da hören Sie es, ich habe sie nie um einen Penny gebeten. Seit sechs verdammten Wochen wohnt sie bei mir, aber sie hat mir nie auch nur einen Penny für die Miete gegeben. Sie hat ihre Wäsche gewaschen und das Bügeleisen benützt, aber sie hat nie auch nur einen Penny eingeworfen.«

Das andere Mädchen versuchte etwas zu sagen. »Du hältst den Mund!« sagte das erste. »Du hältst mich nicht vom Reden ab. Jetzt rede ich, verdammt noch mal. Wer zahlt das ganze Geld? Wer geht jede Woche zur Vermieterin runter und legt 14,6 auf den Tisch? Ich!« sagte sie und zeigte auf sich selbst. »Ich mach das, und ich bin eine verdammte Närrin, weil ich das tu. Wenn sie mir einen Schilling angeboten hätte. Wenn sie gesagt hätte, hier ist ein Schilling für die Miete, dann hätte ich es nicht angenommen. Ich hätte gesagt: ›Behalte dein Geld, ich weiß, du bist gerade knapp bei Kasse.‹ Ich hatte auch schon Zeiten ohne Geld. Ich weiß, wie das ist. Aber sie hat mir nie auch nur einen verdammten Penny angeboten.«

Ich hörte Paul Potts sagen: »Was halten Sie von David Gascoyne?«

»Ich kenne ihn nicht«, sagte Margaret.

Als ich wieder hinsah, waren die zwei verlegenen amerikanischen Soldaten gegangen, und an ihrer Stelle saßen zwei verlegene RAF-Männer am Tisch. Die Wut des Mädchens war noch längst nicht abgeklungen.

»Ah, ich weiß, ich muß nur den Mund aufmachen, und schon trete ich ins Fettnäpfchen. Alles, was ich mach, ist verdammt noch mal falsch. Alles, was ich sage! Aber in diesen ganzen sechs Wochen hat sie mir auch nicht einen Penny gegeben! Ich spiel für niemanden die zweite Geige. Wenn es ihr nicht paßt, weiß sie ja, wohin sie gehen kann. Ich habe die Nase voll.«

Der RAF-Mann beugte sich zu ihr und versuchte sie zu beruhigen. Er bat sie flehentlich, nicht so zu schreien.

»Es ist mir egal, wer mich hört. Ich weiß, ich soll verdammt noch mal den Mund nicht aufmachen. Ich soll gar nichts sagen. Kae dagegen kann verdammt noch mal tun und lassen, was sie will. Niemand macht ihr einen Vorwurf. Sie ist perfekt. Aber sobald ich nur den Mund aufmache, trete ich ins Fettnäpfchen. Ach, ich gehe. Ich habe die Nase voll. Ich will nach Hause«, sagte sie plötzlich ganz schlicht und ohne Ärger, und dann brach sie in Tränen aus. Ich glaube nicht, daß sie betrunken war.

Die ganze Zeit über saß die andere Frau bewegungslos da, hörte ihr nur kalt zu und beobachtete sie, und als sie schließlich in Tränen ausbrach, machte sie keinerlei Anstalten, sie zu trösten und zu beruhigen, sondern saß nur da und nippte an ihrem Tee. Ich war mir sicher, daß sie zusammen nach Hause gehen würden, die wütende Frau wird sich schämen, weil sie all die Sachen gesagt hat, und die andere wird weiterhin in aller Ruhe von ihr leben, obwohl sie bestimmt sehr arm ist. Ich hatte großes Mitleid mit dem Mädchen, und wenn ich nicht so ein Feigling wäre, wäre ich zu ihr gegangen und hätte versucht, sie zu beruhigen. Aber ich hatte Angst, daß sie sich auch gegen mich wenden würde. Die RAF-Männer starben fast vor Verlegenheit.

30. November 1944

Ich traf MacLaren-Ross. Er saß in diesem vornehmen Café, und mir fiel zum ersten Mal auf, daß er ein eher schönes Gesicht und etwas Byronhaftes hat. Er hat einen Stock mit Silberknauf, seine Hände sind schmal und weiß, aber er kaut Nägel.

»Wie finden Sie den Titel ›Welsh Rabbit of Soap‹? Gut, nicht wahr? Es handelt von einem Mädchen, das morgens mit einem Riesenkater aufwacht. Sie geht in die Küche und macht sich einen Käsetoast. Sie findet, daß er ein bißchen seltsam schmeckt. Dann merkt sie, daß es Seife war. Also geht sie in die Küche und wäscht mit Käse ab. Wie finden Sie das?«

»Es klingt sehr lustig.«

»Ja, es ist gut. Ich schreibe gerade daran. Sie ist ein gräßliches Mädchen. Sie hat die Art von Haaren, die ich hasse. Sie wissen schon, rotgoldenes, lockiges langes Haar, und ein völlig ausdrucksloses Gesicht. Ich mag fiese Mädchen. Ich mag es, wenn sie fies und sehr jung sind, ungefähr zwanzig.«

»Wie alt sind Sie?«

»Vierzig. Ah, die Pracht des Südens von Frankreich. Immer wenn ich an mein Alter denke, muß ich an Frankreich denken.«

»Waren Sie oft dort?«

»Ich war dort, bis ich 34 war. Nizza, Cannes, Paris.«

»Was haben Sie dort gemacht?«

»Ich brachte Leute um. Ich spielte und trank. Ich hatte viel Geld geerbt und habe alles ausgegeben. Dann kam ich nach England und verkaufte Staubsauger. Haben Sie Sidney Greenstreet in ›The Mask of Demetrios‹ gesehen? Sie müssen unbedingt hingehen. Sydney Greenstreet ist ein großartiger Schauspieler.« Er machte ihn ungeschickt nach.

Ich kann das Gespräch nicht wirklich so wiedergeben, wie es stattgefunden hat. Irgendwie war es völlig verrückt. Zugleich spürte ich hinter all dieser Verrücktheit eine scharfsichtige und kluge Beobachtungsgabe. Aber da war nichts, an dem man sich anhalten konnte. Das Gespräch sprang von einem Thema zum anderen. Es gab keinerlei Kontinuität. Halb gefiel es mir, weil MacLaren-Ross witzig und einfallsreich ist. Wir gingen dann in eine Buchhandlung, wo er mir ein Exemplar seines Buches kaufte und ich mein eigenes kaufte. Dann sagte er, daß er einen geheimnisvollen Mann im Café Royal treffe, ob ich mitkommen will. Dieser Mann, sagte er, sei ein äußerst gefährlicher Typ, man müsse sich vor ihm in acht nehmen. Ein einziges Wort könnte einen in schlimmste Gefahr bringen. Unterwegs erzählte er mir, daß er von der Armee desertiert sei und erst 32 war. Er sei im Militärgefängnis gewesen, und Rupert Hart-Davies habe ihn herausgeholt. Es klang wahr, aber gleich darauf stritt er die ganze Geschichte wieder ab. Dennoch sagte er später im Café Royal, der Held unserer Zeit sei der Deserteur. Der Mann, den er dort traf, war wirklich ziemlich furchterregend. Er war ungefähr 35 und hatte fette Wangen, ein sehr rotes Gesicht und blasse Augen mit sehr langen Wimpern. Seine Augen waren blutunterlaufen. Bei ihm war ein dünner, langer Mann mit einem kleinen schwarzen Bart. Die beiden sahen äußerst unheimlich aus. Ich glaube, sie waren beide Deutsche. MacLaren-Ross veränderte sich völlig, sobald wir sie trafen. Er war plötzlich ganz vernünftig und sehr vorsichtig bei allem, was er sagte. Vor dem Treffen mußte ich ihm versprechen, daß ich kein Wort von dem, was er mir erzählt hatte, verlauten lassen würde. Ich mußte aufs Klo, und er zeigte mir, wie ich hinkam.

»Was halten Sie von ihnen?«

»Sie könnten recht haben«, sagte ich. »Sie sehen wirklich fürchterlich aus.«

»Oh, bitte seien Sie leise«, sagte er und wurde ganz blaß und nervös.

»Aber wer sind sie?«

»Pst«, sagte er. »Sagen Sie nichts. Ich werde es Ihnen erklären. Wir müssen uns nochmals treffen. Sollen wir uns am Freitag treffen? Hier um sieben Uhr. Erwähnen Sie bitte in der Zwischenzeit niemandem gegenüber, daß Sie sie gesehen haben. Ich werde alles erklären. Vergessen Sie nicht, Freitag.«

Am Ende wußte ich nicht, ob das Ganze eine Phantasiegeschichte und ein Scherz war oder ob nicht doch eine Art Verschwörung dahinterstand. Jedenfalls hatte ich irgendwie genug und ging um sieben nach Hause. Ich verstehe wirklich nicht, wie Leute so leben können. MacLaren-Ross steht um zwölf

Uhr mittags auf, dann trinkt er bis drei am Nachmittag. Dann trinkt er einen Kaffee. Dann bringt er die Zeit rum, bis die Pubs wieder aufmachen. Er trinkt bis elf am Abend weiter und arbeitet von Mitternacht bis vier in der Früh.

2. Dezember 1944

Gestern habe ich einen langen Spaziergang am Fluß gemacht. Es war kalt, und die Sonne schien auf den Fluß zwischen den großen schwarzen Brücken. Viele Tauben flogen ganz tief über die Themse. Sie waren so weiß wie die Kämme der kleinen Wellen, sie waren fliegende Wellen. Kleine Enten schwammen auf der breiten Wasserfläche. Viele kleine Kähne zogen vorbei, und da war dieses neblige Grau und Blau, und die Stadt auf beiden Seiten des Flusses besteht aus Kränen und vielen bunten Reklametafeln. Ich spazierte die Fleet Street entlang und betrat die St.-Paul's-Kathedrale, die voller amerikanischer Touristen war. Es gibt nur eines, das ich an St. Paul's mag: Wenn man beim Eingang steht und in Richtung Altar schaut, hat man den Eindruck eines riesigen geheimnisvollen Raumes, als wäre man in einem fremden Schloß mit Millionen von riesigen goldenen Zimmern. Aber ich hasse diese kleinen Ornamente auf den riesigen Gewölben, kleine Rosenbündel gehören dort nicht hin. Ich ging durch die Fleet Street zurück und am Strand entlang, und plötzlich erfaßte mich eine große Liebe zu dieser Stadt, für alles in ihr, selbst die Ruinen der zerbombten Häuser. Ich hatte vielleicht zum ersten Mal das Gefühl, hier nicht mehr fremd zu sein, sondern Teil dieser Stadt, Teil des Flusses und der Brücken und der Straßen und Geschäfte und der Leute, die an mir vorbeigingen. Fast mit Schrecken realisierte ich, wie glücklich ich war, als ich in den Himmel blickte, das Meer nahe der Themse roch, die kleinen roten Busse sah, die über die Brücken krochen.

An der Straße gibt es einen kleinen Tabakladen, der von zwei Schwestern geführt wird. Sie sind beide alte Jungfern. Heute war die ältere da, und als sie mir die Zigaretten reichte, fragte ich sie, ob sie auch rauchte.

»Sehr, sehr selten«, sagte sie. »Ich rauche vielleicht sechs Zigaretten im Jahr. Meine Schwester und ich hatten früher einen Bekannten, der uns am Abend besuchte. Er hat geraucht, daher habe ich auch geraucht. Aber er ist vor anderthalb Jahren gestorben, und seitdem rauche ich kaum noch.«

Ich weiß nicht, warum ich all das niederschreibe. Als sie es sagte, das freundliche, häßliche alte Gesicht in lauter Falten gelegt, schien mir, als sei darin das ganze Leben von ihr und ihrer Schwester enthalten.

7. Dezember 1944

Gestern war ich mit MacLaren-Ross aus. Dylan Thomas war da und seine junge, frisch aussehende Frau Caitlin, die Irin ist. Dylan war fast in Tränen wegen der Sache mit Griechenland und MacLaren-Ross so arrogant und spöttisch wie nur möglich.

»Ach, seien Sie doch um Himmels willen still«, sagte Dylan. »Ich ertrage Ihre Witzeleien in dieser Sache nicht. Es ist zu schrecklich.«

»Tja«, sagte MacLaren-Ross, »wenn Sie nur sechs Monate lang in der Armee gewesen wären, wüßten Sie, womit zu rechnen ist. Die Armee ist faschistisch, und jeder, der dort war, weiß das. Aber Sie sind natürlich ein Dichter und Reservist. Sie können nur reden.«

»Ach, halten Sie den Mund«, sagte Caitlin. »Sie wissen doch, daß er aus medizinischen Gründen abgelehnt wurde.«

Fast hätten sie sich gestritten. Sie können einander nicht ausstehen. Ich glaube, Dylan hält die Glätte und Arroganz von MacLaren-Ross nicht aus, und der wiederum verachtet Dylan für dessen Mangel daran, und weil er kindisch, ungewaschen und schmutzig ist. Kathleen MacColgan war in der Bar, und als ich zur Garderobe ging, stand sie da.

»Oh, hallo Kathleen«, sagte ich.

»Hallo«, sagte sie. »Ich bin betrunken, wissen Sie.«

»Na und?« sagte ich. »Das kommt bei Ihnen ja wohl häufiger vor.«

Und plötzlich war ich so wütend, daß ich ihr alles sagen mußte, was mir am Herzen lag.

»Ich habe Ihre Stimme gehört«, sagte ich. »Unten in der Bar. Sie haben eine schöne Stimme.«

»Danke, Friedl«, sagte Kathleen. »Das freut mich. Es gefällt mir, eine schöne Stimme zu haben.«

»Ja«, sagte ich. »Ich dachte, da ist Kathleen. Ich kann sie nicht ausstehen, aber sie hat eine schöne Stimme.«

»Sie sind sehr aufrichtig, muß ich sagen.«

»Nun ja, warum auch nicht? Ich habe gerade die Vorexemplare meines neuen Buches bekommen.«

»Ah, gut!« sagte sie. »Lassen Sie mich doch einen Absatz über Sie im ›Evening Standard‹ schreiben.«

»Ach nein«, sagte ich. »Ich verabscheue diese billige Werbung. Es ist nichts als dummer Tratsch. Es hat nichts mit den wahren Werten zu tun. Aber danke trotzdem.«

»Sie sind beleidigend.«

»Ach nein«, sagte ich, »das könnte ich gar nicht. Sie allerdings schon. Sie können wunderbar unhöflich sein, und Sie beleidigen mit Haltung. Das ist bewundernswert. Es hat mich immer in Erstaunen versetzt, wenn Sie Wilfrid besucht haben. Die Art, wie Sie ein Zimmer betreten, als gäbe es niemanden außer Ihnen. Ich war wirklich voller Bewunderung. Warum haben Sie das eigentlich getan?«

»Ach, nur so«, sagte sie. »Es gibt keinen Grund.«

»Nein, natürlich nicht. Was könnte es auch für einen Grund geben?«

»Kommen Sie mit runter und trinken Sie einen mit mir und Pat«, sagte sie.

»Tut mir leid«, sagte ich, »ich kann nicht. Ich bin mit ein paar Leuten da.«

»Ach, nur einen ganz schnellen«, sagte sie.

»Nein, danke«, sagte ich, »ich kann wirklich nicht.«

»Na, dann kommen Sie doch Sonntagmittag zum Essen in Rolands Haus. Wie wär's?«

»Ja, das mach ich«, sagte ich.

Oh, wie ich diese Leute verabscheue. Sie hat mich geschnitten, als ich ein Niemand war, und jetzt lädt sie mich zum Essen ein, und wenn ich noch so unhöflich bin.

MacLaren-Ross begleitete mich zur Untergrund. Ein Zug aus Barnet fuhr ein, und ein Mädchen, das Shirley heißt, sprang heraus. Sie ist eine Freundin von MacLaren-Ross.

»Oh«, sagte sie, »ich bin ganz verzweifelt. Ich weiß nicht, was ich tun soll. Ich bin völlig verzweifelt.«

»Was ist denn los?«

»Ich weiß nicht«, sagte sie, »ich laufe immer davon.«

Der Zug von MacLaren-Ross kam, und er stieg ein.

»Ich laufe immer weg«, sagte das Mädchen. »Plötzlich bekomme ich Angst, nehme meine Sachen und hau ab. Und dann bin ich verzweifelt, und es tut mir leid.«

»Könnten Sie nicht zurückgehen?« schlug ich vor.

»Ach nein. Ich weiß nicht, was mit mir ist. Ich bin so ver-zweifelt.«

»Kommen Sie mit zu mir«, sagte ich.

»Ach nein. Ich bin fast zu Hause. Ich kenne Sie, Anna. Ich habe von Ihnen von Desmond gehört. Ich kenne Desmond und Margaret.«

Mein Zug kam. »Rufen Sie mich an«, sagte ich. »Sie müssen mich besuchen, wenn Margaret nicht da ist.«

»Woher wissen Sie?« rief sie.

Kaum war ich zu Hause, rief sie an. Sie wollte ein langes Telephongespräch, aber ich war zu müde. Henryka stand neben mir, schwer schockiert darüber, daß mich jemand nach elf Uhr anzurufen wagte, und sagte mir, daß sie mein Buch vom An-fang bis zum Ende gelesen hatte. Sie fand, daß alle Liebesszenen gestrichen gehörten.

1946 – 1949
EXIL IM EXIL: SCHWEDEN

Ende 1946 reist Friedl nach einem Zerwürfnis mit Canetti von London nach Stockholm, wo ihre Eltern und ihre jüngste Schwester Susanne leben. In Schweden setzt Friedl ihre Arbeit an ihrem experimentellen Roman The Dreams, *mit dem sie bereits in England begonnen hat, fort. Ihr Tagebuch führt sie nur noch unregelmäßig und tippt die handschriftlichen Notizen nicht mehr ab. Anfang Mai 1948 reist sie von Schweden über Deutschland nach Frankreich, wo sie Canetti wiedersieht. Dann fährt sie weiter nach London, um mit ihrem Verleger über das nächste Buch zu verhandeln, im Oktober reist sie nach Schweden zurück. Ende 1948 muss sie sich einer Gallensteinoperation unterziehen, von der sie sich im südschwedischen Ort Getå erholt. Es gelingt ihr,* The Dreams *fertigzustellen, der 1950 wie ihre anderen Romane bei Jonathan Cape erscheint.*

Auf dem Schiff nach Schweden,
23. Dezember 1946

Zu meinem größten Erstaunen und obwohl der Rest des Schiffes schamlos speibt, bin ich *nicht* seekrank, aber die ganze Zeit entsetzlich müde. Ich hab gestern fast den ganzen Tag geschlafen, wenn ich nicht gegessen hab. Das Essen ist unbeschreiblich. Butter, Eier, Gänse, Turkeys, Schinken, das herrlichste Obst, Kaffee mit Schlagobers, Milch. Ich hab mich nicht überfressen.

Wiener Würstchen – ich kann unmöglich alles aufschreiben. In meinem ganzen Leben hab ich nicht so gute Sachen gegessen. Ach Sternchen, wenn Du nur da wärst und es mitessen könntest. Sogar ich schäm mich.

Die Millionärin in meiner Kabine ist eine kleine Schullehrerin aus einer kleinen Stadt in Pennsylvania, die mit einem Lehrerinnenaustausch nach England gekommen ist und sich einen Urlaub in Schweden gönnt. Es sind noch zwei junge amerikanische Lehrerinnen am Schiff. An unserem Tisch sitzt außerdem ein junger, schmachtender Argentinier, der in Schweden Biologie studieren wird und mit verschlafenen Augen immer sagt: »Argentinia, it is the richest country in the world. I do not say that because it is my own country. I am very worried about my country. It is, yes, it is Fascist. You see, we are the richest country in the world. But I am very worried about my country.«

Dann ist da noch ein alter, dünner, zittriger Engländer, der, während er sich mit Delikatessen vollstopft, die ganze Zeit erklärt: »Give me roast mutton or roast beef with baked potatoes and cabbage and that is all I want. It suits our climate.«

Das Meer ist grau mit ganz weiten tiefen Wogen. Das Schiff schwankt stark. Gerade kann kein Mensch hier gehn oder stehn. Ich glaub, daß ich nicht seekrank geworden bin, weil mir so wie dem Schiff zumute ist. Du gehst und gleitest nach allen Seiten auf einer winzigen Oberfläche und nichts wie Meer um dich. Kaum hat das Schiff sich bewegt, hab ich keine Angst mehr gehabt. Gestern hab ich gebadet, denk Dir, am Meer in einer Badewanne! Es ist zum Lachen. Kaum hab ich das geschrieben gehabt, ist mir zum Sterben übel geworden.

Hier ist jeder allein unterwegs. Mit ihren großen, glasigen Augen, die sie wie Juwelen tragen, gehen sie durch die sauberen, schönen Straßen, fast nie in Gruppen, selten in Eile. Ich habe die Personen auf einer langen Straße gezählt, und es waren sieben. Groß, blond und gut gebaut bewegten sie sich wie Marionetten unter einem Himmel, den man hier stets vor Augen hat, und man wußte, daß, obwohl der Abstand zwischen ihnen riesig war und sie sich völlig unbeobachtet fühlen konnten, nichts Unerwartetes geschehen würde, daß keiner von ihnen etwa stehen bleiben und zum Himmel aufblicken würde, ohne an sein Ziel zu denken.

Wenn man von England kommt, ist die Schönheit dieser Menschen erstaunlich: ihr glänzendes Haar und ihre eisigen Augen. Aber inzwischen, nach nur kurzer Zeit, wundere ich mich nicht mehr darüber. Es ist, als hätten sie sich in die Landschaft verwandelt: Sie sind einfach Teil der Felsen, des Wassers, das hier allgegenwärtig ist, Teil des Schnees im Winter und des wunderbaren Lichts jetzt im Sommer. Ich kann ihnen ihre förmliche Kleidung und ihre guten Manieren nie ganz glauben. Wie Bauern ähneln sie der Erde, auf der sie leben, und es ist mir unvorstellbar, daß auch sie Konflikte und Probleme haben, daß sie glücklich oder unglücklich sind und ihre Gläser zu einem feierlichen »skål« erheben.

Auch Stockholm mit seiner makellosen Schönheit wirkt nicht wie die allmählich entstandene Hauptstadt eines Landes, gebaut von Menschen für Menschen, die darin wohnen sollen. Man hat das Gefühl, als wäre sie eines Tages, in Zellophan gewickelt, plötzlich da gewesen, komplett mit all den Menschen und Kühlschränken, den hübschen Konditoreien und sauberen kleinen Cafés, den Blumen und Statuen, wie die Halluzination eines Seemanns, der viele Tage lang im Ozean verschollen war. Ich werde das Gefühl nicht los, daß jeden Moment alles wieder verschwinden könnte.

Gestern war ich zum Essen eingeladen und beging einen Fauxpas nach dem anderen. Vor allem dieses Trinkritual habe ich überhaupt nicht begriffen. Ich verstehe es noch immer nicht. Anscheinend darf man nicht trinken, außer ein Mann sieht einen an und hebt sein Glas, und dann darf man, während man einander tief in die Augen schaut, einen Schluck Gin, oder was immer es ist, zu sich nehmen. Ich hatte davon keine Ahnung, und es dauerte lange, bis ich begriff, daß all das Zwinkern und Gestikulieren rund um mich eine Trinkerlaubnis war, und ähnlich schwer zu verstehen waren die Verlegenheit und das Entsetzen meines Nachbarn, wenn ich, ohne auf ein Zuprosten zu warten, einfach trank. Er hob sein Glas, wie um irgendeinen gräßlichen Toilettenfehler zu überdecken. Ich dachte die ganze Zeit, der Träger an meiner Schulter wäre gerissen oder so was. Dann erklärte er mir zum Glück das System und riet mir, mein Glas nie ganz zu leeren für den Fall, daß jemand eine Ansprache hält, an deren Ende alle ihr Glas erheben und es austrinken müssen. Anscheinend ist Trinken, wie in England das Wetter, ein universelles Problem. Es ist je nach Einkommen streng rationiert, und da die Schweden starke Trinker sind, nimmt es einen großen Teil ihrer Zeit und ihres Denkens in Anspruch, und sie jagen ihm hinterher wie die Engländer dem schönen Wetter. Es gibt auch ein sehr kompliziertes Rationierungssystem in den Restaurants, wonach man unter bestimmten Bedingungen eine bestimmte Menge zu trinken erhält – ich habe es nicht begriffen. Ich habe aber festgestellt, daß Trinken ein feierlicher

Akt ist, der mit der größtmöglichen Würde zu vollziehen ist, eher als ob wir aus einer moralischen Verpflichtung heraus und unserer Gesundheit zuliebe ein Tonic zu uns nehmen würden, als es zum Genuß zu trinken.

Nach dem Essen wurde getanzt. Ich habe noch nie solch unverhohlenen Haß gesehen wie den zwischen den Frauen hier. Ich hatte mich davor über Susis kritische Haltung Frauen gegenüber und ihre Abneigung gegen sie gewundert. Auf dieser Party war es jedenfalls die allgemeine Haltung. Die Frauen sprachen nicht miteinander, und wenn eine dastand und mit einem Mann sprach und eine zweite kam dazu, drehte sie sich mit einem angewiderten Gesichtsausdruck weg, als würde sich eine Schlange anschleichen, um ihr den Mann wegzuschnappen. Noch nie habe ich so entschlossene, aggressive Blicke gesehen, die sich gleichsam gegen die ganze Frauenwelt richten, ein Kampf jede gegen jede mit jedem Blick und Wort.

Reise nach Frankreich,
Frühjahr 1948

In Deutschland einzureisen ist, als wäre man plötzlich auf einen dunklen und düsteren Stern versetzt, von dem kein Reisender zurückkehrt. Das Licht im Zug ging aus. Es war nur eine Panne, die überall hätte passieren können, aber sie passierte genau in dem Moment, als wir Flensburg erreichten, ungefähr um sechs Uhr abends. Die ausnehmende Höflichkeit des deutschen Zollbeamten mit seinem grauen Gesicht und den geflickten Hosen, den alten Stiefeln und vor allem dem hoffnungslosen, verbitterten Gesichtsausdruck wirkte auf mich wie etwas ganz besonders Schreckliches: als wäre ein Geist erschienen, der die Neu-

As soon as one reaches
~~by the German frontier, it is almost as if~~
~~we were told~~ there seems to be an
Evening
~~Reaching the~~ German frontier it is as if one
were ~~suddenly and mysteriously~~ transplan-
ted onto a dark & gloomy star, from whence
no traveller returns. The light in the train
went out: it was only an accident which
might have happened anywhere, but it
did happen as soon as we reached Flensburg, at about 6 in the evening. The exquisite politeness of the German customs official,
his grey face and mended trousers, his old
boots and above all the kind of hopeless, un-
believer expression in his face. struck me as something peculiarly terrible: as if a ghost
had arisen to ask the newcomers in a thin
voice to open their trunks and
show their money. The Danish girl who sat
next to me, gripped my arm and shouted
in German: Get out! Get out!
, said the customs officer
went away quickly
In the dark train we travelled into the still
greater darkness of Germany. Hamburg

Seite aus den Aufzeichnungen und dem Tagebuch aus dem Jahr 1948
(Nachlass Elias Canetti, Züricher Nationalbibliothek)

ankömmlinge mit einer dünnen, untertänigen Stimme bat, die Koffer zu öffnen und ihr Bargeld vorzuweisen. Das dänische Mädchen, das neben mir saß, umklammerte meinen Arm und kreischte auf deutsch: »Raus hier! Raus hier!« »Es ist meine Pflicht«, sagte der Zollbeamte demütig und machte sich davon.

In dem dunklen Zug fuhren wir in die noch größere Dunkelheit Deutschlands. Hamburg wirkte wie eine Kleinstadt, von aller Welt vergessen. Vor den Trümmerfeldern warteten mit Pappkartons beladene Menschen auf ihre Züge, von kleinen Lampen schwach beleuchtet. Aber die Straßen waren ganz leer – so leer, daß es wirkte, als würde nie wieder jemand auf ihnen gehen. Nur in ganz wenigen Fenstern in den Häusern war Licht.

»Natürlich haben wir Deutschen die Atombombe erfunden«, sagte der Schaffner zu mir. »Die Amerikaner haben sie uns gestohlen und Hiroshima bombardiert.«

»Warum glauben Sie das?« fragte ich verärgert.

»Ich weiß es«, sagte er mit seiner bedrückten Stimme. »Sie ist eine deutsche Waffe, das ist doch klar.«

»Warum?« beharrte ich.

»Sie hätten sie nie erfinden können«, sagte er voll Überzeugung und begann sich eine Zigarette zu drehen. »Wie auch immer. Mir ist es egal. Ich habe nichts zu verlieren. Unser Haus ist zerbombt, meine Frau muß in einer anderen Stadt leben, unser Sohn ist tot. Das einzige, was ich weiß, ist: Den nächsten verdammten Krieg kämpfe ich nicht für sie.«

»Für wen?«

»Die Amerikaner und die Engländer. Sie haben so lange über die deutsche Schuld geredet, bis ich es fast geglaubt habe. Und sehen Sie sich an, was sie jetzt machen. Sehen Sie sich das nur an!« Er ließ mich abrupt stehen.

Ich ging in den Speisewagen, um mir ein Mineralwasser zu holen. Im Gang stand ein junger Schwede, der dem französischen Schaffner gegenüber lautstark über die Schweden herzog. Der Schaffner hörte belustigt zu.

»Hallo«, sagte der Schwede zu mir, »in welcher Klasse reisen Sie?«

»Zweite«, sagte ich.

»Haben Sie einen Platz im Schlafwagen?«

»Nein.«

»Warum nicht?«

»Ich weiß nicht«, sagte ich.

»Haben Sie einen Schafwagenplatz für diese Dame?« fragte der Schwede den Schaffner.

»Nein, der Zug ist voll.«

»Sind Sie sicher?« sagte der Schwede und zwinkerte ihm zu.

»Haben Sie Dollars?« fragte mich der Schaffner.

»Nein.«

»Pfund?«

»Ja.«

»In Ordnung«, sagte er, »Sie können einen Schlafwagenplatz haben.«

Also zog ich für ein paar Schilling in ein Erste-Klasse-Abteil im Schlafwagen um.

Von da an hatte Geld einen ganz neuen, unverständlichen Wert. In Paris trägt jeder Hunderte zerrissene, schmutzige, zerknitterte Geldscheine in der Tasche. Auch wenn die Preise nicht exorbitant sind (was sie meistens sind), wirken sie so. Man zahlt nicht 10 Francs oder 20 Francs, nicht einmal 50, noch das kleinste Ding kostet mindestens 100, 200, 500 Francs, und nach dem ersten Schock scheinen alle Werte ungewiß.

In dieser irrsinnigen Stadt finde ich nicht zu mir selbst. Das Gefühl, das ich seit dem letzten Sommer in Schweden hatte, verstärkt sich hier, so daß diese Stadt, die auch in besten Zeiten etwas Unwirkliches hat, wie ein riesiger, bunter, transparenter Albtraum wirkt. Jetzt, wo es heiß geworden ist, spüre ich in mir eine immense Einsamkeit, so daß, selbst wenn Leute mit mir reden, ich sie plötzlich zu verlieren scheine. Ich war heute in Notre-Dame und bin lange in dieser leuchtenden Kirche herumgegangen. Sie ist selbst wie eine Stadt mit vielen Ecken und Winkeln. Oh, diese wunderbare Ordnung in Stein und Glas. Plötzlich hat man das Gefühl, auf der Welt gebe es so viel Leben wie Stein – man muß es nur greifen, halten und fühlen.

Hinter Notre-Dame kam ich mit einem Mal in die kleinen jüdischen Gassen, wo sich die Häuser nach vorn und nach hinten neigen, als wollten sie einander grüßen oder als wollten sie vermeiden, einander zu sehen, es ist fast wie ein Tanz. Die Kinder saßen auf der Straße, und die kleinen Juden standen in den Hauseingängen in der heißen Sonne, und obwohl über den Türen der Geschäfte hebräische Aufschriften waren, hatte ich das Gefühl, fast den Glauben, daß dies Italien war. Die kleinen, dunklen Höfe voll Geschrei und Lärm und Wäsche, aber auch all die trockenen, staubigen Gassen mit den kleinen, dunklen Menschen, die sich unterhielten und stritten, und ein Geruch nach Fisch und Abort ließen mich kurz vergessen, daß ich in Paris war. Ich kam zu einem Markt, wo jeder Händler seine Waren ausrief und die Frauen alles angriffen, während die Männer rauchend in den Hauseingängen lehnten.

So viel ist passiert, und nichts davon ist mir klar. Wenn ich nur wieder zu schreiben beginnen könnte, das ist das einzige, was mir Kraft gibt. Irgendwie hatte ich gehofft, daß C. sie mir geben würde, aber vielleicht ist es gut, daß er es nicht getan hat, weil ich jetzt weiß, daß mich nur eine Sache auf der Welt zusammenhält, und das ist Arbeit, und ich meine damit nicht nur das Schreiben, sondern Schauen und Lernen. Vielleicht sollte ich jetzt viel mehr Musik hören, danach sehne ich mich ständig, als könnte sie einen von all den Steinen und Klößen befreien, die einem das schwache Herz beschweren. Warum bin ich bloß mit all diesen Forderungen gekommen, es quält mich jetzt. Jede davon war nur eine Ausrede, um nicht zu lieben.

Da ist diese Frage, die ich mir ständig stelle und auf die ich nur manchmal eine Antwort habe: Warum ist es so, daß ich wegwerfe, was ich habe, und es dann ewig suche. Gestern habe ich einen ganz zerfetzten Baum gesehen, und ich küßte ihn, wie ich ihn hätte küssen sollen, mit einem Gebet, aber mein Gott, wie nahe bin ich immer dem Verrat. Vier kahle, gebrochene Arme hatte er, die in den farblosen Himmel zeigten, und an diesen vier Armen hing das bißchen Leben, das noch in ihnen war, in Schleiern der Traurigkeit auf meinen Kopf herab. Die Schatten der Fensterläden waren wie Eisenbahngleise auf dem Gras und kletterten einen großen Kastanienbaum hinauf, und dann ging ich mit ihm in das Haus, und in mir war plötzlich wieder diese beängstigende Sehnsucht nach seiner Arbeit, nach diesen Figuren, die mit ihren Gefühlen auf ein Schicksal zusteuern, das schrecklich ist. Es gab da keine Bilder, alle Wände waren kahl, aber er hatte Photographien, die er mir zeigte, und plötzlich wollte ich ihn haben, als wäre er seine Bilder, es war, als könnte ich ihn nehmen, in meine Tasche stecken und da verstecken und ihn herausholen und anschauen, wann immer ich will. Nur ist es nicht er, den ich anschauen will, sondern diese Bilder, und eigentlich haßte ich ihn, so daß ich ihn am liebsten geschlagen hätte, als er versuchte, mich zu küssen. Diese Bilder sind jedoch in mir und machen mich krank, weil sie mich nicht loslassen. Manchmal habe ich dieses tödliche Gefühl, daß ich zwischen ihnen in einem Rahmen durch diese Stadt gehe, und ich sehne mich nach Ilja, als ob er mich befreien könnte.

Aber nicht Liebe kann mich befreien, sondern eine Ordnung außerhalb von mir, etwas, an dem ich keinen Anteil haben kann, außer den Anteil, den man hat, wenn man es anschaut, liest, bis zu einem winzigen Grad versteht. Es ist die Ordnung der großen Kirchen, wo immer etwas verborgen und versteckt ist in einem Licht, das weder dunkel noch hell ist, wo Stein zu Glauben wird. Es stimmt nicht, daß der Glaube wie ein Stein oder ein Fels sein soll, sondern er sollte imstande sein, die ganze Welt in etwas Lebendigeres als ein schlagendes Herz zu verwandeln, denn er sollte auf ewig lebendig sein. Alle Kunst muß daher eine Kunst des Glaubens sein, denn wie sonst, woher sonst sollte man den Mut nehmen, die Steine aus allen Teilen der Erde herbeizuschaffen, um etwas zu machen, das länger währt als die Sonne und nie untergeht?

Ich bin wieder in das Hotel gegenüber gezogen und kann in unser Zimmer schauen, und er könnte noch da sein, könnte dort schlafen, könnte dort lesen. Ich mag dieses Hotel nicht, ganz besonders mag ich dieses Zimmer nicht, das zum einen dreckig ist und zum andern eine schreckliche Tapete hat: riesige rote Rosen, und alles hier herinnen ist rot. Nur einen hübschen Tisch gibt es, an dem man schreiben möchte. Wenn ich nur ein neues Buch beginnen könnte, zumindest weiß ich jetzt mehr und mehr, daß es nicht diffus und zerstreut wie das letzte sein darf, aber bevor ich damit anfange, muß ich mehr denn je die Sprache und den Kontext beherrschen. Dieses neue Buch soll kompakt wie Sand am Strand sein. Das Hauptproblem ist, daß ich keine statische Geschichte schreiben kann, aber ich will auch kein »suchendes« Buch mehr schreiben. Ich muß also eine Möglichkeit für statische, erzwungen statische Personen auf einem sich bewegenden Element, wie einem Fluß oder einem Zug, finden. Aber ich weiß noch nicht.

London, 18. Juli 1948

Der Mangel an Beständigkeit in mir, das völlige Vergessen, das mich von einer Stunde zur nächsten überkommt, als wäre jeder Tag, ja jede Minute eine in sich geschlossene Welt, eine so fern von der nächsten wie ein Stern vom nächsten, ist meine schlechteste und schädlichste Eigenschaft. Denn in Wahrheit erinnere ich mich nicht an die Stunde, die ich hinter mir gelassen habe, und die Tage vergehen nicht, als säße ich in einem Zug, sondern als wäre ich die Landschaft, durch die der Zug mit großer Geschwindigkeit rast. Er hat recht, die einzige Beständigkeit, die ich habe, liegt in meiner Arbeit, wenn ich sie mache. Wenn ich sie nicht mache, ist mir der erste Blick, der meinen fängt, wichtiger als die ganze Vergangenheit. Ich schreibe, als wäre ich auf dem Weg zu einem Haus, und ich möchte endlos weiterschreiben, weil ich es nicht ertragen würde, dort anzukommen.

Ich bin voller Liebesgeschichten und weiß nicht, wie ich sie erzählen soll. Vieles ist mir zugestoßen und steckt wie ein Knödel in mir, aber ich kann keine Ordnung reinbringen. Was ist mit diesem Jahr in Schweden, diesen Wochen in Frankreich und jetzt hier? Was kann ich darüber wissen? Eine Sache habe ich gelernt. Alles, was man getan hat oder was einem angetan wurde, ist wie der erste Stein zu einem Haus. Das Haus wächst im Inneren, bis man plötzlich, oft durch einen reinen Zufall, erkennt, daß man es in sich getragen hat und daß es da ist und fertig mit all seinen Ansprüchen und einer Dringlichkeit, die in all den Jahren gewachsen ist, in denen man seine Existenz völlig vergessen hat, in denen man sogar vergessen hat, wann man den ersten Stein gesetzt hat, und man sollte ihm stets mißtrauen. Denn es ist eine trügerische Sache, die wenig zu tun hat mit der Gegenwart, seine Festigkeit ist ein Mythos und ein vergangener Traum. Es wächst in die Gegenwart und hat doch nichts damit zu tun, außer man hat die Zeit, die Geduld und Beherrschung und dazu den Wirklichkeitssinn, der mir so abgeht, um es zu ändern und in die gegenwärtige Lebensform einzubauen.

Nach zehn Jahren ist Paul Steiner aufgetaucht, frisch aus den USA, und mit ihm jener Sommertag in Wien, als er mich von der Schule abgeholt hat und wir durch die Stadt spaziert sind und in den Parks gesessen sind, und die Luft zwischen uns hat geprickelt. Er hat meinen Aufsatz für die Staatsprüfung geschrieben, die einzige Prüfung, die ich je bestanden habe. Ich war 16, und er war 20, und nachts lagen wir oft zusammen in den Feldern, und er hat immer davon geredet, daß er dereinst ein großer Schriftsteller wird, und er traute sich nicht einmal, meine Hand zu küssen. Die Schatten in der Himmelstraße waren lang, und wir gingen zusammen unter dem Mond und den Sternen. Viele Jahre lang war er mein engster Freund, selbst nachdem ich geheiratet hatte, traf ich ihn weiter, und wir saßen zusammen und redeten, als würde jedes Gespräch eine Ewigkeit dauern. Dann hatte er seine Liebesgeschichte mit Gerda, und ich glaube noch immer, obwohl ich mich nicht daran erinnern kann, daß ich sie irgendwie meinen Eltern verraten und damit alles für sie zerstört habe. Aber damals war er überzeugt, daß er Schriftsteller werden würde.

»Ich bin derselbe geblieben«, sagte er immer wieder. »Menschen ändern sich nicht.« Doch wie sehr hat er sich verändert und merkt es nicht einmal. Sein Gesicht ist weich und nachgiebig geworden, er ist jetzt wohlhabend. Er mag die Reichen und ein Haus auf dem Land und Ferien in Kalifornien und schöne Kleider für seine Frau, und warum auch nicht? Was ist es, das mir daran Unbehagen bereitet, wo man sich doch eigentlich freuen sollte, daß ein Freund nach vielen Jahren harter Arbeit es zu einem einigermaßen komfortablen Leben gebracht hat, nicht zynisch ist und seine Begeisterung nicht verloren hat? Aber er begeistert sich für die falschen Dinge, auch wenn ich noch nicht herausgefunden habe, wofür. Vielleicht ist es nichts weiter als die völlige Mittelmäßigkeit in allem, was er sagt oder tut, und eine bedingungslose Akzeptanz der Welt, wie sie ist, gut oder schlecht, eine Demut gegenüber den Bequemlichkeiten, die diese Welt zu bieten hat, als wäre Zentralheizung ein wunderbares Geschenk, das ihm zugefallen ist und für das er dankbar sein und den Rest akzeptieren muß. Er ist natürlich kein Schriftsteller geworden, sondern Verleger, »was so gut wie ein Geschäftsmann ist«, und wie viele solcher Leute verachtet er den Künstler, der in heruntergekommenen Wohnungen lebt und schlecht ißt. Gleichzeitig hat er, wie alle solchen Leute, Respekt vor diesen verachtenswerten Geschöpfen.

16./17. August 1948

Ich war in Canterbury mit Francis Graham-Harrison, der der Sekretär von Attlee ist. Er ist noch sehr jung, es ist ganz unglaublich, daß er mit 34 Jahren schon so eine Stellung hat. Er ist so schüchtern, daß ich mich immer wundere, daß er nicht stottert, und dabei von einer Neugierde, die ihm eine nervöse, unsichere Spannung verleiht. Er sagt selbst, diese Neugierde sei der stärkste Ansporn in seinem Leben, und ich glaube es ihm. Er wollte Schriftsteller werden und könnte es meiner Meinung nach noch werden. Seine Empfindsamkeit ist jedenfalls die eines Künstlers. Aber ich kann ihn nicht so ganz einschätzen. Ich weiß zum Beispiel nicht, ob er wirklich schüchtern ist oder wegen überbordender Neugierde in an Verrücktheit grenzendem Ausmaß nervös. Seine Neugierde zieht ihn in alle mögliche Richtungen, ich kann mir vorstellen, daß er sich, sobald er einen Raum voller Menschen betritt, in so viel Neugierden, wie Leute im Raum sind, auflöst, und seine Unsicherheit ist die eines Geistes, der weiß, daß ihn keiner sehen kann. Ich bekomme nicht wirklich zu fassen, was ihn zusammenhält. Er ist so dünn, daß ihn ein Windstoß umwerfen könnte, und jeder seiner Finger zuckt vor Nervosität. Er trägt seinen Mantel über dem Arm, als wäre der Arm aus Holz und für diesen Zweck gemacht. Er hat außerordentlich schöne dunkelblaue Augen, ein kleines schmales Gesicht mit einem winzigen, irgendwie anspruchsvollen Mund und einem ordentlichen Trumm von einer Nase.

Die Kathedrale von Canterbury gefiel mir weniger, als ich erwartet hatte. Von außen ist sie wunderschön, voll Anmut und Grazie, das Innere hat mich jedoch enttäuscht, vor allem der ältere Teil, der schwer und unrein ist. Sie ist oder schien mir eine kalte Kathedrale, und die ganze Zeit hatte ich die Vorstellung, das riesige, schöne Mittelschiff (ich glaube, so nennt man das) sei gar nicht für Gebete gedacht, sondern ist ein phantastischer Ballsaal für ein elisabethanisches königliches Fest, und die ganze Zeit, während wir da saßen, dachte ich an Tänze und Gekicher und kleine Stelldicheins hinter den Säulen, die wie Strandbinsen zu dem gewaltigen, hohen Dach hinaufschießen und sich dort ausbreiten.

Auf dem Weg zurück erzählte mir Francis seine Liebesgeschichte mit Carol, seiner Frau. Sie machten lange Spaziergänge, redeten über Bücher und Gedichte, und eines Tages kamen sie zu einer kleinen Kirche bei Oxford. Sie traten ein, und dort küßte er sie zum ersten Mal, und es war auch der erste Kuß in seinem Leben. Ich glaube, seit damals liebt Francis Kirchen und unternimmt lange Zugfahrten in ferne Städte, nur um sie zu besichtigen und in ihnen zu stehen, und das, obwohl er sagt, daß er nicht religiös ist, daß er sogar die größte Abneigung dagegen hat, weil seine Mutter, die sehr katholisch ist, ihn als Kind dazu gezwungen hat. Die Kirchen sind jedenfalls zu seiner Religion geworden. Sie verleihen ihm bis heute Mut, in diesen riesigen, geordneten und weiten Gebäuden fühlt er sich wohl, ein weiter Raum, der dennoch streng begrenzt ist, ein Altar, vor dem er nicht zu knien braucht, vor dem er sich aber aufgrund seiner schieren Größe fühlen muß, als würde er knien, und ich glaube, sein Herz ist dann voller Selbstvertrauen, Demut und Staunen.

Ich weiß nicht, warum es mir derzeit so schwerfällt, über mich selbst zu schreiben, wo es doch früher wie eine Leidenschaft war, und das einzige, was ich ernst nahm, als ich ungefähr 14 Jahre alt war, war, was in mir vorging. Jetzt schreibe ich nicht gerne über mich, zum Teil aus Angst, daß C. es lesen wird, zum Teil aber auch aus einer Mischung aus Angst und Langeweile. Ich grüble ständig über »meine *eigene* Wahrheit«, als könnte man das herausfinden. Ich höre C. zu, weil ich seine Wörter brauche, und will sie doch zugleich in Stücke reißen. Ich bin unglücklich, wenn ich ihn nicht sehe, und wenn ich weiß, daß er kommt, will ich davonlaufen. Ich sehne mich danach, daß er bei mir ist, mich küßt und mich hält, und doch stelle ich mich immer dagegen. Das Schlimmste ist, daß ich nicht wirklich schreiben kann, ich brauche ein Thema, das mich zusammenhält, wie er es früher getan hat, aber mir fällt nichts ein. Und was ist mit diesen Gefühlen für Endre? Er ist ein Künstler, aber kein so großer Künstler, daß er mich überwältigen könnte. Und er malt, er malt und *schreibt nicht*. Zugleich würde ich nicht im Traum daran denken, mit ihm zu leben, nicht weil er, wie C. sagt, winzig wie ein Zwerg ist, sondern weil er spießig ist und kein großer Künstler.

C. und ich müssen zusammen sein.

18. August 1948

Ich kann mir nicht helfen, ich mag die gräßlichen Leute in diesem Haus. Zuallererst und hauptsächlich, weil sie mich nicht belästigen. Es ist das erste Haus in England, wo das so ist. Sie sind weder verrückt noch besitzergreifend, noch pedantisch, aber es ist freilich nicht ihr Haus, und sie sind Deutsche. Sie sind beide unglaublich häßlich und haben kleine, entzündete Augen, Eva schwarze, ihr Bruder blaue, und lange jüdische Nasen, und der einzige Mensch auf der Welt, den sie nicht mögen, ist der jeweils andere. Sobald Kurt in Evas Nähe kommt, keift und nörgelt sie an ihm herum. Er antwortet ihr nie. Er arbeitet in einer Fabrik als »Supervisor« (weiß der Himmel, was das ist), hat aber eine widerliche Besessenheit an sich, die sich hauptsächlich um Lesben und so dreht. Seine Lieblingswendungen sind »ist ja grausam« und »effektiv«: zwei Sachen, nach denen er sich sehnt. Er hat mir nämlich mit triumphierender Stimme erzählt, daß er Masochist sei, und mich dabei angestarrt, als erwarte er Applaus. Das Schlimmste ist, daß sein Gesicht eine wirklich abstoßende lila Farbe hat, die Farbe unreifer Pflaumen, und daß er sich, auf dem Teppich liegend, in langen, sich selbst abwertenden Reden ergeht. Er ist dabei jedoch außerordentlich gutmütig, auch das in einem beinahe abstoßenden Ausmaß. Er versetzt sich von Anfang an in die Rolle eines Hundes, und man ist versucht, nach ihm zu pfeifen. Er läßt sein Haar wie ein Fell wachsen, rennt und trägt Sachen, holt die Zeitung, ich wundere mich, daß er sie nicht zwischen den Zähnen trägt. Er hat ein merkwürdig schmieriges Verhältnis zu Frauen – ich glaube nicht, daß er je davon träumt, eine wirklich zu besitzen, oder, um genau zu sein, er träumt nur davon, und ich glaube, was es so widerlich macht, ist, daß man, wenn er einen anschaut, das Gefühl hat, als stülpe er seine unaussprechlichen Träume einem über wie über einen Kleiderbügel. Er hat ein schnüffelndes Interesse an Toilettendetails, es bereitet mir Übelkeit, dasselbe Klo wie er zu verwenden. Aber obwohl ich all das weiß, mag ich ihn manchmal, ich glaube, wegen seiner Blödheit und weil ich ihm irgendwie seine Gutmütigkeit zugute halte. Er haßt Evas Hund, ein unglaublich schwarzer Spaniel, der zu faul zum Gehen ist und den man auf dem Bauch durch die Straßen schleifen muß, weil er sich einfach nicht vom Fleck bewegt. Dieses stinkende Vieh liegt von morgens bis abends auf ihrem Bett, wird fetter und fetter und kommt nur ab und zu aus dem Zimmer, um an den Rosen zu schnuppern. Eva vergöttert ihn, und weil sie eine Schlankheitskur machen muß, füttert sie ihn und Susi und mich und sitzt daneben und schaut mit ihren kleinen gierigen Augen zu, wie wir essen. Sie kann Essen nicht widerstehen, sie stellt sich in ihrer Mittagspause stundenlang an für ein paar Schokoröllchen und so was, nicht für sich, sondern für uns, weil sie nicht widerstehen kann, Essen zumindest zu bringen. Sie hat mir erzählt, daß es früher ihr größtes Vergnügen war, an ihren freien Tagen ins Restaurant zu gehen und ganz allein riesige Mahlzeiten zu verspeisen. All ihre Freuden sind aus zweiter Hand. Sie erzählt mir mit echter Lebhaftigkeit und Phantasie von Bettina, dem Mädchen, das vor mir hier gewohnt hat, und ihren Liebesgeschichten. Sie mißbilligt sie immer und findet die Männer, in die sich Bettina verliebt, furchtbar, aber wenn sie über sie spricht, hat sie in ihren Augen denselben Ausdruck, wie wenn sie ihrem Hund beim Fressen zusieht. Sie arbeitet in einem zionistischen Auswanderungsbüro.

23. August 1948

Francis war letztens da und hat bis fünf in der Früh gebeichtet. Ich mag ihn sehr. Natürlich sind wir als erstes in eine Kirche gegangen, oben in Highgate. Es ist keine gute Kirche, aber wir sind durch diesen phantastischen Friedhof gekommen, der zu den komischsten und gruseligsten Dingen gehört, die ich je gesehen habe. Er sieht aus wie von einem wahren Meister des Grotesken entworfen. Wenn man je Lust hat, sich mal wieder die ungeheuerlichen Unterschiede zwischen den Menschen vor Augen zu führen, die unglaublichen Träume, von denen sie besessen sind, ihre immense Fähigkeit, sich selbst zu täuschen, dann sollte man dorthin gehen, und ich gehe bestimmt wieder hin. Denn es ist alles in Stein und wird sich lange Zeit nicht ändern, und darüber hinaus sind alle unterschiedlichen Zeiten da, prachtvoll vorgeführt durch die absurdesten Grabsteine der Welt. Ich konnte mich nicht dazu bringen, an den Tod zu denken, die Grabsteine sind lebendiger als die Leute in einem Teeladen, einer schielt, der nächste ist bucklig, der dritte platzt fast vor Wichtigtuerei und so weiter. Danach gingen wir ins Kino in einen reizenden Film von René Clair, und dann kam Francis hierher und bekam ein Essen. Das Merkwürdige ist, daß er zu den wenigen Personen gehört, auf die ich nicht besonders neugierig bin, das heißt, ich bin weniger an seiner Geschichte als an ihm als Person interessiert. Er war aber offenbar fest entschlossen, mir »die Wahrheit« zu sagen. Die Wahrheit ist, daß er eine Affäre mit Clement hat. Francis ist ein überaus gewissenhafter Mann, in moralischer Hinsicht, meine ich, trotzdem findet er nichts dabei, seine Frau zu betrügen. Er schaut auf diese Tatsache mit dem Staunen eines Betteljungen, der plötzlich einen Geldbeutel mit einer Million darin findet. Er dreht sie um und um, öffnet sie, wirft einen raschen Blick hinein, schließt sie wieder, denkt an sein armseliges Zuhause (das in diesem Fall eine sehr religiöse, strenge und hysterische Mutter ist und ein ständig abwesender, überarbeiteter Vater). Er brauchte vier oder fünf Stunden, um mir das zu gestehen, zitternd vor Aufregung, und natürlich war er danach voller Selbstvorwürfe und Selbstekel. Diese Engländer sind die komischsten, verrücktesten, seltsamsten Menschen auf der Welt, und genau dafür liebe ich sie. Da sitzt er, der Sekretär des Premierministers, der jeden auf der Welt kennt, täglich mit Ministern spricht und die Angelegenheiten eines riesigen Imperiums meistert, bei mir auf dem Boden, dreht und windet sich, schwitzend vor Angst und ganz außer sich, weil er »einer Fremden« erzählt hat, daß er eine Affäre hat. Aber was für eine Affäre ist das? Ich begreife es nicht. Da ist Clement, eine der schönsten Frauen, die ich je gesehen habe, unglücklich und kalt, brutal und unbefriedigt, was will sie mit Francis? Mir kommt sie wie eine Löwin vor, die Menschen verschlingen will. Sie ist maskulin und hat einen Zwilling, den sie haßt. Sie verabscheut Menschen, aber vor allem Frauen – die haßt sie. In Wahrheit haßt sie sich selbst, und ich glaube, sie geht durch die Welt auf der Suche nach dem Zwilling, den sie haßt, und versucht verzweifelt, die eine oder andere Person ihrem mageren Körper einzuverleiben, damit sie Brüste und Hüften bekommt, mit einem Wort: eine Frau wird – das, was ihr promiskuitiver Zwilling ihr gestohlen hat. Doch schon bald ist sie der Leute überdrüssig, weil sie stolz und anspruchsvoll ist und weil der Kontakt, den sie sich wünscht, der engste und intimste ist, und dann haßt sie sie, als hätten sie ihr etwas geraubt. So kommt sie mir jedenfalls vor. Sie sucht schwache und begabte Männer – ich frage mich, ob sie nicht lesbisch ist, genauso wie ich mich frage, ob Francis nicht homosexuell ist. Beide sehen so aus.

Am Abend davor habe ich Susi zu William Sansom mitgenommen, der auf dem Weg nach Frankreich war und eine höchst bemerkenswerte Freundin bei sich hatte, eine schräge Modejournal-Zeichnerin in einer wirklich beängstigenden Aufmachung. Sie sah aus, als käme sie direkt aus einem viktorianischen Melodram, mit einem weißen Gesicht, dick aufgemalten Augenbrauen und in ihren schwarzen Augen das, was sie für einen leidenschaftlichen Blick hielt. Will, der Intellektuelle haßt, war unsicher und mir gegenüber höchst aggressiv, aber ansonsten mag ich seine sanfte, faule Art und lasse mir sogar seine Vorliebe für viktorianische Greuel und die komischen Farbphotos an seiner Wand gefallen.

24. August 1948

Ich zweifle eigentlich nicht daran, daß ich Schriftstellerin bin, obwohl mir seit Monaten nichts eingefallen ist, das aufzuschreiben wert wäre, und außerdem ist mein Interesse an Menschen nicht mehr dasselbe. Früher haben mich alle Menschen interessiert – jetzt langweilen mich ihre Geschichten ganz schnell. Andererseits könnte ich vielleicht ehrlich sagen, daß

253

ich mich inzwischen mehr für einen kultivierteren und komplexeren Menschentyp interessiere, der mich früher nicht sehr interessiert hat. Die »Massen« haben mich brennend interessiert, und Willy konnte mich nur deshalb so lange halten, wie er es tat. Jetzt verspüre ich ihnen gegenüber einen falschen oder bösen Widerstand, und das geht so weit, daß ich gar nichts mehr über ihre armseligen Lebensformen und Gebräuche wissen mag. Es interessiert mich zum Beispiel nicht, mehr über die verrückte Milchfrau zu erfahren. Sie ist in ständiger wilder Aufregung, schießt in dem Geschäft herum wie ein häßlicher alter Schmetterling, trägt in den Büchern alles falsch ein, fängt plötzlich ein lebhaftes, banales Gespräch an und beendet es ebenso abrupt, mit einem verschämten, undeutlich fragenden Ausdruck in ihren schwarzen Augen, und lehnt sich gegen die Marmeladegläser wie ein vergessenes Mauerblümchen. Ich weiß nicht, warum (sie muß mindestens sechzig sein), aber diesen Eindruck macht sie immer. Die Kunden wirken nicht wie Leute, die zum Einkaufen in ihr sehr sauberes Milchgeschäft gekommen sind, sondern sowohl Männer als Frauen bewegen sich wie ihre Traumtanzpartner. Plötzlich türmt sie Unmengen an Dingen auf dem Ladentisch für sie auf und gerät darüber in ungeheure Aufregung. Wenn man das nächste Mal kommt, ist sie streng und zurückhaltend und vermittelt einem das Gefühl, sie sei das letzte Mal viel zu weit gegangen, und wonach man auch fragt, sie hat es nicht. Einmal war ein Kontrolleur von der Molkerei da, als ich hereinkam. Es waren ungefähr sechs Leute im Geschäft, und sie stand da mit roten Wangen, ihr gepflegtes graues Haar ganz durcheinandergebracht, machte kleine Schritte auf die eine und dann auf die andere Seite, wie eine hypnotisierte Puppe, und war völlig außer Stande, irgendwen zu bedienen. »Was wünschen Sie?« fragte sie mit einem dümmlichen

Lächeln im Gesicht einen Kunden nach dem anderen, ohne Anstalten zu machen, sie zu bedienen. Sie ging hinter dem Verkaufspult hin und her und rang ihre großen, schweren Hände, und auf ihrem Gesicht lag eine Art Triumph, als wäre sie im Besitz irgendeines großartigen, phantastischen Geheimnisses. Im hinteren Teil des Geschäfts, wo man ihn nicht sehen konnte, zählte der Kontrolleur ihre Bestände oder sonst was, man sah nur das Bein seiner schwarzen Hose, und das Grinsen auf ihrem alten Gesicht wurde noch breiter, als sie die Frauen mit ihren leeren Einkaufskörben betrachtete, die alle darauf warteten, daß sie sie füllte, sie, die beinahe ihre eigene Existenz vergessen hatte.

Ich denke immer an Geoff, und wie er mir einmal gesagt hat, als ich etwas wiederholte, das ich von ihm gehört hatte: »Sehen Sie, das ist die einzige Art, wie ich ein Stückchen Unsterblichkeit erlangen kann: daß ein paar Menschen übrigbleiben, die von mir ein bißchen was gelernt haben und es vielleicht an andere weitergeben werden.« Von all den Dingen, die er mir gesagt hat, kann ich dieses nicht vergessen, vielleicht weil es beinahe ein Auftrag ist, jetzt, wo er sich umgebracht hat.

Gott, was gäbe ich darum, wenn er noch leben würde, ich denke ständig an ihn, er ist wie ein innerer Schmerz, den ich nicht loswerden kann, das Schlimmste ist dieser idiotische Streit, den ich mit ihm hatte und den ich mir nicht verzeihen kann. Ich sehne mich nach ihm, wie ich es nie getan habe, als er noch lebte, nach seinem phantastischen, schönen Gesicht, seinen wundervollen Händen und Augen. Er hatte so viel Stolz wie sonst nur C. Ich wünschte, ich wünschte, ich könnte über ihn schreiben, es steckt in mir wie eine Schuld, und ich wünschte, es gelänge mir. Aber welche Form sollte es haben, was ist genug für ihn? Er geht mir verloren, als wäre er überall, in jedem Himmel und jedem Meer.

5. Oktober 1948

Ich begreife nicht, warum es mich in solchem Ausmaß aus der Fassung bringt, mit diesem schmuddeligen, alten, senilen Trottel Jonathan Cape zu sprechen. Ich wünschte bei Gott, Daniel hätte mir nicht aufgetragen, »hilflos« zu sein. Denn dieses grinsende Gespenst, dieser ekelhafte Geschäftsmann mit seinen falschen Zähnen hätte mich ohnehin innerhalb von fünf Minuten in völlige Hilflosigkeit getrieben. Er spricht ganz leise, als hätte er Angst, daß ihm bei einem lauten Wort die Zähne aus dem Mund fallen könnten, oder als würde er gleich seinen letzten Atemzug tun (und ich hoffe sehr, daß das bald der Fall sein wird). Er saß da in einem Zimmer, für das ich alles geben würde, um darin sitzen zu dürfen, und zeigte auf die Bücherregale, gesteckt voll mit Büchern: 27 Jahre Jonathan Cape, sagte er, als hätte er sie alle selbst geschrieben. Er redete mit mir, als hätte ich ihn um ein Almosen gebeten, und benahm sich, als hätte er durch mich schwere Verluste erlitten.

Stockholm, 9. November 1948

Gott weiß, was es ist. Der Teufel ist in mir los und treibt mich, treibt mich. Was liegt unter dieser glatten, kalten, schönen, reinen Stadt? Da ist eine Brutalität, die man mit Zähnen packen möchte und halten, fühlen, an meinem Körper. Mein Unglück ist vielleicht, daß ich bei allen Ängsten zu wenig Furcht habe oder daß meine Neugierde größer ist als meine Furcht.

Ich weiß nicht, was mich hält, jahrelang war ich unbeirrbar in meiner Liebe zu Dir, und auch jetzt halte ich sie wie meinen Kern in mir. Trotzdem ist es mir manchmal, als möchte ich meinen Atem, meinen Herzschlag an einen oder etwas verschwenden, was es nie weiß, versteht, ahnt. Die Liebe wird immer schwerer, je näher man einem Menschen ist. Tatsächlich müßte ich jetzt wie eine Verrückte arbeiten, nicht zwei Stunden, sondern acht. Immerwährend, statt dessen treff ich Menschen. Gestern war ich beim Peter Weiss, und er hat mir den ganzen Nachmittag aus seinem neuen Buch vorgelesen. Es ist schon merkwürdig, wie in ganz verschiedenen Ländern Menschen dieselben Dinge auszudrücken suchen. Dieses Buch, der Teil, den er mir vorgelesen hat, war voll von einer Stadt, besessen von der Stadt. Viele Dinge waren darin schöner als bei mir. Viele Bilder stärker, das Ganze ist völlig visuell. Auch ist es formlos.

Peter selber ist ein Mensch, den ich nicht ganz verstehe. Spricht man eine Weile mit ihm, so hat man plötzlich den Eindruck, die Worte stimmen hier nicht, er löst sich von einem Bild ins andere auf, und man begreift nicht ganz, daß es doch ein Mensch mit einem bestimmten und ziemlich unveränderlichen Gesicht ist, der vor einem sitzt. Seine Bilder sind kalt und abstrakt, früher hat er gemalt. Diese starken visuellen Erlebnisse sind, soweit ich jetzt feststellen kann, das einzig Echte an ihm. Was dahinter liegt, also was man wahrscheinlich Persönlichkeit nennt, ist schwach, flach, unbedeutend. Die Frage ist, ob das ein Dichter ist, wenn er auch in Worten eine lyrische Begabung hat. Jedenfalls hat es mich sonderbar beruhigt, einen Menschen in meinem Alter zu finden (er ist genau so alt wie ich), der schreibt und ähnliche Probleme hat, und mit ihm fünf Stunden lang nur über Bücher zu sprechen. Aber ich müßte wie ein Teufel an meinen eigenen Sachen arbeiten, statt die Zeit zu verschwenden. Diese neue Sache kann gut und stark werden, wenn ich nur arbeiten würde. Es ist ein Jammer, seine Konzentration so zu verschwenden. Und doch ist gleichzeitig in mir mein alter Menschenhunger, den ich nicht habe, wenn Du da bist, erwacht, so daß ich in alle Häuser hineinsehen will, in jedes Zimmer und die Menschen und die Menschen und die Menschen.

11. November 1948

War bei den Grates. Egon und Birgit waren auch da. Eric und Marianne sind zwei schöne Menschen, beide mit grauem Haar, dunklen, großen Augen. Grate soll der beste Bildhauer in Schweden sein, ich hab seine Sachen nicht gesehn. Die Grates sind beide feine, kluge Menschen mit Humor. Marianne hat etwas sonderbar Unglückliches, als stünde sie die ganze Zeit in einem Traum. Ihre Bewegungen sind stilisiert und weich, als müßte sie sie sich jedesmal zuerst ausdenken. Außerdem habe ich noch nie ein Gesicht gesehen, das so schön, gleichzeitig so schrecklich wie ein trauriges Affengesicht ausschaut. Dabei hat sie einen wachen, gesunden Verstand, eine gute Menschenkenntnis.

Birgit ist völlig verrückt geworden. Sie will jetzt um jeden Preis in der ganzen Welt sofort berühmt werden. Sie will nach Paris, London, New York, in Paris will sie Kritiken, in New York einen Millionär aufgabeln. Es wirkt bei jedem Künstler etwas lächerlich, wenn er sofort, um jeden Preis in der Welt berühmt werden will, aber bei einer Tänzerin wie der Birgit hat es tatsächlich etwas Unheimliches, sie ist 38 Jahre alt, und ihre Angst ist berechtigt: Wird sie jetzt nicht berühmt, so wird sie es niemals werden. Bei ihr ist es letzten Endes ein verzweifelter, letzter Kampf um ihren Körper, den sie seit 25 Jahren quält, trainiert, an dem sie arbeitet wie kein Bildhauer an einer Statue und der für sie mehr Wunder enthält als Amerika für Kolumbus. Mit so einer Kunst ist es etwas Grauenhaftes: Andere haben doch die Hoffnung, daß man zumindest zwei Jahre nach ihrem Tod noch die Bilder ansehn wird, die Bücher lesen. Auf alle Fälle sind sie da. Birgit aber weiß schon jetzt, daß in ein paar Jahren nichts da sein wird von den Wundern, die sie so glücklich machen (weißt Du, daß ich meine Zehen einziehn und ausstrecken kann, das ist für mich eine herrliche Sache, über die ich tagelang nachdenke). Sie ist ein völlig inartikulierter, verkrampfter Mensch. »Verstehst du, verstehst du«, sagt sie unentwegt und beginnt einen Satz, den sie nicht zu Ende spricht oder denken kann. Das wird der Monolog von ein paar Stunden, sie spricht mit einer harten Stimme, lauter abgerissene Worte, ihr feines, zartes Gesicht überspannt und gequält. Auch ihr Tanz ist keine »Lösung«. Er ist langsam, eine Pose nach der anderen, als wollte sie ihren Körper in Stein verwandeln; sie wäre ein wunderbares Modell für einen Bildhauer und ist es wahrscheinlich auch für Egon. Aber die Bewegung an sich macht ihr keine Freude. Ihre Sehnsucht ist nach dem Erstarrten, so wie ihr Blick erstarrt ist, als hätte sie einmal etwas gesehn, von dem sie nie wieder wegsehn kann. Ihre Art zu tanzen ist eigentlich eine Art Flehn, daß dieser Körper in dieser Haltung so bleiben soll, für immer.

Hab Helena gefragt, weshalb sie sich eigentlich in den Endre verliebt hat.

»Weißt du«, sagt sie, »er war der erste Mensch, den ich getroffen hab, der sich darum gekümmert hat, ob ich gegessen hab oder nicht, ob ich Geld hab oder nicht.« Dann, nach einer

Pause, sagt sie: »Und er hat mir auch eine ganz neue Welt eröffnet.« So arm sind Menschen.

Peter und Dr. Faust und seine um 20 Jahre ältere Frau waren bei uns. Dieser Faust ist ein merkwürdiger Mensch. Er ist 26 Jahre alt, war also 14, wie die Nazis an die Macht gekommen sind. Er ist ganz ein Deutscher und von Deutschland ganz zerrissen. Er ist erst jetzt vor ganz kurzem aus Deutschland gekommen. In einem Jahr hat er die ganze moderne englische Literatur verschlungen, kennt sich darin besser aus als ich. Obwohl sein Urteil gut ist und ziemlich sicher, hat er eine Unsicherheit, die qualvoll ist. Sein Glück kennt keine Grenzen, wenn man seiner Meinung ist, und falls man es nicht ist, so sucht er seine eigene sofort zu ändern, er hört mit einer Art Verzweiflung neue Namen, neue Meinungen, und ohne daß man ihn aufgefordert hat, beginnt er mit einer hohlen, verzückten Stimme seine Gedichte vorzulesen, die von geifernden Rachen, kosmischen Umnachtungen etc. wimmeln, neben klaren, schönen Dingen. Peter kritisierte seine Sachen ernsthaft, und plötzlich nahm Faust sein eigenes Gedicht und sagte wie ein General oder sonst ein Militär: »Das hier ist deutscher Expressionismus! Das geht nicht!!! Diese Zeile kommt vom späten Eliot! Das geht nicht!!!!« So zerstückelte er sein eigenes Gedicht, als ob er eine Leiche amputierte, mit militärischen Befehlen. Nach der Niederlage wurde er Sektionsleiter im deutschen Schriftstellerbund für Lyrik. Eine Unmenge von technisch gutem Dreck kam durch seine Hände. »Ich habe mit Deutschland abgeschlossen!« sagt er, als ob er damit das Todesurteil für das ganze Volk unterschreibe. »Das geht nicht!« Seine Frau war erst in einem russischen KZ und wurde dann von den Russen an die Deutschen ausgeliefert. Dort saß sie weitere fünf Jahre in Ravensbrück. Sie sieht unschuldig aus wie ein Kind mit glitzernden Augen und einer derben Gestalt. Faust, glaub ich, hat sie geheiratet als eine Art von Buße, die ihm gleichzeitig ermöglicht hat, aus Deutschland herauszukommen.

29. November 1948

Hab soviel Morphiumtabletten genommen, der Kopf ist weit weg von mir, schwer und leicht zugleich, als läg er tief unter mir auf einem tiefen Wasser schwebend. Der Schmerz ist aus, so, als hätte er nichts mit mir zu schaffen, als ob ein Schmerz an sich, ein kleines wundes Pünktchen existieren könnte. Alle Leute, die wissen, daß man einmal krank war, wünschen einen wieder krank, man merkt es an ihren Fragen, in der Art, einen, auch wenn man ganz gesund ist, zu behandeln, als wäre man noch krank.

30. November 1948

Heute nacht hab ich solche Schmerzen gehabt, daß ich gedacht hab, jeden Moment wird mein Bauch explodieren. Alle haben schon geschlafen. Der Schmerz ist wie ein Tier, das sich in einen verbeißt. Ich hab drei Morphiumtabletten auf einmal genommen. Dann verlor ich das Bewußtsein. Nur der Schmerz springt auf, wie ein Tier manchmal und manchmal wie eine große, purpurne Blume, es ist sonderbar, daß ich immer an Blumen denken mußte, die einem doch nie weh tun. Draußen hat ein Hund unentwegt gebellt, oft war mir aber, als ob das Bellen aus meinem eigenen Leib komme. Es ist auch merkwürdig, daß Schmerzen Farben haben wie Gegenstände: rot, grün oder gelb, manchmal kann ein Schmerz in allen Farben glitzern. Die Farben sieht man nicht, fühlt sie aber. Das Blut ist rot, und auch die meisten Schmerzen sind rot, aber weshalb gelb oder grün? Warum ist so ein spitzer, kurzer Schmerz gelb und so ein beißender, klammernder, verkrampfter grün? Die breiten, schweren Schmerzen sind die roten.

2. Dezember 1948

Liegt man in einem Zimmer krank, so scheint es, als ob alle Geräusche auf dieses Zimmer gezielt wären. Das Zimmer fängt sie ein, als wäre es ein großes Ohr. Unten z. B. schrein und spielen die Kinder, spielen auf dem Klavier, rutschen herum und werfen Dinge auf den Boden. Stimmen, die weit weg sind, rufen einen mit Lauten, die man nicht versteht. Ein Husten bleibt lange in dem Zimmer hängen. Die Hunde bellen, wimmern und spielen. Es ist sonderbar, wie man in einem geschlossenen Raum so völlig an Laute ausgeliefert ist, wie sie das Zimmer beherrschen.

13. Dezember 1948

Ich habe von Gide die »Falschmünzer« gelesen. Das Buch hat mir einen ganz tiefen Eindruck gemacht. Und wie es gebaut ist! Davon läßt sich viel lernen. Dieses Buch hab ich von Peter geliehen. Ich hatte Peter 50 Kr. geliehen. Dann gingen wir aus. Er wollte Wein trinken. Ich hatte noch 30 Kr. »Davon kann man viel Wein trinken«, sagte er. »Nein«, sag ich, »das Geld brauch ich.« »Na, man wird sehn. Komm jetzt.« Wir tranken, und ich bezahlte. Dann hab ich meinen letzten Autobus versäumt und schlief bei ihm. Zu Hause erzählte er mir, daß er eben 300 Kr. bekommen hatte. In mir war ein so großer Zorn, daß mein Herz klopfte. Fast die ganze Nacht lag ich wach vor Ärger und Wut über diese Verachtung. Dann muß ich eingeschlafen sein. Um sieben Uhr früh wachte ich auf, zitternd vor Zorn. Seine Brieftasche lag auf dem Tisch. Darin waren 350 Kr. Ich nahm das Geld heraus (50 Kr.). Dann legte ich es wieder zurück. Dann nahm ich es wieder heraus. Legte es wieder zurück. Dann weckte ich ihn und sagte ihm, ich habe kein Geld mehr. »Ja, das ist schwer«, seufzte er. So nahm ich das Geld. Am selben Tag rief mich Peter an und war zuckersüß, lud mich ins Kino ein. Es ist etwas Verächtliches an ihm, und in jeder anderen Stadt wäre der Mensch verloren. Er ist in Stockholm ein Fremder und gehört doch dazu. Es ist sonderbar, daß ich mir das Innere von allen Häusern genau so vorstelle wie Peters Wohnung. Mit großem Kachelofen und kein Holz zum Heizen, modernen, wenigen, zusammengebrochenen Möbeln und großen, hellgrauen Staubklumpen in allen Ecken. Es ist dort eine Art von durchsichtiger Einsamkeit, und jedes Buch steht für sich, als ginge die Welt es nichts an. Da sitzt P. und schreibt in seiner winzigen Schrift, sehr ordentlich, Seiten und Seiten, völlig unzusammenhängend, seine eigene Seele erforschend, denn es ist das einzig Interessante in der Welt, und »andere Menschen interessieren mich nicht«.

2. Jänner 1949

Langsam geht es mir besser. Von allen Dingen und vielleicht mehr noch als diese grauenhaften Schmerzen ist das Unerträglichste das Spital. Diese Routine um Kranke erbittert mich. Die Schwestern und Dienstboten sind wie die Raben, die darauf

warten, was sie von jedem Kranken noch wegschnappen können. Jetzt bin ich zu Hause. Jedes Wort ist wie ein Vogel, den
man erst einfangen muß: die, die man selber spricht, und was
Leute zu einem sagen. Ich war überzeugt davon, daß ich an dieser Operation sterben werde. Nacht für Nacht hat mich plötzlich ein grausamer Schrecken gepackt, wenn ich plötzlich das
scharfe dünne Messer gesehen hab, mit dem mir der Arzt den
Bauch aufschneidet und dann eine klaffende rote Wunde, und
alles darinnen. Nach der Operation war ich auch totsicher, daß
ich sterben werde. Angst hab ich davor eigentlich nicht gehabt,
nur eine grauenhafte Traurigkeit, so daß ich immerzu hab heulen müssen. Dann hab ich mir auch inständigst gewünscht, daß,
bevor ich sterb, diese fürchterlichen Schmerzen aufhören, vor
allem der Husten. Die Nächte waren so endlos lang, obwohl
schon um 6 Uhr die Schwestern kommen. Die Ärzte stürzen
herein, ein halbes Dutzend, schaun die Fieberkarte an und stürzen wieder hinaus. Ich glaube, die meisten Krankenschwestern
hassen die Kranken. Die Oberschwester hat mir moralische
Vorträge übers Rauchen gehalten. Mein Husten wäre nicht so
arg, wenn ich nicht so viel rauchen würde. Dabei sind ihre großen blauen Augen hin und her gezittert. Ich hab ihr das Götzzitat gesagt, was mich noch jetzt mit Befriedigung erfüllt.

Wenn die Schmerzen besser werden, fühlt man sich leicht
wie Glas. Während der letzten Untersuchung, die mir so weh
getan hat, daß ich heulen mußte, läutet das Telephon. Der Arzt
antwortet und spricht gute zehn Minuten mit einem Freund.
Man liegt da, aufgerissen, erniedrigt, gekränkt. Dann dreht er
sich um und untersucht weiter, als ob man ein totes Vieh wäre.
Es erbittert mich, daß Frauen alle diese Dinge mitmachen müssen und Männer nicht. Daß ein Mann selbst mit der Phantasie
von C. keine Vorstellung hat, was vorgeht.

1950⊙
EINE REISE ZURÜCK

Im Sommer 1950 besucht Friedl Benedikt zum ersten Mal wieder
Österreich. Nach Ferientagen in Lunz am See kommt sie nach
Wien, wo sie bei ihrer Schwester Ilse in der Heumühlgasse wohnt.
Sie besucht das Volksstimmefest und heimlich die arisierte Villa in
der Himmelstraße 55 in Grinzing. Das Reisejournal mit dem Titel
Diary of a Journey Back *wurde von ihr mehrfach überarbeitet.*

Lunz am See, 2. August 1950

Die Sprache verwirrt und erschreckt mich. Der weiche österreichische Dialekt, der mich in der Früh mit meinem Kaffee weckt,
wird mir in jedem Geschäft mit einem halben Kilo Äpfel, einer
Briefmarke oder dem Wechselgeld gereicht. In den Jahren, in
denen ich weg war, hat sich die Sprache in ein unkontrollier-
bares Wesen verwandelt, das, all den neuen Umgebungen zum
Trotz, irgendwo in den hintersten Nischen meines Geistes seine
Existenz stur fortgeführt hat. Da die Wörter und Betonungen so
gut wie nie gesprochen, geschrieben oder gelesen wurden, be-
kamen sie die leuchtenden Farben einer Sinnestäuschung und
das Schrecknis eines Echos, das einem überallhin folgt – egal,
was man tut. Zusammen mit vergessenen Gesichtern und Geräuschen tauchte sie in den Träumen auf, blieb der Kern von
Lieben, Ängsten und Sehnsüchten; manchmal brach sie einen

fast in Stücke durch ihren Drang, sich Gehör und Verständnis zu verschaffen, dann wieder hielt sie so still, daß man mit einem Seufzer der Erleichterung und des Bedauerns dachte, daß das rebellische, unruhige, vielköpfige Monster verendet ist.

Aber sie war das geheime Gewicht, das man mit sich schleppte: ein zweites Paar Ohren, das hörte und wahrnahm, ein zweiter Mund, der schimpfte, lachte und weinte über die neue Sprache, die ihren Platz eingenommen hat.

Und jetzt ist mir das Wesen mit einem Mal entsprungen und steht mir gegenüber.

Es ist überall und immerfort da, beklagt sich über das Essen, wundert sich über das Wetter, ruft über den See, es ist die Stimme von Kindern und die geflüsterten Geschichten der Erwachsenen; es ist die elende Lüge des Bettlers am Straßenrand und der Fluch des Kutschers, wenn er sein Pferd die steile Straße hinaufpeitscht. Ich finde es eine schwierige und zumindest jetzt, da wir erst ein paar Tage hier sind, eine gänzlich verwirrende Umstellung. Ein Geheimnis, das tief in den Kindheitserinnerungen vergraben war, ist Allgemeingut geworden. Abgeschwächt und verzerrt, prahlerisch und klagend – dasselbe und doch etwas völlig anderes: Es ist mir, als wäre die Vergangenheit, die nur mir gehört hat, durch einen unglaublichen Zaubertrick zu einer Gegenwart geworden, die nichts mit mir zu tun hat, die ihr eigenes unabhängiges Leben führt und sich nicht um mich schert. Die Intensität ist weg; Schmerz, Angst und Zärtlichkeit sind verschwunden, und die übergroßen Proportionen, die alle Kindheitserinnerungen haben, sind geschrumpft, so daß ich umhergehe wie in einem Traum, bei dem man weiß, das ist das Gesicht und das Wort, auch wenn es ganz anders aussieht und klingt als in der Wirklichkeit. Wobei die Wirklichkeit in diesem Fall nur ein weiterer Traum ist.

Ich glaube ernsthaft, daß die Leute gerne die gewaltigen Beträge zahlen, die ihnen ständig abverlangt werden. Die Preise sind fünfmal so hoch wie vor dem Krieg, und man trägt hier, genau wie in Frankreich, riesige Bündel zerknitterter, schmutziger, zerrissener Geldscheine mit sich herum, die nichts wert sind. Alles ist zu teuer, so wie es in Österreich schon immer war, und jeder beklagt sich ständig darüber. Trotzdem bin ich mir ganz sicher, daß die hohen Preise eine große Befriedigung für alle darstellen. Fühlt sich nicht jeder, auch wenn er weiß, daß er arm ist, unendlich reicher, als er je träumte zu sein? Man sehe sich nur die Preise an. Alles kostet Hunderte. Die schäbige alte Geldbörse ist dicker denn je. Es hat etwas Großzügiges, ja geradezu Nobles, wie die Leute eine Handvoll Geldscheine hinlegen, und die gewichtlosen Aluminiummünzen, die sie als Wechselgeld erhalten, stecken sie ein mit den gleichmütigen, gelangweilten Gebärden reicher Leute, die völlig desinteressiert sind.

Dennoch wird überall und ständig begeistert über Geld geredet. Der See und die Berge rundum hallen von Hundertern, Tausendern und jeder Art fremder Währung wider. Über völlig fiktive Geschäftsideen wird heftig gestritten. Es werden komplizierte und unmögliche Berechnungen angestellt über Geld, das keiner hat und keiner je haben wird. Doch der schiere Gedanke an Geld und Geschäfte beflügelt die Phantasie eines jeden und verleiht seinem Leben eine reizvolle Spannung und Erwartung und einen wirklich überraschenden Einfallsreichtum. Ein verschmitztes, triumphierendes Lächeln überzieht die Gesichter, sobald Geld erwähnt wird. Die Stillsten und Zurückhaltendsten werden aufmerksam und interessiert. Wenn es um Geld geht, gibt es kein Luftschloß, das zu phantastisch wäre, um nicht als die reinste Wahrheit angesehen und von allen mit Leidenschaft, Ernsthaftigkeit und Autorität diskutiert zu werden. Es handelt sich um ein Jonglier- und Zaubertrick-Spiel, bei dem jeder mitmacht. Und es macht das Geld, das ohnehin schon den dumpfen, unwirklichen Klang billigen Metalls hat, zu etwas völlig Fiktivem. Wären da nicht die offensichtliche Armut, die Bettler, die Schäbigkeit, man könnte meinen, man sei in einem gesegneten Land voller Millionäre gelandet, die ununterbrochen Pläne schmieden und nach neuen Mitteln suchen, wie sie ihre Riesenvermögen vermehren oder loswerden können.

Der Millionär hat trotz der amerikanischen Besatzungsarmee und trotz der vielen Touristen seinen legendären Nimbus bewahrt. In der Vorstellung meiner Zimmervermieterin, der Frau des örtlichen Schneiders, ist er repräsentiert in Form eines nie funktionierenden, aber ganz modernen WCs. Einer ihrer unzähligen Söhne war in Amerika, wo er, wäre er nur dortgeblieben, natürlich reich geworden wäre. Um seine Rückkehr zu feiern und damit er sich ganz »zu Hause« fühlt, wurde das kostbare Ding eingebaut, das einzige seiner Art in der Straße. Es paßt so gar nicht in das altmodische Bauernhaus, das mit bunten Madonnenbildern und anderen Heiligen behängt und mit zahllosen ausgestopften Eulen dekoriert ist. Aber es ist der Stolz, die Hoffnung, die große Freude der Hausfrau. In ihm sind all ihre Träume künftigen Wohlstands enthalten, es ist ein Symbol für die Dollars, die sie eines Tages einnehmen wird, und in der Zwischenzeit lockt es Sommergäste in ihr Haus. Obwohl es, wie gesagt, nicht funktioniert, war es das erste, was uns bei unserer Ankunft gezeigt wurde. Die Vermieterin riß die Tür mit einer Geste falscher Bescheidenheit und echter Freude auf und ließ uns umgehend wissen, daß Baron X. dank dieses Schatzes aus dem Nachbarhaus in das ihre umgezogen ist.

Der See ist klein und sehr tief. Er liegt zwischen hohen Bergen, als wäre er ihr Traum und als wären sie aus ihm aufgestiegen. Wenn man auf dem See rudert, macht man eine gefahrvolle Fahrt zwischen auf den Kopf gestellten Fichten und Bergkämmen. Sie reichen in unbekannte Tiefen hinab. Die Sonne geht früh hinter den Bergen unter, und wenn ich dann durch die steilen Wiesen heimwandere, strahlen mich die Blumen an, die großen Sonnen meiner Kindheit. Das Gras reicht mir bis an die Taille. Im goldenen Licht dieser Stunde sind alle Dinge gleißend und fern, und auch die Stimmen klingen wie von weit her, als wären sie den ganzen Weg über die Berge gekommen. Die Kuhglocken haben einen ätherischen Klang, der wie die großen, dicken Wolken über den Himmel zieht. Morgen reisen wir nach Wien ab. Ich bin froh, daß der erste Ort in Österreich, an den wir kamen, einer ist, den ich nicht kannte. Auf diese Weise kann ich immer noch glauben, daß der schwere, bittere Schmerz, die hilflose Verzweiflung, die mich überkommen hat, nur eine nervöse Reaktion auf die Ruhe und Schönheit dieses Ortes und dieser Stunde ist.

Wien, 16. August 1950

Hier sind die Russen, die Amerikaner, die Briten, die Franzosen. Wenn man den Kopf hebt, rechnet man nicht damit, den blauen Himmel über sich zu sehen, der Tag um Tag von der zunehmenden Hitze flirrt, sondern man erwartet, irgendein unglaubliches Gebilde zu erblicken: eine zweite, abstrakte, präzise und zugleich verworrene Stadt, die über Wien schwebt, etwa so wie die Flugzeuge während des Krieges. Sie waren der Donner und der Blitz, das unvorhersehbare Schicksal, das einen treffen oder verschonen konnte – man wußte es nie. Jetzt sind keine Flugzeuge mehr da. Statt dessen gibt es nur »sie«, die Besatzungsarmeen und die Länder und Überzeugungen, die sie vertreten. Ihre Stimme unterscheidet sich nicht sehr von jener der Flugzeuge.

Was wußten die Piloten über die Städte, auf die sie Bomben abwarfen? Eine bunte Karte, auf der Orte von strategischer Bedeutung und andere militärische Ziele dick unterstrichen sind. Statt der Bomber nun diese Karte von Wien. Wien, ein Ort von lebenswichtiger Bedeutung für den Osten und den Westen; Wien, eine strategische Position; Wien, ein militärisches Ziel. Als wäre sie aus irgendeiner glasartigen, schimmernden, mit Sprengmaterial gefüllten Substanz in den Himmel gebaut, ist diese zweite Stadt immer präsent, fast unkenntlich, aber deutlich sichtbar für alle. Und jeder schaut mit Sorge hin und fürchtet sich vor dem Augenblick, in dem diese leblose mathematische Konstruktion auf die Stadt herabsinken und sie von der Erde löschen wird.

Ist es unter diesen Umständen nicht kleinlich, die Vergangenheit zu erwähnen? Wie engstirnig, über die Nazis zu reden, über den Krieg – von der anderen Seite gesehen, Schuld oder Vergeltung, ihre eigenen Bomber und V-Waffen. Es stimmt, es war bedauerlich. Es stimmt, es war ein Fehler, aber man ist schließlich auch nur ein Mensch. Und überhaupt, wen kümmert es schon? Die Amerikaner? Die Russen? Keine Spur. Also warum uns?

Ganz plötzlich erfaßt mich das Gefühl, daß, während diese andere, konstruierte Stadt über Wien schwebt, die Stadt selbst versunken ist, versunken in den Kellern und Luftschutzbunkern, in die sie während der Luftangriffe verschwunden war und aus denen sie noch nicht wieder aufgetaucht ist. Das triste, umfassende, nihilistische Chaos, die ständige Beschäftigung mit den alltäglichsten praktischen Problemen, die enorme Bedeutung von Nahrung und wo und wie sie sich beschaffen läßt – all das scheint mir seine Entsprechung im Gemüt der Leute zu haben, mit denen ich gesprochen habe, und die brütende Hitzewelle über der Stadt scheint nur die reflektierte Hitze von Feuern zu sein, die noch nicht gelöscht sind und mir die Fußsohlen versengen.

19. August 1950

Spät am Abend ging ich hinaus und wanderte stundenlang durch die Stadt. Ich bin der Ritter aus dem Märchen, der mit Hilfe eines Fadens, an dem er sich festhält, den Weg aus dem Labyrinth sucht. Die nassen Straßen sind so breit wie Flüsse. Zu dieser Stunde und bei diesem Wetter sind sie leer und die Kaffeehäuser verlassen. Die Stadt liegt in vollkommener Stille im Regen. Ich gehe weiter, ich kenne mich aus und verlaufe mich dennoch ständig. Ich kenne jedes Haus und bin dennoch verblüfft, ja fast erschrocken, wenn ich davor stehe. Ich kenne die großen Plätze, die schönen Schmiedeeisengitter, die Statuen, die Tore, jeden Pflasterstein. Jetzt gehe ich hier, als könnten meine Füße mit jedem Schritt diese Straßen verschlucken und verschlingen. Ich sehe sie an, als könnten meine Augen die Häuser einsaugen, die tropfenden Bäume, die Fenster, die stillen Fassaden und die engen Hintergäßchen.

Ich könnte weiterträumen und die Sprache mit mir nehmen. Aber die Stadt, Wien, ist zu einem fernen, dunklen Mythos geworden, wo jedes Haus Augen und Ohren und einen eigenen Atem hat, wo jeder Stein die Schritte der Passanten bewahrt und widerhallen läßt, wo die Kirchenuhren aus geheimen, tükkischen Gründen läuten und ein Herz in alldem schlägt, hart, gewalttätig und boshaft, leidenschaftlich und verräterisch. Wie ein höhnisches, unerreichbares Ziel entfernte sich diese Stadt, in der ich meine Kindheit und frühe Jugend verbracht habe, immer weiter von mir und wurde zu einem Bild, das ich stets suchte und beschwor und nie vergessen konnte und das mir manchmal so nahe kam, daß ich glaubte, es in meiner Hand zu halten; aber wenn ich sie öffnete, war sie leer, und weit weg hinter dem Horizont lag das geheimnisvolle Glitzern der Kirchtürme, die verwinkelten Krümmungen der Straßen, und die Häuser starrten mich mit siechen Augen an, als wären sie von einer bösartigen Krankheit befallen. Doch ich war durch einen langgezogenen, bitteren Faden aus Sehnsucht, Verzweiflung und Mitleid an die Stadt gekettet.

Jetzt stolpere ich schwankend herum. Es ist, als würden meine Beine über den Geheimnissen dieser stillen Straßen und Häuser brechen, und ich finde mich zwischen den fremden Füßen, die hier vorbeigegangen sind, nicht zurecht. Nicht ich nehme die Häuser und Straßen in mich auf, sondern die entsetzlichen, unaussprechlichen Geschehnisse, von denen ich nichts weiß, gehen neben mir, verwirren mich und verwandeln die Straßen in einen Irrgarten. Die Einsamkeit der Stunde war plötzlich nicht mehr natürlich, sondern bekam eine Bedeutung, die meine Ohren füllte und zusammen mit dem Regen auf die Straße trommelte. Ich ging schneller und schneller.

Aus einer Seitenstraße hörte ich eine laute österreichische Stimme, die in grauenhaftem Englisch rief: »Oh, hallo, Mr. Toni Weber. I haven't seen you for a long time. How are you?« »Oh, hallo«, kam die Antwort, »I'm fine, thank you. How's life been treating you?« Beide brachen in Gelächter aus. Ich hörte, wie sie sich rasch entfernten. Ich kann nicht sagen, warum, aber diese scherzhaften Bemerkungen in schlechtem Englisch wirkten in diesem Moment wie eine gegen mich gerichtete Beleidigung.

23. August 1950

Gestern abend ging ich den Bildhauer W. und seine Frau besuchen. Er war emigriert, aber unmittelbar nach dem Krieg nach Wien zurückgekommen, »weil ich den Dschungel mag«. Sie kamen mir ganz unverändert vor. W. bewegt sich immer noch mit dem weichen, gleitenden Gang eines Panthers, mit vorgeneigtem Kopf, als versuche er, einen Geruch oder eine Fährte aufzunehmen. Er hat jetzt eine Wohnung mitten in der Stadt in einem sehr schönen alten Haus, und sie haben sie mit viel Geschmack und Eleganz eingerichtet. In Innenräumen scheint er mir immer fehl am Platz zu sein. Wie groß sie auch sein mögen, für ihn wirken sie zu klein, und er springt plötzlich auf und beginnt hin und her zu gehen und verbreitet ein unangenehmes Gefühl von Eingesperrtsein und Klaustrophobie. Wie immer begann er nach den ersten Höflichkeitsfloskeln von sich zu sprechen.

»Jeder denkt, daß ich verrückt bin zurückzukommen. Ich habe viele Freunde in Z., und ich mag das Land. Finanziell ist es mir dort viel besser als hier gegangen. Aber ehrlich gesagt, was mich betrifft, sind mir Zentralheizung, Kühlschränke und ihr ganzer einheitlicher sogenannter guter Geschmack scheißegal, das langweilt mich zu Tode. Lieber ist mir das hier: Dreck meinetwegen, zerbombte Häuser, sogar Gewalt, wenn es sich nicht vermeiden läßt, Armut und alles, was dazugehört. Es stimmt, ich habe hier nicht eine einzige Skulptur verkauft, und sie haben nicht die leiseste Ahnung, um was es bei moderner Kunst geht. Sie haben noch nicht einmal angefangen, es zu verstehen. Trotzdem ist es mir hier lieber.

Ich sag Ihnen was: Hier erkennt man mehr als irgendwo sonst, wo man hingehört. Ich kann die Russen und alles, wofür sie stehen, nicht leiden, und ich kann die Amerikaner mit ihrem ganzen geschmacklosen Getue nicht leiden. Es ist eine Wahl zwischen zwei Übeln, und für mich sind die Amerikaner das geringere, weil sie sich wenigstens nicht in meine Arbeit einmischen. Aber das ist eine rein praktische Entscheidung – nicht, weil ich an ihre ›Ideologien‹ glaube (er sprach dieses Wort mit einem zischenden, verächtlichen Hohn aus). Tu ich nicht. Und außerdem würden sie, wären sie keine verrückten Idioten, allen Künstlern, Schriftstellern und Komponisten die Köpfe abhacken. Von ihrem Gesichtspunkt aus ist es reiner Irrsinn, uns in ihre Nähe zu lassen – egal, ob es die Russen oder die Amerikaner sind. Sie haben nur noch nicht so ganz begriffen, was ein Künstler ist. Sie machen sich noch immer vor, daß sie uns benützen können. Sie basteln noch immer an irgendwelchen unmöglichen Kompromissen, weil sie nicht den Mut haben, in aller Offenheit zu tun, was ohnehin passieren wird: mit der ganzen Kultur zu brechen. Sie glauben, sie brauchen dafür einen Vorwand. Deshalb sind wir noch da. Den Nazis ist es fast gelungen, aber nicht einmal die haben es zu Ende gebracht.

Es bleibt uns also meiner Meinung nach nur ein Weg offen: der in absolute Einsamkeit und eine kompromißlose Strenge. Ich bin der Meinung, daß der Künstler seinen eigenen Arbeiten gegenüber anspruchsvoller, kritischer denn je sein muß, weil er sich früher auf irgendwelche Gruppen stützen und verlassen konnte. Heute ist das reiner Blödsinn. Welche Gruppe auch immer einen unterstützt, tut das aus reinem Eigennutz und schert sich den Teufel um die Kunst. Man muß sich für Isolation entscheiden, für mehr Isolation und noch mehr Isolation, und wenn man daran erstickt. Hier ist man, und sonst gibt es nur den Dschungel. Und jetzt gehen wir raus und trinken einen Wein.«

Wir gingen in einen völlig überfüllten Weinkeller, und W. setzte seinen wüsten Monolog inmitten einer berauschten, singenden, scherzenden Menschenmasse fort. Mir kam vor, als folgte er mit seinem ganzen Körper den Bewegungen und Rhythmen der Menge rund um ihn.

26. August 1950

Ich machte einen langen Spaziergang durch die Weingärten und über die Hügel. Die Hitze hat nicht nachgelassen, aber hier draußen ist sie sanft: der Hauch der grünen Hügel. Die Trauben sind beinahe reif, grün und rot unter gelackten Blättern. Auf der anderen Seite des steilen Weges, der mein geheimes Versteck war, wenn ich die Schule schwänzte, stehen Obstbäume in den großen, uneingezäunten Gärten, die zu den Villen in unserer Straße gehören. Neben dem kleinen Bach, der jetzt fast ausgetrocknet ist, wachsen dicke gelbe Butterblumen.

Während ich höher und höher hinaufsteige, erhebt sich die Stadt zu meinen Füßen, halb aus der Erde und halb vom grenzenlosen Himmel und den süßen, schweren Weintrauben geschaffen. Auf der trockenen Erde des Weingartens liegen Liebespaare in stiller, hitzegetränkter Umarmung. In der einsamen Anmut der Hügel, ihren weiten, weichen Kurven warten auf mich die riesigen Geschöpfe, grotesken Grimassen und krummen Gestalten, die langen Spinnenfinger und Spinnenbeine von Dämonen: die wunderlichen Märchenfiguren, die meine Kindheit bevölkerten. Jetzt folgen sie mir wieder mit ihren unverständlichen, höhnischen Gesten, ihren komplizierten Sätzen und unbegreiflichen langgezogenen Flüchen, mir treu, genau wie diese gleichgültige, ruhige Landschaft mir treu scheint.

Ich dreh mich um und versuche über meinen Schatten zu springen. Aber er spielt Verstecken mit mir; er ist in die Büsche hinaufgeklettert. Und wenn ich ihn dort zu fassen versuche, windet er sich auf der Wiese, und wenn ich ihn berühren will, fliegt er davon, ein Adler mit sieben Flügeln. Er kichert hinter mir, und ich drehe mich im Kreis auf der Suche nach ihm. Aber er ist weg. So gehe ich weiter und fühle mich leicht wie ein Mensch ohne Vergangenheit. Bis ich ihn plötzlich wieder entdecke, er sitzt auf den Ästen eines niedrigen Apfelbaums, zusammengekrümmt wie ein frierender alter Mann. Vorsichtig schleiche ich mich an, voll Angst, daß er wieder entwischt, aber als ich so nahe bin, daß ich nur noch die Hand ausstrecken muß, um ihn zu berühren und einzufangen, fliegt er wieder davon und steht hinter mir, ein größeres Wesen, als ich je gesehen habe, und dünn wie ein Faden. Um es zu fangen, muß ich mich auf den harten, steinigen Boden legen wie die Liebespaare im Weingarten.

29. August 1950

Ich wurde zum kommunistischen »Volksfest« mitgenommen. Organisiert war es von der kommunistischen Zeitung *Die Volksstimme*, ich glaube, zu Ehren irgendwelcher bulgarischer oder rumänischer Jugenddelegationen. Das Fest fand auf einem großen Platz statt, der mit allen möglichen Fahnen und Slogans geschmückt war. Alle Wiener Bezirke hatten Buden und Stände aufgestellt, und es gab einige improvisierte Gaststätten im Freien. Das Ganze machte einen überaus schäbigen und verwahrlosten Eindruck, mehr noch als die Menschenmenge. Die war auch schäbig. Aber Himmel, was war das für eine Menge! Was für eine Vielfalt an Typen und Gesichtern! Ich traute meinen Augen kaum, war ich doch an die zahmen, wohlerzogenen Mengen in England gewöhnt, wo es auch etwas wie einen dominanten Körpertypus gibt. Von Schweden gar nicht zu reden.

Hier hingegen gibt es überhaupt keinen Typus. Oder jeden vorstellbaren Typus: mongolisch, slawisch, nordisch. Häßlichere Menschen, als ich je gesehen zu haben mich erinnern kann, alle Arten von Tieren, die Frauen riesig und wankend oder unglaublich mager, die Alten gekrümmt und so weit vornübergebeugt, daß ihre Köpfe fast den Boden berührten und sie sich bewegten, als würden sie einen Zementsack auf dem Rücken tragen, Große, Kleine, Deformierte und Krumme, Aufrechte, Dunkel- und Hellhäutige, und rund um sie tummelten sich Unmengen von ganz außergewöhnlichen Kindern, die quietschten, kreischten und heulten wie ein Rudel wilder Bastardkatzen. Die jungen Männer schlenderten in dieser speziellen Wiener Gangart herum, einer Art verschlagener, scherzhafter Aggressivität.

Vor Angst brüllende Kinder, die ihre Backen aufbliesen, bis ihre Gesichter aussahen wie die roten Luftballons, die an den Ecken verkauft wurden, wurden in kleine Körbe auf einem Karussell gesteckt, das von einem muskulösen, sommersprossigen Burschen gedreht wurde, der die ganze Zeit übellaunige Obszönitäten von sich gab. Die ehrgeizigen Eltern waren wild entschlossen, daß ihre undankbaren Bälger dieses Sonntagsvergnügen genießen sollten. Das taten sie aber nicht. Die Väter liefen neben den Kindern her und versuchten sie mit Geräuschen aufzuheitern, die einen Stier in Angst und Schrecken versetzt hätten und bei den Kindern Ekel- und Wutanfälle auslösten. Die Zuschauer begannen die grausamen Väter zu beschimpfen, die daraufhin ihre Kinder aus den Körben zerrten und ihnen für ihr schlechtes Benehmen eine Tracht Prügel verpaßten. Alle tranken Wein und schmusten hemmungslos unter den Bäumen.

Mir schien, daß die politische Bedeutung der Veranstaltung den meisten völlig entging, die die Sache als ein billiges Sonntagsvergnügen ansahen und in der kochenden Hitze mit schweißtriefenden Gesichtern herumspazierten, mit dem üblichen sonntäglichen Streit in den Taschen ihrer Sonntagsanzüge wie ein belegtes Brot, das zu gegebener Zeit verzehrt werden würde.

Mir jedenfalls entging sie, bis die Lautsprecher zu plärren begannen. Die Stimme, die ich hörte, erschreckte mich so sehr, daß ich beinahe auf ein Krabbelkind trat, das mir abwechselnd mit Freuden- oder Wutgeheul gefolgt war und versuchte, meine Schuhbänder zu erwischen. Es war die Stimme von Hitler. Es war der gleiche Tonfall, die gleiche obsessive Rhetorik, die gleichen anklägerischen Formulierungen. Ich versuchte erst gar nicht, dem Gesagten zu folgen. Ich lauschte gebannt der Stimme dieses eher unbedeutenden Kommunisten. Sie hob und senkte sich in dem bekannten verrückten Rhythmus. Ich fragte meine Freunde, ob sie es auch merkten. Aber sie merkten nichts. Wahrscheinlich war es einfach die übliche Rhetorik, die alle Redner verwendeten. Niemandem fiel etwas auf. Weder überraschte sie die Stimme, noch waren sie von ihr sonderlich beeindruckt. Die Heftigkeit ihrer Ausbrüche fiel keinem als ungewöhnlich oder beängstigend auf, und ebensowenig das rhythmische Klatschen, als die Jugenddelegationen einmarschierten.

Das alles war ein unverhandelbarer Teil ihrer Existenz: eine Stimme, die anklagte, forderte und schimpfte. Sie beherrschte den sommerlichen Himmel, die Liebespaare, die Menschentrauben an dem Stand, an dem mit Bällen auf Papporträts von Churchill, Truman und Tschiang Kai-schek geworfen wurde. Es folgte Redner auf Redner. Am Ende schien mir, daß meine Freunde recht gehabt hatten: Es war nur die übliche Rhetorik, die von jedermann verwendet wurde.

31. August 1950

Diese Wohnung ist so ziemlich die lauteste, die ich jemals erlebt habe. Drei Straßenbahnen fahren durch die Straße, der Naschmarkt ist gleich um die Ecke. Und beinahe direkt nebenan ist ein Café, das für seine Unterwelt-Kundschaft aus Prostituierten, Schwarzmarkthändlern und anderen Gaunern berühmt ist. Es gibt hier keine Ruhe, weder bei Tag noch bei Nacht, und wie meine Schwester Ilse sich je daran gewöhnen soll, ist mir rätselhaft.

Tagsüber schrillt das Klingeln der Straßenbahnen durch die Wohnung, so daß man den Eindruck hat, Horden von Besuchern oder Bettlern stünden ständig vor der Tür. Die Stimmen von der Straße sind in allen Zimmern, und es passiert mir wieder und wieder, daß ich mich umdrehe, um nach der Person Ausschau zu halten, die gesprochen hat. Aber wenn ich mich dann aus dem Fenster lehne, ist sie schon weg, und ich sehe nur das ausgemergelte Gesicht des alten Schusters, der am Kellerfenster gegenüber sitzt und seinen Kopf herausstreckt, zum Teil, um ein wenig frische Luft zu schöpfen, und zum Teil, um das Kommen und Gehen der Prostituierten zu beobachten, die an der Straßenecke ihr Revier hat.

Dann sind da die Stimmen der Männer und Frauen auf dem Markt, die manchmal wie faules Obst angeflogen kommen, weil normalerweise nur die allerübelsten Flüche so weit reichen. Am Abend ist das Geflüster, Gekreisch und Gezanke der Straßenmädchen und ihrer Freier so nahe, als fände es im Schlafzimmer meiner Schwester nebenan statt. Vereinzelte Brocken unglaublicher Unterhaltungen bilden die Begleitung zu einer ernsthaften Besprechung eines »Falles« (sie ist Ärztin). Rund um Mitternacht gibt es dann eine kurze Pause, in der es vergleichsweise still ist. Die Straßenbahnen fahren seltener, die Prostituierten sind nach Hause gegangen. Nur ab und zu das Gröhlen eines Betrunkenen oder der Schrei einer Katze, die aus dem Weg getreten wird.

Zu dieser Stunde flog plötzlich ein Vogel ins Zimmer. Er prallte gegen die Wände und flog in irren Kreisen herum. Dann fiel er auf den Boden, aber als wir ihn aufzuheben versuchten, entkam er und flog blindlings gegen den Plafond und den Kleiderkasten. Dann versteckte er sich unter einer Kommode. Es kam mir ganz unglaublich vor, daß sich irgend etwas hier verfangen könnte, in einer Wohnung, die so ausgesetzt schien, als wäre sie Teil der Straße. Und unter allen Lebewesen ausgerechnet ein Vogel. Ich erwischte ihn endlich und ließ ihn aus dem Fenster.

Ab halb zwei kommen die großen Lastwagen. Sie sind mit allen Sorten von Obst und Gemüse beladen und bleiben direkt vor dem Haus stehen. Wenn ich aus dem Fenster schaue, sehe ich Äpfel und Birnen, Orangen und Bananen, säuberlich in offene Kisten geschlichtet, und ich erwarte, daß sie gleich ins Zimmer geflogen kommen, so wie es bei all den anderen Vorfällen auf der Straße geschieht. Unter den Fahrern und den Männern, die die Lastwagen entladen, wird viel gescherzt. Ihre Stimmen haben eine eigenartige Fülle, eine dominierende Resonanz, die, wie mir aufgefallen ist, die Stimmen von Arbeitern um diese Stunde oft haben, wenn die Stille der schlafenden Stadt Wörtern, die ansonsten nie gehört würden, Gewicht und Kraft verleiht.

Dann folgen laute, scherzhafte Gespräche zwischen den Männern und den paar abgetakelten ältlichen Prostituierten, die um drei Uhr wieder hervorgekrochen kommen und geduldig und ohne viel Hoffnung beim Markt herumlungern. Nach und nach werden die Lastwagen entladen. Das Zimmer ist schon bläulich von der Morgendämmerung. Die Lastwagen fahren mit quietschenden Bremsen und unter lautem Rufen, Gelächter und Geschimpfe ab. Während ich einschlafe, höre ich das erste grelle Klingeln der Straßenbahnen.

2. September 1950

Gegen Abend wanderte ich die steile Straße, wo wir früher gewohnt haben, hinauf – nicht den Weg auf der Rückseite, wie ich es bisher getan hatte. Ich wußte, daß die Amerikaner eine Familie in unserem Haus einquartiert hatten, und erwartete, daß das Gartentor und das Haus versperrt sein würden. Aber das Tor war offen. Ich trat ein und schlich auf Zehenspitzen zum hinteren Garten, weil ich Angst hatte, jemandem im Haus zu begegnen und ausgefragt zu werden. Seit Jahren hatte sich niemand um den Garten gekümmert, und nun war er eine Wildnis aus Blumen, Brennesseln und Gebüsch. Ich konnte mich kaum zurechtfinden, aber einige Bäume stehen noch, die ich allmählich wiedererkannte. Unser Garten grenzt an die Weingärten, und von seinem hinteren Ende aus hat man einen Ausblick über die ganze Stadt. Das weiß ich, aber schon jetzt, um ein Uhr nachts, kann ich mich nicht mehr erinnern, es gesehen zu haben. Ich ging wie von Blindheit geschlagen durch den Garten. Ich sah nichts, außer daß der Weg von dicken, kratzigen Brennnesseln und Unkraut überwuchert war, und weiß nur, daß ich den genauen Ort, an dem ich stand, nicht bestimmen und erkennen konnte.

Ich schlüpfte durch die Hintertüre ins Haus und ging die Stiege hinauf, ohne jemandem zu begegnen. Oben waren alle Zimmer leer. Die Familie, die jetzt im Haus wohnt, benützt nur den unteren Stock. Und auch hier konnte ich die Zimmer nicht wiedererkennen. Das Schlafzimmer meiner Mutter, das früher groß und sehr hell war und einen Balkon hatte, war bis zur Unkenntlichkeit geschrumpft. Der Balkon war weg. Unser Kinderzimmer wiederum, das in meiner Erinnerung ein mittelgroßer Raum war, hatte nun die Größe eines Saales. Das kleine Zimmer, in dem die Schneiderin immer saß und nähte, war nur ein Winkel voller Spinnweben. Das Schlafzimmer meines Vaters, einst ein riesiger Zeitungs- und Bücherstapel, war unerwartet hell mit sehr großen Fenstern. Das Zimmer, in dem ich später wohnte, als ich schon älter war, hatte sich ebenfalls verändert, so daß ich es nie erkannt hätte. Wo sind die Fenster, aus denen man auf das Haus an der gegenüberliegenden Straßenseite sah, in dem das Licht nie ausging, und wo ich den Schwarm Mücken beobachtete, der in warmen Sommernächten durch ein offenes Fenster hereinflog und von dem ich den Schatten sah, ein riesiger haariger Kopf, der sich um die Lampe bewegte? Jetzt sind da nur noch zwei Fenster, die auf den Garten gehen, und mein Balkon ist auch weg. Ich ging zwischen den Räumen hin und her, aber wurde nur immer verwirrter. Alle Proportionen hatten sich verändert und waren auf den Kopf gestellt, als hätte sich das ganze Haus umgestülpt. Dann stieg ich auf den Dachboden hinauf, zu den Zimmern der Hausmädchen. Sie waren unverändert. In einem davon, wo das Fenster fast bis zum Boden reicht, setzte ich mich auf den nackten Boden und sah auf die Baumkronen hinaus. Dann schlich ich aus dem Haus und ging leise davon, damit mich niemand sah und erkannte.

1951–1953
»JEDEN TAG EIN SATZ«

Im Dezember 1951 kommt Friedl Benedikt wegen einer schweren Lungenentzündung ins Blegdamshospital in Kopenhagen, dort wird bei ihr Lymphdrüsenkrebs diagnostiziert, und sie wird einer Strahlentherapie unterzogen. Auf Vermittlung von Canettis Bruder Georges Canetti wird sie Ende Mai 1952 für weitere Behandlungen, eine Strahlen- und Injektionskur, in das American Hospital in Neuilly in Paris überstellt. Sie stirbt am 3. April 1953.

American Hospital,
Paris, Mai/Juni 1952

Die Bäume stehen in voller Blüte. Mein Zimmer ist in der Höhe der Baumkronen: Es ist wie ein Nest in diesem unendlich dichten Laub.

Ich kann mich nur an so wenig von dem Flug hierher erinnern: Ich bin zum ersten Mal geflogen und weiß kaum was davon.

Hier in Paris kreischen in der Nacht die Katzen – ein Geräusch, das man in Schweden nie hört.

Der französische Arzt ist intelligent und nett. Er hat einen gelähmten Arm. Er heißt Dreyfus. Es ist merkwürdig, daß mir Allan besonders unwirklich vorkommt, während Ilse in ihrer komischen Art gar nicht.

Es ist seltsam, von einem Krankenzimmer in ein anderes zu fliegen – man kann kaum glauben, daß sich irgend etwas geändert hat – aber *alles* hat sich geändert.

Neben dem Spital wird ein Häuserblock gebaut. Den ganzen Tag über hört man das Hämmern und den Lärm und die französischen Stimmen.

Dienstag

Jeder hier kennt Georg C. Die Ärzte, die mich behandeln, sind seine Freunde, und es ist fast, als wäre ich hergekommen, um von *ihm* behandelt zu werden. Aber er ist sehr krank in den Bergen.

Dreyfus, der mich behandelt, ist Georg sogar ähnlich – er hat dieselben Manierismen, springt auf, geht auf und ab, er ist ein ruheloser Mensch. Tzanck, der Arzt, der mir die Spritzen gibt, ist rund, intelligent, schnell, temperamentvoll mit einem charmanten Lächeln.

Das Fieber wütet in mir. Allan muß etwas tun. So, wie es jetzt ist, ist er wie ein Thermometer – er lebt völlig in meiner Krankheit. Er muß herausfinden, was er tun will.

Samstag

Es gibt Momente der Erleichterung – oder Stunden, in denen ich mich wieder so sehen kann, wie ich sein sollte – gesund und an der Arbeit. Sich bei den eigenen Haaren aus dem Dreck ziehen heißt, alles, was am besten in einem Menschen ist, zu sammeln. Der Papa hat ganz recht, daß der Körper nur durch Güte existiert. Wichtiger als alle Probleme, Konflikte und sonstigen Dummheiten ist *ich*. Die Welt wird von deinen Augen erfunden, kein Körnchen kann leben, wenn es nicht gesehen wird. Oh Gott, ich habe nichts als dieses Lächeln und die Verehrung der Welt, der weiten Felder und der Sonne. Das bin ich, soweit ich weiß.

Montag

Fast immer regnet es gegen Abend. Es ist wie ein zweiter Sonnenuntergang, der jedes Blatt dieser wunderbaren riesigen Bäume in einem anderen Grün leuchten läßt. Ilse ist abgereist. Jetzt gibt es nur noch eine Person, die mir wirklich vorkommt – das ist Dr. Tzanck, der mir die Spritzen gibt. Vielleicht ist das so, weil er C. kennt – vielleicht, weil mein Leben in seiner Hand ist. Er hat ein freundliches rundes Gesicht, er sieht in seinen Patienten immer den Menschen.

Allan sitzt jeden Tag hier, aber er ist mir fremder als die Krankenschwestern. Ich kann es nicht erklären, jeder Kontakt zwischen uns ist abgebrochen, seit wir in Paris sind. Ich benehme mich, als wäre es seine Schuld, daß ich wieder allein in einem Krankenhaus liegen muß.

Freitag

Gott sei Dank, heute bläst der Wind. Es ist kühl. In der Nacht war ein Gewitter, das ich jetzt liebe.

Mein Arzt, dieser Dreyfus, ist ein merkwürdiger Mensch. Er wirkt immer wie ein Schauspieler in seinen eleganten Anzügen – sogar sein gelähmter Arm scheint nur eine Pose zu sein. Dabei ist er durch die Hölle gegangen. Er hatte Kinderlähmung, als er zwanzig war, wurde von den Deutschen gefaßt, zum Tod durch Erschießen verurteilt, und es gab noch ein drittes Mal, wo er sicher war, daß er sterben würde – aber was das war, hat er mir noch nicht erzählt. Ich weiß jetzt, warum ich ihn am Anfang nicht leiden konnte – es war seine psychologische Neugierde, die mich abstieß. Wenn es einem ganz schlecht geht, dann will man nur Hilfe und möchte nicht, daß jemand die Wunden berührt. Seine Frau ist Psychoanalytikerin – was mich überrascht hat. Ich dachte, er ist mit einer Art Revuegirl verheiratet.

Mit Allan ist jetzt wieder alles in Ordnung. Er hat eine wunderbare Geduld – und alles wird gut. Er tut alles, was er kann, und beklagt sich nie, und in seinem Wesen ist eine Noblesse, die ich zutiefst bewundere. Es ist merkwürdig, daß er ausschaut wie Susi und Ilse zusammen – er ist richtig ein Teil der Familie. Sogar seine Augen haben dieselbe Farbe wie die von Margaret.

Ich bin viel kräftiger. Es ist wirklich interessant, wie sehr der Wille, gesund zu werden, hilft. Bisher war ich passiv, dann habe ich beschlossen, daß ich gesund werden muß. Seltsam, daß dieser Beschluß aus Farben, Gerüchen und Bildern besteht. Ich kann mich als »gesund«, kann mir mein »Ich« nur vorstellen, indem ich an den süßen, oh so süßen Geruch von frisch gemähtem Gras denke oder von Erde, und dann liege ich da und atme ein, bis mir schwindlig wird. Oder ich sehe mich beim Schwimmen, und meine Beine sind nicht zerkratzt und aufgeschürft, wie sie es jetzt sind, sondern braun, und das Wasser ist kalt, wenn ich hineintauche. Ich sehe mich mit C. in dem kleinen Kaffeehaus in Grinzing. Und noch immer ist es vor allem die Ferne, die ich über alles liebe. Oh, ich wünschte so sehr, wieder schreiben zu können – anders als früher, klar, amüsant, lustig und boshaft.

Jeden Tag kommt eine Hexe in mein Zimmer. Ich rechne wirklich damit, daß sie auf einem Besenstiel hereinreitet. Sie hat eine große dicke Warze in einem Augenwinkel, ist gierig und geizig und trägt Gummihandschuhe, während sie mein Zimmer macht. Die Gummihandschuhe und die Plastikschürze sind besonders eklig.

Es gibt hier ein reizendes, freundliches, strammes, gesundes Mädchen, Andrée, eine Krankenschwester, 23 Jahre alt. Sie hat mir erzählt, daß sie von ihrer Mutter im Spital zurückgelassen worden war und von einem Engländer und seiner amerikanischen Frau adoptiert wurde. Sie will nichts über ihre Eltern wissen – »Ich nehme an, sie leben noch«, sagte sie, sie ist höchstwahrscheinlich ein illegitimes Kind und weiß es, und der Gedanke läßt sie nicht los. Gestern abend hat sie mir ihre Liebesgeschichte mit einem jungen Mann erzählt, »und ich habe ihn wirklich geliebt«. Im Oktober sollte sie ihn heiraten, und das war im Juni. Er sagte ihr, daß ein anderes Mädchen ein Kind von ihm erwartete. »Ich verstehe das natürlich«, sagte Andrée »er hatte mich immer respektiert – ich sollte seine Frau werden, aber natürlich hatte er Bedürfnisse. Ich sagte ihm, daß es seine Pflicht ist, sie zu heiraten, ich habe immer an das arme Kind gedacht.« Aber er wollte nicht, er sagte, daß er das Mädchen nicht liebt. Aber Andrée konnte einfach nicht weitermachen, sie dachte immer an das verlassene Kind.

Seitdem sind zwei Jahre vergangen, und »ich liebe ihn immer noch«. Er hat das Mädchen nicht geheiratet, aber er hat Andrée dreimal zufällig auf der Straße getroffen. Jedesmal hat er ihr gesagt, daß er nur sie liebt. »Aber wissen Sie, wenn ich ihn heiratete, würde ich immer, immer an das Kind denken und könnte nie glücklich sein.«

Sie ist nicht hübsch, aber strahlt Herzlichkeit, Gesundheit

und Energie aus. Doch ich fürchte, sie wird nie über den Makel ihrer Geburt hinwegkommen. »Wenn das Mädchen heiratet, dann würde ich ihn heiraten, weil dann wüßte ich, daß für das Kind gut gesorgt wird. Ich glaube an Gott, und er wird für alles sorgen.«

Sonntag

Dreyfus hat mir erzählt, daß er dreimal in seinem Leben sicher war, daß er sterben würde – als er 20 war, hatte er Kinderlähmung, und seit damals ist sein Arm gelähmt. Die Krankheit griff sein Gehirn und seine Lunge an, und damals gab es noch keine Eisernen Lungen. Beim zweiten Mal sollte er von den Deutschen erschossen werden. Beim dritten Mal, letzten Oktober, hat er für drei Monate seine Stimme verloren, und drei Monate lang dachte er, er leide an einer tödlichen Krankheit. Trotz all dieser Höllen, durch die er gegangen ist, ist er noch immer ein Schauspieler und sehr eitel. Er erzählt sehr gut, und seine rasche Auffassung ist eine reine Freude. Allmählich macht mir unsere Beziehung keine Angst mehr: Ihm liegt mehr daran, über sich zu reden, als etwas von mir zu erfahren – eine Sache, die ich zur Zeit nicht ertrage. All die Wunden müssen erst heilen, und ich muß viel kräftiger sein, ehe sie wieder aufgerissen werden können. Ich führe eine seltsame Doppelexistenz: eine hier, immer halb im Bett, und die andere, in der ich mich gesund sehe und Tag für Tag mache, was ich täte, wenn es mir gut ginge. Ich lieg zwischen den riesigen Stockrosen in M.s Garten, oder ich geh schwimmen, tauche in den See, und meine Beine sind braun und stark, nicht dünn und zerkratzt, und ich bin, was ich hauptsächlich bin: ein Stück unbefriedigte, wilde Neugierde.

Die zarten gelben Blätter des großen Baums verwandeln sich täglich in ein dunkleres Grün, und wenn ich hier endlich wegkomme, wird kein einziges gelbes Frühlingsblatt mehr übrig sein. Die kleinen grünen Kastanien werden jeden Tag eine Spur größer. Wenn die Sonne scheint, leuchtet das ganze Laub silbrig und blau.

Eine große Katze spielt auf den Leitern, die die Arbeiter flach auf den Boden gelegt haben. Die schwarze Katze hebt die Pfote, und mit einer sanften, graziösen Bewegung tötet sie wahrscheinlich einen Schmetterling.

Die Arbeiter auf den hohen Gerüsten des neuen Gebäudes singen den ganzen Tag. Es ist ein merkwürdiges Lied – mehr eine Art langes, ununterbrochenes Klagen, und doch liegt auch Freude darin –, ich glaube, es ist die Freude darüber, praktisch in der Luft zu stehen.

Die Krankenschwestern hier sind so hübsch – eine hübscher als die andere. Mir gefällt besonders ein kleines, zartes junges Mädchen – mit einem ganz klaren und wunderbar harmonischen Gesicht, kleinen schwarzen Augen unter ihrem glatten schwarzen Haar mit der großen weißen Schwesternhaube darauf, einer kleinen, geraden Nase und einem makellosen Mund. Sie besteht ganz aus süßem Lächeln und Freundlichkeit.

Ich sehe die Vögel hoch oben in der Luft, und wie sie dann plötzlich herabschießen.

Ich würde so gerne lachen, aber nichts Lustiges scheint zu passieren.

Die Sonne glüht auf der Erde, als hätte Van Gogh sie hingemalt. Hat Georg recht und ist es wirklich unser ›gemeinsames Geschick‹? Gott behüte mich davor, obwohl es fast so aus-

days.

Nov. 27.

the bloody preoccupation with
the body — that you can't
fight it. few days pain only
becomes bearable if you can
concentrate on it — that is if
you are altogether "pain".
the illness is only bearable if
I give in to it. Efforts are
only damaging — the body
has taken over — don't bother
your silly head.

The house opposite is almost
finished. When I came they just
began the top storey. the men
stand on the roof silhouetted
against the sky they argue with
hands & feet and shout at

Seite aus dem Tagebuch aus dem American Hospital, Paris, 1952
(Nachlass Susanne Ovadia)

sieht – aber ich glaub es nicht. Trotzdem es ist tatsächlich ›seltsam‹, daß ich hier in die Hände seiner Freunde gekommen
bin – weiß er, wie sehr Dreyfus ihm ähnlich ist? Nicht nur
Tzanck dem Ilja. Wird es am Ende so sein, daß G. und ich Geschwister werden?

Dreyfus haßt die Krankheit so sehr, daß er Arzt geworden
ist – ich weiß nicht, ob er es aus Liebe zu den Gesunden geworden wäre. Tzanck hingegen ist ein Arzt, der die Gesunden liebt
und voll von Mitleid, das heißt *compassion* ist.

Dreyfus hat ein fast irrsinniges Lächeln, wenn er über besonders schauerliche Dinge spricht. So sind der Cousin seiner
Frau und dessen Frau in einem Autounfall umgekommen, und
er erzählt es mit diesem merkwürdigen, verzweifelten Lächeln.

November 1952

Nur ein Satz am Tag. Die verlorenen Tage. Sie sind nur Schwäche und Schwäche. Die Bäume sind jetzt kahl.

Das Jucken: darüber nachdenken. Wenn man den komischsten, wunderbarsten Roman daraus machen könnte, wäre das
Leiden nicht umsonst gewesen – dann möge Gott die Tage
segnen.

27. November 1952

Diese verdammte Dauerbeschäftigung mit dem Körper – daß
man nicht dagegen ankommt. Georg sagt, Schmerz wird nur
erträglich, wenn man sich darauf konzentriert – das heißt,
wenn man ganz ›Schmerz‹ wird. Diese Krankheit ist nur erträglich, wenn ich ihr nachgebe. Anstrengungen schaden nur –

der Körper hat übernommen –, behellige nicht deinen dummen Kopf damit.

Das Haus gegenüber ist fast fertig. Als ich kam, haben sie gerade den letzten Stock begonnen. Die Männer stehen auf dem Dach, silhouettenhaft vor dem Himmel, streiten mit Händen und Füßen und schreien sich gegenseitig an.

28. November 1952

Nicht ein Satz in meinem Kopf. Die Abscheu vor der Häßlichkeit des eigenen Körpers. Das Badezimmer ist der einzige »private« Raum. Ich kann die Tür zusperren. Dort bin ich allein mit diesem dünnen, zerkratzten Körper.

Letzte Nacht war die Luft plötzlich ganz süß und mild, und ein kleiner Mond stand hoch oben in dem dunklen Himmel, durchzogen von dünnen, langen, weißen Wolken. Die Straßen waren naß, und die Lichter hatten diese verlockende Anmutung, als würde jedes von ihnen dir über die Straße zuwinken und rufen: Komm zu mir. In solchen Nächten bin ich früher auf diese langen, beseligten Spaziergänge gegangen ...

Fanny Esterházy und Ernst Strouhal

KURZE REISE MIT
LEICHTEM GEPÄCK

Friedl Benedikt (1916 bis 1953)

Sie hatte nie eine eigene Wohnung, kaum je eigene Möbel, alles, was sie besaß, passte in einen Reisekoffer. Friedl Benedikt war zeitlebens mit leichtem Gepäck unterwegs.

Geboren wurde sie am 3. November 1916 als zweitälteste der vier Töchter von Ernst und Irma Benedikt in Wien. Ihr Vater war Journalist, Maler und Schriftsteller, bis 1934 war er als Sohn und Nachfolger von Moriz Benedikt Herausgeber der *Neuen Freien Presse*. Ihre Mutter entstammte väterlicherseits einer Wiener Schauspielerfamilie, die Familie ihrer Mutter stammte aus Schweden und Finnland, ihre Schwester Heddie, Friedls Tante, war mit dem bekannten englischen Ägyptologen Alan Gardiner verheiratet und lebte in London.

Das Haus der Benedikts in der Himmelstraße in Wien-Grinzing war ein Knotenpunkt im Netzwerk des großbürgerlichen liberalen Wien, früh wurde Friedl Benedikt zu den Abendgesellschaften zugelassen, die der Vater gab, und lernte so unter vielen anderen Thomas Mann, Hermann Broch und Arthur Schnitzler kennen.

Mit 16 Jahren bricht sie die Mittelschule in der Gymnasium-

straße (später Billrothstraße) ab. Sie nimmt Schauspielunter-
richt bei Ernst Arndt und plant ein Studium am Reinhardt-Se-
minar, das allerdings nicht zustande kommt. Mit ihrer älteren
Schwester Gerda taucht sie in das kulturelle Leben Wiens ein
und besucht Lesungen junger Autoren. Eine frühe Ehe mit dem
Ingenieur Georg Stramitzer führt sie nach Bratislava, doch sie
kehrt schon nach wenigen Monaten nach Wien ins Elternhaus
zurück.[1]

Ende 1936 lernt sie Elias Canetti kennen, der mit seiner Ehefrau
Veza schräg gegenüber vom Haus der Benedikts in der Himmelstraße wohnt. Sie ist fasziniert von dem um zwölf Jahre
älteren Autor des Romans »Die Blendung« und geht eine Beziehung mit ihm ein. Canetti wird ihr Lehrer und Geliebter. Es
folgen regelmäßige Treffen und lange Spaziergänge mit Canetti, der ihr erste Schreib- und Leseaufgaben aufgibt. Noch in
Wien beschließt sie, Schriftstellerin zu werden. Im Sommer
1937 unternehmen beide gemeinsame Reisen nach Salzburg
und nach Paris.

»Für Friedl war es«, erinnert sich ihre jüngere Schwester Susanne, »genau im richtigen Moment, eine lebensentscheidende
Begegnung, die sie von ihrer Unentschiedenheit, ihrem Zögern,

---

[1] Die Darstellung ihrer Biografie folgt Susanne Ovadia: Nachwort zu
     Friedl Benedikt (Anna Sebastian), The Monster, Hürth b. Köln 2004,
     S. 319–328; Sven Hanuschek, Elias Canetti. Biographie, München 2005;
     und Ernst Strouhal, Vier Schwestern. Fernes Wien, fremde Welt, Wien
     2022. Friedl Benedikts Nachlass mit Notizbüchern und Tagebüchern
     befindet sich in der Züricher Nationalbibliothek im Nachlass von Elias
     Canetti, weitere Dokumente und Unterlagen im Archiv von Ernst
     Strouhal in Wien. Ein großer Teil von Benedikts Briefen an Canetti
     wurde von 2021 bis 2023 von Johanna Canetti transkribiert.

Friedl Benedikt, um 1933 (Privatsammlung, Wien)

ihren Zweifeln befreite.«² Canetti wiederum erscheint die junge
Schülerin als »das leuchtende«, das »helle und anmutige Geschöpf«, das »den Übermut und die Leichtigkeit Wiens verkör-
perte«.³ Noch Jahre nach ihrem Tod wird er sich trauernd an sie
erinnern, wie unzählige Einträge mit Erinnerungen an sie in
seinen Tagebüchern zeigen.

1938 ist Friedl Benedikt wieder in Paris, wo sie eine Sprach-

2 Strouhal, Vier Schwestern, S. 82.
3 Elias Canetti, Das Augenspiel. Lebensgeschichte 1931–1937, München
   1985, S. 255, 263 f., 282.

schule für Französisch besucht. Nach dem 12. März 1938, dem sogenannten »Anschluss« Österreichs an Nazideutschland, und spätestens nach dem Novemberpogrom in Wien, in dem auch ihr Vater verschleppt und gefoltert wird, wird ihr klar, dass eine Rückkehr nach Wien nicht mehr möglich ist. Ihre ganze Familie wird in die Emigration gezwungen, das Haus ihrer Kindheit wird arisiert (es wird erst 1951 rückerstattet werden). Auch die Canettis müssen Österreich verlassen, Veza hat die Wochen vor der Flucht aus Wien in ihrem Roman »Die Schildkröten« beschrieben und Friedl Benedikt liebevoll in der Figur der Hilda porträtiert.

Friedl Benedikt folgt Elias und Veza Canetti nach England und bleibt in ständigem Kontakt mit ihnen. Den Kriegsbeginn erlebt sie im Landhaus der Gardiners in Tichborne (Hampshire), danach kommt sie in wechselnden Privatzimmern in Oxford unter. Ab 1941 lebt sie in Hampstead, dem Zentrum der deutschsprachigen Emigration im Norden Londons, bei Bekannten und im Haus ihrer Cousine Margaret Gardiner.

Obwohl Benedikt in Kontakt mit Erich Fried, Albert Fuchs, Theodor Kramer und vielen Mitgliedern des Free Austrian Movement steht, nimmt sie an keinen Veranstaltungen der österreichischen Emigranten teil; sie sucht und findet rasch Anschluss an die Londoner Kunst- und Literaturszene. Über ihre Cousine lernt sie die Journalistin und Historikerin Veronica Wedgwood und die Lyrikerin Stevie Smith kennen, die Kontakte zu Verlegern herstellen, sie ermutigen und ihre Arbeit intensiv fördern.

Benedikt ist trotz aller Sprunghaftigkeit und Spontaneität in der Lebensführung ehrgeizig: »Ich weiß nicht genau warum«, schreibt sie über ihre Situation in der Emigration, »aber es ist mir ein ungeheures Bedürfnis, aus dieser Zeit, aus dieser

Emigrantenzeit etwas Ordentliches, Anständiges zu machen, und besonders, erfolgreich zu sein. Ich kann es mir nur mit Grauen vorstellen, daß ich nach Wien zurückkommen soll ohne irgendeinen Erfolg. Das ist nicht aus Stolz, sondern mir ist diese Unterbrechung, die diese Emigrantenzeit für neunzig Prozent der Flüchtlinge ist, unerträglich. So wenig Sinn ich sonst für Kontinuität habe, so will ich diese Zeit hier nicht verlieren, sondern ich möchte etwas Schöneres, als es mir jemals zu Hause gelungen wäre, hier aufbauen und damit zurückkommen, so daß mein wirkliches erwachsenes Leben im Ausland, im Exil geschaffen wurde, und dann möcht ich nach Wien zurückkommen, mit einer Grundlage, mit einer Basis, mit einem kalten, soliden Stück Englands. In Wirklichkeit ist es deshalb, weil ich einfach nicht glauben *will*, daß das, was man ›Schicksal‹ nennt, wirklich existiert. Gegen alle Erfahrungen bilde ich mir noch immer meistens ein, daß man sein Leben so einrichten, so führen kann, wie man selber es will, und ich glaube noch immer, daß man, wenn man etwas *wirklich* will, es unbedingt erreichen muß und daß ein Leben nicht scheitern *kann*.«[4]

Friedl Benedikt findet Arbeit bei einem aus Wien stammenden Zahnarzt und bewirbt sich nach den ersten Bombardements Londons als Rettungsfahrerin. Sie schreibt bereits an ihrem ersten Roman, »Let Thy Moon Arise«. Auch die kleineren literarischen Skizzen, die in Wien begonnen wurden und für Canetti bestimmt sind, werden mit großem Eifer fortgeführt. »Ich werde jetzt wie ein Teufel an Deinem Tagebuch arbeiten«, kündigt sie Canetti in einem Brief an, »damit ich es Dir zu Weihnachten schön und dick überreichen kann, und ich freu mich schrecklich, daran zu arbeiten.« Und, an anderer Stelle:

4   Siehe S. 61f. in diesem Band.

»Ilja, [...] ich danke Dir auf den Knien, weil Du mich zu diesem Tagebuch gezwungen hast, wenn überhaupt, werde ich es nur damit zuwege bringen, und heute tippe ich es fertig für Dich.«[5]

Sie schreibt überall, auf den Parkbänken in Hampstead Heath, in Cafés und Restaurants. Nachgerade täglich begibt sie sich auf Jagd nach Geschichten und Szenen als Material für ihre Beschreibungen. Die Erinnerungen an einzelne Personen, an Szenen und an Dialoge in den Notizbüchern erhalten nun eine strukturierte Form. Die Erlebnisse werden zunächst mit der Hand notiert, mit Canetti diskutiert, danach redigiert, abgetippt, paginiert, teils mit Titel und teils mit ironischen Widmungen versehen. Im vierten Band seiner Erinnerungen, »Party im Blitz«, schreibt Canetti über Benedikts Stellung in der Londoner Gesellschaft, in die er von ihr eingeführt wurde: »Friedl [...] hatte über jeden etwas zu sagen, manche kannte ich schon aus den Tagebüchern, die sie für mich führte. Man hatte auf der Stelle Vertrauen zu ihr, niemand bemerkte, wie sie mit ihren grünen Augen von allem Besitz ergriff und es dann in genauem Wortlaut, wie sie es (von mir) gelernt hatte, niederschrieb. Sobald ein Heft wieder voll war, übergab sie es mir, schon als Zeichen ihres angezweifelten Fleißes. Sie setzte diese Übung aber auch fort, als sie sich an ihre Romane wagte, die sie deutsch begann und dank den Tagebüchern englisch fortsetzte.«[6]

Sie erzählt von Begegnungen auf Straßen, in den Wohnungen und in den Pubs, die Geschichten handeln von grotesken

5 Friedl Benedikt an Elias Canetti, undatiert, Sammlung Johanna Canetti, Zürich.
6 Elias Canetti, Party im Blitz. Die englischen Jahre, München 2003, S. 163 f.

Szenen in Emigrantenfamilien ebenso wie von Treffen mit Angehörigen der Gentry und mit Künstlerinnen und Künstlern. Ihre Erzählstimme ist zumeist freundlich, bisweilen boshaft. Der politische Hintergrund, der Krieg und die Vertreibung, wird in den Notizen nicht ausgeblendet. Er leuchtet in den Gesprächen mit Soldaten auf Fronturlaub und mit traumatisierten Kriegsversehrten auf und in den Erzählungen von Bekannten über bizarre Hassexzesse gegen die Nazis. In ihrem Kaleidoskop der Londoner Szenen tummeln sich Angeber und Schwätzer, Hochstapler und egomanische Künstler, die sich allzu ernst nehmen und deshalb von ihr mit mildem Spott bedacht werden. Im Mittelpunkt stehen allerdings Frauen in unterschiedlichen Lebenslagen, die sich im Chaos des Krieges allein »durchbringen« müssen: eine Obdachlose, die auf der Suche nach einer Übernachtungsmöglichkeit durch die Gassen von Hampstead wandert, eine lustvoll promisk lebende Frau, die mit »wässriger Stimme« mit ihren Liebhabern telefoniert, eine verzweifelte Freundin, die sie bei der demütigenden Suche nach einer Möglichkeit für eine Abtreibung begleitet, eine einstmals reiche Jüdin, die von ihrem Ehemann denunziert wurde und sich nur im letzten Moment nach England retten konnte.

Ihr Blick auf die Physiognomien der Menschen ist gleichermaßen präzise wie phantasievoll. Sie bleibt ganz Beobachterin mit viel Gespür für das Groteske an den Situationen, die sie beschreibt, mitunter spöttisch, aber stets voller Neugierde und vorurteilsfrei gegenüber den Menschen, die sie trifft. Die häufigste Konjunktion ist deshalb das schlichte »und«, über die Autorin selbst erfährt man in ihren Schriften nur indirekt etwas, sich selbst ist sie kein Thema. Selten finden sich in den Notizen ästhetische Reflexionen. Das Nachdenken über Flaubert und Proust, über die Texte von Peter Weiss und Ernest Hemingway ist selten abstrakt, sondern dient vor allem der Bestimmung der eigenen Position als Autorin.

Die Notizbücher erlauben mehrere Lesarten: Sie können einfach als Erzählungen gelesen werden, sie sind aber auch ein zeithistorisches Dokument über Begegnungen mit realen Personen; viele der Erwähnten, darunter prominente Politiker, Wissenschaftler, Schriftstellerinnen und Künstlerinnen, können identifiziert werden, auch wenn sie in den Texten fast ausschließlich mit den Vornamen benannt werden.

Die Adressierung der Notizbücher an Canetti durch ihre Widmung an ihn und das lyrische Du im Text birgt ein mögliches Missverständnis: Natürlich sind die Texte für Canetti bestimmt und ihm gewidmet, er ist eindeutig der erste und implizite Leser, zu dem die Autorin spricht, aber er ist nicht der alleinige. Einige Passagen aus den Tagebüchern veröffentlichte Friedl Benedikt 1946 unter dem Titel »People from My Journal« in *The Windmill*, einer von 1944 bis 1948 unregelmäßig erscheinenden Londoner Literaturzeitschrift, manche Szenen und Figuren finden Eingang in ihre Romane. Die Notizbücher sind also kein intimes Journal oder eine Reflexion der Beziehung zu Canetti, allein durch den intensiven Prozess der Bearbeitung des Manuskriptes und durch die daraus resultierende Form haben sie den Charakter eines eigenständigen literarischen Werkes, das nicht nur für Canetti, sondern für die Öffentlichkeit bestimmt ist.

Das Verhältnis zu Canetti bleibt ambivalent. Mehrfach versucht Benedikt, sich von ihm zu emanzipieren, wie ihre Briefe zeigen, sowohl was ihre persönliche Bindung als auch was seinen intellektuellen Einfluss auf ihre Arbeiten betrifft. Einerseits ist sie ihm dankbar: »Sollte mein Leben je erfolgreich sein«, schreibt sie an ihre Eltern, »sollte ich je erreichen, was ich erreichen möchte, das heißt, Künstlerin bis in die Fingerspitzen zu sein, eine ernsthafte, ehrliche und gute Schriftstellerin zu sein und den Menschen durch meine Arbeit Freude und Einsicht zu vermitteln, dann werde ich vor allem ihm zu danken haben …«[7] Dankbar ist sie auch, dass er für sie, die ständig von Geldsorgen geplagt ist, mitunter »wie ein großer Leberknödel durch die Stadt rollt, sich Geld für mich ausleihen«.[8] Andererseits erkennt sie: »… als Deine Schülerin geht man durch eine harte Schule. Entweder wird man ein ganz starker, schöner Mensch, oder man zerbricht und wird krank. Wie ernst es ist, habe ich immer geahnt, aber jetzt weiß ich es ganz genau, man lebt ständig zwischen Himmel und Hölle.«[9] Und sie sehnt sich danach, dass »die Zeit, in der Du mir den Kopf mit Geschichten vollgefüllt hast, vorbei [ist], und es sollte nun so weit sein, daß ich Dir gegenübersitzen kann, Deinesgleichen, sozusagen …«[10]

1944 scheint es so weit zu sein. Im Frühjahr und Herbst erscheinen trotz kriegsbedingter Papierknappheit die ersten beiden Romane Friedl Benedikts bei dem renommierten Verlag Jonathan Cape in London unter dem Pseudonym Anna Sebastian. Ihr erster Roman, »Let Thy Moon Arise«, ist eine märchenhaft-lyrische, in Wien angesiedelte Geschichte über das Waisenmädchen Stephanie, das nach dem Tod des Vaters versucht, inmitten von Außenseitern in einer ihr rätselhaften, fremden Welt zu überleben. Das Buch verfasst sie noch auf Deutsch und übersetzt es danach mit Hilfe von Veronica Wedgwood selbst ins Englische. Den zweiten Roman, »The Monster«, eine kafkaeske Geschichte über den charismatischen Staubsaugerver-

7 Strouhal, Vier Schwestern, S. 212.
8 Ebd., S. 285.
9 Ebd., S. 95.
10 Siehe S. 117 in diesem Band.

treter Jonathan Crisp, schreibt sie bereits auf Englisch. Nach seinen erfolglosen Verkaufstouren durch London, die allesamt in Demütigungen und Ablehnungen enden, rächt sich Crisp an seinen Kundinnen. Er erlangt Macht über sie, demütigt und erniedrigt sie, zwingt sie, für ihn zu arbeiten und ihm zu dienen. Man kann in dem Roman über Herrschaft und Knechtschaft, Demütigung und Unterwerfung eine Parabel auf den Faschismus erkennen. Sie selbst sieht in Crisp ihren »private Hitler«, aber auch Canetti ist gut erkennbar in die Figur des Crisp eingewebt. »The Monster« erscheint 1946 auf Französisch, 1951 folgt die Übersetzung ins Schwedische, auf Deutsch erscheint der Roman erst 2004.[11]

»The Monster« erhielt wie schon »Let Thy Moon Arise« überwiegend wohlwollende Kritiken. Dass »Friedl«, wie Canetti in einem Brief an seinen Bruder Georges aus London schreibt, »in der ›hohen‹ Literatur als der wichtigste junge englische Romanautor gilt, den der Krieg hervorgebracht hat«,[12] ist reichlich übertrieben, sie hat sich allerdings mit ihren beiden Romanen als Autorin in der englischen Literaturszene etabliert. »The Monster« ist – wie alle drei Romane Friedl Benedikts – Canetti (»Orion«) gewidmet. Sein Einfluss ist unübersehbar, aber auch

11 Das Werk von Friedl Benedikt, alias Anna Sebastian, blieb bislang von der Literaturwissenschaft, aber auch von der Frauen- und Exilforschung weitgehend unentdeckt. Ausnahmen bilden Dirk Wiekmann, der dem Werk von Anna Sebastian ein Kapitel in seinem Buch »Exilliteratur in Großbritannien 1933–1945«, Opladen 1998, S. 271–304, gewidmet hat, und Elaine Morley, die 2012 einen Artikel über Friedl Benedikt, »›Let Thy Moon Arise‹: On Friedl Benedikt«, in *Angermion. Yearbook for Anglo-German Literary Criticism, Intellectual History and Cultural Transfers*, Jg. 5, Nr. 1, 2012, S. 147–160, veröffentlicht hat.
12 Veza und Elias Canetti, Briefe an Georges. Hrsg. von Karen Lauer und Kristian Wachinger, München 2006, S. 194.

Canetti verdankt ihr einiges, über Friedl Benedikt fand er Zugang zur intellektuellen Szene Londons. Nach »The Monster« war Friedl Benedikt als Autorin erfolgreicher und bekannter als er, von ihm war noch nichts auf Englisch erschienen. Im gesellschaftlichen Leben in Hampstead, der »Party im Blitz«, war Canetti *ihr* Begleiter und nicht umgekehrt.

Friedl Benedikt führt ein freies und selbstbestimmtes Leben in der Kunst- und Literaturszene Londons. Sie lernt unter anderem die Schriftstellerkollegen Dylan Thomas und Stephen Spender kennen und ist mit Julian MacLaren-Ross befreundet, mit dem sie durch die Bars und Pubs Londons zieht.

Nach dem Erscheinen der beiden Bücher berichtet Benedikt über die »gefährliche Zeit« nach bzw. zwischen den Büchern: »Diese Zeit hier ist wie eine Art Wahn in mir, ich kann mir nicht helfen [...]. Ich hab den Crisp mit zusammengebissenen Zähnen geschrieben und diese Art von Besessenheit ist nicht etwas, das vergeht, sondern eine Kraft, die ausgelöst wird und dann da ist und mit der man rechnen muß. Es ist die Zeit zwischen Büchern, glaub ich, die gefährlich ist für jemanden, der schreibt.«[13]

Noch 1944 setzt sie sich an ihren dritten Roman, »The Dreams«, doch die Arbeit gerät ins Stocken. Sie geht mit dem jungen Schriftsteller Willy Goldman eine Liebesbeziehung ein, was zu einer tiefen Krise in ihrem Verhältnis zu Canetti führt. Ende 1946 trennt sie sich – schwanger – von Goldman und weicht von London nach Schweden aus, wo ihre jüngste Schwester Susanne und ihre Eltern leben. Die Wohnungswechsel beschleunigen sich, sie lebt in verschiedenen Untermietzimmern und bei Bekannten in Stockholm, in Norrköping, in einer Pensi-

13 Strouhal, Vier Schwestern, S. 218.

on im kleinen südschwedischen Ort Getå und dann in Göteborg (dort mit dem Maler Endre Nemes zusammen). Das Leben in Schweden, dem Exil im Exil, ist für sie nicht einfach: Zu gesundheitlichen Problemen – eine unzureichend durchgeführte medikamentöse Abtreibung und Gallensteine machen Krankenhausaufenthalte in Stockholm und Göteborg notwendig – kommen Geldsorgen und die Angst, ihre Arbeitssprache Englisch zu verlieren.

Auch in Schweden werden die Notizbücher fortgeführt, wenngleich ohne die Berichtspflicht an Canetti. Ihr Stil ist nun reflektierter, nur noch selten blitzt die spielerische Unmittelbarkeit wie in den frühen Erzählungen auf. Trotz des Zerwürfnisses wegen ihrer Liaison mit Goldman bleiben Canetti und Benedikt einander verbunden, fast wöchentlich schreibt sie ihm. Canetti seinerseits animiert sie, die Schreibarbeit fortzusetzen: In seinem Brief zu ihrem 30. Geburtstag (3. November 1946) schreibt er: »Schreib Deine Geschichte und *ein schönes schwedisches Tagebuch* für mich. Wenn ich Dich überhaupt noch eine Spur gern habe, so ist es, weil mir manchmal Deine Tagebücher in die Hand fallen.« Sie sei, schreibt er drei Jahre danach an sie voll Bewunderung, »ein geborener Erzähler«, und später, ermahnend wie ermunternd: »Merke Dir, dass Du nicht leben kannst, ohne zu schreiben.«[14]

Kurz nach Kriegsende beginnt Benedikt schreibend Europa zu erkunden – ausgedehnte Reisen führen sie nach Paris, in die französischen Alpen, nach Südfrankreich und in die Pyrenäen, nach Florenz, Kopenhagen, nach Salzburg und auch zurück nach Wien, wo sie, wie sie in ihrem Reisejournal »Diary of a

14 Elias Canetti an Friedl Benedikt, undatiert (Anfang Jänner 1949?), Sammlung Johanna Canetti, Zürich.

Friedl Benedikt, 1951 (Privatsammlung, Wien)

Journey Back« schreibt, ihr Deutsch wiederentdeckt: »ein un-
kontrollierbares Wesen [...] das, all den neuen Umgebungen
zum Trotz, irgendwo in den hintersten Nischen meines Geistes
seine Existenz stur fortgeführt hat.«[15] Ihr Aufenthalt in Österreich ist allerdings nur kurz, eine Einladung an die junge Autorin, wieder zurück nach Österreich zu kommen, bleibt aus.

Sie nimmt die Arbeit an »The Dreams« wieder auf und müht
sich, immer wieder unterbrochen von Krankheiten und Kran-
kenhausaufenthalten, bis zur Erschöpfung um die Fertigstel-
lung. »Ich kenn mich in meinem Leben schon gar nicht mehr
aus. Ich lebe von Tag zu Tag mit meinem Buch«, schreibt sie an
die Eltern, »und ich hol mir mein Leben aus dem Letzten, was
mir ganz geblieben ist, nämlich mein Buch.«[16] Das Buch erscheint Anfang 1950, wieder bei Jonathan Cape, während der
Korrekturphase und für die Promotion nach Erscheinen hält sie
sich wieder in London auf.

»The Dreams« erzählt vom ungleichen Brüderpaar Michael
und Tobias Glace. Beide gleiten durch die Welt einer Londoner
Bar und durch die halluzinatorische Landschaft von Träumen,
wie in einem Varieté betreten Figuren die Bühne der Erzählung
und verlassen sie wieder. Offen bleibt, ob es sich bei dem Brüderpaar um zwei Personen oder um die Spaltung einer einzigen
handelt. Der Roman ist kein großer Erfolg, weder bei der Kritik
noch beim Publikum. Galten ihre ersten beiden Romane noch
mehr oder minder einhellig als innovative, romantische und
surreale Experimente, welche die englische Literatur bereichern,
ging das melancholische Traumspiel manchem Kritiker zu weit:
Der Text sei rätselhaft und nur schwer lesbar. Für Canetti ist es

15 Siehe S. 265 in diesem Band.
16 Strouhal, Vier Schwestern, S. 254.

jedoch ihr bestes Buch: »Wenn Du je die ersten hundert Seiten des dritten Romans zu Gesicht bekommst, an dem Friedl bis zur Katastrophe gearbeitet hat«, schreibt er an seinen Bruder Georges, »wirst Du mir Recht geben. Es war das Werk eines wirklichen Dichters [...] Dieses wilde chaotische lächerliche Geschöpf hatte das Zeug zu einem Dichter in sich.«[17]

Ihre Stimmung schwankt: »Hier in Schweden«, schreibt sie an Canetti, »komm ich mir vor wie in No-mans-land – oft geh ich durch die Straßen hier oder durch die Wälder, als wäre aller Boden unter mir nichts wie Eis, das jeden Augenblick zerbrechen wird und darunter ist das schwarze Meer.«[18] Und: »Seitdem dieses Buch fertig ist, bin ich vogelfrei und wurzelloser als je vorher in meinem Leben. Es war meine letzte Heimat, ich hab mit Recht Angst gehabt, es abzuschließen.«[19] Mit »The Dreams« gelingt Benedikt endgültig die Flucht aus dem Gravitationsfeld des Meisters: »Für mich hat sich hier etwas Sonderbares ergeben: daß ich ein Schriftsteller ›in my own rights‹ bin – eine Sache, die einen zwingt es zu werden. Ich habe mich nach Deinen Worten so lange gesehnt, bis ich gezwungen war, meine eigenen zu finden, nach Deiner Luft, bis ich mir eine eigene geschaffen habe, nach Deinem Rat, bis ich ihn mir selber geben mußte.«[20]

Ab 1949 arbeitet Benedikt an ihrem vierten Buch. Von »Autobiography of a Thief«, so der (Arbeits-)Titel, sind nur ein 65 Seiten umfassendes Typoskript und unvollständige handschriftliche Aufzeichnungen erhalten. Die Geschichte, erzählt aus der Perspektive des Protagonisten Nicholas, handelt von

17 Veza und Elias Canetti, Briefe an Georges, S. 193.
18 Strouhal, Vier Schwestern, S. 254.
19 Ebd., S. 269 f.
20 Ebd., S. 268.

seiner Suche nach dem Vater, vom Ringen um die Anerken-
nung seiner Mutter und dem Kampf gegen seinen Stiefbruder.
Im Mittelpunkt steht die bizarre, homoerotische Freundschaft
zu seinem Mitschüler Quentin. Nicholas und er entwickeln ein
eigenes Spiel, in dem Quentin ihn minutenlang anlächelt und
Nicholas ihn dafür küsst. Der Text bricht nach dem achten Kapitel ab, auch zu einem Kinderbuch (»No Name«) sind nur Vor-
arbeiten erhalten.

1951 ist ein Jahr des Reisens. In Salzburg lernt sie Allan Forbes
kennen. Der junge Amerikaner wird ihr Begleiter und Geliebter. Den Sommer, den sie mit ihm in Frankreich und Italien verbringt, nennt sie »den schönsten, glücklichsten Sommer, den
ich jemals in meinem Leben gehabt habe«.[21] Am Ende des Jahres wird bei Benedikt Morbus Hodgkin (Lymphdrüsenkrebs)
diagnostiziert. Die Krankheit verläuft in Schüben. Eine vergeb-
liche Behandlung mit hohen Strahlendosen in Göteborg wird
im Mai 1952 abgebrochen, Benedikt wird fast bewusstlos ins
American Hospital in Paris überstellt. Das »American« galt auf
dem Gebiet der Krebsbehandlung als eines der modernsten
Krankenhäuser Europas, es wird eine kombinierte Strahlen-
und Injektionskur versucht, doch geeignete Mittel für wirksa-
me Chemotherapien standen noch nicht zur Verfügung. Friedl
Benedikts Schwestern Susanne und Ilse eilen von Stockholm
und Wien nach Paris, auch Canetti und Forbes sind an ihrem
Krankenbett.

Trotz Schmerzen, Schwächezuständen durch hohes Fieber
und ständigem Juckreiz setzt Benedikt ihre Notizen fort: Sie
beobachtet nicht ohne Witz und Ironie die Arbeit der Ärzte und

21 Ebd., S. 302.

Krankenschwestern und reflektiert über den Schmerz und das Schwinden ihrer Kräfte. Und zugleich träumt sie sich schreibend aus dem Krankenzimmer hinaus, »und ich bin, was ich hauptsächlich bin: ein Stück unbefriedigte, wilde Neugierde«. Auch ganz am Ende bleibt die Arbeit: »Nur ein Satz am Tag.«

Friedl Benedikt stirbt am 3. April 1953. Auf ihrem Totenschein ist als Beruf »femme de lettres« vermerkt. Etwas anderes wollte sie nie sein.

ANMERKUNGEN

In diesen Band wurden Texte aus vier Typoskript-Konvoluten und einem Collegeblock mit handschriftlichen Einträgen aufgenommen, die sich im Nachlass von Elias Canetti erhalten haben und heute in der Züricher Nationalbibliothek (217.1–217.10) aufbewahrt werden, sowie ein Brief vom Sommer 1939 aus dem Nachlass Canettis in der Sammlung von Johanna Canetti, Zürich. Die späten Tagebucheinträgen aus dem American Hospital in Paris stammen aus einem Collegeblock im Nachlass von Friedl Benedikts Schwester Susanne Ovadia. Die Grundlagen für die Textauswahl sind also:

- Brief von Friedl Benedikt an Elias Canetti vom Sommer 1939 (Nachlass Elias Canetti, Sammlung Johanna Canetti, Zürich)
- Typoskript mit 81 Seiten mit Aufzeichnungen von Mai bis Juli 1942 mit der Widmung »Für Ilja. Das armselige Werk einer vernarrten und faulen Schülerin«
- Typoskript mit 37 Seiten mit Einträgen von August und September 1942
- Typoskript mit 84 Seiten mit Einträgen von September 1943 bis Dezember 1944 mit der Widmung »Für Thor von Yabasta«
- Typoskript mit 14 Seiten mit dem Titel »From a Notebook of a Journey back« (Nachlass Elias Canetti, Züricher Nationalbibliothek; weitere, leicht abweichende Version im Nachlass von Susanne Ovadia, Paris)
- Handschriftliche Einträge auf 74 Seiten in einem Collegeblock mit dem Titel »Aufzeichnungen u. Tagebuch« aus dem Jahr 1948 (Nachlass Elias Canetti, Züricher Nationalbibliothek)
- Handschriftliches Tagebuch auf 20 Seiten in einem Collegeblock mit Einträgen aus dem American Hospital in Paris von Mai bis Dezember 1952 (Nachlass Susanne Ovadia, Paris)

S. 9: *Tichborne:* Die Familie Gardiner mietete stets über den Sommer ein Landhaus in England oder Wales (vgl. Martin Bernal, Geography of a Life, 2012, S. 30), in diesem Jahr war es das Tichborne House, das im 19. Jahrhundert durch einen viel beachteten Prozess um einen Erbschleicher bekannt geworden war.

S. 9: *Ilja:* Friedl Benedikt nennt Elias Canetti zumeist Ilja.

S. 10: *Cerny:* Jaroslav Černý (1898 bis 1970), tschechischer Ägyptologe, der seit 1934 mit Alan Gardiner zusammenarbeitete. Während des Krieges lebte er in Kairo und London; ab 1946 war er Professor für Ägyptologie am University College London, ab 1951 in Oxford.

S. 11: *Mr. und Mrs. Swan:* vermutlich der Rechtsanwalt Kenneth Raydon Swan (1877 bis 1973) und seine Frau Emily Louisa (1879 bis 1976).

S. 11: *John Simon* (1873 bis 1954), britischer Jurist und Politiker, in der Regierung Chamberlain bis 1940 Schatzkanzler, in der Regierung Churchill Lordkanzler. Er galt als exzellenter Schachspieler.

S. 11: *Georg:* Georges Canetti (1911 bis 1971), jüngster Bruder von Elias Canetti, lebte als Arzt und Tuberkuloseforscher in Paris. Im Sommer 1939 verbrachten Elias und Veza Canetti gemeinsam mit Georges drei Ferienwochen in Teignmouth, einem Badeort in Südengland (vgl. Sven Hanuschek, Elias Canetti. Biographie, München 2005, S. 311).

S. 11: *Margaret:* Margaret Gardiner (1904 bis 2005), Cousine von Friedl Benedikt, Kunstsammlerin und Mäzenin.

S. 11: *Rolf:* Rolf Gardiner (1902 bis 1971), der älteste der drei englischen Cousins von Friedl Benedikt. Der jüngste der drei war John (1912 bis 1994). Margaret Gardiners Sohn Martin Bernal nannte seine zwei Onkel, sehr zum Ärger seiner Mutter, »Nazi Uncle Rolf« und »bad Uncle John« (Martin Bernal, Geography of a Life, 2012, S. 31). Rolf Gardiner, als Land- und Forstwirt Vorreiter der Ökobewegung, engagierte sich u. a. für die Wiederbelebung der englischen Volkstanz-Traditionen und galt als Nazisympathisant. John führte das Leben eines Playboys, er »loved fast motors, ›shows‹, nightclubs, and the company of platinum blondes« (ebd., S. 33). Während des Krieges war er in Ostasien im Einsatz und geriet in japanische Gefangenschaft.

S. 13: *»Konstruktion«:* eine Arbeit von Naum Gabo (1890 bis 1977), russischer Bildhauer des Konstruktivismus, der seit 1936 in England lebte und von Margaret Gardiner gefördert wurde. »His […] beautiful and lucid sculptures – constructions in space, he called them – in which ›space is an absolute sculptural element, released from any closed volume‹, were of great importance in this new conception of art.« (Margaret Gardiner, A Scatter of Memories, London 1988, S. 183)

S. 15: *Marabel:* Rolf Gardiner war seit 1932 mit Mariabella Honor Hodgkin, genannt Marabel, verheiratet, sie lebten seit 1933 auf einer Farm in Dorset.

S. 15: *Mr. Chamberlain:* Neville Chamberlain (1869 bis 1940), 1937 bis 1940 britischer Premierminister, der gegenüber dem Deutschen Reich bis 1939 eine Appeasement-Politik vertrat.

S. 16: *Grandpa:* Gemeint ist Alan Gardiners Vater, John Henry Gardiner. »My great-grandfather, John Henry Gardiner, was a Victorian businessman, who made enough money to support the next three generations of his descendents.« (Martin Bernal, Geography of a Life, 2012, S. 28)

S. 18: *fast froh über den Krieg:* Nach dem deutschen Überfall auf Polen hatten Großbritannien und Frankreich am 3. September 1939 Deutschland den Krieg erklärt.

S. 19: *Millicent:* Millicent Rose heiratete 1938 den Autor und Literaturkritiker Philip Henderson, Scheidung 1947.

S. 19: *Ruth:* Ruth Domino, später Ruth Tassoni (1908 bis 1994), deutsche Schriftstellerin. Sie war von 1933 bis 1937 mit dem kommunistischen Arzt Fritz Jensen (Fritz Jerusalem) verheiratet, der in Wien mit Karl Kraus und Canetti verkehrte, war als Krankenschwester im Spanischen Bürgerkrieg und ging 1938 nach Paris. Sie veröffentlichte Erzählungen u. a. in der Moskauer Exilzeitschrift *Das Wort*. 1941 Emigration über Marseille in die USA. Ruth Tassoni blieb auch nach dem Krieg mit Veza Canetti in Kontakt.

S. 20: *Steiner:* Franz Baermann Steiner (1909 bis 1952), deutschsprachiger Schriftsteller und Sozialanthropologe aus Prag, der 1936 nach England emigrierte. Er hatte Lehraufträge in Oxford und war Mitarbeiter des dortigen Afrika-Instituts. Er war bereits in Wien mit Elias Canetti befreundet.

S. 20: *Priors:* Gemeint sind der neuseeländische Logiker Arthur N. Prior (1914–1969) und dessen Frau Claire, die 1938 bis 1940 in London lebten und über die Steiner seine Verlobte Kae Hursthouse kennen gelernt hatte.

S. 20: *Kae:* Die Neuseeländerin Kae Hursthouse (1910 bis 1994), kurzzeitig Verlobte von Franz Baermann Steiner, war in der Flüchtlingshilfe aktiv; sie kehrte im Mai 1942 nach Neuseeland zurück.

S. 20: *Gerda Streicher* (1909 bis 1972) stammte aus einer Musikerfamilie und Klavierbauer-Dynastie. Ihr Vater Theodor Streicher war Komponist, ihr Großvater mütterlicherseits, Heinrich Potpeschnigg, war Zahnarzt und Pianist. Die berühmte Wiener Klavierfabrik Streicher, die bis 1896 existierte, gehörte den Vorfahren ihres Vaters.

S. 20: *bei uns im Haus wohnte:* Gemeint ist das Haus in der Himmelstraße 55 in Wien, in dem Friedl Benedikt ihre Kindheit und Jugend verbrachte.

S. 20: *alle drei im Bett lagen:* Gemeint sind Friedl Benedikt und ihre Schwestern Gerda (1915 bis 1970) und Ilse (1918 bis 1969).

S. 20: *Wittgenstein:* Der (einarmige) Pianist Paul Wittgenstein (1887 bis 1961), Bruder des Philosophen Ludwig Wittgenstein, leitete von 1931 bis 1938 eine Klavierklasse am Neuen Wiener Konservatorium.

S. 20: *Desmond:* Desmond Bernal (1901 bis 1971), britischer Naturwissenschaftler mit Spezialgebiet Kristallografie, zu seinen Schülern in

Cambridge zählten die Nobelpreisträger Dorothy Hodgkin und Max Perutz. Politischer Aktivist, seit 1923 Mitglied der Communist Party of Great Britain (CPGB). 1939 war sein Buch »The Social Function of Science« erschienen, in dem er seine wissenschaftlichen mit seinen sozial-gesellschaftlichen Interessen verknüpfte. Während des Krieges wissen-schaftlicher Berater von Lord Mountbatten in dessen Funktion als Chief of Combined Operations. Lebensgefährte von Margaret Gardiner, mit der er einen Sohn hatte, Martin Bernal (1937 bis 2013).

S. 21: *Ferry pilots* waren für Überführungsflüge zuständig.

S. 21: *Robert Corrie* (1905 bis 1947), der einarmige Pilot, war unter dem Namen Robert Wyndham auch als Filmschauspieler tätig.

S. 21: *Wilfrid:* Wilfrid Roberts (1900 bis 1991), britischer Politiker, 1935 bis 1950 Abgeordneter der Liberal Party im Unterhaus (House of Commons), seit 1941 Parliamentary Private Secretary (PPS) von Luftfahrtminister Ar-chibald Sinclair; im Jahr 1942 Mitbewohner in Margaret Gardiners Haus in 35 Downshire Hill.

S. 21: *Rosalie:* Rosalie de Meric (1916 bis 1999), englische Malerin, eine der Mitbewohnerinnen in 35 Downshire Hill, befreundet mit Francis Bacon, verheiratet mit dem englischen Dichter Thomas Blackburn (1916 bis 1977).

S. 22: *Putzi Gross:* Jenny Gross, genannt Putzi, eine Schulfreundin von Friedl Benedikts Schwester Susi aus Wien.

S. 23: *das volle Haus:* Gemeint ist Margaret Gardiners Haus in 35 Downshire Hill in Hampstead, wo Friedl Benedikt in den Kriegsjahren wohnte, wäh-rend ihre Cousine mit ihrem kleinen Sohn fern von den Luftangriffen meist auf dem Land lebte. In der Erinnerung von Martin Bernal war das Haus »full of strange grown-ups with the central figure of Friedl, my mo-ther's Austrian cousin who was supposed to be looking after the house« (Martin Bernal, Geography of a Life, 2012, S. 23).

S. 24: *Fuchs:* Albert Fuchs (1905 bis 1946), Jurist und Kunsthistoriker, Mit-glied der KPÖ seit 1934, emigrierte über die Tschechoslowakei nach Lon-don, dort Mitglied der Exilgruppe der KPÖ (Group of Austrian Commu-nists in Great Britain) und Mitarbeiter der Exilzeitung *Zeitspiegel* sowie Sekretär und Bühnenautor für das Exilkabarett Laterndl. Ab 1942 arbeitete er an seinem Hauptwerk »Geistige Strömungen in Österreich 1867–1918«.

S. 24:: *Hirschtritt:* Friedl Benedikt arbeitete seit 1941 zeitweilig bei dem Zahn-arzt Emanuel Hirschtritt (1887 bis 1962), den sie schon aus Wien kannte.

S. 24: *Bühlers:* der deutsche Linguist und Kaufmann René Bühler und seine Frau, die französische Malerin Georgette (Zette) Rondel (1915 bis 1942), Mitglied der Künstlergruppe White Stag Group, die 1935 in London gegründet und 1939 nach Irland verlegt wurde. Die Bühlers kehrten 1941 nach London zurück, wo Rondel 1942 wahrscheinlich durch Selbstmord starb.

S. 25: *Daniels:* Marc Daniels (1907 bis 1953), Arzt und Pionier in der Tuberkulose-Behandlung; enger Freund von Georges Canetti.

S. 25: *WAAF:* Die WAAF (Women's Auxiliary Air Force) war eine militärische Einheit für Frauen, die der RAF (Royal Air Force) unterstand. Die Frauen wurden zunächst vor allem als Schreibkräfte, im Küchendienst oder als Fahrerinnen eingesetzt, später auch als Mechanikerinnen, Elektrikerinnen, Ingenieurinnen oder Funkerinnen.

S. 26: *Rosalie:* Rosalie de Meric.

S. 27: *Stephen Murray* (1908 bis 1994), Rechtsanwalt und Lokalpolitiker in Hampstead; zunächst Labour-Mitglied, schloss er sich nach Francos Putsch gegen die spanische Regierung der kommunistischen Partei an, trat aber nach dem Hitler-Stalin-Pakt wieder aus.

S. 27: *Lyons:* J. Lyons & Co. war eine britische Teeladen- und Restaurant-Kette, die seit 1894 bestand und auf ihrem Höhepunkt rund zweihundert Niederlassungen hatte. Lyons galt als chic, aber trotzdem leistbar.

S. 27: »Hochzeit«: Gemeint ist Canettis Drama »Die Hochzeit«.

S. 27: *Geoffrey:* Geoffrey Pyke (1893 bis 1948), englischer Reformpädagoge, Erfinder, Exzentriker; wurde von J.D. Bernal an Lord Mountbatten empfohlen, der seit 1941 die Sondereinheit Combined Operations Headquarters leitete. Sie war für Spezialeinsätze im besetzten Europa zuständig und ermöglichte die Entwicklung technischer militärischer Innovationen, die zum Teil auf Erfindungen von Pyke beruhten. Geoffrey Pyke wohnte über ein Jahr lang in einem Zimmer in Margaret Gardiners Haus in 35 Downshire Hill.

S. 28: *Chien:* Hsiao Ch'ien (1910 bis 1999) stammte aus Beijing, wo er an der Yenching Universität Englisch und Journalismus studierte. 1939 kam er kurz vor Kriegsbeginn nach England, um Chinesisch an der School of Oriental and African Studies zu unterrichten. Für die BBC berichtete er nach China über den Kriegsverlauf. Er war mit Bertrand Russell, Leonard Woolf und E.M. Forster befreundet. 1946 kehrte er nach Shanghai zurück.

S. 28: *ob mich Dostojewski ein für alle Male verdorben hat:* Elias Canetti hatte über die 19-jährige Friedl geschrieben: »Friedl hatte Dostojewski mit Haut und Haaren gefressen und konnte nichts anderes mehr von sich geben. [...] ›Du wirst den Exorzisten spielen müssen‹, sagte Veza. ›Du mußt ihr den Dostojewski austreiben.‹« (Elias Canetti, Das Augenspiel. Lebensgeschichte 1931–1937, München 1985, S. 260)

S. 30: *Pülcher:* wienerischer Ausdruck für einen Kleinkriminellen.

S. 32: *Boxmoor:* Stadtteil von Hemel Hempstead in Hertfordshire, rund 40 Kilometer nordwestlich von London.

S. 32: *John:* John Ridley, Reporter bei *Sunday Pictorial*, ein Mitbewohner im Haus 35 Downshire Hill.

S. 32: *sie heißen Martin:* Leslie Martin (1908 bis 2000) und Sadie Speight (1906 bis 1992) waren ein englisches Architektenpaar, das ein gemeinsames Atelier führte.

S. 32: *Ben-Nicholsons:* Ben Nicholson (1894 bis 1982), englischer abstrakter Maler und Objektkünstler, bekannt für seine geometrischen Bilder in Primärfarben und Schwarz-Grau-Weiß-Schattierungen.

S. 32: *Gabo:* Naum Gabo (1890 bis 1977), russischer Bildhauer des Konstruktivismus.

S. 33: *Kathleen Raine* (1908 bis 2003), britische Lyrikerin.

S. 33: *Wilfrid Roberts, M.P.:* Wilfrid Roberts' Schwester war die Malerin Winifred Nicholson, die bis 1938 mit Ben Nicholson verheiratet war; M.P. steht für Member of Parliament.

S. 34: *Philip Henderson* (1906 bis 1977), englischer Schriftsteller und Literaturkritiker.

S. 34: *Klingender:* Francis Klingender (1907 bis 1955), in Deutschland aufgewachsener Soziologe und Kunsthistoriker, Mitglied der Kommunistischen Partei Großbritanniens.

S. 35: *Plötzlich sagte er:* Das folgende Gespräch ist im Original auf Englisch.

S. 39: *Como:* Henry Purcells Ballettsuite »Comus« basiert auf einem Gedicht von John Milton, nicht von Christopher Marlowe.

S. 39: *Robert Helpmann:* Der australische Balletttänzer Robert Helpmann (1909 bis 1986) kam 1933 nach London, wo er erster Tänzer und Choreograf des Vic-Wells Ballet (später Sadler's Wells) wurde.

S. 40: *Edith Young,* Schauspielerin und Lehrerin; ihr Sohn Michael Young (1915 bis 2002) war ein britischer Soziologe und Politiker. Er heiratete Joan Lawson im Jahr 1945.

S. 41: *Francis:* Francis Klingender.

S. 41: *C.O.:* conscientious objector, Kriegsverweigerer.

S. 41: *»What charming people«:* Das folgende Gespräch ist im Original auf Englisch.

S. 44: *Kathleen:* Kathleen MacColgan hatte als Sekretärin von Wilfrid Roberts gearbeitet, der seit 1935 liberaler Abgeordneter im House of Commons war, und ging 1937/38 nach Spanien, um sich im Spanischen Bürgerkrieg gegen die Faschisten einzusetzen. Während des Zweiten Weltkriegs arbeitete sie als Journalistin, vor allem für den *London Evening Standard.*

S. 44: *Silone:* Ignazio Silone (1900 bis 1978), linker italienischer Schriftsteller, lebte seit 1930 im Schweizer Exil.

S. 44: *Roland Penrose* (1900 bis 1984), Künstler, Kunstsammler und Galerist,
Mitbegründer der britischen Surrealismus-Bewegung, war mit vielen zeit-
genössischen Künstlern befreundet, darunter Pablo Picasso, Max Ernst,
Paul Éluard, Dalì, Man Ray sowie mit Naum Gabo, Barbara Hepworth,
Ben Nicholson, Henry Moore u. a., deren Werke er ausstellte.

S. 46: *Edgar Duchin:* Edgar Duchin(sky) (1909 bis 1991), Rechtsanwalt, setzte
sich während des Krieges im Rahmen des Jewish Refugees Committee für
jüdische Flüchtlinge ein und nach dem Krieg für die Rückgabe von Raub-
gut. Sein Vater war bereits 1905 aus Ungarn nach England emigriert.

S. 47: *»Betty! Betty dear!!«:* Das folgende Gespräch ist im Original auf
Englisch.

S. 47: *Margaret Stewart* (geb. 1912), Journalistin, war im Spanischen Bürgerkrieg engagiert und arbeitete als Sekretärin von Wilfrid Roberts.

S. 48: *über die Heide:* Gemeint ist der weitläufige Park von Hampstead Heath.

S. 51: *Lucien ›de‹ Rubempré:* Romanfigur aus Balzacs »Verlorene Illusionen«.

S. 52: *Herbert Read* (1893 bis 1968), britischer Dichter, Kunsthistoriker und
einflussreicher Literaturkritiker; aktiv im Kampf gegen das FrancoRegime
in Spanien. Er organisierte gemeinsam mit Roland Penrose die erste Sur-
realismus-Ausstellung in London (1936); Herausgeber der Kunstzeitschrift *Burlington Magazine* (1933 bis 1939).

S. 53: *»too morbid …«:* Friedl Benedikt hatte das Manuskript ihres ersten
Romans, »Let Thy Moon Arise«, den sie auf Deutsch verfasst und dann
übersetzt hat, zunächst bei Read eingereicht.

S. 53: *Tom Harrisson* (1911 bis 1976), britischer Forscher sowie Journalist,
Ethnologe, Dokumentarist, Filmemacher und Schriftsteller, Mitbegründer
von »Mass-Observation«, einem sozialwissenschaftlichen Projekt, das mit
Hilfe von Fragebögen das britische Alltagsleben dokumentierte und vor
allem in den Kriegsjahren auch politischen Einfluss hatte. Zu den Mitar-
beitern des Projekts gehörten auch William Empson und Kathleen Raine.

S. 53: *Cyril Connolly* (1903 bis 1974), britischer Schriftsteller, Journalist und
Literaturkritiker, 1940 bis 1950 Herausgeber der Literaturzeitschrift
Horizon.

S. 53: *… und die Margaret ihm sagte:* Das folgende Gespräch ist im Original
auf Englisch.

S. 54: *Nun habe ich die Geschichte der Agnes gehört:* im Original auf Englisch.

S. 56: *Sie hat genau dasselbe gemacht:* Margaret Gardiners Sohn Martin
wurde unehelich geboren.

S. 58: *Elmayer:* Die Tanzschule Elmayer, 1919 von dem ehemaligen k. u. k.

Rittmeister Willy Elmayer-Vestenbrugg gegründet, gibt es bis heute in denselben Räumlichkeiten im ersten Wiener Bezirk.

S. 62: *Hilda:* Mathilda Sissermann, geb. Glogau (1885(?) bis 1977), stammte aus Wien, wo sie mit Friedl Benedikts Mutter, Irma von Rosen (1879 bis 1969), bekannt war. Sie zog 1906 zu ihrem russischen Mann Vladimir von Zissermann nach Russland und kam nach der Oktoberrevolution mit ihren vier Kindern nach Wien zurück, wo sie Nachbarin von Sigmund Freud in der Berggasse wurde. 1922 bis 1936 lebte sie in Harbin in der Mandschurei und wollte sich dann wieder in Wien niederlassen, musste aber nach dem »Anschluss« nach London emigrieren. – Ihre jüngste Tochter Anna (1923 bis 2018), die mit ihr nach London zog, heiratete 1942 den Nachrichtendienstoffizier Stephen Bostock und wurde Übersetzerin u. a. von Werken Lenins, Marx' und Trotzkis und Gedichten von Brecht. Später nahm sie den Namen Anya Berger an.

S. 63: *Veza:* Veza Canetti (1897 bis 1963), die Ehefrau von Elias Canetti, Schriftstellerin.

S. 64: *Walter Allen* (1911 bis 1995), englischer Romanautor und Literaturkritiker.

S. 64: *Chien:* Hsiao Ch'ien.

S. 66: *Raids auf Köln und Rostock:* Ende April und Ende Mai 1942 flog die Royal Air Force massive Luftangriffe auf Rostock und Köln.

S. 68: *Ich war in einer Snackbar, und eine Frau hat zu mir gesprochen:* das Folgende im Original auf Englisch.

S. 68: *Lyons:* britische Teeladen- und Restaurantkette.

S. 70: *Tobruk:* Im Juni 1942 verloren die Alliierten die Festung Tobruk in Libyen nach langer Belagerung an die Achsenmächte.

S. 71: *Ich habe Hemingways neues Buch gelesen:* ganze Passage im Original auf Englisch.

S. 76: *Ich hab Susan Watson auf der Straße getroffen:* die ganze folgende Passage im Original auf Englisch.

S. 76: *Susan Watson:* Fiona Susan Watson (1918 bis ?), Tochter von Wyn Henderson, Ehefrau von Alister Watson.

S. 76: *Alister:* Alister Watson (1908 bis 1981), britischer Mathematiker und Kommunist.

S. 77: *Sally:* Sarah Watson (geb. 1936), Tochter von Alister und Susan Watson.

S. 78: *Nigel:* Nigel Henderson (1917 bis 1985), britischer Fotograf.

S. 80: *Wyn:* Wyn Henderson (1896 bis 1976), Verlegerin, Typografin, 1938/39 leitete sie die kurzlebige Guggenheim Jeune Gallery in London.

S. 81: *Stevie Smith* (1902 bis 1971), englische Lyrikerin und Romanautorin.

S. 81: *Stephanie:* Hauptfigur in Friedl Benedikts erstem Roman »Let Thy Moon Arise«, für den sie zu diesem Zeitpunkt noch einen Verleger sucht.

S. 82: *Stephen Spender* (1909 bis 1995), englischer Lyriker, gemeinsam mit Cyril Connolly und Peter Watson Gründer der Literatur- und Kunstzeitschrift *Horizon.*

S. 83: *Valentine:* Valentine Dobrée (1894 bis 1974), englische Malerin, Schriftstellerin und Lyrikerin.

S. 84: *Bloomsburyhouse:* Im Bloomsbury House, einem ehemaligen Hotel in der Bloomsbury Street, waren seit 1938 etliche Flüchtlingsorganisationen untergebracht.

S. 86: *denn in Rußland sieht es schlecht aus:* die folgenden Gespräche im Original auf Englisch.

S. 89: *Tochter vom Papa:* Friedl Benedikts Vater Ernst Benedikt war bis 1934 Eigentümer und Chefredakteur der *Neuen Freien Presse* in Wien.

S. 92: *und brüllt durch das ganze Haus:* das folgende Gespräch im Original auf Englisch.

S. 94: *Major Dobrée:* Bonamy Dobrée (1891 bis 1974), nach Abbruch einer militärischen Ausbildung Literaturwissenschaftler, ab 1936 Professor für englische Literatur an der University of Leeds, während des Zweiten Weltkrieges im Army Bureau of Current Affairs (ABCA); Ehemann von Valentine Dobrée.

S. 96: *Lawn Road Flats:* Die »Lawn Road Flats« (auch »The Isokon« genannt) waren ein 1934 fertiggestellter hypermoderner Wohnblock aus Beton mit 36 Miniapartments, in denen unter anderen Walter Gropius, Marcel Breuer, László Moholy-Nagy, Adrian Stokes und Agatha Christie lebten. Es gab eine Gemeinschaftsküche und ein Reinigungs- und Wäscheservice. Die von Marcel Breuer gestaltete »Isobar« wurde zu einem neuen Zentrum der linken Hampsteader Gesellschaft.

S. 97: *zuzelt:* wienerisch für lispeln.

S. 98: *»Gottlob ist in mir nichts Britisches:* Das Gespräch ist im Original auf Englisch.

S. 101: *Krapfenwaldl:* beliebtes Ausflugsziel mit Restaurant im 19. Bezirk in Wien, nicht weit von der Himmelstraße, wo Friedl Benedikt aufwuchs, seit 1923 auch ein Sonnen- und Schwimmbad.

S. 103: *Kien mit Therese:* Hauptfiguren in Canettis Roman »Die Blendung«.

S. 106: *Hetta:* Hetta Empson (1915 bis 1996), Bildhauerin und Journalistin, Frau von William Empson.

S. 109: *Alien:* Als »Enemy Alien« wurden alle Angehörigen eines Staates, mit dem England sich im Krieg befand, bezeichnet, auch wenn es sich um Flüchtlinge handelte.

S. 111: *Pitman's:* seit 1837 Ausbildungsstätte für Sekretärinnen, benannt nach Sir Isaac Pitman, Erfinder eines Kurzschriftsystems.

S. 111: *A.R.P.:* Air Raid Precautions, der zivile Luftschutz.

S. 112: *Philip:* Philip Henderson.

S. 112: *Susan:* Susan Watson.

S. 112: *Millicent:* Millicent Rose.

S. 112: *»Die Polizei wird euch verhaften:* Das Gespräch ist im Original auf Englisch.

S. 113: *René:* René Bühler.

S. 114: *Rawdon-Smith:* Alexander Francis Rawdon-Smith, Physiologe, erster Ehemann der Labour-Politikerin Pat Llewelyn-Davies, geb. Parry (1915 bis 1997).

S. 114: *»Warum wollen Sie nicht?«:* Das Gespräch ist im Original auf Englisch.

S. 114: *»Wenn mein Buch angenommen wird ...«:* Das Gespräch ist im Original auf Englisch.

S. 115: *John Rodker* (1894 bis 1955), englischer Schriftsteller, Übersetzer und Verleger. Ab 1938 gab er in seinem Verlag Imago Publishing Company gemeinsam mit Anna Freud die Werkausgabe von Sigmund Freud heraus. Er war kurz als Übersetzer von Friedl Benedikts ersten Roman, »Let Thy Moon Arise«, den sie zunächst auf Deutsch geschrieben hatte, im Gespräch.

S. 119: *Manchmal ist es anscheinend das Allerwichtigste:* ab hier durchgehend auf Englisch.

S. 121: *Georg:* Georges Canetti.

S. 125: *Hetta:* Hetta Empson.

S. 129: *Geoff:* Geoffrey Pyke.

S. 131: *C.O.:* Combined Operations Headquarters, für das Geoffrey Pyke arbeitete.

S. 131: *Desmond:* John Desmond Bernal.

S. 135: *Gestern abend war ich bei der Putzi:* der folgende Abschnitt im Original auf Deutsch.

S. 135: *Putzi:* Susi Benedikts Wiener Schulfreundin Putzi Gross war mit ihrer Mutter ebenfalls nach London emigriert.

S. 139 *In meiner kleinen Snackbar:* ab hier im Original wieder durchgehend auf Englisch.

S. 143: *Warschauer Konzert:* Filmmusik von Richard Addinsell (1904 bis 1977) zu dem Film »Dangerous Moonnight« (1941), die unter dem Namen »Warsaw Concerto« populär wurde.

S. 150: *Perramon Torrus:* Domènec Perramon i Torrus (1906 bis 1976), katalanischer Dichter und linker Aktivist im Spanischen Bürgerkrieg. Im März

1939 kam er mit Hilfe des British Committee for Spanish Relief nach England.

S. 153: *George:* George Roberts (1873 bis 1953), irischer Schauspieler, u. a. am Dubliner Abbey Theatre, und Verleger, Mitbegründer des Verlags Maunsel & Co., in dem die Werke von John M. Synge und William Butler Yeats erschienen. »The Dubliners« von James Joyce lehnte er nach jahrelangen Verhandlungen ab. 1926 zog er nach London, wo er als Berater für den Verlag Victor Gollancz und bis zu seiner Pensionierung für eine Druckerei arbeitete. Elias Canetti zeichnet in »Party im Blitz« ein sehr unfreundliches Porträt von George Roberts (S. 162 f.).

S. 158: *Hampstead Underground:* Während der deutschen Luftangriffe auf London wurden die Underground Stations als Luftschutzbunker genutzt. Hampstead ist die am tiefsten unter der Erde gelegene Station des Londoner U-Bahn-Netzes und galt als besonders sicher.

S. 159: *Dienes:* Paul Dienes (1882 bis 1952), ungarischer Mathematiker; nach dem Fall der Ungarischen Räterepublik, die er unterstützte, floh er nach Wien und von dort weiter nach Großbritannien. Er unterrichtete wie Desmond Bernal am Birkbeck College in London.

S. 162: *Hendon:* Stadtteil im Nordwesten von London.

S. 170: *John und ich:* Dieser John konnte nicht ermittelt werden, es handelt sich nicht um John Ridley.

S. 170: *Bangor, Bethesda:* Kleinstädte in Nordwest-Wales. – Friedl Benedikt machte im Juni 1944 eine Ferienreise nach Wales; nach einigen Tagen am Llyn Ogwen, von wo aus sie Wanderungen in die Berge unternahm, folgte eine Wanderung entlang der walisischen Küste.

S. 179: *Gas bekommen:* Lachgas, das damals übliche Narkosemittel.

S. 179: *»This is the Army, Mrs. Jones«:* Lied aus dem Musical »This is the Army« von Irving Berlin aus dem Jahr 1942.

S. 183: *Sarah und Martin:* Sarah (Sally) Watson, geb. 1936, und Martin Bernal, Sohn von Margaret Gardiner und Desmond Bernal, geb. 1937.

S. 184: *Ich ging mit ihr zum Cottage:* Während der Luftangriffe auf London verbrachte Friedl Benedikt wiederholt Zeiten im Haus von Margaret Gardiner in Fingest, einem Dorf in den Chiltern Hills, auf halbem Weg zwischen London und Oxford gelegen, wo Gardiner während der Kriegsjahre mit ihrem Sohn und Desmond Bernal lebte. Von dort wurde oft das Cottage von Wyn Henderson in Turville Heath besucht, einem kleinen Dorf etwa 3,5 Kilometer von Fingest entfernt.

S. 184: *Susan:* Sarahs Mutter Susan Watson, die Tochter von Wyn Henderson.

S. 184: *Wunschknochen:* Der »wishbone«, das Gabelbein eines Huhns oder Truthahns, gilt als Glückssymbol. Nach einem alten englischen (und wie-

nerischen) Brauch wird es von zwei Personen auseinandergezogen, bis es
bricht; wer das größere Teil hat, darf sich etwas wünschen.

S. 185: *Ann:* Ann Davies Synge, geb. Stephen (1916 bis 1997), Ärztin,
Schwester von Judith Henderson; Nichte von Virginia Woolf und Vanessa
Bell.

S. 185: *Judith:* Judith Henderson, geb. Stephen (1918 bis 1972), britische
Anthropologin, Frau von Nigel Henderson.

S. 186: *Virol:* ein britischer Malzextrakt für Kinder.

S. 186: *John Mortimer* (1923 bis 2009), britischer Schriftsteller und Anwalt.
Während des Krieges schrieb er Drehbücher für Propagandafilme der
staatlichen Crown Film Unit. Sein Vater hatte in Turville Heath ein
Cottage gebaut, in dem John Mortimer sein Leben lang wohnte.

S. 186: *Slutzky:* Naum Slutzky (1894 bis 1965), in Kiew geboren, kam mit seiner Familie als Kind nach Wien, wo er wie sein Vater Goldschmied wurde.
Er arbeitete für die Wiener Werkstätte und wurde 1919 von Walter Gropius ans Weimarer Bauhaus berufen. 1933 emigrierte er nach England.

S. 187: *Portia Holman* (1903 bis 1983), aus Australien stammende Kinder-
psychiaterin, die in England erst Wirtschaft und dann Medizin studierte.
Im Spanischen Bürgerkrieg war sie als medizinische Hilfskraft im Einsatz.

S. 187: *die Länder, in denen sie und William gelebt haben:* Hetta Empson
stammte aus Südafrika, William Empson lebte mehrere Jahre in Japan
und China.

S. 189: *die Fahnen von meinem neuen Buch:* Der zweite Roman von Friedl
Benedikt, »The Monster«, erschien unter dem Pseudonym Anna Sebastian
im November 1944 im Verlag Jonathan Cape.

S. 190: *Blitz:* Bezeichnung für die deutschen Luftangriffe auf England und
besonders auf London zwischen September 1940 und Mai 1941.

S. 195: *»Meine arme Tochter …«:* die folgende Passage im Original auf
Deutsch.

S. 197: *Der alte Ted steht jeden Tag um halb sechs auf:* ab hier im Original auf
Englisch.

S. 198: *Gestern habe ich wieder den Aphorismen-Mann getroffen:* das Folgende
im Original auf Deutsch.

S. 198: *Doodlebugs* Der Marschflugkörper VI wurde von der deutschen
Wehrmacht ab Juni 1944 gegen Ziele in London eingesetzt. Wegen des
knatternden Geräuschs wurden die »fliegenden Bomben« in England
»doodlebugs« oder »buzz bombs« genannt.

S. 200: *Gestern, als ich gerade überlegte:* ab hier im Original wieder durchgehend auf Englisch.

S. 209: *Pat:* Patricia Allen, die George Roberts 1948 in zweiter Ehe heiratete.

S. 209: *Freemasons Arms:* ein Pub in Hampstead.

S. 213: *Unlängst hab ich den Aphorismus wiedergetroffen:* die folgende Passage im Original auf Deutsch.

S. 215: *Unlängst habe ich Millicent auf der Straße getroffen:* ab hier im Original wieder durchgehend auf Englisch.

S. 215: *Millicent:* Millicent Rose.

S. 215: *Francis:* Francis Klingender.

S. 215: *Philip:* Philip Henderson.

S. 217: *Ich war verheiratet:* Friedl Benedikt heiratete 1935 Georg Stramitzer und zog mit ihm nach Bratislava, die Ehe hielt nur wenige Monate und wurde nach zwei Jahren geschieden.

S. 218: *Tambi:* Meary James Tambimuttu (1915 bis 1983), von seinen Freunden Tambi genannt, war ein tamilischer Dichter, Literaturkritiker und der Herausgeber der renommierten Literaturzeitschrift *Poetry London,* in der Dylan Thomas, Lawrence Durrell, Kathleen Raine, W. H. Auden, Stephen Spender, Herbert Read und viele andere publizierten.

S. 218: *Keith Douglas* (1920 bis 1944), britischer Dichter, der bei der Invasion in der Normandie fiel. Er hatte sich einen Namen mit Kriegslyrik gemacht.

S. 219: *»The New Apocalypse«:* kurzlebige Bewegung britischer Dichter, die surreale und expressionistische Stilmittel einsetzten und sich damit gegen den »Klassizismus« von Auden stellten, benannt nach einer 1939 erschienenen Anthologie mit Texten der Gruppe. Zu ihren Mitgliedern gehörten u. a. Henry Treece, Nicholas Moor und Herbert Read.

S. 220: *Dylan Thomas* (1914 bis 1953), walisischer Lyriker und Erzähler.

S. 220: *Keidrych Rhys* (1915 bis 1987), walisischer Dichter, Journalist und Herausgeber der Zeitschrift *Wales.*

S. 220: *MacLaren-Ross:* Julian MacLaren-Ross (1912 bis 1964), britischer Schriftsteller, Dandy und Bohemien.

S. 220: *Rupert Hart-Davies* (1907 bis 1999), der für Cape arbeitete und nach dem Krieg einen eigenen Verlag gründete, hatte MacLaren-Ross 1943 vor dem Militärgericht bewahrt, nachdem der sich unerlaubt von der Truppe entfernt hatte.

S. 221: *Mr. Howard:* Wren Howard (1893 bis 1968) gründete gemeinsam mit Jonathan Cape den Verlag Jonathan Cape, bei dem Friedl Benedikt ihre drei Romane veröffentlichte.

S. 221: *Anna:* MacLaren-Ross spricht Friedl Benedikt mit dem Pseudonym Anna Sebastian an, unter dem sie ihre Romane veröffentlicht hat.

S. 222: *De Bry:* elegantes Kaffeehaus in der New Oxford Street in London.

S. 222: *John Singer:* Dichter, 1942 erschien sein Gedichtband »The Fury of the Living« und 1947 »Storm and Monument«.

S. 223: *Paul Potts* (1911 bis 1990), britischer Dichter.

S. 224: *David Gascoyne* (1916 bis 2001), Dichter, Übersetzer und Mitglied der britischen Surrealismus-Gruppe.

S. 225: »*Welsh Rabbit of Soap*« (»Käsetoast aus Seife«) ist eine der bekanntesten Erzählungen von MacLaren-Ross, erschienen 1946 in dem Erzählband »The Nine Men of Soho«.

S. 226: »*The Mask of Demetrios*«: amerikanische Verfilmung aus dem Jahr 1944 des fünf Jahre zuvor erschienenen Romans von Eric Ambler mit Sydney Greenstreet, einem stark übergewichtigen, weißhaarigen englischen Charakterschauspieler, in einer Nebenrolle.

S. 229 *Caitlin:* Caitlin Macnamara (1913 bis 1994), irische Tänzerin, seit 1937 mit Dylan Thomas verheiratet.

S. 229: *Sache mit Griechenland:* Ab dem 3./4. Dezember 1944 kam es im Zuge der Demobilisierung der Partisanenverbände in Athen zu bürgerkriegsartigen Auseinandersetzungen, die erst im Jänner 1945 endeten, als britische Truppen eingriffen.

S. 231: *Rolands Haus:* Kathleen MacColgan wohnte im Haus von Roland Penrose in 21 Downshire Hill in Hampstead, das in den Kriegsjahren ein Intellektuellen- und Künstlertreffpunkt war.

S. 237: *Susi:* Friedl Benedikts jüngste Schwester Susanne (1923 bis 2014), die seit 1938 in Schweden im Exil lebte.

S. 237: *In Deutschland:* Die Zugfahrt von Stockholm nach Paris führte durch Deutschland.

S. 241: *In dieser irrsinnigen Stadt:* Nach Canettis Abreise blieb Friedl Benedikt noch eine Weile allein in Paris, bevor sie nach London weiterreiste.

S. 242: *und dann ging ich mit ihm:* vermutlich der Maler Endre Nemes, mit dem Friedl Benedikt in Schweden ein Verhältnis begonnen hatte und der ebenfalls nach Paris kam.

S. 243: *wie das letzte:* Friedl Benedikts dritter Roman, »The Dreams«, den sie 1948 fertiggestellt hat, erschien im Jänner 1950, wieder unter dem Pseudonym Anna Sebastian.

S. 244: *diesen Wochen in Frankreich und jetzt hier:* Von Frankreich fuhr Friedl Benedikt weiter nach England. Dort wurde sie von ihrer Schwester Susi besucht.

S. 245: *Paul Steiner* (1913 bis 1996) war vor dem »Anschluss« in Wien Privatsekretär von Friedl Benedikts Vater Ernst Benedikt und der Geliebte von Friedls ältester Schwester Gerda. Er emigrierte in die USA, wo er ein erfolgreicher Verleger wurde.

S. 246: *Francis Graham-Harrison* (1914 bis 2002), 1946 bis 1949 Privatsekretär von Premierminister Clement Attlee.

S. 246: *Attlee:* Der Labour-Politiker Clement Attlee (1883 bis 1967) war Churchills Stellvertreter und später Vizepremier im »War Cabinet«, im Sommer 1945 löste er Winston Churchill als Premierminister ab und stand bis 1951 der ersten Nachkriegsregierung vor.

S. 248: *Carol:* Carol Stewart, Ehefrau von Francis Graham-Harrison, übersetzte später Canettis »Masse und Macht« ins Englische (»Crowds and Power«, 1962).

S. 249: *Endre: Endre Nemes* (1909 bis 1985), ungarnstämmiger Maler und Grafiker, der 1938 nach Helsinki und 1940 nach Stockholm emigrierte. Seit 1947 unterrichtete er an der Kunsthochschule Valand in Göteborg. Er war Redaktionsmitglied der Kunstzeitschrift *Prisma*, in der auch Friedl Benedikt zu veröffentlichen versuchte. Friedl Benedikt lebte in Schweden eine Zeitlang mit ihm zusammen.

S. 252: *Clement:* Clement Glock (1913? bis 1955), Malerin, erste Ehe mit dem Literaturkritiker John Davenport (1908 bis 1966), einem engen Freund von Dylan Thomas, Tambimuttu und Empson, zweite Ehe mit dem einflussreichen Musikkritiker William Glock (1908 bis 2000), laut Canetti sah sie aus »wie Apoll (einer aus römischer Zeit)« (»Party im Blitz«, S. 207).

S. 253: *Susi:* Friedl Benedikts jüngste Schwester Susanne besuchte sie in London.

S. 253: *William Sansom* (1912 bis 1976), englischer Roman- und Reiseschriftsteller. Einige seiner Kurzgeschichten wurden in Cyril Connollys Zeitschrift *Horizon* erstveröffentlicht. 1948 war »Something Terrible, Something Lovely« erschienen, eine Sammlung bizarrer Horrorgeschichten.

S. 254: *Willy:* Der Schriftsteller William (Willy) Goldman (1910 bis 2009), mit dem Friedl Benedikt vor ihrer Abreise nach Schweden liiert war, stammte aus einfachen Verhältnissen und war im Londoner East End, einem Arbeiter- und Armenviertel, aufgewachsen. 1940 war sein autobiografischer Roman »East End My Cradle« erschienen.

S. 256: *Jonathan Cape:* Herbert Jonathan Cape (1879 bis 1960) gründete 1921 (gemeinsam mit Wren Howard) den Verlag Jonathan Cape, den er bis zu seinem Tod leitete.

S. 256: *Daniel:* Daniel George Bunting (1890 bis 1963), Autor und Literaturkritiker, Cheflektor von Cape.

S. 256: *Gott weiß, was es ist:* ab hier im Original auf Deutsch.

S. 257: *Peter Weiss* (1916 bis 1982), aus Deutschland stammender Schriftsteller und Maler, der seit 1939 in Schweden lebte. Sein erstes Buch mit Prosagedichten erschien 1948 im schwedischen Verlag Bonnier.

S. 258: *Grates:* Eric Grate (1896 bis 1963), schwedischer Bildhauer und Maler und seit 1941 Professor für Skulptur an der Kunstakademie in Stockholm, und seine Frau Marianne Grate, geb. Peyron (1908 bis 1988).

S. 258: *Egon:* Der dänisch-schwedische Architekt und Bildhauer Egon Möller-Nielsen (1915 bis 1959) war Redaktionssekretär der Kulturzeitschrift *Prisma*, in der Friedl Benedikt eigene Texte, z. B. einen Artikel über Canettis »Blendung«, unterzubringen versuchte.

S. 258: *Birgit:* Die schwedische Tänzerin und Choreografin Birgit Åkesson (1908 bis 2001) war eine Schülerin von Mary Wigman. Sie hatte seit 1936 eine eigene Tanzschule in Stockholm. Nach dem Krieg gab sie wieder Soloabende. Ihren endgültigen Durchbruch hatte sie 1951 mit zwei Solos, die sie zu einer der führenden Avantgarde-Tänzerinnen machten.

S. 259: *Helena:* Endre Nemes' Frau Hélène, geb. Exemplaroff (1906 bis 1960).

S. 260: *Dr.Faust:* Helmuth Faust (1922 bis 1993), Lyriker, Übersetzer, Journalist, seit 1948 verheiratet mit der Publizistin Margarete Buber-Neumann (1901 bis 1989), die 1940 nach zwei Jahren in einem sowjetischen Konzentrationslager in Kasachstan aufgrund des Hitler-Stalin-Pakts nach Deutschland ausgeliefert wurde und als Kommunistin im Frauenkonzentrationslager Ravensbrück inhaftiert war. Nach ihrer Entlassung lebte sie auf Einladung des International Rescue Committee zeitweise in Schweden.

S. 261: *Hab soviel Morphiumtabletten genommen:* Friedl Benedikt litt an Gallensteinkoliken und musste sich Ende 1948 einer Gallensteinoperation unterziehen.

S. 265: *Die Sprache verwirrt und erschreckt mich:* Der Bericht über die Reise nach Österreich ist im Original auf Englisch.

S. 266: *da wir erst ein paar Tage hier sind:* Friedl trifft sich in Lunz mit ihrer Schwester Ilse, mit der sie gemeinsam nach Wien reist.

S. 273: *W. und seine Frau:* Fritz Wotruba (1907 bis 1975), österreichischer Bildhauer, und seine Frau Marian. Wotruba war bereits 1933 in die Schweiz emigriert und wurde nach dem Krieg an die Wiener Akademie der bildenden Künste berufen, wo er die Meisterklasse für Bildhauerei übernahm.

S. 273: *Z.:* Die Wotrubas wohnten in der Schweiz meist in Zug.

S. 275: *in unserer Straße:* die Himmelstraße im 19. Wiener Bezirk, in der die Benedikts bis 1938 auf Nummer 55 wohnten.

S. 276: *»Volksfest«:* Das »Volksstimmefest«, das seit 1946 von der Kommunistischen Partei veranstaltet wurde, fand 1950 am 6. August statt. Entweder ist ein anderes Fest gemeint oder die Datierung des mehrfach überarbeiteten Textes ist falsch.

S. 279: *Diese Wohnung:* Die Wohnung von Friedls Schwester Ilse befand sich in der Heumühlgasse.

S. 281: *... die Amerikaner eine Familie in unserem Haus einquartiert hatten:* Friedl Benedikt irrt, wenn sie glaubt, dass eine Familie seitens der Alliierten in der Himmelstraße 55 einquartiert war. Vielmehr wurde das Haus vom Ariseur Hannes Kropff vermietet, um eine Rückstellung durch einen bestehenden Mietvertrag zu komplizieren oder einen Verkauf an Dritte zu erschweren. Die Restitution erfolgte erst 1951.

S. 282: *... das Haus an der gegenüberliegenden Straßenseite*: Im gegenüberliegenden Haus, der Delug-Akademie, wohnten Veza und Elias Canetti.

S. 285: *Allan:* Allan Forbes, Friedl Benedikts amerikanischer Verlobter, den sie im Jahr davor auf einer Reise durch das Salzkammergut kennengelernt hat.

S. 285: *Ilse:* Die zweitjüngste Schwester von Friedl Benedikt, die selbst Ärztin war, kam auf Krankenbesuch nach Paris.

S. 286: *Tzanck:* Arnault Tzanck (1886 bis 1954), französischer Arzt und Pionier der Bluttransfusion, der 1949 das Centre national de transfusion sanguine in Paris gründete; guter Freund von Georges Canetti.

S. 286f.: *Sich bei den eigenen Haaren aus dem Dreck ziehen ... kein Körnchen kann leben, wenn es nicht gesehen wird:* im Original auf Deutsch.

S. 291f.: *Die Sonne glüht auf der Erde ... mit diesem merkwürdigen, verzweifelten Lächeln*: im Original auf Deutsch.

S. 293: *Nur ein Satz am Tag:* ab hier mit Bleistift geschrieben.

S. 294: *langen, beseligten Spaziergänge:* im Original auf Deutsch.

PERSONENREGISTER

*

Für ihre Unterstützung danken wir Verena Hochschwarzer, Karina Ovadia und Maresi Strouhal. Unser ganz besonderer Dank gilt Johanna Canetti.

INHALT